Bilbo le hobbit

J.R.R. Tolkien

Bilbo le hobbit

ÉDITIONS FRANCE LOISIRS

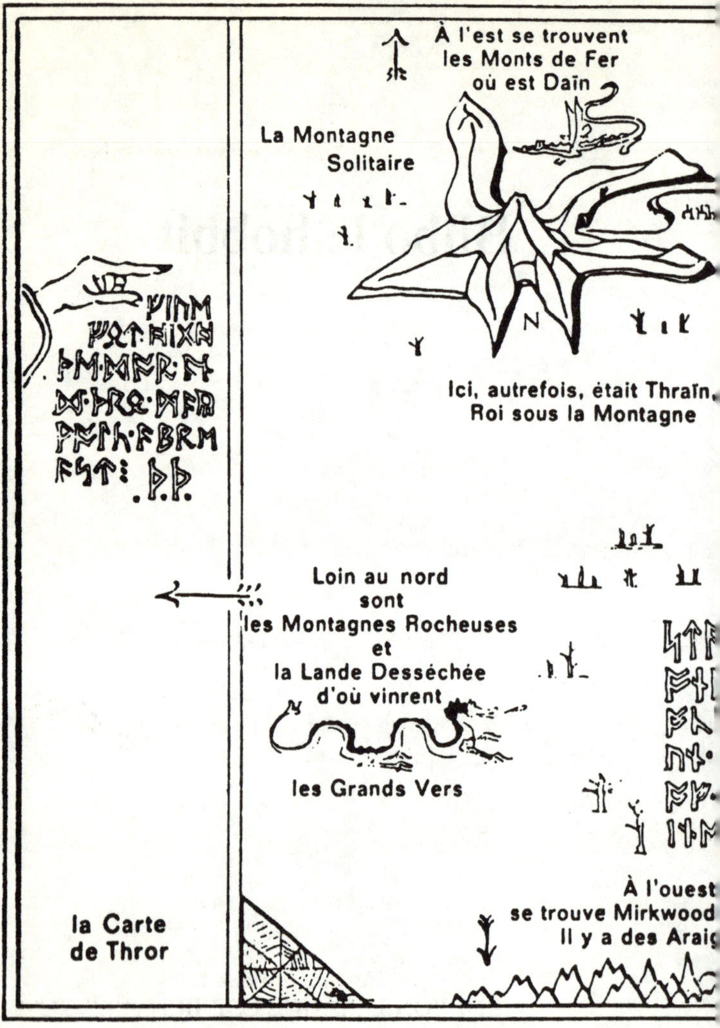
À l'est se trouvent
les Monts de Fer
où est Daïn
La Montagne
Solitaire
Ici, autrefois, était Thraïn,
Roi sous la Montagne
Loin au nord
sont
les Montagnes Rocheuses
et
la Lande Desséchée
d'où vinrent
les Grands Vers
À l'ouest
se trouve Mirkwood
Il y a des Araig
la Carte
de Thror

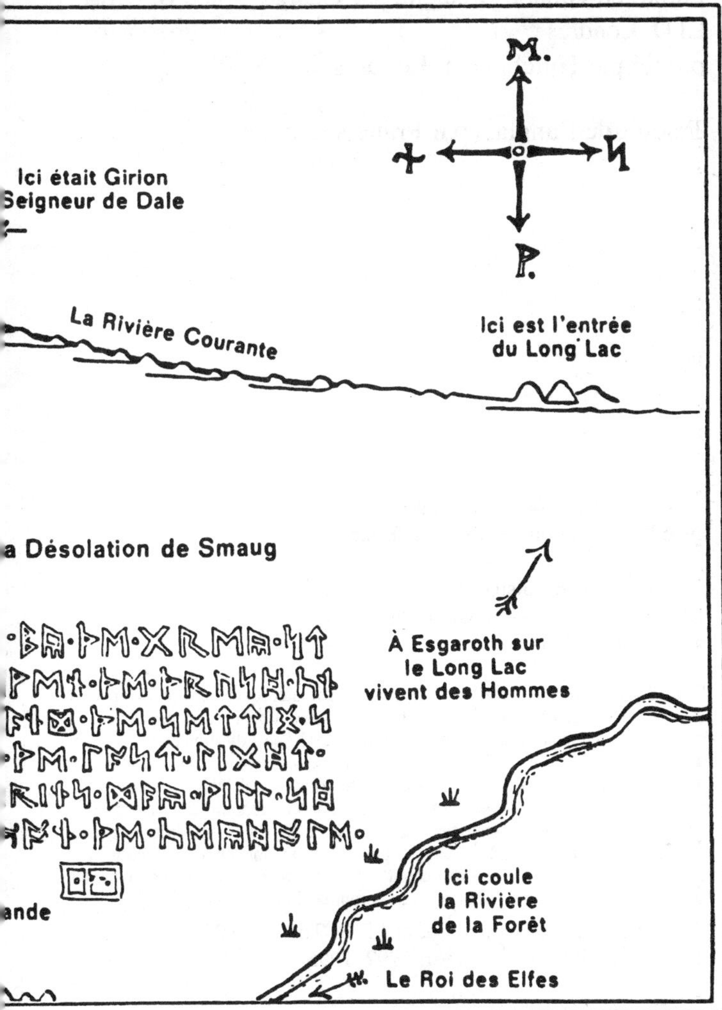
Ici était Girion
Seigneur de Dale
La Rivière Courante
Ici est l'entrée du Long Lac
a Désolation de Smaug
À Esgaroth sur le Long Lac vivent des Hommes
Ici coule la Rivière de la Forêt
Le Roi des Elfes

Cet ouvrage est la traduction intégrale de : *The Hobbit*
Publié en Grande-Bretagne par George Allen & Unwin LTD, Londres
publié par Hutchinson, Londres

Traduit de l'anglais par Francis Ledoux.

Édition du Club France Loisirs,
avec l'autorisation des Éditions Bourgois.

Éditions France Loisirs,
123, boulevard de Grenelle, Paris
www.franceloisirs.com

ISBN : 2-7441-6732-0.

1

Une réception inattendue

Dans un trou vivait un hobbit. Ce n'était pas un trou déplaisant, sale et humide, rempli de bouts de vers et d'une atmosphère suintante, non plus qu'un trou sec, nu, sablonneux, sans rien pour s'asseoir ni sur quoi manger : c'était un trou de hobbit, ce qui implique le confort.

Il avait une porte tout à fait ronde comme un hublot, peinte en vert, avec un bouton de cuivre jaune bien brillant, exactement au centre. Cette porte ouvrait sur un vestibule en forme de tube, comme un tunnel : un tunnel très confortable, sans fumée, aux murs lambrissés, au sol dallé et garni de tapis ; il était meublé de chaises cirées et de quantité de patères pour les chapeaux et les manteaux — le hobbit aimait les visites. Le tunnel s'enfonçait assez loin, mais pas tout à fait en droite ligne, dans le flanc de la colline — la Colline, comme tout le monde l'appelait à des lieues alentour — et l'on y voyait maintes petites portes rondes, d'abord d'un côté, puis sur un autre. Le hobbit n'avait pas d'étages à grimper : chambres, salles de bain, caves, réserves (celles-ci nombreuses), penderies (il avait des pièces entières consacrées aux vêtements), cuisines, salles à manger, tout était de plain-pied, et, en fait, dans le même couloir. Les meilleures chambres se trouvaient toutes sur la gauche (en entrant), car elles étaient les seules à avoir des fenêtres, des fenêtres circulaires et profondes, donnant sur le jardin et les prairies qui descendaient au-delà jusqu'à la rivière.

Ce hobbit était un hobbit très cossu, et il s'appelait Baggins. Les Baggins habitaient le voisinage de la Colline depuis des temps immémoriaux et ils étaient très considérés, non pas seulement parce que la plupart d'entre eux étaient riches, mais aussi parce qu'ils n'avaient jamais d'aventures et ne faisaient rien d'inattendu : on savait ce qu'un Baggins allait dire sur n'importe quel sujet sans avoir la peine de le lui demander. Ceci est le récit de la façon dont un Baggins eut une aventure et se trouva dire et faire les choses les plus inattendues. Il se peut qu'il y ait perdu le respect de ses voisins, mais il y gagna… eh bien, vous verrez s'il y gagna quelque chose en fin de compte.

La mère de notre hobbit… Mais qu'est-ce que les hobbits ? Je pense que, de nos jours, une description est nécessaire, vu la raréfaction de leur espèce et leur crainte des Grands, comme ils nous appellent. Ce sont (ou c'étaient) des personnages de taille menue, à peu près la moitié de la nôtre, plus petits donc que les nains barbus. Les hobbits sont imberbes. Il n'y a guère de magie chez eux que celle, tout ordinaire et courante, qui leur permet de disparaître sans bruit et rapidement quand de grands idiots comme vous et moi s'approchent lourdement, en faisant un bruit d'éléphant qu'ils peuvent entendre d'un kilomètre. Ils ont une légère tendance à bedonner ; ils s'habillent de couleurs vives (surtout de vert et de jaune) ; ils ne portent pas de souliers, leurs pieds ayant la plante faite d'un cuir naturel et étant couverts du même poil brun, épais et chaud, que celui qui garnit leur tête et qui est frisé ; ils ont de longs doigts bruns et agiles et de bons visages, et ils rient d'un rire ample et profond (surtout après les repas, qu'ils prennent deux fois par jour quand ils le peuvent). Et maintenant vous en savez assez pour la poursuite de notre récit.

Or donc, la mère de ce hobbit — c'est-à-dire Bilbo Baggins — était la fameuse Belladone Took, l'une des trois remarquables filles du Vieux Took, chef des hobbits qui habitaient de l'autre côté de l'Eau, à savoir la petite rivière coulant au pied de la Colline. On disait souvent (dans les autres familles) qu'au temps jadis l'un des ancêtres Took avait dû épouser une fée. C'était absurde, bien sûr, mais il y avait tout de même chez eux sans nul doute quelque chose qui n'était pas entièrement hobbital et de temps à autre des membres du clan Took se prenaient à avoir des aventures. Ils disparaissaient, et la famille n'en soufflait mot ; mais il n'en restait pas moins que les Took n'étaient pas aussi respectables que les Baggins, bien qu'ils fussent incontestablement plus riches.

Ce n'est pas que Belladone Took ait eu des aventures après être devenue Mme Bungo Baggins. Bungo, le père de Bilbo, construisit pour elle (en partie avec son argent) le plus luxueux des trous de hobbit qui se pût voir sous la Colline, sur la Colline ou de l'autre côté de l'Eau, et ils demeurèrent là jusqu'à la fin de leurs jours. Mais si

Bilbo, fils unique de Belladone, ressemblait en tout point par les traits et le comportement à une seconde édition de son solide et tranquille père, il devait avoir pris au côté Took une certaine bizarrerie dans sa manière d'être, quelque chose qui ne demandait qu'une occasion pour se révéler. Cette occasion ne se présenta jamais que Bilbo ne fût devenu tout à fait adulte ; il avait alors environ vingt-cinq ans ; il habitait dans le beau trou de hobbit qu'avait construit son père et que j'ai décrit plus haut, et il semblait qu'il s'y fût établi immuablement.

Un matin, il y a bien longtemps, du temps que le monde était encore calme, qu'il y avait moins de bruit et davantage de verdure et que les hobbits étaient encore nombreux et prospères, Bilbo Baggins se tenait debout à sa porte après le petit déjeuner, en train de fumer une énorme et longue pipe de bois qui descendait presque jusqu'à ses pieds laineux (et brossés avec soin). Par quelque curieux hasard, vint à passer Gandalf. Gandalf ! Si vous aviez entendu le quart de ce que j'ai entendu raconter à son sujet (et ce que j'ai entendu ne représente qu'une bien petite partie de tout ce qu'il y a à entendre), aucune histoire, fût-ce la plus extraordinaire, ne vous étonnerait. Histoires et aventures jaillissaient de la façon la plus remarquable partout où il allait. Il n'était pas passé par ce chemin au pied de la Colline depuis des éternités, en fait, pas depuis la mort de son ami le Vieux Took, et les hobbits avaient presque oublié son aspect. Il était parti au-delà de la Colline et de l'autre côté de l'Eau pour des affaires personnelles à l'époque où ils n'étaient que des petits hobbits et des petites hobbites.

Bilbo, qui ne se doutait de rien, ne vit ce matin-là qu'un vieillard appuyé sur un bâton. L'homme portait un chapeau bleu, haut et pointu, une grande cape grise, une écharpe de même couleur par-dessus laquelle sa longue barbe blanche descendait jusqu'à la taille, et d'immenses bottes noires.

« Bonjour ! » dit Bilbo.

Et il était sincère. Le soleil brillait et l'herbe était très verte. Mais Gandalf le regarda de sous ses longs sourcils broussailleux qui dépassaient encore le bord de son chapeau ombreux.

« Qu'entendez-vous par là ? dit-il. Me souhaitez-vous le bonjour ou constatez-vous que c'est une bonne journée, que je le veuille ou non, ou que vous vous sentez bien ce matin, ou encore que c'est une journée où il faut être bon ?

– Tout cela à la fois, dit Bilbo. Et c'est une très belle matinée pour fumer une pipe dehors, par-dessus le marché. Si vous en avez une sur vous, asseyez-vous et profitez de mon tabac ! Rien ne presse, nous avons toute la journée devant nous ! »

Bilbo s'assit alors sur un banc qui se trouvait à côté de sa porte, croisa les jambes et lança un magnifique rond de fumée grise qui s'éleva sans se rompre et s'en alla en flottant par-dessus la Colline.

« Très joli ! dit Gandalf. Mais je n'ai pas le temps de faire des ronds de fumée ce matin. Je cherche quelqu'un pour prendre part à une aventure que j'arrange, et c'est très difficile à trouver.

– Je le crois aisément — dans ces parages ! Nous sommes des gens simples et tranquilles, et nous n'avons que faire d'aventures. Ce ne sont que de vilaines choses, des sources d'ennuis et de désagréments ! Elles vous mettent en retard pour le dîner ! Je ne vois vraiment pas le plaisir que l'on peut y trouver », dit notre M. Baggins — et il passa un pouce sous ses bretelles, tout en émettant un nouveau rond de fumée encore plus grand que le précédent. Puis il prit son courrier du matin et se mit à lire, faisant semblant de ne plus prêter attention au vieillard. Il avait décidé que celui-ci n'était pas tout à fait de son bord, et il voulait le voir partir. Mais l'autre ne bougea pas. Il restait appuyé sur son bâton, à regarder le hobbit sans rien dire, jusqu'à ce que Bilbo en ressentît une certaine gêne et même quelque irritation.

« Bonjour ! dit-il enfin. Nous ne voulons pas d'aventures par ici, je vous remercie ! Vous pourriez essayer au-delà de la Colline ou de l'autre côté de l'Eau. »

Il entendait par là que la conversation était terminée.

« À combien de choses vous sert ce mot de "bonjour" ! fit remarquer Gandalf. Vous voulez maintenant dire que vous désirez être débarrassé de moi et que le jour ne sera pas bon tant que je n'aurai pas poursuivi mon chemin.

– Pas du tout, pas du tout, cher monsieur ! Voyons, je ne crois pas connaître votre nom ?

– Si, si, cher monsieur — et moi, je connais le vôtre, monsieur Bilbo Baggins. Et vous savez le mien, quoique vous ne vous rappeliez pas le rapport qu'il y a entre lui et moi. Je suis Gandalf, et Gandalf, c'est moi ! Comment penser que je vivrais assez pour que le fils de Belladone Took me salue d'un bonjour comme si je vendais des boutons à la porte !

– Gandalf, Gandalf ! Dieu du Ciel ! Pas le magicien errant qui donna au Vieux Took une paire de boutons de diamant magiques qui s'agrafaient d'eux-mêmes et ne se défaisaient que sur ordre exprès ? Pas le personnage qui racontait dans les réunions de si merveilleuses histoires de dragons, de géants, de la délivrance de princesses et de la chance inespérée de fils de veuves ? Pas l'homme qui faisait des feux d'artifice si parfaits ? Ah ! je me les rappelle, ceux-là ! Le Vieux Took les avait la veille de la Saint-Jean. Splendides ! Ils s'élevaient comme de grands lis, des gueules de lion ou des cytises de feu et restaient longtemps suspendus dans le crépuscule. »

Vous pourrez déjà remarquer que M. Baggins n'était pas aussi prosaïque qu'il se plaisait à le croire, et aussi qu'il aimait beaucoup les fleurs.

« Mon Dieu ! poursuivi-t-il. Pas le Gandalf qui fut responsable de ce que tant de garçons et de filles bien tranquilles aient pris le large pour de folles aventures ? Cela allait de grimper aux arbres à faire visite aux elfes — ou à s'embarquer sur des navires pour d'autres rivages ! Dieu me bénisse, la vie était tout à fait inter… je veux dire qu'à un moment vous avez bien perturbé les choses par ici. Je vous demande pardon, mais je n'avais aucune idée que vous étiez toujours en activité.

– Et où voudriez-vous que je fusse ? dit le magicien. Enfin… je suis tout de même content de voir que vous vous souvenez un peu de moi. Vous semblez garder un bon souvenir de mes feux d'artifice, en tout cas, et ce n'est pas sans espoir. De fait, en considération de votre vieux grand-père Took et de cette pauvre Belladone, je vous accorderai ce que vous m'avez demandé.

– Je vous demande pardon, mais je ne vous ai rien demandé.

– Si ! Par deux fois maintenant. Mon pardon, je vous l'accorde. En fait, j'irai jusqu'à vous lancer dans cette aventure. Ce sera très amusant pour moi et très bon pour vous — sans compter le profit, très probablement, si vous réussissez.

– Je regrette ! je ne veux pas d'aventures, merci. Pas aujourd'hui. Bonjour ! mais venez prendre le thé — quand vous voudrez ! Pourquoi pas demain ? Venez demain. Au revoir ! »

Sur quoi, le hobbit se détourna et se réfugia vivement derrière sa porte ronde et verte, qu'il referma aussi vite que le permettait la politesse. Après tout, les magiciens sont des magiciens.

« Pourquoi diable l'ai-je invité à prendre le thé ? » se demanda-t-il, tout en se rendant au garde-manger.

Il venait de prendre son petit déjeuner, mais il pensait qu'un ou deux gâteaux et un verre de quelque chose lui feraient du bien après sa peur.

Cependant, Gandalf était resté debout à la porte et il rit longuement, mais en silence. Après un moment, il s'approcha du vantail et, du fer de son bâton, il traça un signe bizarre dans la belle peinture verte. Puis il s'en fut à grands pas, à peu près au moment où Bilbo achevait son second gâteau et commençait à penser qu'il avait fort bien esquivé les aventures.

Le lendemain, il avait complètement oublié Gandalf. Il n'avait pas très bonne mémoire des choses, à moins de les inscrire sur son agenda, comme ceci : *Thé Gandalf mercredi.* La veille, il était trop agité pour rien faire de la sorte.

Juste avant l'heure du thé, une retentissante sonnerie se fit entendre à la porte, et alors il se souvint ! Il se précipita pour mettre la bouilloire à chauffer, sortir une seconde tasse et un ou deux gâteaux supplémentaires ; puis il courut à la porte.

« Excusez-moi de vous avoir fait attendre ! » allait-il dire, quand il vit que ce n'était nullement Gandalf, mais un nain avec une barbe bleue passée dans une ceinture dorée et des yeux brillants sous son capuchon vert foncé.

Aussitôt la porte ouverte, il entra tout comme s'il était attendu. Il suspendit son capuchon à la patère la plus proche et dit avec un profond salut : « Dwalïn, pour vous servir !

– Bilbo Baggins, à votre disposition ! » dit le hobbit, trop surpris sur le moment pour poser des questions.

Le silence qui suivit devenant gênant, il ajouta : « J'étais sur le point de prendre le thé ; venez le partager avec moi, je vous en prie. »

C'était dit d'un ton peut-être un peu raide, mais il n'y mettait aucune mauvaise intention. Et que feriez-vous si un nain non invité venait suspendre ses effets dans votre vestibule sans un mot d'explication ?

Ils n'étaient pas à table depuis bien longtemps (à peine, en fait, en étaient-ils au troisième gâteau), quand il y eut un nouveau coup de sonnette, plus fort encore que le premier.

« Excusez-moi ! » dit le hobbit.

Et il s'en fut répondre à la porte.

« Ainsi vous voilà enfin ! »

C'était ce qu'il s'apprêtait à dire à Gandalf, cette fois. Mais il n'y avait pas là de Gandalf. À sa place, se tenait sur le seuil un nain d'aspect âgé, avec une barbe blanche et un capuchon écarlate ; et lui aussi entra d'un pas sautillant aussitôt la porte ouverte, tout comme s'il avait été invité.

« Je vois qu'ils ont déjà commencé d'arriver », dit-il en percevant au portemanteau le capuchon vert de Dwalïn. Il suspendit à côté son manteau rouge et dit, la main sur le cœur :

« Balïn, pour vous servir !

– Merci », répondit Bilbo suffoqué.

Ce n'était pas exactement ce qu'il eût convenu de dire, mais le « ils ont commencé d'arriver » l'avait grandement troublé. Il aimait recevoir des visiteurs, mais il aimait aussi les connaître avant leur arrivée, et il préférait les inviter lui-même. La pensée affreuse lui vint que les gâteaux pourraient manquer et alors — en tant qu'hôte, il connaissait son devoir et s'y tenait, quelque pénible que ce fût — il lui faudrait peut-être s'en passer.

« Venez prendre le thé ! parvint-il à dire en respirant profondément.

– Je préférerais un peu de bière, si cela vous est égal, mon bon monsieur, dit Balïn à la barbe blanche. Mais je veux bien du gâteau — du gâteau à l'anis, si vous en avez.

– Des quantités ! » répondit Bilbo à sa propre surprise.

Il s'aperçut en même temps qu'il courait à la cave pour emplir une chope d'une pinte, puis à la réserve pour chercher deux magnifiques gâteaux ronds à l'anis qu'il avait fait cuire dans l'après-midi comme friandise d'après le dîner.

À son retour, Balïn et Dwalïn bavardaient à table comme de vieux amis (de fait, ils étaient frères). Bilbo posait avec quelque brusquerie la bière et les gâteaux devant eux, quand retentit derechef un violent coup de sonnette, puis un autre.

« C'est Gandalf, pour sûr, cette fois », pensa-t-il en courant, haletant, dans le couloir.

Mais non ; c'étaient encore deux nains, tous deux portant des capuchons bleus, des ceintures d'argent et des barbes blondes ; et tous deux avaient à la main un sac d'outils et une pelle. Aussitôt la porte entrebâillée, ils entrèrent en sautillant — Bilbo fut à peine surpris.

« Que puis-je pour vous, mes braves nains ? demanda-t-il.

– Kili, pour vous servir ! » dit l'un.

Et : « Fili ! » ajouta l'autre, tandis que tous deux rabattaient leur capuchon bleu et s'inclinaient.

« À votre service et à celui de votre famille ! répondit Bilbo, observant cette fois les convenances.

– Je vois que Dwalïn et Balïn sont déjà là, dit Kili. Allons rejoindre la foule.

– La foule ! pensa M. Baggins. Je n'aime pas trop cela. Il faut vraiment que je m'asseye une minute pour rassembler mes esprits et boire quelque chose. »

Il n'avait encore avalé qu'une petite gorgée — dans le coin, tandis que les quatre nains, assis autour de la table, parlaient de mines, d'or, de difficultés avec les gobelins *, de déprédations commises par des dragons et de quantités d'autres choses qu'il ne comprenait pas et qu'il ne désirait pas comprendre, car elles paraissaient beaucoup trop aventureuses — quand, *ding-dong-a-ling-dang,* voilà que sa sonnette retentit derechef, comme si quelque petit hobbit s'évertuait à en arracher la poignée.

« Il y a quelqu'un à la porte ! dit-il, cillant.

– Quatre, m'est avis d'après le son, dit Fili. D'ailleurs, nous les avons vus venir au loin derrière nous. »

Le pauvre petit hobbit s'assit dans le vestibule et mit sa tête dans ses mains, se demandant ce qui allait arriver et s'ils allaient tous rester pour dîner. Alors, la sonnette retentit plus fortement que jamais et il dut courir à la porte. Ils n'étaient pas quatre finalement, mais CINQ. Un autre nain était arrivé pendant qu'il se posait des questions dans le vestibule. À peine avait-il tourné le bouton qu'ils étaient tous entrés et qu'ils saluaient en disant l'un après l'autre : « Pour vous servir. » Ils s'appelaient Dori, Nori, Ori, Oïn et Gloïn ; presque aussitôt deux capuchons pourpres, un gris, un brun et un blanc se trouvèrent suspendus aux patères, et ils allèrent retrouver les autres à la queue leu leu, leurs larges mains enfoncées dans leurs ceintures or ou argent. Cela faisait déjà presque une foule. Certains demandaient de la bière blonde, d'autres de la brune, un du café, et tous des gâteaux ; aussi le hobbit fut-il très occupé durant un moment.

Un grand pot de café venait d'être installé dans l'âtre, les gâteaux à l'anis avaient disparu et les nains s'atta-

* Gobelins : lutins mauvais farceurs.

quaient à une assiettée de petits pains beurrés, quand vint un rude pan-pan sur la belle porte verte du hobbit. Quelqu'un cognait avec une canne !

Bilbo se précipita dans le vestibule, très mécontent, mais en même temps abasourdi et troublé — c'était le mercredi le plus embarrassant de tous ceux dont il eût souvenance. Il ouvrit la porte d'un mouvement si brusque qu'ils s'écroulèrent tous l'un sur l'autre à l'intérieur. Encore des nains, quatre de plus ! Et derrière, il y avait Grandalf qui, appuyé sur son bâton, était agité d'un grand rire. Il avait fait une véritable encoche sur la belle porte ; il avait également supprimé, soit dit en passant, la marque secrète qu'il y avait tracée la veille au matin.

« Tout doux ! Tout doux ! dit-il. Ce n'est pas dans votre manière, Bilbo, de faire attendre des amis sur le paillasson, et puis d'ouvrir la porte comme un pistolet à bouchon ! Permettez-moi de vous présenter Bifur, Bofur, Bombur et particulièrement Thorïn !

– Pour vous servir ! » dirent Bifur, Bofur et Bombur, alignés.

Ils suspendirent alors deux capuchons jaunes et un vert ; et aussi un bleu ciel avec un long gland d'argent. Ce dernier appartenait à Thorïn, un nain extrêmement important, qui n'était autre, en fait, que le grand Thorïn Oakenshield * en personne, lequel était fort mécontent d'être tombé à plat ventre sur le paillasson de Bilbo avec Bifur, Bofur et Bombur sur le dos. Sans compter que Bombur était énormément gros et lourd. En fait, Thorïn était très hautain, et il ne fit aucune allusion au

* C'est-à-dire Bouclier-de-chêne.

« service » ; mais le pauvre M. Baggins exprima tant de fois son regret que l'autre finit par grogner : « C'est sans importance », et cessa de faire grise mine.

« Eh bien, nous voilà tous arrivés ! dit Gandalf, observant la rangée des treize capuchons — parmi les meilleurs capuchons détachables pour réunions mondaines — suspendus avec son propre chapeau. Voilà une réunion tout à fait joyeuse ! J'espère qu'il reste quelque chose à manger et à boire pour les derniers venus ! Qu'est-ce que cela ? Du thé ! Non, merci ! Un peu de vin rouge, pour moi, s'il vous plaît.

– Pour moi aussi, dit Thorïn.

– Et de la confiture de framboises avec de la tarte aux pommes, ajouta Bifur.

– Et des petits pâtés avec du fromage, dit Bofur.

– Et du pâté de porc avec de la salade, dit Bombur.

– Et d'autres gâteaux — de la bière blonde — et du café, si vous le voulez bien, crièrent les autres nains par la porte.

– Mettez aussi quelques œufs à cuire, vous serez bien brave ! cria Gandalf, tandis que le hobbit s'en allait en clopinant vers sa réserve. Et n'oubliez pas de sortir le poulet froid et les cornichons.

– On dirait qu'il connaît aussi bien que moi le contenu de mes garde-manger ! » pensa M. Baggins qui, positivement démonté, commençait à se demander si une affreuse aventure ne venait pas de pénétrer dans sa maison.

Le temps qu'il eût entassé toutes les bouteilles, les plats, les couteaux, les fourchettes, les verres, les assiettes, les cuillers et tout sur de grands plateaux, il se sentit tout transpirant, congestionné et très contrarié.

« La peste soit de ces nains ! s'écria-t-il tout haut. Que ne viennent-ils m'aider un peu ! »

Et voilà que Balïn et Dwalïn étaient à la porte de la cuisine, et Fili et Kili derrière eux ; avant qu'il n'eût pu dire « couteau », ils avaient fait passer les plateaux et deux petites tables dans le salon, où ils disposèrent tout à nouveau.

Gandalf présidait à la réunion, avec les treize nains rangés à la ronde ; et Bilbo s'assit sur un tabouret près de la cheminée pour grignoter un biscuit (il avait perdu tout appétit), tout en s'efforçant de paraître trouver tout cela parfaitement naturel et dépourvu de toute suggestion d'aventure. Les nains mangèrent tant et plus, parlèrent tant et plus, et le temps passait. Enfin, ils repoussèrent leurs chaises, et Bilbo se mit en devoir de rassembler les assiettes et les verres.

« Je pense que vous resterez tous pour dîner ? dit-il sans enthousiasme, de sa voix la plus polie.

– Bien sûr ! dit Thorïn. Et après. Nous n'en aurons terminé qu'assez tard, et il nous faut d'abord de la musique. Allons-y pour débarrasser ! »

Là-dessus, les douze nains — pas Thorïn qui, vu son importance, resta à parler avec Gandalf — sautèrent sur leurs pieds et firent de grandes piles de tout le matériel. Ils s'en furent ainsi sans attendre des plateaux, balançant d'une main des colonnes d'assiettes, chacune surmontée d'une bouteille, tandis que le hobbit courait après eux, poussant presque des vagissements de peur : « Faites attention, je vous en supplie » et « Ne vous donnez pas la peine, je vous en prie, je peux très bien me débrouiller tout seul ! » Mais les nains se mirent tout simplement à chanter :

Ébréchez les verres et fêlez les assiettes !
Émoussez les couteaux et tordez les fourchettes !
Voilà exactement ce que déteste Bilbo Baggins —
Brisez les bouteilles et brûlez les bouchons !
Coupez la nappe et marchez dans la graisse !
Versez le lait sur le sol de la réserve !
Laissez les os sur le tapis de la chambre !
Éclaboussez de vin toutes les portes !

Déversez les pots dans une bassine bouillante,
Martelez-les d'une perche broyante ;
Et, cela fait, s'il en reste d'entiers,
Envoyez-les rouler dans le vestibule !
Voilà ce que déteste Bilbo Baggins !
Aussi, attention ! Attention aux assiettes !

Et, bien sûr, ils ne firent aucune de toutes ces affreuses choses ; tout fut enlevé et mis en sûreté avec la rapidité de l'éclair, tandis que le hobbit tournait en rond au milieu de la cuisine, s'efforçant d'observer leurs mouvements. Puis ils revinrent et trouvèrent Thorïn en train de fumer sa pipe, les pieds sur la galerie du foyer. Il lançait les plus énormes ronds de fumée et, où qu'il leur dît d'aller, les ronds obéissaient : dans la cheminée, derrière la pendule, sous la table ou en grands cercles autour du plafond ; mais, où que ce fût, ils n'étaient pas assez rapides pour échapper à Gandalf. Pouf ! il envoyait un plus petit rond de fumée de sa courte pipe de terre juste au travers de chacun de ceux de Thorïn. Et puis les ronds de Gandalf devenaient verts et revenaient flotter au-dessus de la tête du magicien. Il en avait déjà un nuage autour de lui et, dans la faible lumière, cela lui donnait une apparence étrange de sorcier. Bilbo s'immobilisa pour regarder — il adorait les ronds de fumée — mais il ne tarda pas à rougir de la fierté qu'il avait montrée la veille pour ceux qu'il avait envoyés dans le vent au-dessus de la Colline.

« Et maintenant, de la musique ! dit Thorïn. Sortez les instruments. »

Kili et Fili se précipitèrent vers leurs sacs, d'où ils rapportèrent des petits violons ; Dori, Nori et Ori sortirent des flûtes de l'intérieur de leur veste ; Bombur apporta du vestibule un tambour ; Bifur et Bofur sortirent aussi, pour revenir avec des clarinettes qu'ils avaient laissées parmi les cannes. Dwalïn et Balïn dirent : « Excusez-moi, j'ai laissé mon instrument sous le porche !

– Apportez donc aussi le mien ! » dit Thorïn.

Ils revinrent avec des violes aussi grandes qu'eux et avec la harpe de Thorïn, enveloppée de toile verte. C'était une magnifique harpe dorée, et quand Thorïn pinça les cordes, la musique commença tout d'un coup, si soudaine et si douce que Bilbo oublia toute autre chose et se trouva transporté dans des régions sombres sous d'étranges lunes, bien au-delà de l'Eau et très loin de son trou de hobbit sous la Colline.

L'obscurité entra par la petite fenêtre qui ouvrait sur le côté de la Colline ; la lueur du feu vacilla — on était en avril — mais ils continuaient à jouer, tandis que l'ombre de la barbe de Gandalf oscillait sur le mur.

L'obscurité envahit toute la pièce, le feu finit par s'éteindre, les ombres disparurent, mais ils continuaient à jouer. Et brusquement, l'un après l'autre, ils se mirent à chanter tout en jouant de ces mélodies gutturales que les nains chantent dans les profondeurs de leurs vieilles demeures ; et voici un exemple de leur chant, si tant est que cela puisse y ressembler en l'absence de leur musique :

Loin au-delà des montagnes froides et embrumées
Vers des cachots profonds et d'antiques cavernes
Il nous faut aller avant le lever du jour
En quête de l'or pâle et enchanté.

Les nains de jadis jetaient de puissants charmes
Quand les marteaux tombaient comme des cloches sonnantes
En des lieux profonds, où dorment les choses ténébreuses
Dans les salles caverneuses sous les montagnes.

Pour un antique roi et un seigneur lutin,
Là, maints amas dorés et miroitants
Ils façonnèrent et forgèrent, et la lumière ils attrapèrent
Pour la cacher dans les gemmes sur la garde de l'épée.

Sur des colliers d'argent ils enfilèrent
Les étoiles en fleur ; sur des couronnes ils accrochèrent
Le feu-dragon ; en fils torsadés ils maillèrent
La lumière de la lune et du soleil.

Loin au-delà des montagnes froides et embrumées,
Vers des cachots profonds et d'antiques cavernes
Il nous faut aller avant le lever du jour
Pour réclamer notre or longtemps oublié.

Des gobelets ils ciselèrent là pour eux-mêmes
Et des harpes d'or ; où nul homme ne creuse
Longtemps ils sont restés, et maintes chansons
Furent chantées, inentendues des hommes ou des elfes.

Les pins rugissaient sur les cimes,
Les vents gémissaient dans la nuit.
Le feu était rouge, il s'étendait flamboyant ;
Les arbres comme des torches étincelaient de lumière.

Les cloches sonnaient dans la vallée
Et les hommes levaient des visages pâles ;
Alors, du dragon la colère plus féroce que le feu
Abattit leurs tours et leurs maisons frêles.

La montagne fuma sous la lune ;
Les nains, ils entendirent le pas pesant du destin.
Ils fuirent leur demeure pour tomber mourants
Sous ses pieds, sous la lune.

Loin au-delà des montagnes froides et embrumées
Vers des cachots profonds et des cavernes obscures,
Il nous faut aller avant le lever du jour
Pour gagner sur lui nos harpes et notre or !

En les entendant chanter, le hobbit sentit remuer en lui l'amour des belles choses faites par le travail manuel, l'adresse et la magie, un amour féroce et jaloux, le désir empreint au cœur des nains. Alors, quelque chose de tookien s'éveilla en lui, il souhaita aller voir les grandes montagnes, entendre les pins et les cascades, explorer les cavernes et porter une épée au lieu d'une canne. Il regarda par la fenêtre. Les étoiles luisaient au-dessus des arbres dans un ciel noir.

Il pensa aux joyaux des nains, scintillant dans des cavernes obscures. Soudain, dans la forêt, au-delà de l'Eau s'éleva une flamme — sans doute quelqu'un allumait-il un feu de bois — et il vit en imagination des dragons pilleurs s'installer sur sa tranquille Colline pour la mettre toute à feu. Il frissonna ; et très vite il redevint M. Baggins de Bag-End Sous La Colline.

Il se leva, tremblant. Il se sentait une certaine velléité d'aller chercher la lampe et une velléité plus certaine encore de faire semblant et d'aller se cacher derrière les tonneaux de bière dans la cave et de n'en point remonter que tous les nains ne fussent repartis. Il s'aperçut tout à coup que la musique et le chant avaient cessé et que tous le regardaient avec des yeux qui brillaient dans l'obscurité.

« Où allez-vous ? » demanda Thorïn, d'un ton qui laissait supposer qu'il devinait les deux aspects de la pensée du hobbit.

« Si j'apportais un peu de lumière ? dit Bilbo d'un ton d'excuse.

– Nous aimons l'obscurité, déclarèrent tous les nains d'une seule voix. L'obscurité pour les affaires obscures ! Il y a encore bien des heures d'ici l'aube.

– Bien sûr ! » dit Bilbo.

Et il s'assit précipitamment derrière le garde-feu, culbutant avec fracas pelle et tisonnier.

« Chut ! dit Gandalf. Laissez parler Thorïn ! »

Et voici comment Thorïn entama son discours

« Gandalf, nains et monsieur Baggins ! Nous voici réunis dans la maison de notre ami et compagnon-conspirateur, ce très excellent et audacieux hobbit —

puisse le poil de ses pieds ne jamais tomber ! Louange à son vin et à sa bière !... »

Il s'arrêta pour reprendre souffle et attendre une remarque polie de la part du hobbit, mais les compliments n'avaient pas le moindre effet sur le pauvre Bilbo Baggins, qui agitait les lèvres en protestation contre l'appellation d'*audacieux* et, pis encore, de *compagnon-conspirateur,* encore qu'aucun son ne sortît tant il était médusé. Thorïn poursuivit donc :

« Nous nous sommes réunis pour discuter de nos plans, de nos voies et moyens, de la politique à suivre. Peu avant le lever du jour, nous allons partir pour notre longue expédition, une expédition dont certains d'entre nous, il se peut même tous (à l'exception de notre ami et conseiller, l'ingénieux magicien Gandalf), ne reviendront peut-être pas. C'est un moment solennel. Notre objet est bien connu de tous, j'imagine. Mais pour l'estimable M. Baggins et peut-être aussi pour un ou deux des plus jeunes nains (je ne pense pas me tromper en nommant Kili et Fili, par exemple), la situation telle qu'elle se présente exactement en ce moment appelle peut-être une brève explication... »

C'était là le style de Thorïn, nain important. Si on lui en avait laissé la liberté, il aurait sans doute continué ainsi tant qu'il aurait eu du souffle, sans rien dire qui ne fût déjà connu de tous. Mais il fut brutalement interrompu. Le pauvre Bilbo ne put en supporter davantage. Au *ne reviendront peut-être pas*, il sentit monter en lui un cri, qui ne tarda pas à s'échapper comme le sifflet d'une locomotive sortant d'un tunnel. Tous les nains sautèrent en l'air, renversant la table. Gandalf fit jaillir une lumière bleue du bout de sa canne et, dans son éclat de feu d'artifice, on put voir le pauvre petit hobbit à genoux sur la carpette du foyer, tremblant comme une gelée fondante. Puis il s'écroula tout de son long sur le sol, criant sans arrêt : « Foudroyé, je suis foudroyé ! » Et ce fut tout ce qu'on put tirer de lui pendant un long moment. On s'en débarrassa donc en le portant sur le sofa du salon, où on le laissa avec une boisson à côté de lui, et tous retournèrent à leur sombre affaire.

« Quel garçon émotif ! dit Gandalf, tandis qu'ils reprenaient place. Il a parfois de curieuses crises, mais c'est un des meilleurs, oui, un des meilleurs — aussi féroce qu'un dragon affamé. »

Si vous avez jamais vu un dragon affamé, vous concevrez que ce n'était là qu'exagération poétique, appliquée à n'importe quel hobbit, fût-ce même l'arrière-grand-oncle du Vieux Took, Bullroarer *, lequel était si énorme (pour un hobbit) qu'il pouvait monter un cheval. Il avait chargé les rangs des gobelins du mont Gram à la bataille des Champs Verts et fait sauter la tête de leur roi Golfimbul d'un coup de gourdin, laquelle tête avait volé cent mètres en l'air pour retomber dans un terrier de lapin ; et c'est ainsi que fut gagnée la bataille, tout en même temps que fut inventé le jeu de golf.

Cependant, le descendant paisible de Bullroarer se remettait dans le salon. Au bout d'un moment et après avoir bu un petit coup, il se coula craintivement jusqu'à

* Taureau mugissant.

la porte du parloir. Voici ce qu'il entendit (c'était Gloïn qui parlait) : « Hum ! (ou quelque ébrouement de ce genre). Croyez-vous qu'il fera l'affaire ? Gandalf a beau dire que ce hobbit est féroce, c'est possible, mais un seul cri tel que celui-là poussé dans un moment d'excitation suffirait à réveiller le dragon et toute sa famille et nous faire tous tuer. M'est avis qu'il était davantage de peur que d'excitation ! En fait, n'eût été le signe sur la porte, j'aurais été certain que nous avions fait erreur sur la maison. Dès le premier coup d'œil sur le petit bonhomme qui s'agitait tout haletant sur le paillasson, j'ai éprouvé des doutes. Il a plutôt l'air d'un épicier que d'un cambrioleur ! »

M. Baggins tourna alors la poignée et entra. Son côté Took l'avait emporté. Il sentait soudain qu'il se passerait de lit et de petit déjeuner pour être jugé impitoyable. Quant au « petit bonhomme qui s'agitait sur le paillasson », cela le rendait presque féroce. À maintes reprises, par la suite, le côté Baggins devait regretter ce qu'il faisait à présent, et il devait se dire alors : « Bilbo, tu as été stupide ; tu es entré tout droit pour faire la bêtise. »

« Excusez-moi d'avoir surpris vos derniers mots, dit-il. Je ne prétends pas comprendre de quoi vous parliez, ni votre allusion à des cambrioleurs ; mais je ne crois pas me tromper en pensant (c'était ce qu'il appelait le prendre de haut) que vous me jugez incapable. Il n'y a aucun signe à ma porte — elle a été peinte la semaine dernière —, et je suis bien certain que vous vous êtes trompés de maison. Dès que j'ai vu vos drôles de têtes sur le seuil, j'ai eu quelques doutes.

Mais faites comme si c'était la bonne. Dites-moi ce que vous voulez, et je tâcherai de l'accomplir, dussé-je marcher d'ici à l'est de l'Est et combattre les sauvages Verts dans le Dernier Désert. Un de mes arrière-arrière-grands-oncles, Bullroarer Took, autrefois…

– Oui, oui, mais ça, c'était il y a bien longtemps, dit Gloïn. Je parlais de *vous.* Et je vous assure qu'il y a une marque sur cette porte — le signe habituel dans le métier, ou enfin qui l'était. *Cambrioleur désire bon boulot, comportant sensations fortes et rémunération raisonnable*, voilà ce qu'elle signifie couramment. Vous pouvez dire *chercheur de trésor expert* au lieu de *cambrioleur*, si vous le préférez. C'est ce que font certains. Pour nous, c'est tout un. Gandalf nous avait dit qu'il y avait par ici un homme de ce genre qui cherchait du boulot immédiat et qu'il avait ménagé une rencontre ici ce mercredi à l'heure du thé.

– Bien sûr qu'il y a une marque, dit Gandalf ; je l'y ai mise moi-même. Pour d'excellentes raisons. Vous m'aviez demandé de trouver un quatorzième pour votre expédition, et j'ai choisi M. Baggins. Qu'un seul d'entre vous dise que je me suis trompé d'homme ou de maison, et vous pouvez vous en tenir à treize et encourir toute la malchance que vous voudrez, ou retourner à l'extraction du charbon. »

Il écrasa Gloïn d'un regard si furieux et si menaçant que le nain se tassa sur sa chaise ; et, quand Bilbo fit mine d'ouvrir la bouche pour poser une question, il se retourna et le regarda si sévèrement, projetant en avant ses sourcils broussailleux, que le hobbit referma la bouche en faisant claquer ses dents et garda les lèvres serrées.

« Bon, dit Gandalf. Assez de discussion. J'ai choisi M. Baggins, et cela devrait vous suffire, à tous tant que vous êtes. Si je dis que c'est un cambrioleur, c'est un cambrioleur, ou il le sera le moment venu. Il y a beaucoup plus en lui que vous ne le soupçonnez, et passablement plus qu'il ne le soupçonne lui-même. Vous me remercierez tous (peut-être) un jour. Et maintenant, Bilbo, allez chercher la lampe, que l'on fasse un peu de lumière sur tout cela. »

Dans la lumière d'une grande lampe à abat-jour rouge, il étala sur la table un morceau de parchemin qui ressemblait assez à une carte.

« Ceci fut tracé par Thror, votre grand-père, Thorïn, dit-il en réponse aux questions impatientes des nains. C'est un plan de la Montagne.

– Je ne vois pas trop en quoi cela pourra nous aider, dit Thorïn d'un air déçu, après y avoir jeté un coup d'œil. J'ai assez bon souvenir de la Montagne et de la région environnante. Et je sais où se trouvent Mirkwood et la Lande Desséchée, où se reproduisent les grands dragons.

– Sur la Montagne est marqué en rouge un dragon, dit Balïn, mais il sera assez facile de le trouver sans cela, si jamais nous arrivons jusque-là.

– Il y a un point que vous n'avez pas remarqué, dit le magicien, et c'est l'entrée secrète. Vous voyez cette rune sur le côté ouest et la main qui la désigne ? Elle marque un passage caché vers les Salles Inférieures *.

* Se reporter à la carte placée en tête du volume.

– Il a pu être secret autrefois, dit Thorïn, mais comment savoir s'il l'est encore ? Le Vieux Smaug a vécu là assez longtemps pour découvrir tout ce qu'il y a à connaître de ces cavernes.

– Peut-être — mais il n'a pu l'utiliser depuis bien des années.

– Pourquoi donc ?

– Parce que le passage est trop petit. « La porte a cinq pieds de haut et trois peuvent passer de front », disent les runes, mais Smaug ne pourrait ramper par un trou de cette dimension, pas même quand il n'était qu'un petit dragon, et certainement pas après avoir dévoré tant de nains et d'hommes de Dale.

– Cela me paraît un très grand trou », vagit Bilbo (qui n'avait aucune expérience des dragons, mais seulement de trous de hobbits). Il oubliait d'observer le silence, tant son intérêt était de nouveau excité. Il adorait les cartes, et dans son vestibule en était suspendue une grande représentant tout le Pays d'Alentour, sur laquelle étaient tracées en rouge toutes ses promenades favorites.

« Comment pouvait-on tenir une si grande porte secrète pour tous à l'extérieur, hormis le dragon ? demanda-t-il (ce n'était qu'un petit hobbit, rappelez-vous).

– Il y avait bien des manières, dit Gandalf. Mais laquelle a été utilisée pour cette porte-ci, nous ne le saurons qu'en allant voir sur place. D'après les indications de la carte, je penserais qu'il y a une porte fermée, qui a été faite à la ressemblance exacte du flanc de la Montagne. C'est là la méthode habituelle aux nains — je ne pense pas me tromper, n'est-ce pas ?

– C'est tout à fait exact, dit Thorïn.

– Et puis, poursuivit Gandalf, j'ai oublié de mentionner qu'avec la carte il y avait une curieuse petite clef. La voici ! dit-il, tendant à Thorïn une clef d'argent au long canon et aux bouterolles compliquées. Gardez-la soigneusement !

– Oui, certes », dit Thorïn.

Et il l'accrocha à une belle chaîne qu'il avait au cou sous sa veste.

« À présent, les choses se présentent sous un meilleur jour. Cette nouvelle améliore grandement les perspectives. Jusqu'à présent, nous n'avions aucune idée claire sur ce qu'il convenait de faire. Nous pensions nous diriger vers l'est jusqu'au Long Lac, avec toute la prudence et le silence possibles. C'est après cela que les difficultés commenceraient...

– Ce ne sera pas tout de suite, pour autant que je connaisse les routes de l'Est, dit Gandalf, l'interrompant.

– De là, nous pourrions remonter le long de la Rivière Courante, continua Thorïn sans prêter attention, et gagner ainsi les ruines de Dale — la vieille ville qui se trouve là, dans la vallée, au pied de la Montagne. Mais nous n'aimons ni les uns ni les autres l'idée de la Porte Principale. La rivière en sort tout droit par le grand à-pic au sud de la Montagne, et c'est aussi par là que sort le dragon — beaucoup trop souvent, à moins qu'il n'ait changé ses habitudes.

– Cela ne servirait à rien, dit le magicien, tout au moins sans un puissant guerrier, pour ne pas dire un Héros. J'ai essayé d'en trouver un ; mais les guerriers sont occupés à batailler entre eux dans des pays lointains, et dans cette région les héros sont rares, sinon introuvables. Par ici, les épées sont pour la plupart émoussées, les haches, on s'en sert pour les arbres, et les boucliers servent de berceaux ou de couvercles de plats ; quant aux dragons, ils se trouvent à une distance tout à fait rassurante (et partant, relèvent de la légende). C'est pourquoi je me suis décidé pour le *cambriolage* : surtout quand j'ai repensé à l'existence de cette petite porte. Et voici notre petit Bilbo Baggins, *le* cambrioleur, le cambrioleur choisi et trié sur le volet. Ainsi donc, poursuivons et dressons des plans.

– Bon, dit Thorïn, à supposer que l'expert-cambrioleur nous donne des idées ou fasse des suggestions. »

Il se tourna vers Bilbo avec une ironique politesse.

« Je voudrais d'abord en savoir un peu plus long, dit celui-ci, tout confus et intérieurement un peu tremblant, mais, jusque-là, toujours décidé par son côté Took à poursuivre. Je veux dire en ce qui concerne l'or, le dragon et tout ça ; comment est-il venu là, à qui appartient-il, et ainsi de suite ?

– Dieu me bénisse ! dit Thorïn. N'avez-vous pas une carte ? N'avez-vous pas entendu notre chanson ? Et n'avons-nous pas parlé de la chose toutes ces dernières heures ?

– Tout de même, j'aimerais que tout cela soit clair et net, dit-il avec obstination, arborant sa manière pratique (d'ordinaire réservée aux gens qui essayaient de lui emprunter de l'argent) et faisant de son mieux pour paraître sage, prudent et expert, et être à la hauteur de la recommandation de Gandalf. J'aimerais aussi savoir quels seront les risques, les débours, le temps requis, la rémunération, etc. (par quoi il entendait : « Que retirerai-je ? et rentrerai-je vivant ? »).

– Oh ! bon, dit Thorïn. Il y a longtemps, du temps de mon grand-père Thror, notre famille fut chassée du Grand Nord et elle revint avec tous ses biens et ses outils à cette Montagne marquée sur la carte. Elle avait été découverte par mon lointain ancêtre, Thraïn l'Ancien ; mais alors, ils creusèrent des mines et des tunnels, et bâtirent de plus grandes salles et de plus grands ateliers — en plus de cela, je crois qu'ils trouvèrent beaucoup d'or et beaucoup de pierres précieuses aussi. En tout cas, ils devinrent immensément riches et fameux ; mon grand-père devint Roi sous la Montagne et il fut traité avec grand respect par les hommes qui vivaient vers le sud et s'étendaient graduellement le long de la Rivière Courante jusqu'à la vallée au pied de la Montagne. Ils édifièrent en ce temps-là l'aimable ville de Dale. Les Rois avaient accoutumé d'appeler nos forgerons et de récompenser très richement même les moins habiles. Les pères nous suppliaient de prendre leurs fils comme apprentis et nous payaient généreusement, surtout en vivres, que nous ne nous souciions jamais de faire pousser ou de nous procurer par nous-mêmes. Somme toute, ce fut pour nous un heureux temps, et le plus pauvre d'entre nous avait de l'argent à dépenser ou à prêter, et le loisir de fabriquer de beaux objets par simple plaisir, sans parler des jouets les plus merveilleux et les plus magiques, tels que l'on n'en trouve plus aujourd'hui dans le monde. Ainsi, les salles de mon grand-père regorgeaient-elles d'armures, de joyaux, de ciselures et de coupes, et le marché aux jouets de Dale était la merveille du Nord.

« Ce fut sans nul doute ce qui attira le dragon. Les dragons volent aux hommes, aux elfes et aux nains l'or et les bijoux, partout où ils peuvent les trouver ; et ils conservent leur butin tant qu'ils sont vivants (ce qui est pratiquement à jamais, à moins qu'ils ne soient tués), sans jamais en goûter le tintement d'airain. En fait, ils savent à peine discerner un beau travail d'un mauvais, encore qu'ils aient d'ordinaire une bonne idée de la valeur marchande courante ; et ils sont incapables de rien faire par eux-mêmes, fût-ce même réparer une écaille mal assujettie de leur armure. Il y avait en ce temps-là dans le Nord des quantités de dragons, et l'or s'y faisait sans doute rare, alors que tous les nains fuyaient vers le sud ou étaient tués, sans compter que le gaspillage et la destruction commis par les dragons empiraient de jour en jour. Il y avait un ver particulièrement avide, fort et méchant, du nom de Smaug. Un jour, il s'envola et vint dans le Sud. La première annonce que nous en eûmes fut un bruit semblable à celui d'un ouragan en provenance du nord et le grincement et le craquement des pins de la Montagne sous l'assaut du vent. Quelques-uns des nains se trouvaient dehors (j'en étais par chance) — beaux gars aventureux à l'époque, toujours le nez au vent, ce qui me sauva la vie ce jour-là. Or donc, d'une assez grande distance, nous vîmes le dragon se poser sur notre montagne dans une trombe de feu. Puis il descendit la pente et, quand il atteignit les bois, ils se mirent tous à flamber. À ce moment, toutes les cloches de Dale sonnèrent, et les guerriers prirent les armes. Les nains se précipitèrent par leur grande porte ; mais le dragon était là qui les attendait Aucun ne s'échappa de ce côté. De la rivière s'éleva une grande vapeur ; un brouillard s'étendit sur Dale et du milieu de ce brouillard le dragon fondit sur eux et détruisit la plupart des guerriers — c'était toujours la même malheureuse histoire, trop courante en ce temps-là. Après quoi, il retourna se glisser sous la Porte Principale et fit place nette dans tous les passages, les tunnels, les allées, les caves, les salles et les appartements. Il ne resta plus alors sous la Montagne un seul nain vivant, et il s'empara de tous leurs biens. Sans doute les a-t-il amassés loin à l'intérieur en un seul grand tas dont il se sert comme lit pour dormir, car c'est là la façon des dragons. Par la suite, il prit l'habitude de se glisser la nuit hors de la grande porte et de venir à Dale, d'où il enlevait des gens, particulièrement des jeunes filles, pour les dévorer, jusqu'à ce qu'enfin la ville fût ruinée et tous les habitants morts ou partis. Ce qui se passe là-bas maintenant, je n'en sais rien de précis, mais je suppose que personne ne vit aujourd'hui plus près de la Montagne que l'extrémité du Long Lac.

« Les quelques-uns d'entre nous qui étaient bien à l'extérieur s'assirent pour pleurer en cachette, maudissant Smaug ; et là, nous fûmes rejoints de façon inattendue par mon père et mon grand-père, dont les barbes étaient roussies. Ils avaient un air très sombre, mais ils ne dirent que très peu de chose. Quand je leur demandai comment ils s'étaient échappés, ils m'invitèrent à me taire, me disant que je le saurais en temps utile. Après cela, nous partîmes, et nous dûmes gagner notre vie tant bien que mal en errant dans le pays, allant jusqu'à nous faire maréchal-ferrant ou même mineur. Mais nous n'avons jamais oublié notre trésor volé. Et même aujourd'hui que nous avons mis passablement de côté et que nous ne sommes pas si mal en point, je l'avoue (ici, Thorïn caressa la chaîne d'or qu'il portait au cou), nous entendons toujours le récupérer et faire subir à Smaug, si nous le pouvons, l'effet de nos malédictions.

« Je me suis souvent interrogé sur la façon dont mon père et mon grand-père s'étaient échappés. Je vois maintenant qu'ils devaient disposer d'une porte dérobée connue d'eux seuls. Mais ils avaient apparemment dressé une carte, et j'aimerais savoir comment Gandalf s'en est emparé, alors qu'elle aurait dû m'échoir, à moi leur héritier légitime.

– Je ne m'en suis pas “emparé” ; elle m'a été donnée, dit le magicien. Votre grand-père Thror fut tué par Azog le Gobelin dans les mines de Moria, vous vous en souvenez.

– Oui, maudit soit-il ! dit Thorïn.

– Et Thraïn, votre père, partit le 21 avril, il y a eu cent ans jeudi dernier, et vous ne l'avez jamais revu depuis lors…

– C'est exact, oui, dit Thorïn.

– Eh bien, votre père m'a remis ceci afin que je vous le donne ; et si j'ai choisi mon propre moment et ma propre façon pour ce faire, vous ne sauriez guère m'en blâmer, vu la difficulté que j'ai eue à vous trouver. Votre père ne se souvenait pas de son propre nom quand il m'a remis le papier, et il ne m'a jamais dit le vôtre ; de sorte que j'estime, somme toute, mériter des louanges et des remerciements ! Voici le document, dit-il, tendant la carte à Thorïn.

– Je ne comprends pas », dit Thorïn.

Et Bilbo eut le sentiment qu'il aurait aimé dire la même chose. L'explication ne semblait rien expliquer.

« Votre grand-père, reprit le magicien avec lenteur et sévérité, avait donné la carte à son fils pour plus de sécurité avant de se rendre aux mines de Moria. Après la mort de votre grand-père, votre père s'en fut tenter sa chance avec la carte ; et il eut des tas d'aventures des plus pénibles, mais il n'arriva jamais près de la Montagne. Comment il y aboutit, je l'ignore ; toujours est-il que je le trouvai prisonnier dans les cachots du Nécromancien.

– Que diable faisiez-vous là ? » demanda Thorïn avec un frisson.

Et tous les nains frémirent.

« N'importe. Je prenais mes renseignements comme d'ordinaire ; et c'était une vilaine et dangereuse affaire, certes. Même moi, Gandalf, je n'échappai que de justesse. J'ai essayé de sauver votre père, mais il était trop tard. Il avait perdu la raison ; il divaguait et avait presque tout oublié, hormis la carte et la clef.

– Il y a longtemps que nous avons fait payer les gobelins de Moria, dit Thorïn ; il va nous falloir accorder une pensée au Nécromancien.

– Ne soyez pas absurde ! C'est un ennemi dont le pouvoir est bien au-dessus de celui de tous les nains réunis, pût-on même les rassembler de nouveau des quatre coins du monde. Le seul vœu de votre père était que son fils lût la carte et se servît de la clef. Le dragon et la Montagne sont des tâches plus que suffisantes pour vous !

– Écoutez ! Écoutez ! pensa Bilbo, qui par mégarde prononça ces mots à haute voix.

– Écoutez quoi ? » dirent-ils tous, se tournant soudain vers lui.

Et son trouble fut tel qu'il s'écria : « Écoutez ce que j'ai à dire !

– Et qu'est-ce que c'est ? demandèrent-ils.

– Eh bien, je trouve que vous devriez aller du côté de l'est et examiner un peu les choses. Après tout, il y a cette porte dérobée, et les dragons doivent bien dormir parfois, je suppose. Si vous restez assez longtemps sur le seuil, je suis sûr que vous aurez une idée. Et puis, après tout, je pense que nous avons assez discuté pour ce soir, si vous voyez ce que je veux dire. Que penseriez-vous d'aller nous coucher, de partir de bonne heure, etc. ? Je vous donnerai un bon petit déjeuner avant votre départ.

– Avant notre départ, vous voulez dire, je pense, fit Thorïn. N'est-ce pas vous le Cambrioleur ? Et ne vous revient-il pas de rester, vous, sur le seuil, si ce n'est de passer de l'autre côté de la porte ? Mais je suis d'accord pour le coucher et le petit déjeuner. J'aime avoir six œufs avec mon jambon quand je pars en voyage : sur le plat, pas pochés, et faites attention à ne pas crever les jaunes. »

Quand les autres eurent commandé leur petit déjeuner, sans le moindre « s'il vous plaît » (ce qui ennuya fort Bilbo), ils se levèrent tous ensemble. Le hobbit dut trouver une place pour chacun ; il remplit toutes ses chambres d'amis, fit des lits sur des fauteuils et des sofas, et, quand il eut enfin casé tout son monde, il gagna son propre petit lit, très fatigué et pas entièrement heureux. Il était une chose qu'il avait bien décidée : c'était de ne pas se soucier de se lever très tôt pour préparer le sacré petit déjeuner de tous les autres. L'influence Took s'effaçait, et il n'était plus bien sûr de partir le lendemain matin pour un voyage quelconque.

Couché dans son lit, il entendait Thorïn qui continuait à fredonner pour lui-même dans la meilleure chambre, voisine :

Loin au-delà des montagnes froides et embrumées
Vers des cachots profonds et d'antiques cavernes,
Il nous faut aller avant le lever du jour
Pour trouver notre or longtemps oublié.

Bilbo s'endormit avec cet écho dans les oreilles et il en eut des rêves peu agréables. Ce ne fut que longtemps après le lever du jour qu'il s'éveilla.

2

Grillade de mouton

Bilbo sauta à bas de son lit et, après avoir enfilé sa robe de chambre, il se rendit dans la salle à manger. Là, il ne vit personne, mais il y avait tous les signes d'un plantureux déjeuner pris à la hâte. Dans toute la pièce régnait un affreux désordre et, dans la cuisine, il constata la présence de quantité de pots sales. Il semblait que l'on eût usé de la presque totalité de ce qu'il possédait en fait de pots et de casseroles. Le lavage de la vaisselle était tristement réel, et Bilbo fut bien obligé de croire que la réception de la veille ne relevait pas de ses mauvais rêves comme il s'était plu à l'espérer. En vérité, il se sentait plutôt soulagé, tout compte fait, à la pensée qu'ils étaient tous partis sans lui et sans se préoccuper de le réveiller (« mais sans même un merci », pensa-t-il) ; et pourtant, d'un certain côté, il ne pouvait se retenir d'éprouver un brin de déception. Ce sentiment le surprit.

« Ne sois pas stupide, Bilbo Baggins ! se dit-il ; à ton âge, penser à des dragons et à toutes ces fariboles du bout du monde ! »

Il passa donc un tablier, alluma des feux, mit de l'eau à bouillir et fit la vaisselle. Après quoi, il prit un bon petit déjeuner dans la cuisine avant de nettoyer la salle à manger. À ce moment, le soleil brillait ; et la porte de devant, ouverte, laissait pénétrer une tiède brise printanière. Bilbo se mit à siffler avec force et à oublier la soirée de la veille. En fait, il s'asseyait juste devant un second et agréable petit déjeuner dans la salle à manger à côté de la fenêtre ouverte, lorsque Gandalf entra.

« Alors, mon cher, dit-il, quand allez-vous vous décider à venir ? On avait parlé d'un départ à l'aube — et vous voilà en train de prendre votre petit déjeuner, ou je ne sais comment vous appelez cela, à dix heures et demie ! Ils vous ont laissé le mot, parce qu'ils ne pouvaient attendre.

– Quel mot ? dit le pauvre Baggins, tout en émoi.

– Par les Grands Éléphants ! s'écria Gandalf, vous n'êtes pas dans votre assiette, ce matin — vous n'avez même pas épousseté la cheminée !

– Qu'est-ce que cela a à voir avec la question ? J'ai eu assez à faire avec la vaisselle de quatorze personnes !

– Si vous aviez épousseté la cheminée, vous auriez trouvé ceci glissé sous la pendule », dit Gandalf, tendant à Bilbo une lettre (écrite sur son propre papier, naturellement). Voici ce qu'il lut :

« Thorïn et Cie au Cambrioleur Bilbo, salut ! Nos plus sincères remerciements pour votre hospitalité, et notre reconnaissante acceptation de votre offre d'assistance technique. Conditions : paiement à la livraison, jusqu'à concurrence d'un quatorzième des bénéfices totaux (s'il y en a), tous frais de voyage garantis en tout état de cause ; frais d'enterrement à notre charge ou à celle de nos représentants s'il y a lieu et si la question n'est pas réglée autrement.

« Jugeant inutile de déranger votre repos estimé, nous sommes partis en avant pour faire les préparatifs requis, et nous attendrons votre personne respectée à l'auberge du Dragon Vert, Près de l'Eau, à onze heures précises. Comptant sur votre *ponctualité*,

Nous avons l'honneur d'être
vos profondément dévoués,
Thorïn et Cie. »

« Cela ne vous laisse que dix minutes. Il vous faudra courir, dit Gandalf.

– Mais..., fit Bilbo.

– Il n'y a pas le temps, dit le magicien.

– Mais... répéta Bilbo.

– Pas le temps pour cela non plus ! Ouste ! »

Jusqu'à la fin de ses jours, Bilbo ne devait jamais oublier comment il s'était trouvé dehors, sans chapeau, sans canne, sans argent, sans rien de ce qu'il prenait généralement pour sortir ; il avait laissé son second petit déjeuner à demi consommé, la vaisselle aucunement faite ; ayant fourré ses clefs dans la main de Gandalf, il avait dévalé le chemin de toute la vitesse de ses pieds poilus, passé devant le grand Moulin, traversé l'Eau et couru sur un mille et plus.

Il était bien essoufflé, en arrivant à Près de l'Eau comme onze heures sonnaient, et il constata alors qu'il avait oublié son mouchoir !

« Bravo ! » s'écria Balïn qui, du seuil, surveillait la route.

À ce moment, tous les autres tournèrent le coin, venant du village. Ils étaient montés sur des poneys, dont chacun était chargé de tout un attirail de bagages, ballots, paquets. Il y en avait un très petit, apparemment destiné à Bilbo.

« En selle, tous les deux, et partons ! dit Thorïn.

– Je suis navré, dit Bilbo, mais je suis venu sans chapeau, je n'ai pas de mouchoir et je n'ai pas d'argent. Je n'ai trouvé votre mot qu'à dix heures quarante-cinq, pour être précis.

– Ne soyez pas précis, dit Dwalïn, et ne vous en faites pas ! Il vous faudra vous passer de mouchoir et de bien d'autres choses avant d'arriver au terme du voyage. Quant au chapeau, j'ai dans mes bagages un capuchon et une cape de rechange. »

Et voilà comment ils partirent de l'auberge par un beau matin juste avant le mois de mai, au petit trot de poneys bien chargés ; et Bilbo portait un capuchon vert foncé (un peu délavé par les intempéries) et une cape de même couleur, empruntés à Dwalïn. Ils étaient trop grands pour lui, et il avait un air assez comique. Ce que son père Bungo aurait pensé de lui, je n'ose y songer. Sa seule consolation était de ne pouvoir être pris pour un nain, puisqu'il n'avait pas de barbe.

Ils n'avaient pas parcouru beaucoup de chemin, que parut Gandalf, splendidement monté sur un cheval blanc. Il apportait une provision de mouchoirs, ainsi que la pipe et le tabac de Bilbo. Aussi, après cela, le groupe poursuivit son chemin tout à fait gaiement ; on raconta des histoires, on chanta des chansons en chevauchant toute la journée, hormis naturellement les arrêts pour les repas. Ceux-ci ne se produisaient pas tout à fait aussi souvent que Bilbo l'eût souhaité, mais il commençait cependant à trouver que les aventures n'étaient pas si désagréables après tout.

On avait commencé par traverser une région de hobbits, un pays convenable habité par d'honnêtes gens, avec de bonnes routes, quelques auberges et de temps à autre un nain ou un fermier se rendant d'un pas tranquille à ses affaires. Puis on était arrivé dans des contrées où les gens usaient d'un langage étrange et chantaient des chansons que Bilbo n'avait jamais entendues. Et maintenant on avait pénétré loin à l'intérieur des Terres Solitaires, où on ne voyait plus personne, où il n'y avait plus d'auberges et où les routes devenaient franchement mauvaises. Non loin devant eux s'élevaient, de plus en plus haut, de mornes collines, couvertes d'arbres noirs. Certaines étaient couronnées de vieux châteaux à l'air sinistre, comme s'ils avaient été construits par de mauvaises gens. Tout revêtait un aspect sombre, car le temps avait pris mauvaise tournure. Jusque-là, il avait été aussi beau qu'il peut l'être au mois de mai, même dans les contes joyeux ; mais à présent il faisait froid et humide. Dans les Terres Solitaires, ils avaient dû camper quand ils le pouvaient, mais au moins y faisait-il sec.

« Dire que ce sera bientôt juin », grogna Bilbo, qui barbotait derrière les autres dans un sentier fort boueux.

Le moment du thé était passé ; il pleuvait à verse, comme il avait fait tout le long de la journée ; son capuchon lui dégouttait dans les yeux, sa cape était saturée d'eau ; le poney était fatigué et bronchait sur les pierres ; les autres étaient trop maussades pour parler.

« Et je suis sûr que la pluie s'est infiltrée dans les vêtements secs et dans les sacs de provisions, pensa Bilbo. La peste soit de la cambriole et de tout ce qui y touche ! Je voudrais bien être chez moi au coin du feu dans mon gentil trou, avec la bouilloire en train de commencer à chanter ! »

Ce ne devait pas être la dernière fois qu'il se dirait cela !

Les nains continuaient cependant à trotter, sans jamais se retourner ni prêter attention au hobbit. Quelque part derrière les nuages gris, le soleil avait dû se coucher, car il commençait à faire sombre tandis qu'ils descendaient dans une vallée profonde, au fond de laquelle coulait une rivière. Le vent se leva, et les saules, le long des rives, se courbaient en gémissant. Heureusement, la route passait sur un vieux pont de pierre, car la rivière, enflée par les pluies, descendait impétueusement des collines et des montagnes du Nord.

Quand ils eurent traversé, il faisait presque nuit. Le vent dispersa les nuages gris, et une lune vagabonde parut au-dessus des collines parmi les lambeaux flottants. Ils s'arrêtèrent alors et Thorïn murmura quelque chose au sujet du souper : « Et où trouver un coin sec pour dormir ? »

Ce fut à ce moment seulement qu'ils s'aperçurent de l'absence de Gandalf. Jusque-là, il les avait accompagnés tout du long, sans jamais dire s'il prenait vraiment part à l'expédition ou s'il leur faisait juste un bout de conduite. Il avait toujours été le premier pour ce qui était de manger, de parler et de rire. Mais maintenant il avait tout simplement disparu !

« Et précisément au moment où un magicien aurait été le plus utile ! » grognèrent Dori et Nori (qui partageaient les vues du hobbit sur la nécessité de repas abondants et fréquents).

Ils décidèrent finalement de camper où ils se trouvaient. Ils gagnèrent un bouquet d'arbres, et, bien qu'à cet abri le terrain fût plus sec, le vent faisait tomber les gouttes des feuilles et le ruissellement était extrêmement désagréable. Et la malice semblait avoir gagné le feu. Les nains peuvent faire du feu à peu près n'importe où avec à peu près n'importe quoi, qu'il y ait du vent ou non ; mais ce soir-là, ils n'y parvinrent pas, même pas Oïn et Gloïn, qui y étaient particulièrement experts.

Et puis, l'un des poneys, prenant peur sans raison, se précipita dans la rivière avant qu'on ne pût le rattraper. Pour l'en ressortir, Fili et Kili furent bien près de se noyer, tandis que tout le bagage qu'il portait était arraché de son dos. Naturellement, c'était surtout de la nourriture, et il resta bien peu de chose pour le dîner et moins encore pour le petit déjeuner.

Les voilà donc assis, maussades, mouillés et marmonnant, tandis qu'Oïn et Gloïn persistaient dans leurs efforts pour allumer le feu et se querellaient à ce sujet. Bilbo méditait tristement sur ce que les aventures ne consistent pas toujours en promenades à dos de poney dans le soleil de mai, quand Balïn, leur guetteur attitré, s'écria : « Il y a une lumière là-bas ! »

Une colline s'élevait à quelque distance, avec des arbres, par endroits assez épais. Du milieu de la masse sombre, ils virent alors briller une lumière, une lumière rougeâtre à l'aspect réconfortant, comme d'un feu ou de torches clignotantes.

Après un moment de contemplation, ils se mirent à discuter. Les uns disaient « non », d'autres « oui ». Certains déclarèrent qu'il n'y avait qu'à aller voir et que tout valait mieux qu'un maigre souper, un petit déjeuner plus maigre encore et des vêtements humides pour la nuit entière.

D'autres répondirent : « Ces régions sont assez peu connues, et elles sont trop proches des montagnes. Les voyageurs viennent rarement par ici, à présent. Les vieilles cartes ne sont d'aucune utilité : les choses ont changé en mal, et la route n'est pas gardée. Ils ont même à peine entendu parler du roi dans ces parages, et moins vous vous montrerez curieux en les traversant, moins vous risquerez sans doute d'ennuis. »

Certains dirent : « Après tout, nous sommes quatorze. »

D'autres demandèrent : « Où est passé Gandalf ? »

Cette remarque, tout le monde la répéta. Et alors la pluie se mit à tomber à torrents plus forts que jamais, et Oïn et Gloïn commencèrent à se battre.

Cela décida de la question : « Après tout, nous avons avec nous un cambrioleur », dirent-ils.

Et ils décampèrent, poussant leurs poneys (avec toute la prudence voulue) en direction de la lumière. Ils arrivèrent à la colline et furent bientôt dans le bois. Ils commencèrent à grimper, mais on ne voyait aucun sentier tracé susceptible de mener à une maison ou à une ferme ; et, malgré toutes leurs précautions, ils produisaient passablement de bruissements et de craquements (sans compter une bonne dose de bougonnements et de grognements) en passant sous les arbres, dans la nuit noire.

Soudain la lumière rouge brilla avec un grand éclat entre les troncs, à petite distance devant eux.

« C'est maintenant au cambrioleur d'agir, dirent-ils, entendant par là Bilbo. Il faut aller voir ce que c'est que cette lumière, à quoi elle sert et s'il n'y a aucun danger, dit Thorïn au hobbit. Sautez et revenez vite si tout va bien. Dans le cas contraire, revenez si vous le pouvez ! Et si vous ne le pouvez pas, poussez deux ululements d'effraie et un de chouette, et nous ferons ce que nous pourrons. »

Bilbo dut partir, sans même pouvoir expliquer qu'il ne savait pas plus ululer, fût-ce une seule fois, à la manière d'aucune sorte de hibou qu'il n'aurait pu voler comme une chauve-souris. Mais en tout cas les hobbits peuvent se déplacer dans les bois sans faire de bruit, sans faire le moindre bruit. Ils en sont fiers, et Bilbo avait marqué à plusieurs reprises au cours de leur randonnée son dédain pour ce qu'il appelait « tout ce boucan de nains », quoique, je le suppose, ni vous ni moi n'aurions rien remarqué par une nuit venteuse, toute la cavalcade eût-elle passé à deux pieds de distance. Pour ce qui était de Bilbo, tandis qu'il avançait d'un pas compassé vers la lumière rouge, je pense que pas même une belette n'aurait bougé d'un poil de sa moustache. Il arriva donc, naturellement, jusqu'au feu — car c'en était un — sans déranger personne. Et voici ce qu'il vit.

Trois personnages de très forte carrure étaient assis autour d'un très grand feu de bûches de hêtre. Ils faisaient rôtir du mouton sur de longues broches de bois et léchaient la sauce sur leurs doigts. Une bonne et appétissante odeur se répandait alentour. Ils avaient aussi à portée de la main un tonneau de bonne boisson, et ils buvaient dans des pichets. Mais c'étaient des trolls. Manifestement des trolls. Même Bilbo pouvait le voir, en dépit de sa vie passée bien à l'abri : à leur grande et lourde face, à leur taille et à la forme de leurs jambes, sans parler de leur langage, qui n'était pas du tout, mais là pas du tout celui des salons.

« Du mouton hier, du mouton aujourd'hui et, le diable m'emporte ! ça m'a tout l'air de devoir être encore du mouton demain, dit un des trolls.

– Pas un sacré morceau de chair humaine depuis je ne sais combien de temps, dit un second. À quoi, bon Dieu ! pouvait penser William pour nous amener par ici, je me l'demande ; et la boisson va manquer, qui pis est », continua-t-il, poussant le coude de William qui prenait une lampée de son pichet.

William s'étrangla : « Ferme ça ! dit-il aussitôt qu'il le put. Tu vas pas espérer que les gens vont toujours rester là uniquement pour se faire manger par toi et par Bert. À vous deux, vous avez dévoré un village et demi depuis qu'nous sommes descendus des montagnes. Combien qu't'en veux encore ? Et la chance nous a pas mal servis, alors tu d'vrais dire : "Merci, Bill, pour un bon morceau de mouton gras de la vallée comme celui-ci." »

Il mordit à belles dents dans un gigot qu'il rôtissait et s'essuya les lèvres sur sa manche.

Oui, je crains que ce ne soient là les façons des trolls, même les monocéphales. Ayant entendu tout cela, Bilbo aurait dû faire immédiatement quelque chose. Soit retourner sans bruit avertir ses amis qu'il y avait là trois trolls de bonne dimension et assez mal disposés, tout prêts sans doute à goûter du nain, voire du poney rôti pour changer ; soit s'exercer à un bon et rapide cambriolage. Un cambrioleur de premier ordre, légendaire, aurait à ce moment fait les poches des trolls — ce qui vaut presque toujours la peine, quand on peut y arriver ; il aurait chipé le mouton même sur les broches, dérobé la bière, et s'en serait allé sans avoir été remarqué. D'autres, plus positifs, mais doués de moins d'amour-propre professionnel, auraient peut-être planté un poignard dans le corps de chacun d'eux avant qu'ils ne s'en fussent aperçus. Après quoi, on aurait passé joyeusement la nuit.

Bilbo le savait. Il avait beaucoup lu sur des choses qu'il n'avait jamais vues ou jamais faites. Il était extrêmement alarmé et aussi dégoûté ; il aurait voulu être à mille lieues de là — et pourtant quelque chose l'empêchait de retourner tout droit, les mains vides, auprès de Thorïn et Cie. Il resta donc là, hésitant, dans l'ombre. De tous les procédés de cambriolage dont il avait connaissance, le vol à la tire dans les poches des trolls lui sembla présenter le moins de difficultés ; aussi finit-il par se glisser derrière un arbre juste dans le dos de William.

Bert et Tom allèrent au tonneau. William prenait encore un pot. Bilbo rassembla alors tout son courage et mit sa petite main dans l'énorme poche de William. Il y avait là un porte-monnaie, pour Bilbo aussi grand qu'un sac : « Ha ! voilà toujours un commencement ! » pensa-t-il, s'échauffant pour son nouveau travail, tandis qu'il tirait soigneusement l'objet.

C'était bien un commencement ! Les porte-monnaie de trolls ont de la malice, et celui-ci ne faisait pas exception.

« Holà, qui êtes-vous ? fit-il d'un ton aigu, comme il sortait de la poche.

– Crénom ! Regarde un peu ce que j'ai attrapé, Bert ! dit William.

– Qu'est-ce que c'est ? dirent les autres, s'approchant.

– Du diable si je le sais ! Qu'est-ce que t'es ?

– Bilbo Baggins, un camb… un hobbit, dit le pauvre Bilbo, tremblant de tous ses membres et se demandant comment faire des bruits de chouette avant d'être étranglé.

– Un cambunhobbit ? » s'écrièrent-ils, un peu saisis. Les trolls ont l'esprit assez lent et ils se méfient énormément de toute nouveauté.

« Qu'est-ce qu'un cambunhobbit a à voir dans ma poche de toute façon ? dit William.

– Et ça se cuit-il ? demanda Tom.

– Tu peux toujours essayer, dit Bert, ramassant une brochette.

– Une fois dépiauté et désossé, il ne ferait pas plus d'une bouchée, fit remarquer William, qui avait déjà bien dîné.

– Peut-être qu'y en a d'autres comme lui dans les environs et qu'on pourrait faire un pâté, suggéra Bert. Dites donc, y en a-t-il d'autres de votre espèce en train de fureter dans les bois, sale petit lapin ? » ajouta-t-il, les yeux fixés sur les pieds poilus du hobbit.

Et, le ramassant par les orteils, il se mit à le secouer.

« Oui, des quantités, répondit Bilbo, avant de s'être rappelé qu'il ne devait pas trahir ses amis. Non, pas du tout, pas un seul, enchaîna-t-il.

– Qu'est-ce que tu veux dire ? dit Bert, le tenant à l'endroit, par les cheveux, cette fois.

– Ce que je dis, fit Bilbo, haletant. Et, je vous en prie, ne me faites pas cuire, mes bons messieurs ! Je suis un excellent cuisinier moi-même, et je cuis mieux que je ne cuis, si vous voyez ce que je veux dire. Je vous ferai de la succulente cuisine, un petit déjeuner parfaitement merveilleux, si seulement vous voulez bien ne pas me prendre pour souper.

– Pauvre petit bonhomme, dit William (il avait déjà avalé tout ce qu'il pouvait contenir ; et il avait aussi bu une grande quantité de bière). Le pauvre petit bonhomme ! Laissez-le aller !

– Pas avant qu'il ne nous ait expliqué ce qu'il entend par *des quantités et pas du tout*, déclara Bert. Je ne tiens nullement à avoir la gorge tranchée pendant mon sommeil ! Tenez-lui les pieds dans le feu jusqu'à ce qu'il parle !

– Je ne veux pas de ça, dit William. C'est moi qui l'ai attrapé, de toute façon.

– T'es un gros imbécile, William, dit Bert, ce n'est pas la première fois que je le dis.

– Et toi, t'es un butor !

– Ça, j'vais pas accepter ça de ta part, Bill Hugins », dit Bert, mettant son poing dans l'œil de William.

Il y eut alors une magnifique bagarre. Il restait tout juste assez de présence d'esprit chez Bilbo, quand Bert le laissa tomber à terre, pour s'écarter à quatre pattes de sous leurs pieds avant qu'ils ne fussent occupés à se battre comme des chiens et à se traiter à voix très forte de tous les noms parfaitement véridiques et applicables. Bientôt, ils furent étroitement enlacés et ils roulèrent presque dans le feu, ruant et cognant, tandis que Tom les fouettait avec une branche pour les ramener à la raison — ce qui ne faisait naturellement que les rendre plus furieux encore.

C'eût été, pour Bilbo, le moment de filer. Mais ses pauvres petits pieds avaient été fortement écrasés dans la large patte de Bert, il n'avait plus de souffle dans le corps et la tête lui tournait ; de sorte qu'il resta un moment à tituber juste en dehors du cercle de lumière du feu.

En plein milieu de la lutte survint Balïn. Les nains avaient entendu de loin des bruits et, après avoir attendu un moment le retour ou le ululement de Bilbo, ils étaient partis l'un après l'autre en rampant le plus silencieusement possible vers la lumière. À peine Tom eut-il vu paraître Balïn qu'il poussa un affreux hurlement. Les trolls détestent tout simplement la vue des nains (quand ils ne sont pas cuits). Bert et Bill arrêtèrent instantanément le combat pour s'écrier : « Un sac, Tom, vite ! »

Avant que Balïn, qui se demandait où, dans tout cette confusion, se trouvait Bilbo, se rendît compte de ce qui se passait, un sac lui enveloppa la tête, et il fut à terre.

« Il y en a d'autres à venir, ou je me trompe fort, dit Tom. Des quantités et pas du tout, que c'est. Pas des cambunhobbits, mais des quantités de ces nains. Voilà à peu près comment ça se présente !

– J'ai idée que t'as raison, dit Bert ; et on f'rait mieux de sortir de la lumière. »

Ce qu'ils firent. Tenant à la main les sacs dont ils se servaient pour emporter le mouton et autre butin, ils attendirent dans l'ombre. Au fur et à mesure que les nains arrivaient et regardaient avec surprise le feu, les pots renversés et le mouton rongé, crac ! un vilain sac puant leur enserrait la tête et ils étaient jetés à terre. Bientôt, Dwalïn et Balïn furent étendus côte à côte, Fili et Kili ensemble, Dori, Nori et Ori en tas, et Oïn,

Gloïn, Bifur, Bofur et Bombur inconfortablement empilés près du feu.

« Voilà qui leur apprendra ! » dit Tom ; car Bifur et Bombur leur avaient donné beaucoup de mal, se battant comme des forcenés, comme font les nains quand ils sont acculés.

Thorïn arriva en dernier — il ne fut pas pris à l'improviste. Il s'attendait à quelque mauvais tour, et il n'avait pas besoin de voir les jambes de ses amis dépassant des sacs pour comprendre que les choses n'allaient pas pour le mieux. Il resta à distance dans l'ombre, se demandant « Qu'est-ce que tout ce tintouin ? Qui donc a malmené mes gens ?

– Ce sont des trolls ! répondit de derrière un arbre Bilbo, que les autres avaient complètement oublié. Ils sont cachés dans les fourrés avec des sacs.

– Ah ! vraiment ? » dit Thorïn.

Et il bondit jusqu'au feu avant qu'ils n'eussent pu lui sauter dessus. Il saisit une grande branche, tout enflammée à un bout ; et Bert reçut ce bout dans l'œil avant d'avoir pu s'écarter. Cela le mit hors de combat pour un moment. Bilbo fit de son mieux. Il attrapa une jambe de Tom — tant bien que mal, car elle avait l'épaisseur d'un jeune tronc d'arbre — mais il fut envoyé au-dessus des buissons quand Tom décocha des coups de pied dans le feu pour projeter les étincelles dans la figure de Thorïn.

En retour, Tom reçut la branche dans les dents et il en perdit une de devant, ce qui lui fit pousser un beau hurlement. Mais juste à ce moment, William, s'approchant par-derrière, jeta un sac sur la tête de Thorïn et jusqu'à ses pieds. Et ainsi la lutte prit fin. Ils se trouvaient dans un beau pétrin, maintenant : tous proprement ficelés dans des sacs, avec trois trolls furieux (dont deux avaient le souvenir cuisant de brûlures et de contusions), assis à côté et discutant pour savoir s'ils devaient les rôtir à petit feu, les hacher menu pour les faire bouillir ou simplement s'asseoir sur eux pour les réduire en gelée ; tandis que Bilbo restait terré dans un buisson, les vêtements et la peau déchirés, sans oser bouger de peur d'être entendu.

Ce fut alors que Gandalf revint. Mais personne ne le vit. Les trolls venaient de décider de rôtir les nains tout de suite pour les manger plus tard : l'idée venait de Bert, et, après une longue discussion, tous s'y étaient ralliés.

« Pas la peine de les rôtir maintenant, ça prendrait toute la nuit », dit une voix.

Bert crut que c'était celle de William.

« Ne reprends pas toute la discussion, Bill, dit-il, sans quoi il y faudra en effet toute la nuit.

– Qui donc discute ? dit William, croyant que c'était Bert qui avait parlé.

– Toi, dit Bert.

– Tu mens », dit William.

Et la discussion reprit de plus belle. Finalement, ils décidèrent de hacher menu les nains et de les faire bouillir. Ils sortirent donc une grande marmite noire et tirèrent leurs couteaux.

« On ne peut pas les faire bouillir ! On n'a pas d'eau, et le puits est au diable », dit une voix.

Bert et William crurent que c'était celle de Tom.

« La ferme ! dirent-ils. On n'en finira jamais. Et tu iras chercher l'eau toi-même, si tu l'ouvres encore.

– La ferme toi-même ! dit Tom, qui pensait que c'était la voix de William. Qui discute, sinon toi, je voudrais bien le savoir !

– Tu n'es qu'un idiot, dit William.

– Idiot toi-même ! » dit Tom.

Et la discussion reprit de plus belle et se poursuivit plus chaude que jamais jusqu'à ce qu'enfin ils décident de s'asseoir sur les sacs l'un après l'autre pour les écraser, et les faire bouillir ultérieurement.

« Par lequel va-t-on commencer ? dit une voix.

– Le mieux est de commencer par le dernier bonhomme », dit Bert, dont l'œil avait été endommagé par Thorïn.

Il croyait que c'était Tom qui parlait.

« Ne parle pas tout seul ! dit Tom. Mais si tu veux t'asseoir sur le dernier, fais-le. Lequel est-ce ?

– Celui qu'a des bas jaunes, dit Bert.

– Allons donc, c'est celui qu'a des bas gris, dit une voix semblable à celle de William.

– J'ai bien vu qu'ils étaient jaunes, dit Bert.

– Ils étaient jaunes, dit William.

– Alors pourquoi qu't'as dit qu'ils étaient gris ? dit Bert.

– J'ai jamais dit ça. C'est Tom qui l'a dit.

– Jamais de la vie ! dit Tom. C'était toi.

– Deux contre un, alors boucle-la ! dit Bert.

– À qui qu'tu causes ? dit William.

– Oh ! assez, dirent Tom et Bert ensemble. La nuit s'avance et l'aube vient de bonne heure. Finissons-en.

– Que l'aube vous saisisse tous et soit pour vous de pierre ! » dit une voix qui sonnait comme celle de William.

Mais ce n'était pas elle. Car, juste à ce moment, la lumière parut au-dessus de la colline, et il y eut un puissant gazouillis dans les branches. William ne souffla mot il avait été pétrifié là, tandis qu'il se baissait ; et Bert et Tom avaient été plantés comme des rocs pendant qu'ils le regardaient. Et ils se dressent encore là à ce jour, tout seuls, à moins que les oiseaux ne perchent sur leur personne ; car vous le savez sans doute, les trolls doivent se trouver sous terre avant l'aurore, ou ils retournent à la matière des montagnes dont ils sont sortis et ne font plus un mouvement. C'était ce qui était arrivé à Bert, Tom et William.

« Excellent ! » dit Gandalf, sortant de derrière un arbre et aidant Bilbo à descendre d'un arbrisseau épineux. Bilbo comprit alors. C'était la voix du magicien qui avait maintenu la querelle et la zizanie entre les trolls jusqu'à ce que la lumière du jour vînt en finir avec eux.

La tâche suivante fut de délier les sacs et de libérer les nains. Ils étaient presque suffoqués et très ennuyés : ils n'avaient éprouvé aucun plaisir à être couchés là et à entendre les trolls discuter de leur rôtissage, de leur réduction en bouillie ou de leur hachement menu. Pour les satisfaire, Bilbo dut raconter deux fois de suite ses aventures.

« Ce n'était pas le moment de vous exercer au chapardage ou au vol à la tire, alors que ce qu'il nous fallait, c'était du feu et de la nourriture ! dit Bombur.

– Et c'est précisément ce que vous n'auriez pas obtenu de ces gens sans vous battre, de toute façon, dit Gandalf. Quoi qu'il en soit, vous êtes en train de perdre votre temps. Ne vous rendez-vous pas compte que les trolls doivent avoir une caverne ou un trou creusé près d'ici pour se cacher du soleil ? Il faut y jeter un coup d'œil ! »

Ils cherchèrent alentour et ils ne tardèrent pas à découvrir les empreintes des souliers de pierre des trolls, qui partaient parmi les arbres. Ils suivirent la trace au flanc de la colline jusqu'à une grande porte de pierre dissimulée par des buissons, laquelle fermait une caverne. Mais ils ne purent l'ouvrir, même en poussant tous à la fois, tandis que Gandalf essayait diverses incantations.

« Ceci servirait-il à quelque chose ? demanda Bilbo, quand ils commencèrent à être fatigués et mécontents. Je l'ai trouvé par terre à l'endroit où les trolls s'étaient battus. »

Il tendait une clef assez grande, bien que William l'eût sans doute considérée comme très petite et secrète. Elle avait dû par chance tomber de sa poche avant sa transformation en pierre.

« Pourquoi diantre ne pas en avoir parlé plus tôt ? » s'écrièrent-ils.

Gandalf la saisit et l'engagea dans la serrure. La porte de pierre s'ouvrit alors sur une seule bonne poussée, et tous entrèrent. Le sol était jonché d'ossements et une odeur nauséabonde flottait dans l'air ; mais il y avait une grande quantité de nourriture pêle-mêle sur des étagères et par terre, au milieu d'un fouillis de butin de toutes sortes allant de boutons de cuivre à des pots remplis de pièces d'or dans un coin. Il y avait aussi des quantités d'effets suspendus aux murs — trop petits pour des trolls, ce devaient être ceux des victimes, je le crains — et parmi ceux-ci se voyaient plusieurs épées de façons, de formes et de dimensions variées. Deux attirèrent particulièrement leur regard à cause des superbes fourreaux et des gardes enrichies de pierreries.

Gandalf et Thorïn en prirent chacun une ; et Bilbo prit un couteau à gaine de cuir. Ce couteau n'aurait fait qu'un tout petit canif pour un troll, mais il valait une courte épée pour un hobbit.

« On dirait de bonnes lames, dit le magicien, les tirant à demi et les regardant avec curiosité. Elles n'ont pas été forgées par un troll, ni par un homme de cette région ou même de ce temps. Mais nous en saurons plus long quand nous aurons pu déchiffrer les runes qui y sont gravées.

– Sortons de cette horrible odeur ! » dit Fili.

Ils emportèrent donc au-dehors les pots de pièces et la nourriture intacte qui leur parut bonne à consommer, ainsi qu'un tonneau de bière encore plein. À ce moment, ils se sentirent l'envie d'un déjeuner et, comme ils avaient très faim, ils ne dédaignèrent pas ce qu'ils avaient prélevé dans le garde-manger des trolls. Leurs propres provisions étaient maigres. Maintenant, ils avaient du pain et du fromage, de la bière en suffisance et du lard à faire griller sur la braise du feu.

Le repas terminé, ils dormirent un peu, car leur nuit avait été troublée ; et ils ne firent plus rien jusqu'à l'après-midi. Alors, ils amenèrent leurs poneys et emportèrent les pots d'or qu'ils enterrèrent en grand secret non loin de la piste longeant la rivière, non sans les avoir protégés par de nombreux charmes, pour le cas où ils auraient quelque jour la chance de venir les récupérer. Cela fait, tous remontèrent sur les poneys, et ils repartirent au petit trot en direction de l'est.

« Où étiez-vous donc allé, si je puis me permettre de vous le demander ? dit Thorïn à Gandalf, tandis qu'ils poursuivaient leur chemin.

– Jeter un regard en avant, répondit-il.

– Et qu'est-ce qui vous a ramené juste à temps ?

– Un regard en arrière, dit-il.

– Bien sûr ! dit Thorïn ; mais pourriez-vous être un peu plus clair ?

– J'étais parti examiner la route. Elle deviendra bientôt dangereuse et difficile. Aussi étais-je anxieux de réapprovisionner notre petite réserve de vivres. Je n'étais pas allé bien loin, cependant, lorsque je rencontrai une paire d'amis de Rivendell.

– Où est-ce ? demanda Bilbo.

– N'interrompez pas ! dit Gandalf. Avec de la chance, vous y arriverez dans quelques jours, maintenant, et vous découvrirez tout ce qu'il y a à savoir à ce sujet. Je disais donc que j'avais rencontré deux des gens d'Elrond. Ils se hâtaient par crainte des trolls. Ce sont eux qui m'apprirent que trois de ces trolls étaient descendus de la montagne et s'étaient installés dans les bois non loin de la route. Après avoir fait fuir les gens de la région, ils guettaient les étrangers. J'eus aussitôt l'impression que ma présence était nécessaire. Regardant en arrière, je vis au loin un feu, et j'allai dans cette direction. Vous savez la suite. Mais, je vous en prie, faites plus attention la prochaine fois, sans quoi nous n'arriverons jamais nulle part !

– Merci ! » dit Thorïn.

3

Courte pause

Ils ne chantèrent ni ne racontèrent d'histoires, ce jour-là, malgré l'amélioration du temps ; non plus que le lendemain, ni le surlendemain. Ils avaient commencé à sentir que le danger n'était pas loin de part et d'autre de leur route. Ils campaient sous les étoiles et leurs chevaux avaient plus à manger qu'eux-mêmes, car s'il y avait abondance d'herbe, il n'y avait pas grand-chose dans leurs sacs, compte tenu même de ce qu'ils avaient pris aux trolls. Un matin, ils passèrent à gué une rivière en un endroit large et peu profond, tout écumant et rempli du bruit des cailloux. L'autre rive était escarpée et glissante. Quand ils parvinrent au sommet, menant leurs poneys, ils s'aperçurent que les hautes montagnes étaient à présent tout près d'eux. Le pied de la plus proche semblait déjà n'être qu'à une petite journée de marche. Elle avait un aspect sombre et lugubre, malgré des plaques de soleil sur ses flancs bruns, et derrière ses contreforts brillaient les cimes neigeuses.

« Est-ce là *La* Montagne ? » demanda Bilbo d'une voix grave, la contemplant avec des yeux ronds.

Il n'avait jamais rien vu d'aussi grand.

« Bien sûr que non ! dit Balïn. Ce ne sont que les contreforts des Monts Brumeux, et il nous faut les franchir d'une façon ou d'une autre, par-dessus ou par-dessous, pour arriver au Pays Sauvage qui est de l'autre côté. Et il y a encore assez loin, même de là, à la Montagne Solitaire dans l'Est, où Smaug couche sur notre trésor.

– Ah ! » dit Bilbo — et juste à ce moment il se sentit plus las qu'il n'avait jamais été. Il pensait une fois de plus à son confortable fauteuil au coin du feu dans le petit salon préféré de son trou de hobbit, et au chant de la bouilloire. Ce ne serait pas la dernière fois !

Gandalf avait pris maintenant la tête de la troupe.

« Il ne faut pas manquer notre route, car nous serions fichus, dit-il. Nous avons besoin de nourriture, entre autres, et de repos dans une sécurité raisonnable — et aussi, il est très nécessaire d'aborder les Monts Brumeux par le bon sentier, sans quoi vous vous perdrez et vous serez obligés de revenir au point de départ pour tout recommencer (si jamais vous revenez). »

Ils lui demandèrent vers où il se dirigeait, et il répondit :

« Vous êtes arrivés au bord même du Désert, certains d'entre vous le savent peut-être. Cachée quelque part devant nous, se trouve la belle vallée de la Combe Fendue, où vit Elrond dans la Dernière Maison Simple à l'Ouest des Monts. J'ai envoyé un message par mes amis, et nous sommes attendus. »

Cette nouvelle était agréable et réconfortante, mais ils n'étaient pas encore arrivés, et il n'était pas aussi commode qu'il paraît de trouver la Dernière Maison Simple à l'Ouest des Monts. Il semblait n'y avoir pas d'arbres, pas de vallées, pas de collines pour rompre la monotonie du pays qu'ils avaient devant eux : ce n'était qu'une vaste pente montant lentement à la rencontre du pied de la montagne la plus voisine, un large espace couleur de bruyère et de rochers éboulés, avec des taches et des pans de vert herbeux ou moussu qui révélaient la présence possible d'eau.

La matinée passa, l'après-midi vint ; mais sur toute la lande silencieuse il n'y avait aucun signe d'habitation. Ils devenaient inquiets, car ils voyaient à présent que la maison pouvait être cachée à peu près n'importe où entre eux et les montagnes. Ils tombaient sur des vallées inattendues, étroites et escarpées, qui s'ouvraient subitement à leurs pieds, et ils les contemplaient d'en haut, surpris de voir sous eux des arbres et de l'eau courante au fond. Il y avait de petites crevasses qu'ils pouvaient presque franchir d'un bond, mais qui étaient très profondes et contenaient des cascades. Il y avait des ravins sombres que l'on ne pouvait ni sauter ni escalader. Il y avait des fondrières, dont certaines offraient une vue agréable avec leur verdure parsemée de fleurs hautes et vives ; mais un poney qui aurait marché là, un chargement sur le dos, n'en serait jamais ressorti.

La région qui s'étendait du gué à la montagne était certes beaucoup plus étendue qu'on ne l'aurait cru. Bilbo en était plongé dans l'étonnement. L'unique sentier était marqué de pierres blanches, dont certaines étaient petites et d'autres à demi recouvertes de mousse ou de bruyère. C'était une tâche pénible que de suivre la piste, même sous la conduite de Gandalf qui semblait connaître assez bien son chemin.

Sa tête et sa barbe oscillaient d'un côté et de l'autre tandis qu'il cherchait les pierres, et tous le suivaient ; mais il semblait qu'on n'eût guère approché de la fin du voyage lorsque le jour commença de manquer. Le moment du thé était depuis longtemps passé, et il apparaissait que celui du souper ne tarderait pas à faire de même. Des phalènes voletaient de-ci, de-là, et la lumière devint très faible, la lune n'étant pas encore levée. Le poney de Bilbo commença à buter sur les racines et les pierres. On arriva si brusquement au bord d'une brutale dénivellation que le cheval de Gandalf faillit dévaler la pente.

« Nous y voici enfin ! » cria-t-il.

Et tous de s'assembler autour de lui et de regarder par-dessus l'arête. Loin en dessous d'eux, ils virent une vallée. Ils pouvaient entendre la voix d'une eau qui, dans le fond, coulait en un rapide courant sur un lit rocheux ; un parfum d'arbre imprégnait l'air ; et il y avait une lumière de l'autre côté de l'eau en aval.

Bilbo ne devait jamais oublier la façon dont ils glissèrent et dégringolèrent dans le crépuscule le long du sentier en zigzag jusque dans la secrète vallée de la Combe Fendue. L'air se réchauffait au fur et à mesure de la descente, et l'odeur des pins assoupissait le hobbit, de sorte qu'à tout moment il branlait la tête et manquait tomber, ou bien il heurtait du nez l'encolure de son poney. Leur entrain se réveilla à mesure qu'ils descendaient. Les arbres devenaient des hêtres et des chênes, et une agréable sensation se dégageait du crépuscule. La dernière teinte verte s'était presque effacée de l'herbe quand ils finirent par arriver à une percée située un peu au-dessus des bords de la rivière.

« Hum ! ça sent l'elfe ! » pensa Bilbo.

Et il leva les yeux vers les étoiles. Elles luisaient d'un éclat vif et bleuté. Juste à ce moment éclata dans les arbres un chant, semblable à un rire :

Ah ! que faites-vous
Et où allez-vous ?
Vos poneys ont besoin d'être ferrés !
La rivière coule,
Ah ! tra la la lally,
Ici dans la vallée !

Ah ! que cherchez-vous
Et où allez-vous ?
Les fagots fument,
Les pains cuisent !
Ah ! trillillillolly,
La vallée est joyeuse,
    Ha ! ha !

Ah ! où allez-vous
Avec vos barbes dodelinantes ?
On ne sait pas, on ne sait pas
Ce qui amène Mister Baggins
Et Balïn et Dwalïn
Dans le fond de la vallée
    En juin,
    Ha ! ha !

Ah ! resterez-vous,
Ou volerez-vous ?
Vos poneys s'égarent !
Le jour est mourant !
Voler serait folie,
Rester serait joyeux
Pour écouter et entendre
Jusqu'à la fin de la nuit
    Notre air,
    Ha ! ha !

Ainsi riaient-ils et chantaient-ils dans les arbres ; et sans doute trouvez-vous que c'est une assez belle ineptie. Ils s'en moqueraient d'ailleurs ; ils se contenteraient de rire d'autant plus si vous le leur disiez. C'étaient des elfes, naturellement. Bientôt, comme l'obscurité se faisait plus épaisse, Bilbo les entrevit. Il adorait les elfes, bien qu'il n'en rencontrât qu'assez rarement ; mais il en avait aussi un peu peur. Les nains ne s'entendent pas trop bien avec eux. Même des nains assez braves comme Thorïn et ses amis les trouvent sots (idée elle-même très sotte), ou bien sont ennuyés de leur compagnie. Car certains elfes les taquinent et se moquent d'eux, surtout de leur barbe.

« Regardez donc, ma foi ! dit une voix. Bilbo le hobbit à dos de poney, mon cher ! N'est-ce pas ravissant ?

– Tout à fait étonnamment merveilleux ! »

Ils se lancèrent alors dans une autre chanson aussi ridicule que celle que j'ai transcrite en entier. Finalement, l'un d'eux, un garçon de haute taille, sortit des arbres et vint saluer Gandalf et Thorïn.

« Soyez les bienvenus dans la vallée ! dit-il.

– Merci ! » répondit Thorïn d'un ton un peu bourru.

Mais Gandalf avait déjà mis pied à terre, et il se trouvait au milieu des elfes, avec lesquels il s'entretenait gaiement.

« Vous êtes un peu hors de votre chemin, dit l'elfe ; c'est-à-dire si vous vous dirigez vers le seul sentier qui traverse la rivière et vers la maison qui est au-delà. Nous vous remettrons dans la bonne voie, mais vous feriez mieux d'aller à pied jusqu'après le pont. Voulez-vous rester un peu et chanter avec nous, ou préférez-vous poursuivre tout de suite votre route ? Le souper se prépare là-bas, dit-il. Je sens les feux de bois pour la cuisson. »

Fatigué, Bilbo aurait bien aimé rester un moment. Le chant des elfes est une chose à ne pas manquer, en juin sous les étoiles, pour peu que l'on s'intéresse à ce genre de chose. Et puis, il aurait aimé avoir une petite conversation personnelle avec ces gens qui semblaient connaître ses noms et tout ce qui le concernait, quoiqu'il ne les eût jamais vus. Il pensait que leur opinion sur son aventure pourrait être intéressante. Les elfes en savent long et sont merveilleux pour tout ce qui est nouvelles ; ils savent ce qui se passe parmi les gens du pays aussi vite que la rivière court, ou même plus vite.

Mais les nains étaient tous partisans de dîner le plus vite possible et ils ne voulurent pas rester. Ils partirent donc, menant leurs poneys par la bride jusqu'à ce qu'on les eût amenés à un bon sentier, et ainsi, en fin de compte, jusqu'au bord même de la rivière. Elle coulait rapide et bruyante comme font les rivières de montagne les soirs d'été, quand le soleil a donné toute la journée sur la neige bien loin au-dessus. Il n'y avait qu'un étroit pont de pierre sans parapet, un pont tout juste suffisant pour le passage d'un poney, et c'est là qu'ils durent traverser un à un avec une prudente lenteur, chacun conduisant sa monture par la bride. Les elfes avaient apporté sur la rive de brillantes lanternes, et ils chantèrent une joyeuse chanson pendant que le groupe effectuait cette traversée.

« Ne trempez pas votre barbe dans l'écume, petit père ! crièrent-ils à Thorïn, courbé presque à quatre pattes. Elle est assez longue sans qu'il soit nécessaire de l'arroser.

– Faites attention à ce que Bilbo ne mange pas tous les gâteaux ! clamèrent-ils. Il est trop gros pour passer encore par les trous de serrure !

– Chut ! chut ! bonnes gens ! et bonsoir ! dit Gandalf, qui fermait la marche. Les vallées ont des oreilles, et certains elfes ont des langues par trop joyeuses. Bonsoir ! »

Et ainsi ils arrivèrent enfin tous à la Dernière Maison Simple, dont ils trouvèrent les portes grandes ouvertes.

Tout étrange que cela peut paraître, les choses bonnes à avoir et les jours bons à passer sont tôt racontés et n'offrent pas grand intérêt ; tandis que les choses inconfortablement palpitantes, de nature même à donner le frisson, peuvent faire une bonne histoire et, en tout cas, appellent une longue narration. Nos amis demeurèrent longtemps, une quinzaine au moins, dans cette hospitalière maison et ils eurent peine à la quitter.

Bilbo serait volontiers resté à jamais — même en supposant qu'un simple vœu eût pu le ramener sans aucune difficulté dans son trou de hobbit. Et pourtant, il n'y a pas grand-chose à dire de leur séjour.

Le maître de la maison était un ami des elfes — un de ces personnages dont les ancêtres figuraient dans les histoires d'avant le commencement de l'Histoire, les guerres entre les mauvais gobelins, les elfes et les premiers hommes du Nord. Au temps où se passe notre récit, il existait encore des gens qui avaient en même temps pour ancêtres des elfes et des héros du Nord, et Elrond, le maître de la maison, était leur chef.

Il avait le visage aussi noble et beau qu'un seigneur elfe, la force d'un guerrier, la sagesse d'un mage ; il était aussi vénérable qu'un roi des nains, aussi bon que l'été. Il figure dans bien des contes, mais son rôle dans le récit de la grande aventure de Bilbo est mince, quoique important, comme vous le verrez si jamais nous arrivons jusqu'à sa conclusion. Sa maison était parfaite, que l'on aimât la nourriture, le sommeil, le travail, la narration d'histoires, le chant, ou que l'on préférât simplement rester assis à penser, ou encore un agréable mélange de tout cela. Les choses mauvaises ne pénétraient pas dans cette vallée.

Je voudrais avoir le temps de vous raconter quelques-unes des histoires ou de vous chanter une ou deux des chansons qu'ils entendirent dans cette maison. Tous, et les poneys aussi, se refirent et prirent une nouvelle vigueur durant les quelques jours passés là. Leurs vêtements furent soignés, ainsi que leurs contusions, leur humeur et leurs espoirs. Leurs sacs furent remplis de provisions et de vivres, légers à porter, mais assez nourrissants pour les mener jusqu'à l'autre côté des cols. Les meilleurs conseils améliorèrent leurs plans. Ainsi arriva la veille du solstice d'été, et ils devaient partir au premier soleil du matin.

Elrond savait tout des runes de toute sorte. Ce jour-là, il examina les épées qu'ils avaient emportées du repaire des trolls, et il dit : « Elles n'ont pas été fabriquées par les trolls. Ce sont des épées anciennes, très anciennes, des Hauts Elfes de l'Ouest, ma famille. Elles furent forgées à Gondolïn pour les Guerres des Gobelins. Elles doivent venir d'un trésor de dragon ou d'un butin de gobelin, car cette ville fut détruite il y a des siècles par les dragons et les gobelins. Cette épée, Thorïn, les runes la nomment Orcrist, le fendoir à gobelins dans l'ancienne langue de Gondolïn ; c'était une lame fameuse. Ceci, Gandalf, était Glamdring, le marteau à ennemis que portait jadis le roi de Gondolïn. Gardez-les bien !

– Comment sont-elles venues entre les mains des trolls, je me demande ? dit Thorïn, examinant son épée avec un intérêt nouveau.

– Je n'en sais rien, répondit Elrond, mais on peut penser que vos trolls avaient pillé d'autres pilleurs ou étaient tombés sur les restes d'anciens brigandages dans quelque trou des montagnes de jadis. J'ai entendu dire qu'on peut encore trouver des trésors oubliés dans les excavations des mines de Moria, abandonnées depuis la guerre des nains et des gobelins. »

Thorïn réfléchit à ces paroles : « Je garderai cette épée avec respect, dit-il. Puisse-t-elle à nouveau fendre des gobelins !

– Voilà un vœu qui a des chances d'être assez vite exaucé dans les montagnes ! dit Elrond. Mais montrez-moi maintenant votre carte ! »

Il la prit et l'examina longuement, tout en hochant la tête, car s'il n'approuvait pas entièrement les nains et leur amour de l'or, il détestait les dragons et leur cruelle méchanceté, et il s'affligeait au souvenir de la ruine de la ville de Dale et de son joyeux carillon, comme des rives brûlées de la claire Rivière Courante. La lune brillait en un grand croissant d'argent. Il éleva la carte et l'on vit la lumière blanche luire au travers.

« Qu'est-ce donc ? dit-il. Il y a là des lettres lunaires en plus des simples runes qui disent : « La porte a cinq pieds de haut et trois peuvent passer de front. »

– Qu'est-ce que les lettres lunaires ? » demanda le hobbit, tout excité.

Il adorait les cartes, comme je l'ai déjà dit ; et il aimait aussi les runes, les lettres et les écritures ingénieuses, bien que, lorsqu'il écrivait lui-même, ce fût un peu des pattes de mouche.

« Les lettres lunaires sont des lettres runiques, mais invisibles lorsqu'on les regarde de face. On ne peut les voir que quand la lune brille par-derrière et avec ceci d'ingénieux que ce doit être une lune de la même forme et de la même saison que le jour où les lettres furent tracées. Elles ont été inventées par les nains, qui les écrivaient avec des pointes d'argent, comme vos amis pourraient vous le dire. Celles-ci ont dû être écrites il y a bien longtemps une veille de solstice d'été par une lune à son premier quartier.

– Que disent-elles ? demandèrent ensemble Gandalf et Thorïn, un peu vexés peut-être qu'Elrond eût découvert la chose le premier, encore qu'en vérité il n'y en eût pas eu l'occasion jusque-là et qu'il ne dût pas y en avoir de nouvelle avant Dieu sait quand.

– « Tenez-vous auprès de la pierre grise quand la grive frappera, lut Elrond, et le soleil couchant, avec la dernière lumière du Jour de Durïn, brillera sur la serrure. »

– Durïn, Durïn ! dit Thorïn. C'était le père des pères de la race aînée de Nains, les Barbes-Longues, et mon premier ancêtre : je suis son héritier.

– Alors, qu'est le Jour de Durïn ? demanda Elrond.

– Le premier jour de la Nouvelle Année des nains est, comme tout le monde devrait le savoir, le premier jour de la dernière lune de l'Automne au seuil de l'Hiver, dit Thorïn. Nous l'appelons encore le Jour de Durïn quand la dernière lune d'Automne et le soleil sont en même temps dans le ciel. Mais cela ne nous servira pas à grand-chose, je le crains, car il est au-dessus de notre compétence actuelle de deviner quand pareil moment se reproduira.

– Cela reste à voir, dit Gandalf. Y a-t-il quelque chose d'autre ?

– Rien de visible par cette lune », dit Elrond.

Et il rendit la carte à Thorïn ; après quoi, ils descendirent au bord de la rivière pour assister aux danses et aux chants des elfes à la veille du solstice d'été.

Le lendemain était un solstice d'été aussi beau et aussi frais qu'on le pouvait rêver : ciel bleu, sans un nuage, et soleil dansant sur l'eau. Ils s'en furent alors sur leurs poneys au milieu des chants d'adieu et de bonne chance, le cœur prêt à la poursuite de l'aventure, avec la connaissance de la route qu'ils devaient suivre parmi les Monts Brumeux vers le pays situé au-delà.

4

Dans la montagne et sous la montagne

Il y avait bien des sentiers qui menaient dans ces montagnes et bien des cols qui les franchissaient. Mais la plupart des sentiers étaient de trompeuses supercheries et ne menaient nulle part ou aboutissaient à un terme fâcheux ; et la plupart des cols étaient infestés de choses mauvaises et de terribles dangers. Les nains et le hobbit, avec l'assistance des sages conseils d'Elrond comme des connaissances et de la mémoire de Gandalf, prirent la bonne voie vers le col voulu.

De longs jours après avoir grimpé hors de la vallée et laissé à bien des milles en arrière la Dernière Maison Simple, ils montaient toujours et encore. L'ascension était ardue et dangereuse, par un sentier tortueux, solitaire, interminable. Ils pouvaient à présent contempler les terres qu'ils avaient quittées et qui s'étendaient bien en dessous d'eux. Loin, bien loin vers l'ouest, là où tout était bleu et estompé, Bilbo savait que se trouvaient son propre pays de confort et de sécurité et son petit trou de hobbit. Il frissonna. Il commençait à faire froid à cette altitude et le vent venait, perçant, au milieu des rochers. Des pierres aussi, libérées de la neige par le soleil de midi, déboulaient par moments au flanc de la montagne et passaient entre eux (ce qui était une chance) ou au-dessus de leurs têtes (ce qui était inquiétant). Les nuits étaient tristement glaciales ; ils n'osaient ni chanter ni parler fort, car les échos étaient sinistres et le silence semblait ne vouloir être rompu que par le bruit de l'eau, la plainte du vent et le craquement de la pierre.

« L'été se poursuit au loin dans la plaine, pensa Bilbo ; on fait les foins et on pique-nique. À cette allure, ce sera bientôt la moisson et la cueillette des mûres, avant que nous commencions même à descendre de l'autre côté. »

Et les autres ruminaient des pensées tout aussi sombres, bien qu'au moment des adieux à Elrond, dans tout l'espoir d'un beau matin d'été, ils eussent parlé gaiement du paysage des montagnes et d'une course rapide à travers le pays d'au-delà. Ils avaient pensé atteindre la porte secrète de la Montagne Solitaire cette toute prochaine première lune d'Automne peut-être — « et peut-être aussi ce sera le Jour de Durïn », avaient-ils dit. Seul Gandalf avait hoché la tête sans mot dire. Les nains n'étaient pas passés par là depuis bien des années, mais Gandalf, lui, y était allé, et il savait à quel point le mal et le danger s'étaient développés dans le Désert depuis que les dragons avaient chassé les hommes des terres et que les gobelins s'étaient répandus en secret après la bataille des Mines de Moria. Il arrive que les bons plans de sages magiciens tels que Gandalf ou de bons amis tels qu'Elrond deviennent erronés quand on s'engage en de dangereuses aventures au-delà de la Limite du Désert ; et Gandalf était un magicien assez sage pour ne pas l'ignorer.

Il savait que quelque chose d'inattendu pouvait se produire et il osait à peine espérer qu'ils franchiraient sans terrible aventure ces énormes et hautes montagnes aux pics et aux vallées solitaires que nul roi ne gouvernait. Ils ne le firent point. Tout alla bien jusqu'au jour où ils se heurtèrent à un orage — plus qu'un orage, un duel d'orages. Vous savez combien terrifiant peut être un vraiment gros orage dans les terres et dans une vallée ; surtout quand deux orages se rencontrent et s'entrechoquent. Plus terribles encore sont le tonnerre et les éclairs la nuit dans les montagnes, quand les tempêtes montent de l'est et de l'ouest pour se faire la guerre. L'éclair éclate sur les sommets, les rocs tremblent, de grands fracas fendent l'air et vont rouler dans toutes les cavernes et tous les creux ; et les ténèbres sont remplies de bruits accablants et de lumières brutales.

Bilbo n'avait jamais rien vu, jamais rien imaginé de semblable. Ils se trouvaient très haut, sur une étroite plate-forme, avec, sur un côté, un vide terrifiant audessus d'une vallée obscure. Ils s'abritaient là pour la nuit sous un rocher en surplomb et, enveloppé dans une couverture, Bilbo frissonnait de la tête aux pieds. Quand, à la lueur des éclairs, il jetait un coup d'œil audehors, il voyait qu'au-delà de la vallée les géants de pierre étaient sortis et qu'en manière de jeu ils se lançaient mutuellement des rochers, les rattrapaient et les précipitaient dans les ténèbres, où ils s'écrasaient parmi les arbres loin en dessous ou éclataient avec fracas. Puis vinrent le vent et la pluie, et le vent fouettait la pluie et la grêle en tous sens, de sorte qu'un roc en surplomb ne représentait aucune protection. Ils ne tardèrent pas à être trempés ; leurs poneys se tenaient la tête basse et la queue entre les jambes, et certains hennissaient de peur. Ils pouvaient entendre les géants qui s'esclaffaient et criaient partout sur les flancs de la montagne.

« Ça ne peut pas aller comme ça ! dit Thorïn. Si nous ne sommes pas emportés par le vent, noyés ou foudroyés, quelque géant nous ramassera et nous projettera en l'air à coups de pied.

– Eh bien, si vous connaissez un endroit meilleur, emmenez-nous-y ! » dit Gandalf, qui se sentait très bougon et lui-même rien moins qu'heureux parmi les géants.

La conclusion fut d'envoyer Fili et Kili à la recherche d'un meilleur abri. Ils avaient l'œil vif et, étant les plus jeunes des nains de quelque cinquante ans, c'était en général à eux que revenait ce genre de tâche (alors que tout le monde pouvait voir l'inutilité d'en charger Bilbo). Rien ne vaut la recherche lorsqu'on veut trouver quelque chose (c'est du moins ce que Thorïn dit aux jeunes nains). Quand on cherche, on trouve généralement quelque chose, mais ce n'est pas toujours exactement ce qu'on voulait. Ce fut ce qui se passa en l'occurrence.

Bientôt Fili et Kili revinrent en rampant et en s'agrippant aux rochers pour résister au vent : « Nous avons trouvé une caverne sèche, dirent-ils, pas très loin après le premier tournant ; nous pourrons tous y tenir avec les poneys.

– Vous l'avez entièrement explorée ? demanda le magicien, sachant que les cavernes, dans les montagnes, sont rarement inoccupées.

– Oui, oui, répondirent-ils (encore que chacun sût qu'ils ne pouvaient y avoir passé bien longtemps ; ils étaient revenus trop vite). Elle n'est pas si grande que cela, et elle ne s'enfonce pas très loin. »

C'est là, évidemment, le danger des cavernes : on ne sait pas jusqu'où elles vont parfois, où peut mener le fond d'un passage ou ce qui vous attend à l'intérieur. Mais la nouvelle apportée par Fili et Kili semblait assez bonne. Ils se levèrent donc tous et s'apprêtèrent à bouger. Le vent hurlait, le tonnerre grondait encore, et ils eurent de la peine à avancer, eux et leurs poneys. Mais il n'y avait pas loin à aller, et avant peu ils parvinrent à un grand rocher qui faisait saillie dans le sentier. En passant par-derrière, on découvrait une voûte basse ouverte dans le flanc de la montagne. L'ouverture était tout juste assez large pour y pousser les poneys après les avoir débarrassés de leur chargement et de leurs selles. En passant sous l'arche, ils eurent plaisir à entendre le vent et la pluie au-dehors et non plus tout autour d'eux, comme aussi à se sentir à l'abri des géants et de leurs rochers. Mais le magicien ne voulait prendre aucun risque. Il alluma sa baguette — comme il avait fait dans la salle à manger de Bilbo ce jour qui paraissait si lointain, rappelez-vous — et, à cette lumière, ils explorèrent la caverne d'un bout à l'autre.

Elle paraissait assez spacieuse, mais ni trop grande ni trop mystérieuse. Le sol était sec et il s'y trouvait des coins confortables. À une extrémité, il y avait un espace convenable pour les poneys ; et ils se tinrent là (bien contents du changement), tout fumants, à mâchonner dans leurs musettes. Oïn et Gloïn désiraient allumer un feu à l'entrée pour faire sécher leurs vêtements, mais Gandalf ne voulut rien savoir. Ils étendirent donc leurs effets mouillés sur le sol et en sortirent de secs de leurs balluchons ; puis ils installèrent confortablement leurs couvertures, sortirent leurs pipes et lancèrent des ronds de fumée que Gandalf colora de diverses couleurs et fit danser au plafond pour les amuser. Ils se mirent à bavarder, oubliant l'orage, et discutèrent de l'emploi que chacun ferait de sa part du trésor (quand ils l'auraient, ce qui pour le moment ne paraissait pas si impossible) ; et ainsi ils finirent par s'endormir l'un après l'autre. Et ce fut la dernière fois qu'ils se servirent des poneys, des paquets, des bagages, des outils et de tout l'attirail qu'ils avaient emporté.

Tout compte fait, il se révéla heureux, ce soir-là, qu'ils eussent amené avec eux le petit Bilbo. Car, pour une raison quelconque, il ne put s'endormir pendant un assez long temps ; et quand le sommeil le prit, il eut d'affreux cauchemars. Il rêva qu'une fissure dans le fond de la caverne allait s'élargissant, s'ouvrait de plus en plus et, malgré sa frayeur, il ne pouvait ni crier ni rien faire d'autre que rester couché là à regarder. Puis il rêva que le sol cédait sous lui et qu'il glissait — il commençait à descendre, à descendre encore, Dieu sait vers où.

À ce moment, il s'éveilla en un horrible sursaut pour s'apercevoir qu'une partie de son rêve était réalité. Une fissure s'était ouverte au fond de la caverne et formait déjà un large passage. Il s'était éveillé juste à temps pour y voir disparaître la queue des derniers poneys. Il poussa évidemment un grand cri, le plus puissant cri que puisse lancer un hobbit, et qui est assez surprenant pour une si petite taille.

Alors sortirent d'un saut les gobelins, de grands gobelins, de grands et affreux gobelins, des tas de gobelins, avant que l'on pût même dire *rocs et blocs*. Il y en avait au moins six par nain et même deux pour Bilbo ; et tous se trouvèrent saisis et emportés par la crevasse avant de pouvoir dire *mèche et silex*. Mais pas Gandalf. Le cri de Bilbo avait au moins servi à cela. Il l'avait réveillé en un quart de seconde et, quand les gobelins voulurent le saisir, il y eut dans la caverne un éclair terrifiant, une odeur de poudre et plusieurs des gobelins s'écroulèrent, morts.

La crevasse se referma d'un coup sec ; Bilbo et les nains se trouvaient du mauvais côté ! Où était Gandalf ? Ni eux ni les gobelins n'en avaient la moindre idée, et les gobelins ne s'attardèrent pas pour le découvrir. Ils se saisirent de Bilbo et des nains et les poussèrent devant eux. C'était profond, profond, d'une obscurité telle que seuls les gobelins, qui ont pris le goût de vivre au cœur des montagnes, peuvent voir au travers. Les passages se croisaient et s'emmêlaient en tous sens ; mais les gobelins connaissaient leur chemin comme on connaît celui du bureau de poste voisin ; et le chemin descendait toujours, et l'air s'y faisait horriblement rare. Les gobelins étaient très brutaux ; ils les pinçaient sans pitié et gloussaient ou s'esclaffaient de leur abominable voix rocailleuse ; Bilbo était plus malheureux encore que quand le troll l'avait soulevé par les pieds. Combien de fois pensa-t-il avec nostalgie à son gentil et clair trou de hobbit ! Ce ne seraient pas les dernières.

Enfin se révéla devant eux une vague lueur rouge. Les gobelins se mirent à chanter ou à croasser au rythme du claquement de leurs pieds plats sur la pierre, secouant de même leurs prisonniers.

Crac ! clac ! la crevasse noire !
Tiens, serre ! Pince, chope !
Et tout en bas, tout en bas, à Gobelinville
    Tu vas, mon gars !

Clic, clac ! Broie, brise !
Marteau et tenailles ! Heurtoir et gongs !
Pilonnez, pilonnez, tout en bas !
    Ha, ha ! mon gars !

Siffle, claque ! Craque, écrase !
Frappe et bats ! Gémis et bêle !
Travaille, travaille ! N'ose pas renâcler,
Lorsque les gobelins lampent et rient
À la ronde loin sous terre,
    Sous terre, mon gars !

L'effet était réellement terrifiant. Les murs résonnaient du *crac, clac !* du *craque, écrase !* et du vilain ricanement de leur *ha, ha ! mon gars !* Le sens général de leur chanson n'était que trop clair ; car alors les gobelins sortirent des fouets et les cinglèrent sur un *siffle, claque !* et les lancèrent en une course rapide devant eux ; et plus d'un nain gémissait et bêlait comme damné quand ils débouchèrent en trébuchant dans une grande caverne.

Elle était éclairée par un grand feu qui brûlait au centre et par des torches alignées sur les murs, et elle était remplie de gobelins. Tous rirent, battant des pieds et des mains, quand les nains (avec le pauvre Bilbo en queue et le plus près des fouets) entrèrent en courant, tandis que les gobelins-conducteurs poussaient leurs houp ! et claquaient leur fouet derrière eux. Les poneys étaient déjà là, serrés dans un coin ; et on voyait tous les bagages et les paquets éventrés, que les gobelins fouillaient, reniflaient, manipulaient en se querellant.

Ce fut là, je le crains, le dernier aperçu qu'ils eurent de ces excellents petits poneys, y compris un joyeux et robuste petit animal blanc qu'Elrond avait prêté à Gandalf, le cheval de celui-ci ne convenant pas aux chemins de montagne. Car les gobelins mangent les chevaux, les poneys et les ânes (et d'autres animaux), et ils ont toujours faim. Sur le moment, toutefois, les prisonniers ne pensaient qu'à eux-mêmes. Les gobelins leur enchaînèrent les mains derrière le dos et les lièrent en une seule file ; puis ils les entraînèrent au fond de la caverne, le petit Bilbo à la remorque.

Là, dans l'ombre, sur une grande pierre plate, était assis un formidable gobelin à la tête énorme ; il était entouré de gobelins armés des haches et des sabres courbes en usage chez eux. Or, les gobelins sont cruels, méchants, et ils ont le cœur mauvais. Ils ne fabriquent pas de belles choses, mais ils en font d'habiles. Ils savent creuser des tunnels et des mines aussi bien que n'importe qui, hormis les nains spécialistes, quand ils s'en donnent la peine, bien qu'ils soient d'ordinaire sales et désordonnés. Les marteaux, les haches, les épées, les poignards, les pioches, les tenailles et aussi les instruments de torture, ils les confectionnent très bien ou les font faire sur leurs dessins par d'autres, prisonniers et esclaves qui sont contraints de travailler jusqu'à ce qu'ils meurent par manque d'air et de lumière. Il n'est pas invraisemblable qu'ils aient inventé certains des engins qui ont depuis jeté le trouble dans le monde, surtout les appareils ingénieux faits pour tuer un grand nombre de gens à la fois, car ils ont toujours fait leurs délices des rouages, des machines et des explosions, comme aussi de ne pas travailler plus qu'ils n'y étaient obligés ; mais en ce temps-là et dans ces régions sauvages, ils n'avaient pas encore atteint ce niveau de technicité (comme on dit). Ils ne haïssaient pas particulièrement les nains, pas plus qu'ils ne haïssaient tout le monde et toutes choses, et particulièrement ce qui était ordonné et prospère : dans certaines régions, les mauvais nains avaient même fait alliance avec eux. Mais ils gardaient une rancune spéciale aux gens de Thorïn, à cause de la guerre dont vous avez entendu parler, mais qui n'entre pas dans ce récit ; et d'ailleurs les gobelins ne se soucient pas de qui ils attrapent, pourvu qu'il soit fait avec habileté et secrètement, et que les prisonniers ne soient pas en état de se défendre.

« Qui sont ces misérables gens ? dit le Grand Gobelin.

– Des nains, et ceci ! dit l'un des conducteurs, tirant sur la chaîne de Bilbo, ce qui le fit tomber en avant sur les genoux. Nous les avons trouvés en train de s'abriter dans notre Porche d'Entrée.

– Qu'est-ce que vous entendez par là ? dit le Grand Gobelin, se tournant vers Thorïn. Rien de bon, je suis sûr ! Vous espionniez les affaires privées des gens, je suppose ! Des voleurs, je ne serais pas surpris de l'apprendre ! Des assassins et des amis des elfes, ça n'aurait rien d'étonnant ! Allons ! Qu'avez-vous à dire ?

– Thorïn le nain, pour vous servir ! répondit-il (c'était une simple formule de politesse). Nous n'avons aucune idée des choses que vous soupçonnez ou imaginez. Nous nous étions abrités d'un orage dans ce qui nous avait semblé une caverne commode et inoccupée ; rien n'était plus loin de nos pensées que d'incommoder en aucune façon les gobelins. (Cela, c'était bien vrai !)

– Hum ! fit le Grand Gobelin. C'est vous qui le dites ! Puis-je vous demander ce que vous faisiez dans les montagnes, de toute façon, et d'où vous veniez et où vous alliez ? En fait, je voudrais savoir tout ce qui vous concerne. Non que cela vous serve à grand-chose, Thorïn Oakenshield, j'en sais déjà trop sur les vôtres ; mais dites-nous la vérité, ou je vous ferai préparer quelque chose de particulièrement désagréable !

– Nous étions en voyage pour rendre visite à nos parents, neveux et nièces, cousins germains, issus de germains et autres descendants de nos grands-pères, qui vivent à l'est de ces vraiment hospitalières montagnes, répliqua Thorïn, ne sachant trop que dire à l'improviste, alors que l'exacte vérité ne pouvait manifestement pas convenir.

– C'est un menteur, ô Réellement-Terrible ! dit l'un des conducteurs. Plusieurs des nôtres furent foudroyés dans la caverne, quand nous avons invité ces créatures à descendre ; et ils sont aussi morts que des pierres. Et il ne s'est pas expliqué sur ceci ! »

Il tendit l'épée que Thorïn avait portée, cette épée qui venait de l'antre des trolls.

Le Grand Gobelin poussa un hurlement de rage véritablement affreux quand il la regarda, et tous ses soldats grincèrent des dents, entrechoquèrent leurs boucliers et trépignèrent. Ils avaient aussitôt reconnu l'épée. Elle avait tué bien des gobelins en un temps, quand les elfes blonds de Gondolïn les pourchassaient dans les collines ou bataillaient devant leurs murs. Ils l'avaient appelée Orcrist, le fendoir à gobelins, mais les gobelins l'appelaient simplement Mordeuse. Ils la haïssaient et haïssaient encore davantage qui la portait.

« Des meurtriers et des amis des elfes ! cria le Grand Gobelin. Qu'on les écharpe ! Qu'on les morde ! Qu'on les broie entre les dents ! Emmenez-les aux trous noirs pleins de serpents et qu'ils ne revoient jamais la lumière ! »

Il était dans une telle rage qu'il sauta à bas de son siège et se précipita en personne, bouche ouverte, sur Thorïn.

À ce moment précis, toutes les lumières de la caverne s'éteignirent et le grand feu s'éleva, pouf ! en une tour de fumée bleue et flamboyante jusqu'à la voûte, d'où elle se répandit en étincelles blanches, perçantes, parmi tous les gobelins.

Les cris et les gémissements, les coassements, les bredouillis et les baragouins, les hurlements, jurements et grognements, les stridences et les clameurs qui suivirent sont indescriptibles. Plusieurs centaines de chats sauvages et de loups rôtis vivants à petit feu, tous ensemble, n'auraient rien pu produire de comparable. Les étincelles creusaient des trous dans les gobelins, et la fumée qui retombait maintenant de la voûte rendait l'air trop opaque pour que même leurs yeux vissent au travers. Bientôt, ils tombèrent les uns sur les autres et roulèrent en tas sur le sol, mordant, ruant et se débattant comme s'ils étaient tous devenus fous.

Soudain, une épée lança un éclair. Bilbo la vit transpercer le Grand Gobelin, qui se tenait interdit au milieu de sa rage. Il tomba mort, et les soldats gobelins fuirent devant l'épée, en poussant des cris aigus dans les ténèbres.

L'épée rentra dans son fourreau.

« Suivez-moi vite ! » dit une voix impétueuse et étouffée.

Et avant que Bilbo n'eût compris ce qui s'était passé, il trottait derechef, de son pas le plus rapide, en queue de la file, le long de nouveaux passages obscurs, tandis que les hurlements de la salle des gobelins diminuaient derrière lui. Une lumière pâle les conduisait.

« Plus vite, plus vite ! » dit la voix. On aura bientôt rallumé les torches.

– Une demi-minute ! » dit Dori, qui se trouvait en queue à côté de Bilbo et qui était un brave garçon.

Il fit grimper le hobbit sur ses épaules aussi bien que le lui permettaient ses mains liées ; après quoi, tous repartirent au pas de course, dans un cliquetis de chaînes, non sans trébucher souvent, dans l'impossibilité où ils étaient de s'équilibrer avec leurs mains. Ils ne s'arrêtèrent pas de longtemps et, quand ils le firent, ils devaient être descendus jusqu'au cœur même de la montagne.

Gandalf alluma alors sa baguette. Naturellement, c'était Gandalf ; mais à ce moment, ils étaient trop occupés pour demander comment il était arrivé là. Il tira de nouveau son épée et de nouveau elle lança d'elle-même un éclair dans l'obscurité. Quand les gobelins se trouvaient dans les parages, elle flambait avec une rage qui la faisait étinceler ; à présent, elle brillait d'une flamme bleue de joie d'avoir tué le grand seigneur de la cave. Elle n'eut aucune difficulté à trancher les chaînes et à libérer les prisonniers aussi rapidement qu'il était faisable. Cette épée se nommait, vous vous en souvenez, Glamdring, le marteau à ennemis. Les gobelins l'appelaient seulement Batteuse, et ils la haïssaient encore plus que Mordeuse, si la chose était possible. Orcrist aussi avait été sauvée ; car Gandalf l'avait également emportée après l'avoir arrachée à l'un des gardes terrifiés. Gandalf pensait à presque tout ; et s'il ne pouvait tout faire, il était capable de bien des choses en faveur d'amis en posture critique.

« Sommes-nous tous ici ? demanda-t-il, rendant son épée à Thorïn avec un salut. Voyons : un — c'est Thorïn ; deux, trois, quatre, cinq, six, sept, huit, neuf, dix, onze, où sont Fili et Kili ? Ah ! les voici. Douze, treize — et voici M. Baggins, quatorze ! Bon, bon ! les choses pourraient être pires, mais elles pourraient aussi être bien meilleures. Plus de poneys, plus de vivres, pas de renseignements exacts sur l'endroit où nous nous trouvons et des hordes de gobelins à nos trousses ! Allons ! »

Et ils allèrent. Gandalf avait entièrement raison : ils commençaient à entendre le bruit et les cris horribles des gobelins au loin dans les passages qu'ils avaient suivis. Cela les poussa en avant avec plus de hâte que jamais, et comme le pauvre Bilbo n'était vraiment pas en mesure d'aller aussi vite (les nains peuvent rouler à une vitesse fantastique quand c'est nécessaire je vous le dis), ils se chargèrent de le porter à tour de rôle sur leur dos.

Mais les gobelins vont plus vite encore que les nains, et ces gobelins-là connaissaient mieux le chemin (ils avaient eux-mêmes tracé les passages), et ils étaient fous de rage ; de sorte qu'en dépit de tous leurs efforts, les nains entendaient se rapprocher de plus en plus leurs cris et leurs hurlements. Bientôt, ils perçurent même le claquement de leurs pieds, beaucoup, beaucoup de pieds qui semblaient être juste derrière le dernier coin. Ils pouvaient voir derrière eux dans le tunnel qu'ils suivaient le clignotement des torches rouges ; et ils commençaient d'être mortellement fatigués.

« Pourquoi, ah ! pourquoi ai-je jamais quitté mon trou de hobbit ? se disait le pauvre M. Baggins, soubresautant sur le dos de Bombur.

– Pourquoi, ah ! pourquoi ai-je jamais emmené un misérable petit hobbit dans une course au trésor ? » se disait le pauvre Bombur, qui était gros et avançait en chancelant, tandis que la chaleur et la terreur faisaient dégouliner la sueur le long de son nez.

À ce moment, Gandalf resta en arrière avec Thorïn. Ils tournèrent un coin à angle droit : « Demi-tour ! cria-t-il. Tirez votre épée, Thorïn ! »

Il n'y avait pas d'autre solution ; et les gobelins n'aimèrent pas cela. Ils débouchèrent en se bousculant au milieu de grands cris, pour tomber sur Fendoir-à-Gobelins et Marteau-à-Ennemis, qui luisaient, froides et brillantes, devant leurs yeux étonnés. Ceux qui étaient en tête laissèrent tomber leurs torches et poussèrent un seul cri avant d'être tués. Les suivants hurlèrent encore davantage et firent un saut en arrière, renversant ceux qui couraient derrière eux : « Mordeuse et Batteuse ! » criaient-ils d'une voix perçante, et bientôt ils furent en plein désarroi, la plupart se bousculant pour repartir par où ils étaient venus.

Il fallut un très grand moment pour que le premier d'entre eux osât franchir ce tournant, et les nains avaient eu le temps de parcourir un long, long chemin dans les sombres tunnels du royaume des gobelins. Quand ceux-ci le constatèrent, ils éteignirent leurs torches, enfilèrent des chaussures silencieuses et choisirent ceux de leurs coureurs les plus lestes qui avaient l'oreille et l'œil les plus aigus. Ceux-là coururent en avant, rapides comme des belettes, sans plus de bruit que des chauves-souris

Ce fut pourquoi ni Bilbo, ni les nains, ni même Gandalt ne les entendirent arriver. Ils ne les virent pas davantage. Mais les gobelins qui couraient silencieusement derrière eux les voyaient, car Gandalf laissait sa baguette répandre une faible lumière pour aider les nains dans leur progression.

Tout à coup, Dori, qui se trouvait de nouveau en queue, portant Bilbo, fut saisi par-derrière dans le noir. Il cria et tomba ; et le hobbit roula de ses épaules dans les ténèbres, se cogna la tête sur un dur rocher et ne se souvint plus de rien.

5

Énigmes dans l'obscurité

Quand Bilbo ouvrit les yeux, il se demanda s'il les avait effectivement ouverts : il faisait tout aussi sombre que quand il les avait fermés. Il n'y avait personne où que ce fût auprès de lui. Imaginez sa peur ! Il n'entendait rien, ne voyait rien, et il ne pouvait rien sentir que la pierre du sol.

Très lentement, il se redressa et se mit à tâtonner à quatre pattes jusqu'à ce qu'il eût touché la paroi du tunnel ; mais, ni en montant ni en descendant, il ne put rien découvrir, rien du tout ; aucune trace de gobelins, aucune trace de nains. La tête lui tournait, et il était loin d'être certain de la direction qu'ils suivaient au moment de sa chute. Il devina de son mieux et rampa un bon bout de chemin, jusqu'au moment où sa main rencontra soudain un objet qui lui parut être un minuscule anneau de métal froid, gisant sur le sol du tunnel. C'était un tournant de sa carrière, mais il n'en savait rien. Il mit l'anneau dans sa poche presque machinalement, l'objet ne paraissait certes d'aucune utilité sur le moment. Il n'alla pas beaucoup plus loin, mais s'assit sur le sol froid pour s'abandonner un long moment à un complet désespoir. Il se vit en train de faire frire des œufs au lard dans sa cuisine, à la maison — car il sentait en lui qu'il était grand temps de prendre quelque repas ; ce qui ne fit que le rendre plus misérable encore.

Il ne pouvait imaginer que faire ; il ne pouvait non plus imaginer ce qui s'était passé, ni pourquoi on l'avait abandonné, puisque les gobelins ne l'avaient pas pris ; il ne comprenait pas même pourquoi il avait si mal à la tête. À la vérité, il était resté longtemps étendu, silencieux, hors de vue dans un coin très sombre sans que personne pensât à lui.

Au bout d'un moment, il chercha sa pipe. Elle n'était pas brisée, c'était déjà quelque chose. Puis il chercha sa blague ; elle contenait encore du tabac, ce qui était encore mieux. Après quoi, il chercha des allumettes, mais n'en trouva point, et cette absence le découragea totalement. Mais cela valait aussi bien, il en convint quand il retrouva son sang-froid. Dieu sait ce que la lueur d'allumettes et l'odeur du tabac auraient pu faire sortir des trous noirs de cet horrible endroit. Il ne s'en sentit pas moins accablé sur le moment. Toutefois, en tâtant toutes ses poches et en cherchant partout sur lui des allumettes, sa main tomba sur la garde de son épée — ce petit poignard qu'il avait pris aux trolls et qu'il avait complètement oublié ; heureusement, les gobelins ne l'avaient pas remarquée, du fait qu'il la portait à l'intérieur de sa culotte.

Il la sortit alors. Elle jeta un éclat pâle et terne : « Elle a donc une lame elfique, elle aussi, pensa-t-il ; et les gobelins ne sont pas très près, mais cependant pas assez loin. »

En tout cas, il se sentit réconforté. C'était assez merveilleux de porter une lame forgée à Gondolïn pour les guerres contre les gobelins, célébrées par tant de chants ; et il avait remarqué aussi que ces armes faisaient grande impression sur les gobelins qui tombaient dessus à l'improviste.

« Retourner en arrière ? se dit-il. Cela ne vaudrait rien ! Aller de côté ? Impossible ! En avant ? C'est la seule chose à faire ! Allons-y ! »

Il se releva donc et se mit à trotter, tenant sa petite épée devant lui et tâtant la paroi, tandis que son cœur battait la chamade.

Assurément, Bilbo était dans une position critique. Mais, il faut se le rappeler, elle n'était pas tout à fait aussi critique pour lui qu'elle l'eût été pour vous ou moi. Les hobbits ne sont pas entièrement comme les gens ordinaires ; et, après tout, si leurs trous sont des endroits agréables et gais, bien aérés et très différents des tunnels de gobelins, les hobbits sont cependant plus que nous habitués aux souterrains, et ils n'y perdent pas facilement le sens de la direction — c'est-à-dire une fois leur tête remise des heurts. Ils sont capables aussi de se déplacer en grand silence, de se cacher aisément, de se remettre merveilleusement des chutes et des contusions, et ils possèdent un fonds de sagesse et d'adages que les hommes n'ont pour la plupart jamais entendus ou qu'ils ont depuis longtemps oubliés.

Je n'aurais tout de même pas aimé être à la place de M. Baggins. Le tunnel semblait n'avoir point de fin. Tout ce qu'il savait, c'était que ce tunnel continuait à descendre de façon assez constante, tout en conservant la même orientation en dépit de quelques serpentements et tournants. Il y avait par moments des passages qui s'écartaient sur les côtés, comme il le voyait à la lueur de son épée ou pouvait le sentir en tâtant la paroi. De ces embranchements, il ne tenait aucun compte, sinon pour presser le pas de crainte d'en voir surgir des gobelins ou des choses sombres qu'il imaginait à demi. Il poursuivit ainsi son chemin, descendant toujours ; mais il n'entendait aucun son de quoi que ce fût, hormis de temps à autre le bruissement d'une chauve-souris passant près de ses oreilles, ce qui le fit sursauter au début, mais qui devint trop fréquent par la suite pour qu'il s'en préoccupât. Je ne sais combien de temps il continua ainsi, détestant avancer, mais n'osant s'arrêter ; il continua, continua jusqu'à ce que sa fatigue devînt presque de l'épuisement. Il avait l'impression d'avoir marché jusqu'au lendemain et, par-delà le lendemain, jusqu'aux jours suivants.

Soudain, sans aucun signe préalable, il trotta, floc ! dans l'eau ! Brrr ! elle était d'un froid glacial. Il s'arrêta pile. Il ne savait pas si c'était simplement une flaque dans le chemin, le bord d'une rivière souterraine qui traversait le passage, ou la rive d'un lac noir et profond. L'épée luisait à peine. Il s'arrêta et, prêtant une oreille attentive, il put entendre des gouttes tomber une à une d'une voûte invisible dans l'eau ; mais il semblait n'y avoir aucun autre son.

« C'est donc une mare ou un lac, et non une rivière souterraine », se dit-il.

Il n'osait pourtant patauger dans les ténèbres. Il ne savait pas nager ; et il imagina aussi de vilaines et visqueuses choses, avec des yeux protubérants et aveugles, en train de se tortiller dans l'eau. Il est d'étranges êtres qui vivent dans les mares et les lacs au cœur des montagnes : des poissons dont les ancêtres pénétrèrent à la nage, il y a Dieu sait combien d'années, et ne ressortirent jamais, tandis que leurs yeux devenaient de plus en plus grands à force de scruter les ténèbres ; et puis il y a d'autres choses plus visqueuses que les poissons. Même dans les tunnels et les cavernes que les gobelins ont faits pour leur propre compte, vivent d'autres créatures inconnues d'eux, qui se sont faufilées de l'extérieur afin de séjourner dans les ténèbres. Certaines de ces cavernes aussi ont une origine bien antérieure aux gobelins, qui se sont contentés de les élargir et de les relier par des passages, et les premiers occupants se trouvent toujours là, furetant en catimini dans les coins écartés.

Au plus profond de ces lieux, près de l'eau noire, vivait le vieux Gollum, une créature petite et visqueuse. Je ne sais d'où il était venu, j'ignore qui et ce qu'il était. C'était Gollum — aussi ténébreux que les ténèbres, à l'exception de deux grands yeux pâles et ronds dans son visage mince. Il avait une petite barque, et il se promenait silencieusement sur le lac ; car c'était bien un lac, large, profond et mortellement froid. Il pagayait avec de grands pieds ballant par-dessus le bord, mais sans jamais causer la moindre ride. Non, pas lui. Il cherchait de ses pâles yeux, semblables à des lampes, les poissons aveugles, qu'il saisissait comme un éclair dans ses longs doigts. Il aimait aussi la viande. Il appréciait les gobelins, quand il pouvait s'en procurer ; mais il prenait bien soin de ne jamais se laisser découvrir par eux. Il les étranglait simplement par-derrière, si jamais ils approchaient seuls de la rive tandis qu'il rôdait par là. Ils ne s'y hasardaient que très rarement, car ils avaient l'impression que quelque chose de très déplaisant était tapi là en bas, au centre même de la montagne. Ils étaient arrivés au lac quand ils creusaient leurs tunnels longtemps auparavant, et ils avaient vu qu'ils ne pouvaient aller plus loin ; leur chemin se terminait donc dans cette direction, et ils n'avaient pas de raison d'aller par là — à moins que le Grand Gobelin ne les y envoyât. Il avait parfois envie de poisson du lac et il arrivait que ni gobelin ni poisson n'en revînt.

En fait, Gollum vivait sur un îlot de rocher gluant au milieu du lac. À ce moment, il observait de loin Bilbo avec ses yeux pâles semblables à des télescopes. Le hobbit ne pouvait le voir, mais lui s'interrogeait énormément au sujet de Bilbo, car il voyait bien que ce n'était aucunement un gobelin.

Gollum monta dans sa barque et partit comme un trait de son île, tandis que Bilbo était assis sur le bord, complètement démonté, au bout de sa route et de son rouleau. Soudain, s'avança Gollum, qui chuchota d'une voix sifflante :

« Par ex-s-s-semple, que je s-sois tout éclabouss-sé, mon trés-s-or ! À c-c-ce que je vois, voici un fes-s-stin de choix ; au moins un morceau s-s-savoureux, gollum ! »

Et, en disant *gollum*, il produisit dans sa gorge un horrible bruit de déglutition. C'est de là que venait son nom, bien qu'il se nommât toujours lui-même « mon trésor ».

Quand le sifflement atteignit ses oreilles, le hobbit crut jaillir de sa peau, et il vit soudain les yeux pâles braqués sur lui.

« Qui êtes-vous ? s'écria-t-il, brandissant devant lui son épée.

– Qu'est-ce que c'est, mon trés-s-sor ? » chuchota Gollum (qui se parlait toujours à lui-même, n'ayant pas d'autre interlocuteur).

C'était précisément ce qu'il était venu découvrir, car il n'avait pas vraiment faim à ce moment ; il était seulement curieux ; sans quoi, il aurait commencé par attraper pour chuchoter ensuite.

« Je suis M. Bilbo Baggins. J'ai perdu mes nains, j'ai perdu le magicien, et je ne sais pas où je suis ; et je ne tiendrais pas à le savoir, si seulement je pouvais sortir d'ici.

– Qu'est-ce qu'il a dans ses mains ? dit Gollum, les yeux fixés sur l'épée, qu'il n'aimait pas trop.

– Une épée, une lame qui vient de Gondolïn !

– Sss, dit Gollum, qui se fit très poli. P't-être que tu restes là à bavarder avec ça un peu, mon trés-s-sor. Ça aime peut-être les énigmes, peut-être oui ? »

Il désirait paraître amical, en tout cas pour le moment et jusqu'à ce qu'il en eût découvert plus long sur l'épée et le hobbit : s'il était vraiment tout seul et s'il était bon à manger au cas où lui, Gollum, aurait vraiment faim. Les énigmes étaient tout ce qui se présentait à son esprit. En poser et parfois les deviner avait été le seul jeu qu'il eût jamais pratiqué avec d'autres drôles de créatures dans leurs trous, il y avait très, très longtemps, avant qu'il n'eût perdu tous ses amis et n'eût été chassé, seul, et qu'il ne se fût glissé, descendant toujours plus loin, dans les ténèbres sous la montagne.

« Très bien », dit Bilbo, fort soucieux d'acquiescer jusqu'à ce qu'il pût en découvrir un peu plus long sur la créature : si elle était tout à fait seule, si elle était féroce ou affamée, et si elle était une amie des gobelins.

« Commencez », dit-il, car il n'avait pas eu le temps de penser à une énigme.

Gollum dit donc de sa voix sifflante :

Qu'est-ce qui a des racines que personne ne voit.
Qui est plus grand que les arbres,
Qui monte, qui monte,
Et pourtant ne pousse jamais ?

« C'est facile ! dit Bilbo. Une montagne, je suppose.

– Ça devine facilement ? Ça doit faire un concours avec nous, mon trésor ! Si le trésor demande et que ça ne réponde pas, on le mange, mon trésor. Si ça nous demande et qu'on ne réponde pas, alors on fait ce que ça veut, hein ? On lui montre comment sortir, oui !

– Très bien », dit Bilbo, n'osant pas marquer de désaccord et se creusant évidemment la cervelle pour penser à des énigmes capables de le préserver d'être mangé :

Trente chevaux sur une colline rouge ;
D'abord ils mâchonnent,
Puis ils frappent leur marque *,
Ensuite ils restent immobiles.

Ce fut là tout ce qu'il trouva à demander — l'idée du manger lui trottait un peu par la tête. La devinette était un peu usée, aussi, et Gollum connaissait la réponse aussi bien que vous.

« Connu, connu ! s'écria-t-il. Les dents ! les dents ! trésor ; mais on n'en a que six ! »

Puis il posa une seconde question :

Sans voix, il crie ;
Sans ailes, il voltige ;
Sans dents, il mord ;
Sans bouche, il murmure.

« Un instant ! » cria Bilbo, qui pensait toujours avec inquiétude à l'idée d'être mangé.

Heureusement, il avait déjà entendu quelque chose de ce genre et, retrouvant ses esprits, il se rappela la réponse : « Le vent, le vent, naturellement », dit-il.

Et il était si content qu'il en inventa une sur-le-champ. « Voici qui va embarrasser cette sale petite créature souterraine », pensa-t-il.

* *To stamp* signifie en même temps « frapper du pied » et « frapper une marque ».

Un œil dans un visage bleu
Vit un œil dans un visage vert.
« Cet œil-là ressemble à cet œil-ci,
dit le premier œil,
Mais en un lieu bas,
Non pas en un lieu haut. »

« Ss, ss, ss », fit Gollum.

Il y avait longtemps, très longtemps qu'il était sous terre et il oubliait ce genre de choses. Mais juste comme Bilbo commençait à espérer que le misérable serait incapable de répondre, Gollum se remémora des souvenirs d'un temps infiniment lointain, de l'époque où il vivait avec sa grand-mère dans un trou creusé sur la berge d'une rivière : « Ss, sss, mon trésor, dit-il. Le soleil sur les marguerites, ça veut dire, oui. »

Mais ce genre d'énigmes banales à la surface de la terre étaient pour lui fatigantes. Elles lui rappelaient aussi un temps où il était moins seul, moins furtif, moins méchant, et cela le mit de mauvaise humeur. Qui plus est, cela lui donna faim ; aussi, cette fois, essaya-t-il quelque chose d'un peu plus difficile et de plus fâcheux :

On ne peut la voir, on ne peut la sentir,
On ne peut l'entendre, on ne peut la respirer.
Elle s'étend derrière les étoiles et sous les collines,
Elle remplit les trous vides.
Elle vient d'abord et suit après.
Elle termine la vie, tue le rire.

Malheureusement pour Gollum, Bilbo avait déjà entendu cela avant ; et d'ailleurs la réponse l'environnait de tous côtés :

« L'obscurité ! » dit-il, sans même se gratter la tête ou prendre le temps de réfléchir.

Une boîte sans charnière, sans clef, sans couvercle :
Pourtant à l'intérieur est caché un trésor doré,

demanda-t-il pour gagner du temps, en attendant de pouvoir penser à une devinette vraiment ardue.

Celle-ci, il la considérait comme terriblement usée et facile, encore qu'il ne l'eût point posée dans les termes habituels. Mais elle se révéla une colle très dure pour Gollum. Il siffla en se parlant à lui-même, mais sans donner de réponse ; il marmonna et bredouilla.

Au bout d'un moment, Bilbo montra quelque impatience :

« Alors, qu'est-ce ? demanda-t-il. La réponse n'est pas : une bouilloire qui déborde, comme vous semblez le penser, d'après le bruit que vous faites.

– Donnez-nous une chance ; que ça nous donne une chance, mon trés-s-sor.

– Eh bien, dit Bilbo après lui avoir accordé une longue chance, quelle est votre solution ? »

Mais, soudain, Gollum se souvint de pillages de nids dans des temps très reculés, quand, sous la berge de la rivière, il apprenait à sa grand-mère à gober… « des œufs * ! siffla-t-il. Des œufs, que c'est ! »

Puis il demanda :

* Expression anglaise qui correspond à « Gros-Jean qui en remontre à son curé ».

Vivant sans souffle,
Froid comme la mort,
Jamais assoiffé, toujours buvant,
En cotte de mailles, jamais cliquetant.

À son tour, il pensait que c'était terriblement facile, parce qu'il avait la réponse en tête. Mais il ne se souvenait de rien de mieux pour l'instant, tant la question sur les œufs lui avait fait perdre la tête. Mais ce n'en était pas moins embarrassant pour le pauvre Bilbo, qui se gardait de tout rapport avec l'eau tant qu'il pouvait l'éviter. J'imagine que vous connaissez la réponse, bien sûr, ou que vous pouvez la deviner sans la moindre difficulté, confortablement assis chez vous, sans que le danger d'être mangé vienne troubler votre réflexion. Bilbo s'absorba, il s'éclaircit deux ou trois fois la voix, mais aucune réponse ne vint.

Au bout d'un moment, Gollum commença de chuinter de plaisir, pour lui-même : « Est-ce bon, mon trésor ? Est-ce juteux ? Est-ce délicieusement croquant ? »

Et il se mit à scruter Bilbo du sein de l'obscurité.

« Un instant, dit le hobbit, frissonnant. Moi, je vous ai donné une bonne et longue chance.

– Ça doit se dépêcher, se dépêcher ! » dit Gollum, commençant à descendre de sa barque pour atteindre Bilbo.

Mais quand il posa son long pied palmé dans l'eau, un poisson, pris de peur, sauta et retomba sur les orteils de Bilbo.

« Brr ! fit-il, c'est froid et humide ! »

Ce qui lui fournit la réponse : « Un poisson ! un poisson ! cria-t-il. C'est un poisson ! »

Gollum fut horriblement déçu ; mais Bilbo posa une nouvelle énigme aussi vite qu'il le put, de sorte que Gollum dut rentrer dans sa barque pour réfléchir.

Sans-jambes repose sur une jambe, deux-jambes s'assirent sur trois jambes, quatre jambes en eut un peu.

Ce n'était pas exactement le bon moment pour poser pareille devinette, mais Bilbo était talonné. Peut-être Gollum aurait-il eu de la peine à deviner, la question eût-elle été posée à un autre moment. En l'occurrence, puisqu'on parlait de poisson, « sans-jambes » ne présentait pas de difficulté ; après quoi, le reste venait tout seul : « Du poisson sur un guéridon, un homme à côté assis sur un tabouret, le chat reçoit les arêtes », c'est là la réponse, bien sûr, et Gollum la donna bientôt. Il pensa alors le moment venu de demander quelque chose d'horriblement difficile. Voici ce qu'il dit :

Cette chose toutes choses dévore :
Oiseaux, bêtes, arbres, fleurs ;
Elle ronge le fer, mord l'acier ;
Réduit les dures pierres en poudre ;
Met à mort les rois, détruit les villes
Et rabat les hautes montagnes.

Le pauvre Bilbo, assis dans le noir, réfléchit à tous les horribles noms de géants et d'ogres qu'il avait pu entendre citer dans les contes, mais aucun n'avait accompli toutes ces choses. Il eut l'impression que la réponse était tout autre et qu'il devait la connaître, mais il n'arrivait pas à la trouver. Il commença de ressentir une grande peur, ce qui n'aide guère à penser. Gollum descendit de sa barque. Il descendit en clapotant dans l'eau et gagna le bord à grands coups de ses pieds palmés ; Bilbo voyait approcher les yeux luisants. Sa langue lui parut collée dans sa bouche, il voulut crier : « Donnez-moi un peu de temps ! Donnez-moi le temps ! »

Mais tout ce qui sortit soudain dans un cri perçant fut :

« Le temps ! le temps ! »

Il se trouva ainsi sauvé par pure chance. Car c'était là la réponse, bien sûr.

Gollum fut déçu une fois de plus ; et alors il commença d'être fâché et aussi d'en avoir assez du jeu. Celui-ci lui avait donné très faim, en vérité. Cette fois, il ne retourna pas à la barque. Il s'assit dans le noir près de Bilbo, ce qui mit le hobbit extrêmement mal à l'aise et lui retira tous ses moyens.

« Il faut que ç-ç-ça nous pose une ques-s-stion, mon trésor, s-s-si, s-s-si, s-s-si. Jus-ste une ques-stion de plus-s à deviner, s-si, s-si », dit Gollum.

Mais Bilbo était tout simplement incapable de penser à aucune question, à côté de cette vilaine chose humide qui le tripotait et lui donnait des bourrades. Il se gratta, il se pinça ; mais il ne pouvait toujours penser à rien.

« Demandez-nous ! Demandez-nous ! » dit Gollum.

Bilbo se pinça et se donna des claques ; il serra sa petite épée ; il fouilla même dans sa poche de l'autre main. Là, il trouva l'anneau qu'il avait ramassé dans le passage et qu'il avait oublié.

« Qu'ai-je dans ma poche ? » dit-il tout haut.

Il se parlait à lui-même, mais Gollum crut que c'était une devinette, et il fut terriblement démonté.

« Pas de jeu ! pas de jeu ! s'écria-t-il de sa voix sifflante. C'est pas de jeu, mon trésor, s-si ? de demander ce que ç-ça a dans ses s-sales petites poches ? »

Bilbo, voyant ce qui s'était passé et n'ayant rien de mieux à proposer, s'en tint à sa question : « Qu'ai-je dans ma poche ? » demanda-t-il d'un ton plus affirmé.

« S-s-s-s, siffla Gollum. Ça doit nous le donner en trois, mon trésor.

– Très bien ! Allez-y ! dit Bilbo.

– Des mains ! dit Gollum.

– Faux, dit Bilbo, qui venait heureusement de retirer sa main. Devinez encore !

– S-s-s », fit Gollum, plus décontenancé que jamais.

Il pensa à tous les objets qu'il gardait lui-même dans ses poches : des arêtes, des dents de gobelins, des coquillages humides, un bout d'aile de chauve-souris, une pierre aiguë pour aiguiser ses crocs, et autres vilaines choses. Il essaya de se représenter ce que les autres gens pouvaient garder dans leurs poches.

« Un couteau ! dit-il enfin.

– Faux ! dit Bilbo, qui avait perdu le sien quelque temps auparavant. Dernière réponse ! »

Gollum était à présent dans un état bien pire que lorsque Bilbo lui avait posé la question sur les neufs. Il siffla, il postillonna, il se balança d'avant en arrière et d'arrière en avant, il frappa le sol de ses pieds palmés, il frétilla, il se tortilla ; mais il n'osait toujours pas risquer son ultime réponse.

« Allons ! dit Bilbo. J'attends ! »

Il s'efforçait de paraître gai et hardi, mais il n'éprouvait aucune certitude quant à l'issue du jeu, que Gollum devinât juste ou non.

« Le délai est épuisé ! dit-il.

– Une ficelle, ou rien ! cria Gollum — ce qui n'était pas tout à fait correct, puisqu'il donnait deux réponses à la fois.

– Ni l'un ni l'autre », s'écria Bilbo, extrêmement soulagé.

Sur quoi, il se mit vivement debout, s'adossa à la paroi la plus proche et tendit devant lui sa petite épée. Il savait, naturellement, que le jeu des énigmes était sacré, qu'il remontait à la plus haute Antiquité et que même les créatures mauvaises redoutaient de tricher quand elles y jouaient. Mais il sentait qu'il ne pouvait être certain que cette chose visqueuse tiendrait parole au moment crucial. N'importe quelle excuse pourrait lui être bonne pour se défiler. Et après tout, cette dernière question n'était pas une énigme authentique selon les anciennes règles.

En tout cas, Gollum ne l'attaqua pas immédiatement. Il voyait l'épée dans la main de Bilbo. Il resta assis, tremblant et murmurant. Finalement, Bilbo ne put attendre plus longtemps.

« Alors ? dit-il. Et votre promesse ? Je veux partir. Vous devez me montrer le chemin.

– On a dit ça, trésor ? Montrer au vilain petit Baggins comment sortir, oui, oui. Mais qu'est-ce que ça a dans ses poches, hé ? Pas de ficelle, trésor, mais pas rien. Oh ! non. Gollum !

– Ne vous occupez pas de cela, dit Bilbo. Une promesse est une promesse.

– Fâché c'est, impatient, trésor, siffla Gollum. Mais ça doit attendre, oui, ça doit. On ne peut pas remonter les tunnels aussi précipitamment. On doit aller prendre des choses d'abord, oui, des choses pour nous aider.

– Eh bien, dépêchez-vous ! » dit Bilbo, soulagé à la pensée du départ de Gollum. Il jugeait que l'autre, prenant juste un prétexte, n'entendait pas revenir. De quoi parlait Gollum ? Quel objet utile pouvait-il conserver là-bas sur le lac noir ? Mais il se trompait. Gollum avait parfaitement l'intention de revenir. Il était irrité, maintenant, et il avait faim. Et puis, c'était un être misérable et méchant, qui avait déjà un plan.

Toute proche se trouvait son île, dont Bilbo ne savait rien, et là, dans sa cachette, il conservait toutes sortes de misérables objets, et une très, très belle, très merveilleuse chose. Il possédait un anneau, un anneau d'or, un anneau précieux.

« Mon cadeau d'anniversaire ! murmura-t-il pour lui-même, comme il avait souvent fait au cours de sombres et interminables jours. C'est de ça qu'on a besoin maintenant, oui ; c'est ça qu'on veut ! »

S'il le voulait, c'est que cet anneau avait certain pouvoir : en le glissant à son doigt, on devenait invisible ; on ne pouvait plus être vu qu'en plein soleil et encore seulement à son ombre, faible et mal dessinée.

« Mon cadeau d'anniversaire ! Il m'est échu le jour anniversaire de ma naissance, mon trésor. »

C'est ce qu'il se disait toujours à lui-même. Mais qui sait comment Gollum était venu en possession de ce cadeau, il y avait des siècles, dans cet ancien temps où pareils anneaux étaient encore disponibles dans le monde ? Peut-être le Maître qui les régissait n'aurait-il pu, lui-même, le dire. Gollum le portait au début, jusqu'au moment où il en ressentit de la fatigue ; alors, il le conserva dans un petit sac contre sa peau, jusqu'au moment où l'objet l'écorcha : à présent, il le dissimulait généralement dans un trou du rocher sur son île, et il retournait constamment le contempler. Il lui arrivait encore de le mettre, toutefois, quand il ne pouvait supporter d'en être plus longtemps séparé, ou quand il avait très, très faim et qu'il était las du poisson. Il se faufilait alors le long des sombres passages en quête de gobelins égarés. Il lui arrivait même de s'aventurer en des endroits où étaient allumées des torches qui lui picotaient les yeux et le faisaient ciller ; car il était en sécurité. Nul ne pouvait le voir, nul ne pouvait le remarquer jusqu'au moment où il lui serrait la gorge. Il avait encore porté l'anneau quelques heures auparavant, il avait attrapé un tout petit gobelin. Quels vagissements ! Il lui restait encore un ou deux gros os à ronger, mais il voulait quelque chose de plus moelleux.

« C'est tout à fait sûr, oui, se murmura-t-il. Ça ne nous verra pas, n'est-ce pas, mon trésor ? Non. Ça ne nous verra pas, et sa sale petite épée ne lui servira de rien, oui, parfaitement. »

Voilà ce qu'il avait dans sa méchante petite tête quand il quitta soudain le côté de Bilbo ; il pagaya de nouveau vers sa barque et s'enfonça dans l'obscurité. Bilbo pensa ne plus le revoir. Il attendit toutefois, car il ne savait comment trouver son chemin tout seul.

Soudain, il entendit un cri rauque, qui le fit frissonner. Gollum jurait et gémissait dans l'obscurité, pas très loin à en juger par le son. Il était sur son île et jouait des pieds et des mains, cherchant et fouillant en vain. Bilbo l'entendit crier : « Où est-ce ? Où est-c-c-e ? C'est perdu, mon trésor, perdu, perdu ! Malédiction, qu'on soit anéanti ! Mon trésor est perdu !

– Qu'y a-t-il ? lui cria Bilbo. Qu'avez-vous perdu ?

– Ça ne doit pas nous le demander, répondit Gollum d'une voix perçante. Pas son affaire, non, gollum ! C'est perdu, gollum, gollum.

– Eh bien, moi aussi, cria Bilbo, et je veux ne plus l'être. Et j'ai gagné la partie, et vous avez promis. Alors, venez ! Venez me faire sortir, et vous reprendrez votre recherche après ! »

Si extrêmement malheureux que Gollum parût, Bilbo ne pouvait trouver beaucoup de pitié dans son cœur, et il avait le sentiment que tout ce que Gollum pouvait vouloir si fort ne devait rien être de bon.

« Venez ! cria-t-il.

– Non, pas encore, trésor ! répondit Gollum. On doit le chercher, c'est perdu, gollum.

– Mais vous n'avez jamais trouvé la réponse à ma dernière question et vous avez promis, dit Bilbo.

– Jamais trouvé la réponse ! » dit Gollum.

Puis soudain de l'obscurité vint un sifflement perçant :

« Qu'est-ce que ça a dans ses poches ? Dites-vous cela. Ça doit le dire d'abord. »

Bilbo ne voyait aucune raison particulière pour ne pas le dire. L'esprit de Gollum avait sauté sur une réponse plus vite que le sien ; c'était naturel, car Gollum avait couvé pendant des éternités cette chose particulière, et il vivait dans la hantise qu'elle ne lui fût volée. Mais Bilbo était ennuyé du délai. Après tout, il avait gagné la partie, assez honnêtement, à un horrible risque :

« Les réponses doivent être devinées, non données, dit-il.

– Mais ce n'était pas une question loyale, dit Gollum. Ce n'était pas une énigme, trésor, non.

– Oh ! eh bien, s'il s'agit de questions ordinaires, j'en ai posé une le premier, répondit Bilbo. Qu'avez-vous perdu ? Dites-moi cela.

– Qu'est-ce que ça a dans ses poches ? »

Le son venait avec un sifflement plus fort et plus perçant et, regardant dans cette direction, Bilbo vit alors, à son grand effroi, deux petits points de lumière qui le scrutaient. Comme le soupçon grandissait dans l'esprit de Gollum, la lumière de ses yeux brûlait d'une flamme pâle.

« Qu'avez-vous perdu ? » persista à demander Bilbo.

Mais à ce moment la lumière dans les yeux de Gollum était devenue un feu vert et elle s'approchait rapidement. Gollum était de nouveau dans sa barque ; il pagayait furieusement en direction de la rive noire, et il avait au cœur une telle rage causée par sa perte et ses soupçons que nulle épée ne lui faisait plus peur.

Bilbo ne pouvait deviner ce qui avait exaspéré la misérable créature, mais il vit que tout était fini et que Gollum se proposait de le tuer de toute façon. Juste à temps, il tourna les talons et se rua dans le passage par lequel il était venu, longeant la paroi qu'il tâtait de la main gauche.

« Qu'est-ce que ça a dans ses poches ? entendait-il siffler fortement derrière lui — et en même temps s'éleva le floc de Gollum sautant de sa barque.

– Qu'ai-je, je me le demande ? » se dit-il, pantelant et trébuchant.

Il fourra la main gauche dans sa poche. L'anneau lui parut très froid comme il le glissait doucement à son index tâtonnant.

Le sifflement était juste derrière lui. Il se retourna alors et il vit monter le long de la pente les yeux de Gollum, semblables à de petites lampes vertes. Terrifié, il tenta de courir plus vite, mais soudain ses orteils butèrent contre une aspérité du sol, et il tomba tout de son long sur sa petite épée.

En un instant, Gollum fut sur lui. Mais avant que Bilbo n'eût pu rien faire, retrouver son souffle, se redresser ou agiter son épée, Gollum passa sans lui prêter la moindre attention, jurant et chuchotant dans sa course.

Qu'est-ce que cela voulait dire ? Gollum voyait dans le noir. Bilbo apercevait la lumière de ses yeux qui brillaient d'une lueur pâle même par-derrière. Il se leva péniblement, rengaina son épée qui de nouveau luisait faiblement, et suivit Gollum avec grande circonspection. Il semblait qu'il n'y eût rien d'autre à faire. Rien ne servait de retourner en rampant vers le lac. Peut-être, s'il le suivait, Gollum le conduirait-il inconsciemment vers quelque issue.

« Que ça soit maudit ! maudit ! maudit ! sifflait Gollum. Que le diable emporte le Baggins. Ça a disparu ! Qu'est-ce que ça a dans ses poches ? Oh ! on le devine, on le devine, mon trésor. Il l'a trouvé, oui, sans nul doute. Mon cadeau d'anniversaire. »

Bilbo dressa l'oreille. Il commençait à deviner lui-même. Il pressa un peu le pas pour se rapprocher autant qu'il l'osait de Gollum, qui marchait toujours vite, sans regarder en arrière, mais tournant la tête de part et d'autre, comme Bilbo pouvait le constater au faible reflet sur les parois.

« Mon cadeau d'anniversaire ! que le diable l'emporte ! Comment l'avons-nous perdu, mon trésor ? Oui, c'est ça. La dernière fois qu'on est venu par ici, quand on a réduit au silence ce sale petit couineur. C'est ça. Le diable l'emporte ! Il nous a échappé après toute cette éternité ! Il est parti, Gollum. »

Soudain, Gollum s'assit et se mit à pleurer, avec un son sifflant et des gloussements horribles à entendre. Bilbo s'arrêta et se plaqua contre la paroi du tunnel. Au bout d'un moment, Gollum cessa de sangloter et commença de parler. Il semblait discuter avec lui-même : « Il est inutile de retourner là-bas le chercher. On ne se rappelle pas tous les endroits où on est passé. Et ça ne sert à rien. Le Baggins l'a dans ses poches ; le s-sale fouineur l'a trouvé, qu'on dit.

« On devine, trésor, on devine seulement. On peut pas savoir jusqu'à ce qu'on trouve la s-sale créature et qu'on l'écrase. Mais ça ne connaît pas le pouvoir du cadeau, hein ? Ça va seulement le garder dans sa poche. Ça ne sait pas, et ça n'ira pas loin. C'est perdu soi-même, ce s-sale fureteur. Ça ne connaît pas la sortie. Ça l'a dit.

« Ça l'a dit, oui ; mais c'est malin. Ça ne dit pas ce que ça pense. Ça sait. Ça connaît un chemin pour entrer ; ça doit en connaître un pour sortir, oui. C'est parti vers la porte de derrière, oui.

« Les gobelins l'attraperont, alors. Ça ne peut pas sortir par là, trésor.

« Sss, sss, gollum ! Les gobelins ! oui, mais il a le cadeau, notre précieux cadeau ; alors les gobelins vont l'avoir, gollum ! Ils vont le trouver, ils vont découvrir ce qu'il fait. On ne sera plus jamais en sécurité, plus jamais, gollum ! Un des gobelins va le mettre à son doigt, et alors personne ne le verra. Il sera là, mais on ne le verra pas. Même nos yeux exercés ne le remarqueront pas ; il viendra, rampant et malin, et il nous attrapera, gollum, gollum !

« Eh bien, cessons de discuter, trésor, et dépêchons-nous. Si le Baggins est parti de ce côté, il faut qu'on y aille vite voir. Allons-y ! Ce n'est pas loin à présent. Vite ! »

D'un bond, Gollum se leva et il partit rapidement en traînant les pieds. Bilbo courut derrière lui, toujours avec précaution, bien que sa crainte principale fût à présent de buter contre une autre saillie et de tomber avec bruit. L'espoir et l'étonnement tourbillonnaient dans sa tête. Il semblait que l'anneau qu'il avait fût un anneau magique il vous rendait invisible ! Notre hobbit avait entendu parler de semblable chose dans les vieux, vieux contes, évidemment ; mais il était difficile de croire qu'il en avait réellement trouvé un, par hasard. Et pourtant, il avait pu le constater : Gollum, avec ses yeux brillants, était passé à côté de lui, à un cheveu à peine.

Ils poursuivirent ainsi leur chemin ; Gollum flic-flacquait en tête, sifflant et jurant, Bilbo suivait aussi silencieusement que le peut un hobbit. Ils arrivèrent bientôt à des endroits où, comme Bilbo l'avait remarqué en descendant, s'embranchaient des passages de l'un et de l'autre côté. Gollum commença aussitôt à les compter.

« Un à gauche, oui. Un à droite, oui. Deux à droite, oui, oui. Deux à gauche, oui, oui. »

Et ainsi de suite.

Comme le compte s'allongeait, il ralentit le pas et devint soucieux et larmoyant ; car, s'éloignant de plus en plus de l'eau, il commençait d'avoir peur. Il pouvait y avoir par là des gobelins, et il avait perdu son anneau. Il s'arrêta finalement près d'une ouverture basse, sur la gauche en montant.

« Sept à droite, oui. Six à gauche. Oui ! murmura-t-il. C'est le chemin de la porte de derrière, oui. Voici le passage ! »

Il le sonda des yeux et recula : « Mais on n'ose pas y entrer, trésor ; non, on n'ose pas. Des gobelins là-dedans, des tas de gobelins. On les sent. Sss !

« Que faire ? Que le diable les emporte et les écrase ! Il faut attendre ici, trésor, attendre un peu et voir venir. »

Ils s'arrêtèrent donc net. Gollum avait amené Bilbo à la sortie après tout, mais le hobbit ne pouvait passer ! Gollum s'était assis, arqué juste dans l'ouverture, et ses yeux luisaient froidement dans son visage tandis qu'il se balançait de droite et de gauche entre ses genoux.

Bilbo s'éloigna du mur en catimini, plus silencieux qu'une souris ; mais Gollum se raidit aussitôt, il renifla et ses yeux devinrent verts. Il siffla doucement, mais de façon menaçante. Il ne pouvait voir le hobbit, mais à présent il était alerté, et il avait d'autres sens que l'obscurité avait aiguisés : l'ouïe et l'odorat. Il semblait ramassé tout contre le sol, les mains étalées et posées à plat, la tête tendue en avant, le nez presque sur la pierre. Bien qu'il ne fût qu'une ombre noire dans la lueur de ses propres yeux, Bilbo pouvait voir et sentir qu'il était tendu comme la corde d'un arc et prêt à bondir.

Le hobbit cessa presque de respirer et se raidit lui aussi. Il était aux abois. Il lui fallait absolument s'échapper de ces horribles ténèbres pendant qu'il lui restait encore un peu de forces. Il devait se battre. Il devait transpercer cet être répugnant, éteindre ses yeux, le tuer. L'autre voulait le tuer, lui. Non, le combat n'était pas loyal. Il était invisible, à présent. Gollum n'avait pas d'épée. Gollum n'avait pas positivement menacé de le tuer, ni encore tenté de le faire. Et il était misérable, seul, perdu. Une compréhension soudaine, une pitié mêlée d'horreur s'élevèrent dans le cœur de Bilbo : il vit la suite interminable de jours non marqués, sans lumière, sans aucun espoir d'amélioration, la pierre dure, le poisson froid, les mouvements furtifs, le chuchotement. La pensée de tout cela lui traversa l'esprit en une seconde. Il frémit. Et alors, en un autre éclair aussi rapide, comme soulevé par une nouvelle force et une nouvelle résolution, il bondit.

Ce n'était pas un bond bien grand pour un homme, mais il bondit dans le noir. Il sauta tout droit par-dessus la tête de Gollum : sept pieds en longueur et trois en hauteur ; en vérité, mais il n'en sut jamais rien, il faillit se briser la tête contre la voûte du passage.

Gollum se rejeta en arrière et tendit le bras comme le hobbit volait par-dessus lui, mais trop tard : ses mains se refermèrent sur le vide, et Bilbo, bien retombé sur ses pieds, partit à toute allure dans le nouveau tunnel. Il ne se retourna pas pour voir ce que faisait Gollum. Il y eut d'abord un sifflement et des jurons presque sur ses talons, mais ils s'arrêtèrent. Tout à coup vint un cri à glacer le sang, empli de haine et de désespoir. Gollum était vaincu. Il n'osait aller plus loin. Il avait perdu : perdu sa proie, perdu aussi la seule chose à laquelle il eût jamais tenu : son trésor. À ce cri, Bilbo faillit étouffer d'émotion, mais il tint bon. Alors, faible comme un écho, mais encore menaçante, la voix lui parvint « Voleur, voleur, voleur ! Baggins ! on te hait, on te hait, on te hait à jamais ! »

Puis il y eut un silence. Mais Bilbo ne le trouva guère moins menaçant : « Si les gobelins sont assez près pour qu'il les ait sentis, pensa-t-il, ils n'auront pas manqué d'entendre ses cris et ses malédictions. Prudence maintenant, ou ce chemin va t'amener à bien pis encore. »

Le passage était bas et de facture grossière. Il n'était pas trop difficile pour le hobbit, sauf quand, en dépit de toute son attention, il heurta de nouveau à plusieurs reprises ses pauvres orteils sur de vilaines pierres pointues qui sortaient du sol.

« C'est un peu bas pour les gobelins, pour les grands tout au moins », pensa Bilbo, ignorant que même les grands, les orques des montagnes, avancent à une grande vitesse en se baissant très bas, les mains touchant presque le sol.

Bientôt, le passage qui descendait constamment commença de remonter et, après un moment, il grimpa en pente raide. Cela ralentit Bilbo. Mais enfin la montée cessa, le passage tourna pour replonger, et là, au fond d'une courte déclivité, il vit, filtrant derrière un autre angle, une vague lueur. Ce n'était pas une lumière rougeâtre, comme celle d'un feu ou d'une lanterne, mais une sorte de lumière pâle de plein air. Bilbo s'élança alors au pas de course.

Détalant aussi vite que ses jambes pouvaient le porter, il tourna le dernier coin et déboucha soudain dans un endroit découvert où la lumière, après tout ce temps passé dans les ténèbres, l'éblouit. Ce n'était en réalité qu'un filet de soleil passant par un portail, dont le grand battant, de pierre, restait ouvert.

Bilbo cligna des paupières, et alors, tout à coup, il vit les gobelins : des gobelins armés de pied en cap, l'épée tirée, qui, assis juste dans la porte, la surveillaient, les yeux écarquillés, et observaient aussi le passage qui y menait. Ils étaient alertés, vigilants, prêts à tout.

Ils le virent avant que lui-même ne les eût aperçus. Oui, ils le virent : que ce fût par accident ou que ce fût le dernier tour joué par l'anneau avant de choisir un nouveau maître, il ne l'avait plus au doigt. Avec des hurlements de joie, les gobelins se précipitèrent sur lui.

Bilbo, désemparé comme en écho de la misère de Gollum, fut saisi des affres de la peur et, oubliant même de tirer son épée, il fourra les mains dans ses poches. Et voilà que l'anneau était toujours là, dans sa poche gauche, et qu'il se glissa à son doigt. Les gobelins s'arrêtèrent court. Ils ne voyaient plus la moindre trace de lui. Il s'était évanoui. Ils hurlèrent deux fois plus fort qu'auparavant, mais avec beaucoup moins de ravissement.

« Où est-il ? criaient-ils.

– Remontez dans le passage ! crièrent certains.

– Par ici ! criaient d'autres.

– Par là ! criaient d'autres encore.

– Attention à la porte ! » beugla le capitaine.

Des coups de sifflet retentirent, des armures s'entrechoquèrent, des gobelins juraient, sacraient et couraient de-ci de-là, tombant les uns sur les autres, en proie à une exaspération extrême. La clameur, la confusion et le tumulte étaient à leur comble.

Bilbo était terrifié, mais il eut encore assez de raison pour comprendre ce qui s'était passé, se glisser derrière un grand tonneau contenant de la boisson pour les gardes gobelins et se mettre ainsi à l'écart pour éviter d'être heurté, piétiné à mort ou capturé.

« Il faut que j'arrive à la porte, il faut que j'arrive à la porte ! » ne cessait-il de se dire ; mais il lui fallut longtemps pour se risquer.

Alors, ce fut comme un horrible jeu de cache-cache. L'endroit était plein de gobelins qui couraient çà et là, et le pauvre petit hobbit esquivait de côté et d'autre ; renversé par un gobelin qui ne pouvait comprendre dans quoi il s'était cogné, il s'écarta à quatre pattes, se glissa juste à temps entre les jambes du capitaine, se releva et courut à la porte.

Elle était encore entrouverte, mais un gobelin l'avait presque refermée. Bilbo déploya tous ses efforts, sans pouvoir la faire bouger. Il s'évertua à se glisser par la fente. Il se tassa, se tassa, et resta bloqué ! C'était affreux. Ses boutons s'étaient coincés entre le bord de la porte et le montant. Il pouvait voir au-dehors : quelques marches descendaient dans une vallée étroite entre deux hautes montagnes ; le soleil venait de derrière un nuage et éclairait brillamment la face extérieure de la porte, mais il n'arrivait pas à passer.

Soudain, l'un des gobelins qui se trouvaient à l'intérieur cria : « Il y a une ombre près de la porte. Il y a quelque chose dehors ! »

Bilbo sentit son cœur lui monter à la gorge. Il se rua dans un terrible tortillement. Les boutons sautèrent de tous côtés. Il était passé, veste et gilet arrachés, et il dévala les marches en sautant comme un cabri, tandis que les gobelins ahuris ramassaient encore ses jolis boutons de cuivre sur le seuil.

Ils ne tardèrent pas, naturellement, à le suivre et à le pourchasser à grands cris parmi les arbres. Mais ils n'aiment pas le soleil, qui les fait vaciller et leur tourne la tête. Ils ne pouvaient découvrir Bilbo : l'anneau au doigt, il se glissait dans l'ombre des arbres et n'en sortait que pour traverser vivement et sans bruit les taches de soleil ; ils rentrèrent donc bientôt, grognant et jurant, pour garder la porte. Bilbo s'était échappé.

6

De Charybde en Scylla

Bilbo avait échappé aux gobelins, mais il ignorait où il se trouvait. Il avait perdu capuchon, manteau, vivres, poney, ses boutons et ses amis. Il continua d'errer devant lui, jusqu'à ce que le soleil commençât de se coucher — *derrière les montagnes*. Leur ombre tomba sur le chemin de Bilbo, et il se retourna. Il regarda ensuite en avant, où il ne vit que des crêtes et des pentes descendant vers des basses terres et des plaines qu'il apercevait par moments entre les arbres.

« Juste Ciel ! s'exclama-t-il ; il semble que je sois arrivé tout droit de l'autre côté des Monts Brumeux, au bord même du Pays d'Au-delà ! Où, où donc Gandalf et les nains peuvent-ils être arrivés ? J'espère seulement, pour l'amour de Dieu, qu'ils ne sont plus là-bas au pouvoir des gobelins ! »

Il continua d'avancer au hasard, sortit du haut vallon, en franchit le bord et descendit la pente au-delà ; mais durant tout ce temps une idée très inquiétante se développait en lui. Il se demandait s'il ne devait pas, maintenant qu'il avait l'anneau magique, retourner dans les horribles, combien horribles tunnels, à la recherche de ses amis. Il venait de décider que tel était son devoir, qu'il devait faire demi-tour (et il en était bien malheureux), quand il entendit des voix.

Il s'arrêta pour prêter l'oreille. Cela ne paraissait pas être des gobelins ; aussi s'avança-t-il avec précaution. Il se trouvait dans un sentier pierreux qui descendait en serpentant avec un mur de rochers sur la gauche ; de l'autre côté, le terrain dévalait et il y avait sous le niveau du sentier des combes surplombées par des buissons et des arbres. Dans l'une de ces combes, sous les buissons, des gens parlaient.

Il se glissa encore plus près et soudain il vit, scrutant les alentours entre deux gros blocs de pierre, une tête recouverte d'un capuchon rouge : c'était Balïn qui faisait le guet. Bilbo aurait volontiers battu des mains et crié de joie, mais il s'en abstint. Il portait toujours l'anneau dans la crainte de rencontrer quelque chose d'inattendu et de désagréable, et il voyait que Balïn avait le regard fixé droit sur lui sans le remarquer.

« Je vais les surprendre tous », pensa-t-il, comme il se glissait dans les buissons au bord de la combe.

Gandalf discutait avec les nains. Ils délibéraient sur tout ce qui leur était arrivé dans les tunnels, et ils se demandaient et débattaient quelle conduite tenir à présent. Les nains grognaient, et Gandalf était en train de dire qu'ils ne pouvaient vraiment pas poursuivre leur expédition en laissant M. Baggins aux mains des gobelins sans essayer de découvrir s'il était vivant ou mort et sans tenter de le délivrer.

« Après tout, c'est mon ami, déclara le magicien, et un petit gars qui n'est pas mal du tout. Je me sens responsable de lui. Si seulement vous ne l'aviez pas perdu ! »

Les nains demandèrent pourquoi diable on l'avait emmené, pourquoi il ne pouvait rester attaché à ses amis et les suivre, et pourquoi le magicien n'avait pas choisi quelqu'un de plus sensé.

« Il nous a apporté plus de difficultés que d'aide jusqu'ici, dit l'un. S'il faut maintenant que nous retournions le chercher dans ces abominables tunnels, eh bien, qu'il aille au diable, voilà mon avis. »

Gandalf répondit d'un ton courroucé : « Je l'ai amené, et je n'ai pas l'habitude d'amener des inutilités. Ou vous m'aidez à le chercher, ou j'y vais en vous laissant ici pour vous tirer du pétrin tout seul du mieux que vous le pourrez. Si seulement nous pouvons le retrouver, vous me remercierez avant que tout ne soit terminé. Qu'est-ce qui t'a pris de le laisser tomber, Dori ?

– Vous l'auriez laissé tomber vous-même, répondit Dori, si un gobelin vous avait brusquement saisi par-derrière dans le noir, vous avait fait trébucher et vous avait donné un grand coup de pied dans le dos !

– Alors pourquoi ne l'avoir pas ramassé après cela ?

– Juste ciel ! Comment pouvez-vous le demander ? Avec les gobelins qui se battaient et mordaient dans le noir, et tout le monde qui tombait par-dessus des corps et échangeait des coups ! Vous avez failli me trancher la tête avec Glamdring, et Thorïn portait de-ci, de-là et partout des estocades avec Orcrist. Tout à coup, vous avez lancé un de vos éclairs aveuglants, et nous avons vu les gobelins s'enfuir en glapissant. Vous avez crié : « Suivez-moi tous ! » et tous auraient dû suivre. Nous pensions que c'était le cas. Il n'y avait pas le temps de compter, vous le savez bien, jusqu'à ce qu'après nous être précipités au travers des gardes de la porte et avoir franchi la porte inférieure nous fussions arrivés pêle-mêle ici. Et nous voici — sans le cambrioleur, qu'il soit sévèrement blâmé !

– Et voici le cambrioleur ! » dit Bilbo, descendant au milieu d'eux et retirant son anneau.

Comme ils sautèrent, Dieu me bénisse ! Puis ils poussèrent des cris de surprise et de joie. Gandalf fut aussi étonné que les autres, mais sans doute était-il plus heureux que tous. Il appela Balïn pour lui dire ce qu'il pensait d'un guetteur qui laissait les gens arriver en plein milieu d'eux à l'improviste. Il est de fait qu'après cela la réputation de Bilbo grandit fortement auprès des nains. Si, en dépit des assurances de Gandalf, ils avaient encore douté de sa qualité de cambrioleur de premier ordre, ils n'en doutaient certes plus. Balïn fut le plus dérouté de tous ; mais chacun déclara que c'était là du bien joli travail.

En vérité, Bilbo était si content de leurs compliments qu'il se contenta de rire *in petto*, sans rien dire de l'anneau ; et quand ils lui demandèrent comment il y était arrivé, il dit : « Oh ! je me suis simplement faufilé, vous savez, avec beaucoup de précautions et en grand silence.

– Eh bien, c'est la première fois que même une souris se sera faufilée avec précaution et en silence sous mon nez sans que je l'aperçoive, dit Balïn, et je vous tire mon capuchon. »

Ce qu'il fit : « Balïn, pour vous servir, dit-il.

– M. Baggins, votre serviteur », dit Bilbo.

Ils voulurent alors tout savoir de ses aventures après qu'ils l'avaient perdu ; il s'assit donc et leur raconta tout — hormis la trouvaille de l'anneau (« pas tout de suite », se dit-il). Ils furent particulièrement intéressés par le concours d'énigmes, et ils frissonnèrent de la description qu'il fit de Gollum.

« Et alors je ne pus penser à aucune autre question, avec lui assis à mon côté, conclut Bilbo ; j'ai donc dit : « Qu'ai-je dans ma poche ? » Et il ne fut pas capable de le deviner en trois coups. Aussi lui dis-je : « Et votre promesse ? Montrez-moi comment sortir d'ici ! » Mais il vint à moi pour me tuer, et je courus, je dégringolai, et il me manqua dans l'obscurité. Alors, je le suivis, parce que je l'avais entendu se parler à lui-même. Il croyait que je connaissais vraiment le chemin de la sortie et il s'y rendait. Et puis il s'assit dans l'entrée, et je ne pus passer. Alors j'ai sauté par-dessus lui, je me suis échappé et j'ai couru jusqu'à la porte.

– Et les gardes ? demandèrent-ils. Il n'y en avait donc pas ?

– Oh ! si, des tas ; mais je les ai esquivés. Je me suis trouvé coincé dans la porte, qui était à peine entrouverte, et j'ai perdu quantité de boutons, dit-il, regardant tristement ses vêtements déchirés. Mais je suis tout de même passé en me pressant comme un citron — et me voici. »

Les nains le considérèrent avec un respect tout nouveau quand il parla d'esquiver des gardes, de sauter par-dessus Gollum et de se faufiler dans l'entrebâillement de la porte comme si tout cela n'avait rien de difficile ni d'alarmant.

« Qu'est-ce que je vous disais ? dit Gandalf, riant. M. Baggins a plus de ressources que vous ne pouvez l'imaginer. »

Ce disant, il lança à Bilbo un curieux regard de sous ses sourcils broussailleux, et le hobbit se demanda si le magicien devinait la partie de son histoire qu'il avait passée sous silence.

Alors, il eut des questions à poser lui-même, car si Gandalf avait tout expliqué aux nains, lui n'en avait rien entendu. Il voulait savoir comment le magicien avait reparu et où ils étaient tous arrivés à présent.

À vrai dire, le magicien n'aimait pas expliquer plus d'une fois ses artifices ; il dit donc à Bilbo que lui et Elrond connaissaient bien la présence de mauvais gobelins dans cette partie des montagnes. Mais leur porte principale ouvrait autrefois sur un passage différent, un passage d'accès plus facile, de sorte qu'ils attrapaient souvent des personnes surprises par la nuit près de leurs portes. Les gens avaient évidemment renoncé à voyager par là, et les gobelins devaient avoir ouvert tout récemment leur nouvelle entrée au haut du passage que les nains avaient pris, puisqu'il avait été considéré comme tout à fait sûr jusqu'à présent.

« Il faut que j'avise à trouver un géant plus ou moins convenable pour le bloquer à nouveau, dit Gandalf ;

sans quoi, on ne pourra bientôt plus franchir les montagnes du tout. »

Dès que Gandalf avait entendu le hurlement de Bilbo, il s'était rendu compte de ce qui s'était passé. Dans l'éclair qui avait tué les gobelins qui l'empoignaient, il s'était glissé dans l'entrebâillement juste comme celui-ci se refermait avec un claquement sec. Il avait suivi les conducteurs et les prisonniers jusqu'au bord de la grande salle et là, il s'était assis pour élaborer dans l'ombre son meilleur tour de magie.

« Et ce fut une affaire fort délicate, dit-il, une affaire très incertaine ! »

Mais, évidemment, Gandalf s'était fait une spécialité des enchantements par le feu et les lumières (même le hobbit n'avait jamais oublié les feux d'artifice magiques aux réunions de veille du solstice d'été chez le Vieux Took, vous vous le rappelez sans doute). Le reste nous le connaissons, sauf que Gandalf savait tout de la porte de derrière, comme les gobelins appelaient la porte intérieure, où Bilbo avait perdu ses boutons. En fait, elle était bien connue de tous les familiers de cette partie des montagnes ; mais il fallait un magicien pour garder la tête claire dans les tunnels et les guider dans la bonne direction.

« Ils ont fait cette porte il y a très longtemps, dit-il, en partie comme moyen d'évasion si c'était nécessaire, en partie pour se rendre dans les terres qui se trouvent au-delà, où ils viennent encore la nuit et où ils causent de grands dommages. Ils la gardent toujours, et personne n'est jamais parvenu à la bloquer. Ils la garderont deux fois plus après tout ceci », ajouta-t-il en riant.

Les autres rirent également. Après tout, s'ils avaient beaucoup perdu, ils avaient tué le Grand Gobelin et nombre d'autres par-dessus le marché, et ils s'étaient tous échappés ; on pouvait donc dire qu'ils avaient l'avantage jusque-là.

Mais le magicien les rappela à la raison : « Il faut continuer notre route sans tarder, maintenant que nous sommes un peu reposés, dit-il. Ils vont se lancer à notre poursuite par centaines aussitôt que la nuit sera tombée ; et déjà les ombres s'allongent. Ils pourront sentir la trace de nos pas durant des heures après notre passage. Il faut que nous soyons à plusieurs milles avant le crépuscule. Il y aura un peu de lune, si le temps reste au beau, et c'est une chance. Non qu'ils craignent beaucoup la lune, mais elle nous donnera un peu de lumière pour nous diriger.

« Oh ! oui, dit-il en réponse à d'autres questions posées par le hobbit. On perd la notion du temps dans les tunnels de gobelins. Nous sommes aujourd'hui jeudi, et c'est lundi soir ou mardi matin que nous avons été pris. Nous avons parcouru bien des milles, nous avons descendu au travers du cœur de la montagne, et nous sommes maintenant de l'autre côté — un beau raccourci ! Mais nous ne nous trouvons pas au point où notre passage nous aurait menés ; nous sommes trop au nord, et nous avons devant nous une région ingrate. Et nous sommes encore assez haut. Allons !

– Mais j'ai horriblement faim », gémit Bilbo, qui se rendit soudain compte qu'il n'avait pas pris un seul repas depuis trois jours. Imaginez cela pour un hobbit ! Son estomac lui paraissait tout vide et flasque, et ses jambes toutes flageolantes, maintenant que l'émotion était passée.

« On n'y peut rien, dit Gandalf, à moins que vous ne vouliez retourner demander gentiment aux gobelins de vous rendre votre poney et votre bagage.

– Non, merci ! dit Bilbo.

– Eh bien alors, nous n'avons plus qu'à nous serrer la ceinture et à poursuivre notre pénible chemin — sans quoi nous servirons de dîner, ce qui sera bien pire que de n'en pas avoir nous-mêmes. »

Dans leur marche, Bilbo cherchait de part et d'autre quelque chose à manger ; mais les mûres n'étaient encore qu'en fleur et, naturellement, il n'y avait pas de noix, ni même de baies d'aubépines. Il grignota un bout d'oseille, but à un petit ruisseau de montagne qui traversait le chemin et mangea trois fraises des bois qu'il trouva sur le bord, mais cela ne servit pas à grand-chose.

Ils poursuivirent toujours plus avant. Le sentier raboteux disparut. Les buissons, les longues herbes entre les gros cailloux, les taches de gazon tondu par les lapins, le thym, la sauge, la marjolaine et les soleils jaunes, tout cela s'évanouit, et ils se trouvèrent au haut d'une large et rapide pente de pierres tombées, restes d'un éboulement. Quand ils se mirent en devoir de descendre par là, des décombres et des petits cailloux roulèrent sous leurs pieds ; bientôt de plus grands morceaux de pierre, détachés, descendirent avec fracas, entraînant d'autres morceaux qui se mirent à glisser ou à rouler ; puis des blocs de rocher, ébranlés, s'en allèrent en bondissant s'abattre avec fracas au milieu de la poussière. Avant peu, toute la pente au-dessous d'eux parut en déplacement, et ils déboulaient tous pêle-mêle dans une horrible confusion de pierres et de rochers roulant, crépitant, craquant.

Ce furent des arbres au bas de la pente qui les sauvèrent. Ils glissèrent dans l'orée d'une pinède qui, à cet endroit, grimpait au flanc de la montagne à partir des forêts plus sombres et plus profondes des vallées inférieures. Les uns s'accrochèrent aux troncs et s'élancèrent dans les branches basses, tandis que les autres (dont le petit hobbit) se réfugiaient derrière un arbre pour se garantir de l'assaut des rochers. Bientôt le danger fut passé, le glissement avait cessé et on n'entendit plus que les derniers faibles éclats des plus grandes pierres déplacées qui bondissaient et tournoyaient parmi les fougères et les racines des pins, loin en contrebas.

« Eh bien, voilà qui nous a fait avancer un peu, dit Gandalf ; et même les gobelins qui nous poursuivront auront du boulot pour descendre ici tranquillement.

– Sans doute, grommela Bombur ; mais ils n'auront aucune peine à envoyer des pierres rouler sur nos têtes. »

Les nains (et Bilbo) se sentaient rien moins qu'heureux, et ils massaient leurs jambes et leurs pieds meurtris.

« Allons donc ! On va s'écarter par là du chemin de l'éboulement. Mais il faut se dépêcher ! Regardez la lumière ! »

Le soleil était depuis longtemps descendu derrière les montagnes. Déjà les ombres s'épaississaient sur elles, bien qu'à travers les arbres, au loin et par-dessus les têtes noires de ceux qui poussaient plus bas, on pût encore voir les reflets du soir sur les plaines au-delà. Ils clopinèrent alors aussi vite qu'ils en étaient capables sur les douces pentes d'une forêt de pins, dans un sentier incliné qui menait régulièrement vers le sud. Par moments, ils se frayaient un chemin dans une mer de fougères impériales, dont les hautes tiges s'élevaient bien au-dessus de la tête du hobbit ; parfois ils marchaient sans bruit sur un lit d'aiguilles de pin ; et tout ce temps, l'assombrissement de la forêt se faisait plus lourd et le silence plus profond. Il n'y avait pas, ce soir-là, le moindre vent pour amener même un soupir dans les branches des arbres.

« Faut-il vraiment aller plus loin ? » demanda Bilbo, quand l'obscurité fut devenue si épaisse qu'il ne pouvait plus voir que la barbe de Thorïn, qui se dandinait à côté de lui, et le silence si complet qu'il entendait résonner la respiration des nains comme un bruit puissant. « Mes doigts de pied sont tout meurtris et crispés, mes jambes me font mal et mon estomac se balance comme un sac vide.

– Encore un peu plus loin », dit Gandalf.

Après un temps qui leur parut un siècle, ils arrivèrent soudain à un espace où ne poussait aucun arbre. La lune était levée et brillait dans la clairière. Quelque chose les frappa tous, leur donnant le sentiment que l'endroit n'était pas du tout agréable, bien qu'on n'y pût rien voir de mauvais.

Tout à coup, ils entendirent, venant d'assez loin en contrebas, un long hurlement à donner le frisson. Un autre y répondit à droite, beaucoup plus proche ; puis un autre, pas très loin sur la gauche. C'étaient des loups hurlant à la lune, des loups qui s'assemblaient !

Il n'y avait pas de loups près du trou de M. Baggins, là-bas, mais il connaissait ce bruit. Il se l'était assez souvent fait décrire dans les contes. L'un de ses cousins plus âgés (du côté Took), qui avait beaucoup voyagé, le lui imitait pour lui faire peur. L'entendre dehors, dans la forêt sous la lune, c'en était trop pour Bilbo. Même les anneaux magiques ne servent guère contre les loups — surtout contre les bandes malfaisantes qui vivaient à l'ombre des montagnes infestées de gobelins, au-delà de la Limite du Désert, au bord de l'inconnu. Les loups de cette espèce ont l'odorat plus fin que les gobelins et n'ont pas besoin de vous voir pour vous attraper !

« Qu'allons-nous faire ? Qu'allons-nous faire ? s'écria-t-il. Échapper aux gobelins pour être attrapés par les loups ! dit-il, ce qui devait passer en proverbe, encore que nous disions maintenant « tomber de Charybde en Scylla » dans ce genre de situation très inconfortable.

– Dans les arbres, vite ! » cria Gandalf.

Et ils coururent aux arbres qui bordaient la clairière, cherchant ceux dont les branches étaient assez basses ou qui étaient assez minces pour permettre d'y grimper. Ils les trouvèrent avec toute la rapidité possible, vous l'imaginez bien ; et ils montèrent aussi haut que l'autorisait la solidité des branches. Vous auriez ri (à distance respectable) de voir les nains assis là-haut dans les arbres, la barbe pendante, comme de vieux messieurs retombés en enfance et jouant à chat perché. Fili et Kili se trouvaient au sommet d'un haut mélèze semblable à un énorme arbre de Noël. Dori, Nori, Ori, Oïn et Gloïn étaient plus confortablement installés dans un immense pin aux branches régulières qui sortaient par intervalles comme les rayons d'une roue. Bifur, Bofur, Bombur et Thorïn étaient perchés dans un autre. Dwalïn et Balin avaient grimpé à un sapin assez dépourvu de branches, et ils s'efforçaient de trouver un endroit où s'asseoir dans la verdure des rameaux les plus élevés. Gandalf, qui était passablement plus grand que les autres, avait trouvé un arbre qui se dressait au bord même de la clairière. Il était complètement caché dans les branches, mais on pouvait voir ses yeux luire à la lumière de la lune quand il regardait au-dehors.

Et Bilbo ? Il ne pouvait monter à aucun arbre, et il courait d'un tronc à l'autre comme un lapin pourchassé par un chien et qui aurait perdu son trou.

« Tu as encore laissé le cambrioleur derrière ! dit Nori à Dori, regardant en bas.

– Je ne peux pas toujours porter des cambrioleurs sur mon dos le long des tunnels ou en montant aux arbres ! répliqua Dori. Pour qui me prends-tu ? Pour un portefaix ?

– Il va être dévoré si nous ne faisons rien, dit Thorïn, car il y avait autour d'eux à présent des hurlements qui se rapprochaient toujours davantage. Dori ! appela-t-il (car Dori était le plus bas dans l'arbre le plus aisé d'accès), aide M. Baggins à monter, fais vite ! »

Dori était vraiment un brave nain, en dépit de toutes ses grogneries. Le pauvre Bilbo ne put atteindre sa main, même quand le nain descendit jusqu'à la dernière branche pour tendre le bras aussi loin qu'il lui était possible. Dori descendit donc jusqu'à terre afin de permettre à Bilbo de grimper sur son dos et de se dresser sur ses épaules.

Juste à ce moment, les loups débouchèrent, hurlant, dans la clairière. Tout soudain, il y eut des centaines d'yeux qui les regardaient. Dori n'abandonna toutefois pas Bilbo. Il attendit que le hobbit eût grimpé de ses épaules dans les branches et alors il y bondit lui-même. Il était temps ! Un loup, happant le pan de son manteau au moment même où il se hissait, faillit l'attraper. En un instant, il y eut toute une horde hurlant tout autour de l'arbre, et bondissant le long du tronc, yeux flamboyants et langue pendante.

Mais même les Wargs sauvages (c'est ainsi que se nomment les mauvais loups au-delà de la Limite du Désert) ne peuvent grimper aux arbres. Nos amis étaient en sécurité pour le moment. Heureusement, il faisait chaud et il n'y avait pas de vent. Les arbres ne sont en aucun temps un endroit confortable pour rester assis longtemps ; mais par le froid et le vent, avec des loups qui vous attendent tout autour, ce peut être une situation parfaitement désespérée.

Cette clairière était évidemment un lieu de rassemblement pour les loups. Il en venait sans cesse de nouveaux. Ils laissèrent des gardiens au pied de l'arbre dans lequel s'étaient réfugiés Dori et Bilbo et allèrent flairer alentour jusqu'à ce qu'ils eussent reconnu tous les arbres où il y avait quelqu'un. Ils gardèrent aussi ceux-là, tandis que tous les autres (des centaines et des centaines) allaient s'asseoir en un grand cercle dans la clairière ; et au centre se trouvait un grand loup gris. Il leur parla dans l'horrible langage des Wargs. Gandalf le comprenait. Bilbo, non, mais il lui parut terrible et il lui semblait qu'il ne s'agissait que de choses cruelles et atroces, ce qui était le cas. De temps à autre, tous les Wargs du cercle répondaient tous ensemble à leur chef gris, et leur affreuse clameur faisait presque choir notre ami de son pin.

Je vais vous dire ce qu'entendit Gandalf, bien que Bilbo ne le comprît point. Les Wargs et les gobelins s'entraidaient parfois dans leurs méchantes opérations. Les gobelins ne se hasardent d'ordinaire pas très loin de leurs montagnes, à moins que, chassés, ils ne doivent chercher une nouvelle demeure ou qu'ils ne partent en guerre (ce qui, je suis heureux de l'ajouter, ne s'est pas produit depuis longtemps). Mais, à cette époque-là, ils partaient parfois faire des razzias, en particulier afin de se procurer des vivres ou des esclaves qui travaillaient pour eux. Alors, ils faisaient souvent appel à l'aide des Wargs, avec lesquels ils partageaient le butin. Parfois, ils les montaient comme les hommes font des chevaux. Or, il apparaissait qu'une grande expédition de gobelins avait été projetée pour ce soir-là. Les Wargs étaient venus pour retrouver les gobelins, et ceux-ci étaient en retard. La raison en était sans nul doute la mort du Grand Gobelin et tout le trouble causé par les nains, Bilbo et le magicien, qu'ils pourchassaient probablement encore.

En dépit des dangers de cette terre lointaine, des hommes hardis étaient revenus depuis quelque temps dans le Sud, où ils abattaient des arbres et se construisaient des habitations parmi les bois plus plaisants des vallées et le long de la rivière. Ils étaient nombreux, braves et bien armés, et même les Wargs n'osaient les attaquer en plein jour s'il y en avait beaucoup ensemble. Mais à présent ils avaient formé le projet avec l'aide des gobelins de tomber de nuit sur certains des villages les plus proches des montagnes. Si leur plan avait été exécuté, il ne serait pas resté là âme qui vive le lendemain ; tous auraient été tués, à l'exception de quelques-uns que les gobelins soustrayaient aux loups pour les emmener prisonniers dans leurs cavernes.

C'étaient là des discours terribles à entendre, non seulement à cause des braves bûcherons et de leurs femmes et enfants, mais aussi à cause du danger qui menaçait maintenant Gandalf et ses amis. Les Wargs étaient irrités et déconcertés de les trouver à leur lieu de réunion. Ils les prenaient pour des amis des bûcherons, venus les espionner, et ils craignaient que ces intrus ne rapportassent la nouvelle de leurs plans dans les vallées ; les gobelins et les loups devraient ainsi livrer un terrible combat au lieu de capturer des prisonniers et de dévorer des gens tirés brusquement de leur sommeil. Les Wargs n'avaient donc aucune intention de s'en aller et de laisser échapper les occupants des arbres, en tout cas pas avant le matin. Et, bien avant cela, disaient-ils, les soldats gobelins descendraient des montagnes ; et les gobelins savent grimper aux arbres ou les abattre.

Ainsi, vous pouvez concevoir pourquoi Gandalf, en écoutant leurs grognements et leurs glapissements, commençait d'éprouver une peur affreuse, tout magicien qu'il était ; il sentait que lui et ses amis se trouvaient dans un très mauvais endroit et qu'ils n'étaient encore aucunement tirés d'affaire. Tout de même, il n'allait pas laisser les Wargs faire comme ils l'entendaient, encore qu'il ne pût pas grand-chose, perché dans un grand arbre avec des loups tout autour en dessous. Il cueillit les énormes pommes de pin aux branches de son arbre. Puis il en alluma une avec une brillante flamme bleue et la jeta toute sifflante dans le cercle des loups. Elle en frappa un sur le dos ; son pelage rude prit aussitôt feu et il se mit à bondir de-ci, de-là en poussant d'horribles glapissements. Puis en vinrent une autre et une autre, l'une en flammes bleues, une autre en flammes rouges, et une autre en flammes vertes. Elles éclatèrent sur le sol au milieu du cercle et se répandirent en étincelles et en fumée colorées. L'une, particulièrement grosse, atteignit le chef des loups sur le museau ; il sauta à dix pieds en l'air, puis se rua tout autour du rond, mordant et happant les autres loups dans sa colère et sa peur.

Les nains et Bilbo crièrent et poussèrent des hourras. La rage des loups était terrible à voir, et le tumulte qu'ils faisaient emplit toute la forêt. Les loups craignent le feu en tout temps, mais ce feu-ci était des plus horriblement étranges. Quand une étincelle atteignait leur pelage, elle s'y collait et brûlait leur peau ; s'ils ne se roulaient vivement, ils étaient bientôt tout en flammes. Au bout de très peu de temps, dans toute la clairière, des loups se roulaient sans arrêt pour éteindre les étincelles de leur dos, tandis que ceux qui brûlaient couraient de-ci, de-là, hurlant et en enflammant d'autres, au point que leurs propres amis les chassaient, et ils s'enfuirent le long des pentes en criant et en gémissant à la recherche d'eau.

« Qu'est-ce que tout ce tumulte dans la forêt, ce soir ? » demanda le Seigneur des Aigles.

Il était assis, noir dans le clair de lune, au sommet d'un pic isolé du côté oriental des montagnes.

« J'entends la voix des loups ! Les gobelins sont-ils sortis pour quelque mauvais coup dans la forêt ? »

Il s'éleva dans les airs, et aussitôt deux de ses gardes s'élancèrent de rocs situés de part et d'autre pour le suivre. Ils montèrent en décrivant de grands cercles dans le ciel, d'où ils observèrent le rond des Wargs, point minuscule, loin, loin en bas. Mais les aigles ont des yeux perçants, et ils sont capables de voir de petites choses à très grande distance. Le Seigneur des Aigles des Monts Brumeux avait des yeux qui pouvaient regarder le soleil sans ciller et voir remuer un lapin sur le sol à un mille en dessous, fût-ce à la lueur de la lune. Aussi, même sans discerner les gens dans les arbres, il pouvait distinguer la confusion qui régnait parmi les loups ainsi que les tout petits éclats du feu et entendre les hurlements et les glapissements monter faiblement de loin en dessous de lui. Il voyait aussi le reflet de la lune sur les lances et les casques des gobelins, qui en longues files sortaient de leur porte, rampaient le long des pentes des collines et disparaissaient dans la forêt.

Les aigles ne sont pas des animaux bienveillants. Certains sont lâches et cruels. Mais l'ancienne race des montagnes du Nord comptait les plus grands de tous les oiseaux ; ils étaient fiers et forts et avaient le cœur noble. Ils n'aimaient pas les gobelins, mais ils ne les craignaient pas non plus. Quand ils leur prêtaient la moindre attention (ce qui était rare, car ils ne mangeaient pas semblables créatures), ils fondaient sur eux, les renvoyaient, poussant des cris éperdus, dans leurs cavernes et arrêtaient ainsi toute méchanceté que les autres étaient en train de commettre. Les gobelins haïssaient et redoutaient les aigles, mais ils ne pouvaient atteindre leur demeure élevée, ni les chasser des montagnes.

Ce soir, le Seigneur des Aigles était extrêmement curieux de savoir ce qui se tramait ; il appela donc à lui de nombreux autres aigles et ils s'envolèrent des montagnes ; décrivant lentement de grands cercles, ils descendirent, descendirent toujours davantage vers le rond des loups et le lieu de rassemblement des gobelins.

Et ce fut heureux ! Des choses affreuses s'étaient passées là en bas. Les loups qui avaient pris feu et s'étaient enfuis dans la forêt l'avaient enflammée en plusieurs points. C'était le plein été, et sur ce versant oriental des montagnes il n'avait guère plu depuis un certain temps. Les fougères impériales jaunissantes, les branches tombées, l'épais lit d'aiguilles de pin et par-ci, par-là des arbres morts furent bientôt en feu. Tout autour de la clairière des Wargs, les flammes jaillissaient. Mais les loups de garde ne quittaient pas les arbres. Affolés et exaspérés, ils bondissaient et hurlaient autour des troncs, maudissant les nains dans leur horrible langage, la langue pendante et les yeux brillant d'un éclat aussi rouge et aussi féroce que les flammes.

Et puis, soudain, les gobelins accoururent, poussant de grands cris. Ils croyaient qu'il s'agissait d'un combat avec les bûcherons ; mais ils ne tardèrent pas à apprendre ce qui s'était réellement passé. Les uns s'assirent pour se laisser aller à un accès de rire. D'autres agitèrent leurs lances et en heurtèrent la hampe contre leurs boucliers. Les gobelins n'ont pas peur du feu, et ils eurent bientôt formé un plan qui leur paraissait des plus amusants.

Certains rassemblèrent tous les loups en bande. D'autres entassèrent des fougères et des broussailles au pied des troncs, tandis que d'autres encore se précipitaient alentour pour piétiner et battre, battre et piétiner jusqu'à ce que presque toutes les flammes fussent éteintes — mais ils se gardèrent d'éteindre le feu le plus voisin des arbres dans lesquels se trouvaient les nains. Ce feu-là, ils le nourrirent au contraire de feuilles, de branches mortes et de fougères. Ils eurent ainsi bientôt un cercle de fumée et de flammes tout autour des nains, cercle qu'ils empêchèrent de s'étendre vers l'extérieur, mais qui gagna lentement vers son centre jusqu'à ce que le feu courant vînt lécher le combustible entassé sous les arbres. La fumée piqua les yeux de Bilbo, il sentait la chaleur des flammes ; et à travers il pouvait voir les gobelins danser en rond comme les participants à un feu de la Saint-Jean. Derrière le cercle des guerriers danseurs avec leurs lances et leurs haches se tenaient, à distance respectueuse, les loups, qui observaient et attendaient.

Le hobbit entendit les gobelins entonner une chanson horrible :

Quinze oiseaux dans cinq sapins,
Leurs plumes furent agitées par une ardente brise !
Mais ces pauvres petits oiseaux n'avaient point d'ailes !
Ah ! que va-t-on faire de ces drôles de petites choses ?
Les rôtir vives, ou les cuire en ragoût dans une marmite,
Les frire, les faire bouillir et les manger toutes chaudes ?

Puis ils s'arrêtèrent pour s'écrier : « Envolez-vous, petits oiseaux ! Envolez-vous si vous le pouvez ! Descendez, petits oiseaux, ou vous allez être grillés au nid ! Chantez, chantez, petits oiseaux ! Pourquoi ne chantez-vous pas ?

– Allez-vous-en, petits garçons ! cria Gandalf en retour. Ce n'est pas l'époque de la couvaison. Et les vilains petits garçons qui jouent avec le feu se font punir. »

Il disait cela pour les fâcher et pour leur montrer qu'ils ne lui faisaient pas peur — bien que ce fût le cas, naturellement, tout magicien qu'il était. Mais ils ne relevèrent pas la chose et continuèrent à chanter :

Brûler, brûlez, arbres et fougères !
Recroquevillez-vous et roussissez ! Torche grésillante,
pour éclairer la nuit de nos délices,
    Ya hey !

Cuisez-les, grillez-les, faites-les frire et rôtir !
Jusqu'à ce que les oiseaux flambent et les yeux se
[fassent vitreux ;
Jusqu'à ce que les cheveux sentent et que la peau craque,
Que la graisse fonde et que les os noircis
En cendres se répandent
sous le ciel !
Ainsi mourront les nains,
Et s'éclairera la nuit pour notre joie,
Ya hey !
Ya-harri-hey!
Ya hoy !

Et sur ce *Ya hoy*, les flammes atteignirent l'arbre de Gandalf. Un instant après, elles avaient gagné les autres. L'écorce prit feu, les branches basses craquèrent.

Gandalf grimpa alors au sommet de l'arbre. L'éclat soudain s'échappa comme un éclair de sa baguette, tandis qu'il s'apprêtait à sauter de là-haut juste au milieu des lances des gobelins. C'eût été sa mort, bien qu'il en eût sans doute tué bon nombre en tombant comme la foudre parmi eux. Mais il ne sauta jamais.

Juste à ce moment, le Seigneur des Aigles fondit du haut des airs, le saisit dans ses serres et disparut.

Un hurlement de colère et de surprise s'éleva parmi les gobelins. Le Seigneur des Aigles, auquel Gandalf avait maintenant parlé, glatit puissamment. Les grands oiseaux qui l'accompagnaient firent demi-tour et descendirent comme d'énormes ombres noires. Les loups gémirent et grincèrent des dents ; les gobelins hurlèrent, trépignèrent de rage et lancèrent en vain leurs lourdes lances. Au-dessus d'eux fondirent les aigles ;

le sombre et rapide battement de leurs ailes les précipita à terre ou les projeta au loin ; leurs serres déchirèrent les visages des gobelins. D'autres oiseaux volèrent au sommet des arbres et saisirent les nains, qui grimpaient à présent aussi haut qu'ils osaient le faire.

Le pauvre Bilbo faillit bien être de nouveau laissé à la traîne ! Il parvint tout juste à saisir les jambes de Dori au moment où celui-ci était enlevé le dernier ; et ils s'élevèrent tous deux au-dessus du tumulte et de l'incendie, Bilbo se balançant dans l'air au bout de ses bras presque rompus.

À présent, loin en dessous, gobelins et loups se dispersaient de tous côtés dans la forêt. Quelques aigles décrivaient encore de vastes cercles au-dessus du champ de bataille. Les flammes qui avaient attaqué les arbres s'élancèrent soudain au-dessus des plus hautes branches. Elles montèrent en un feu crépitant. Il y eut une brusque rafale d'étincelles et de fumée, Bilbo n'avait échappé que de justesse !

Bientôt la lumière de l'incendie devint faible en bas : ce n'était plus qu'un clignotement rouge sur la terre noire ; et ils étaient très haut dans le ciel, s'élevant toujours davantage en larges cercles. Bilbo ne devait jamais oublier ce vol, agrippé aux chevilles de Dori. Il gémissait : « Mes bras, mes bras ! » tandis que Dori grognait : « Mes pauvres jambes, mes pauvres jambes ! »

Dans les meilleures circonstances, les hauteurs donnaient le vertige à Bilbo. Il était pris de malaise rien qu'à regarder du haut d'une toute petite falaise ; et il n'avait jamais aimé les échelles, sans parler des arbres (n'ayant jamais eu à échapper aux loups jusqu'alors). Vous pouvez donc imaginer à quel point la tête lui tournait à présent lorsqu'il regardait en bas entre ses pieds ballants et qu'il voyait les terres noires s'étendre sous lui, touchées par-ci, par-là d'un rayon de lune sur quelque rocher dans les collines ou un ruisseau dans la plaine.

Les cimes pâles des montagnes approchaient, avec des pointes rocheuses sortant d'ombres noires. Été ou pas, il faisait très froid. Il ferma les yeux, se demandant s'il allait pouvoir tenir plus longtemps. Alors, il imagina ce qui se passerait s'il ne le faisait point. Il eut mal au cœur.

Le vol s'acheva juste à temps pour lui, juste avant que les bras ne lui manquassent. Il lâcha, haletant, les chevilles de Dori et tomba sur la rude plate-forme d'une aire d'aigle. Il resta étendu là sans parler, et ses pensées étaient partagées entre la surprise d'avoir été sauvé du feu et la peur de tomber de cette étroite surface dans les ombres profondes qui s'étendaient de part et d'autre. Il se sentait certes la tête assez confuse après toutes les terribles aventures des trois derniers jours sans avoir presque rien eu à manger, et il se prit à dire à haute voix :

« Maintenant, je sais ce que peut ressentir un morceau de lard que l'on retire soudain de la poêle avec une fourchette pour le remettre sur l'étagère !

– Non, non, vous ne le savez pas, entendit-il Dori lui répondre, parce que le lard sait qu'il reviendra tôt ou tard dans la poêle ; et il faut espérer que ce ne sera pas le cas pour nous. D'ailleurs, les aigles ne sont pas des fourchettes !

– Oh ! non, ce ne sont pas du tout des fauvettes — des fourchettes, veux-je dire », dit Bilbo, se mettant sur son séant et regardant avec inquiétude l'aigle perché tout à côté.

Il se demanda quelles autres bêtises il avait pu sortir et si l'aigle ne les trouverait pas malhonnêtes. Mieux vaut ne pas être malhonnête envers un aigle lorsqu'on n'a que la taille d'un hobbit et qu'on se trouve tout là-haut, la nuit, dans son aire !

L'aigle ne faisait qu'aiguiser son bec sur une pierre et lisser ses plumes sans prêter attention au hobbit.

Bientôt un autre aigle arriva :

« Le Seigneur des Aigles vous ordonne d'amener vos prisonniers à la Grande Corniche ! » cria-t-il.

Et il repartit. L'autre saisit Dori dans ses serres et s'envola dans la nuit, laissant Bilbo tout seul. Il lui restait juste assez de forces pour se demander ce que le messager entendait par « prisonniers », et il commençait à se voir mis en pièces comme un lapin pour le souper, quand arriva son tour.

L'aigle revint, le saisit dans ses serres par le dos de l'habit et s'élança dans les airs. Cette fois, il ne parcourut qu'une petite distance. Très bientôt, Bilbo fut déposé, tremblant de peur, sur une grande corniche au flanc de la montagne. Aucun sentier n'y menait : on ne pouvait y accéder qu'en volant ou en sortir qu'en sautant par-dessus un précipice. Là, il trouva tous les autres assis le dos à la paroi de la montagne. Il y avait aussi le Seigneur des Aigles, qui parlait à Gandalf.

Il semblait que Bilbo ne dût pas être mangé, après tout. Le magicien et le seigneur aigle avaient l'air de se connaître un peu et même d'être en relations d'amitié. En fait, Gandalf, qui avait souvent été dans les montagnes, avait un jour rendu service aux aigles et guéri leur seigneur d'une blessure par flèche. Vous voyez donc que « les prisonniers » signifiait seulement « les prisonniers délivrés des gobelins » et non les captifs des aigles. En écoutant la conversation de Gandalf, Bilbo comprit qu'ils allaient enfin s'échapper pour de bon des terribles montagnes. Le magicien discutait avec le Grand Aigle les plans en vue de transporter très loin les nains, lui-même et Bilbo, et de les déposer fort avant dans leur traversée des plaines en contrebas.

Le Seigneur des Aigles ne voulait les amener à aucun endroit proche des habitations des hommes : « Ils tireraient sur nous avec leurs grands arcs d'if, dit-il, car ils croiraient que nous en voulons à leurs moutons. Et, en d'autres temps, ils auraient raison. Non ! nous sommes heureux de soustraire leur prise aux gobelins, ainsi que de vous témoigner notre reconnaissance, mais nous ne voulons pas nous risquer pour des nains dans les plaines du Sud.

– Bon, dit Gandalf. Amenez-nous où et aussi loin que vous le voudrez bien ! Nous vous sommes déjà profondément obligés. Mais, en même temps, nous sommes extrêmement affamés.

– Pour moi, je suis presque mort d'inanition, dit Bilbo d'une petite voix faible que personne n'entendit.

– On peut sans doute y remédier », dit le Seigneur des Aigles.

Un peu plus tard, on pouvait voir un grand feu briller sur la corniche et autour les silhouettes des nains en train de faire une cuisine d'où s'élevait une bonne odeur de rôti. Les aigles avaient apporté pour combustible des branches sèches, et aussi des lapins, des lièvres et un agneau. Les nains s'occupèrent de tous les apprêts. Bilbo était trop faible pour aider, et de toute façon il n'avait guère d'aptitudes à écorcher les lapins ou à découper la viande, ayant l'habitude de se la faire livrer par le boucher toute prête pour la cuisson. Gandalf était, lui aussi, étendu, après avoir apporté sa contribution en allumant le feu, puisque Oïn et Gloïn avaient perdu leur briquet (les nains ne se sont jamais mis aux allumettes, encore à ce jour).

Ainsi prirent fin les aventures des Monts Brumeux. Bientôt l'estomac de Bilbo retrouva sa confortable impression de plénitude, et notre ami sentit qu'il allait pouvoir dormir avec contentement, encore qu'en vérité il eût préféré une bonne miche et du beurre à des petits morceaux de viande grillée sur des bâtons. Il dormit, pelotonné sur le dur roc, plus profondément qu'il ne l'avait jamais fait dans son lit de plume, chez lui, dans son petit trou. Mais, toute la nuit, il rêva de sa propre maison et, dans son sommeil, il en parcourut toutes les pièces à la recherche de quelque chose qu'il ne pouvait trouver et dont il ne se rappelait pas même l'aspect.

7

Un curieux logis

Le lendemain matin, Bilbo se réveilla avec le soleil dans les yeux. Il sauta sur ses pieds pour regarder l'heure et aller mettre sa bouilloire sur le feu — et il s'aperçut qu'il n'était pas dans sa maison. Il s'assit donc et souhaita en vain pouvoir se laver et se donner un coup de brosse. Il ne put ni l'un ni l'autre, non plus qu'il n'eut du thé, des rôties et du bacon, pour son petit déjeuner, composé seulement de mouton et de lapin froids. Après quoi, il dut s'apprêter à un nouveau départ.

Cette fois, il lui fut permis de grimper sur le dos d'un aigle et de se cramponner entre ses ailes. L'air se précipitait au-dessus de lui et il ferma les yeux. Les nains criaient des adieux et promettaient de s'acquitter envers le Seigneur des Aigles si jamais ils le pouvaient, comme quinze grands oiseaux s'élevaient du flanc de la montagne. Le soleil était encore tout proche des crêtes orientales. Le matin était frais ; des brouillards séjournaient encore dans les vallées ou les creux et entouraient par-ci, par-là les pics et les sommets.

Bilbo, risquant un œil pour regarder, vit que les oiseaux étaient déjà très haut, que le monde était très loin et que les montagnes s'effaçaient derrière eux. Il referma les yeux et se cramponna encore davantage.

« Ne pincez pas ! dit son aigle. Vous n'avez pas besoin d'avoir peur comme un lapin, même si vous en avez assez l'air. C'est une belle matinée et il y a peu de vent. Qu'y a-t-il de meilleur que de voler ? »

Bilbo aurait bien répondu : « Un bon bain chaud et après cela un petit déjeuner tardif sur la pelouse », mais il estima plus sage de ne rien dire du tout et de relâcher très légèrement sa prise.

Après un assez long temps, les aigles durent avoir repéré leur but, même de leur grande altitude, car ils commencèrent à descendre en larges spirales. Ils le firent longuement, et finalement le hobbit rouvrit les yeux. La terre était beaucoup plus proche et, sous eux, il y avait des arbres, des chênes et des ormes, semblait-il, de vastes étendues d'herbages et une rivière qui courait à travers tout cela. Mais pointant hors du sol se voyait, juste au milieu de la rivière qui s'enroulait autour, un grand rocher, presque une colline de pierre, semblable à un dernier avant-poste des lointaines montagnes ou à un énorme fragment projeté à des milles dans la plaine par quelque géant. Rapidement à présent, les aigles foncèrent l'un après l'autre sur le sommet de ce rocher, où ils déposèrent leurs passagers.

« Bonne chance ! crièrent-ils, où que vous alliez, jusqu'à ce que vos aires vous reçoivent à la fin du voyage ! »

C'est la formule de politesse en usage chez les aigles.

« Que le vent sous vos ailes vous porte où le soleil fait route et où la lune chemine ! » répondit Gandalf, qui connaissait la réponse convenable.

Ainsi se séparèrent-ils. Et, bien que le Seigneur des Aigles devînt par la suite le Roi de Tous les Oiseaux et portât une couronne d'or, comme ses quinze chefs des cols d'or également (faits du métal offert par les nains), Bilbo ne le revit jamais, hormis de très loin et très haut dans la bataille des Cinq Armées. Mais comme celle-ci ne viendra qu'à la fin de ce récit, je n'en dirai pas davantage pour l'instant.

Il y avait au sommet de la colline de pierre un espace plat, et un sentier, qui accusait un long usage et comptait de nombreuses marches, en descendait jusqu'à la rivière, au travers de laquelle un gué de grandes pierres plates menait aux prairies d'au-delà. Au pied des marches et près du gué empierré, il y avait une petite grotte (une grotte salubre, au sol couvert de cailloux). Le groupe se réunit là pour discuter de ce qu'il y avait lieu de faire.

« J'avais toujours eu l'intention que vous arriviez sains et saufs (dans la mesure du possible) de l'autre côté des montagnes, dit le magicien ; or, grâce à une bonne direction et *aussi* à la chance, c'est maintenant chose faite. En vérité, nous nous trouvons à présent beaucoup plus loin à l'est que je m'étais jamais proposé de vous accompagner ; car, après tout, ceci n'est pas mon aventure. Il se peut que j'y remette le nez avant que tout soit terminé, mais en attendant je dois m'occuper d'autres affaires urgentes. »

Les nains gémirent, l'air fort affligé, et Bilbo pleura. Ils avaient fini par croire que Gandalf allait les accompagner jusqu'au bout et qu'il serait toujours là pour les tirer des mauvais pas.

« Je ne vais pas disparaître dans l'instant, dit-il. Je puis vous accorder encore un jour ou deux. Je pourrai probablement vous aider à sortir de votre situation présente et j'ai moi-même besoin d'un peu d'aide. Nous n'avons pas de vivres, pas de bagages et pas de poneys à monter ; et vous ignorez où vous vous trouvez. Eh bien, je puis vous le dire. Vous êtes encore à quelques milles au nord du chemin que nous aurions dû suivre si nous n'avions quitté en hâte le passage dans la montagne. Il y a très peu d'habitants dans cette région, à moins qu'il n'en soit venu depuis mon dernier passage par ici, c'est-à-dire depuis quelques années. Mais je sais *quelqu'un* qui ne demeure pas loin. C'est ce Quelqu'un qui a taillé les marches du grand rocher — le Carrock, l'appelle-t-il, à ce que je crois savoir. Il ne vient pas souvent de ce côté, certainement pas de jour, et rien ne servirait de l'attendre. En fait, ce serait fort dangereux. Il nous faut aller à sa recherche ; et si tout va bien, lors de notre rencontre, je crois que je vous laisserai en vous souhaitant, comme les aigles, "chance où que vous alliez". »

Ils le supplièrent de ne point les abandonner. Ils lui offrirent de l'or des dragons, de l'argent et des joyaux, mais il ne voulut pas changer d'idée.

« Nous verrons, nous verrons ! dit-il. Et je crois avoir déjà mérité un peu de votre or des dragons — quand vous l'aurez repris. »

Après quoi, ils cessèrent d'insister. Ils retirèrent alors leurs vêtements et se baignèrent dans la rivière, qui était peu profonde, claire et pierreuse à l'endroit du gué. Quand ils se furent séchés au soleil, qui était à présent fort et chaud, ils se sentirent rafraîchis, bien qu'encore moulus et qu'ils eussent un peu faim. Bientôt, ils passèrent le gué (portant le hobbit) et commencèrent leur marche dans la haute herbe verte et le long des rangées de chênes aux grands bras et des ormes élancés.

« Et pourquoi l'appelle-t-on le Carrock ? demanda Bilbo, tout en cheminant au côté du magicien.

– Il l'a appelé Carrock, parce que carrock est le mot qu'il emploie pour cela. Il appelle les choses de ce genre des carrocks, et ceci est le Carrock, parce que c'est le seul qui soit près de chez lui et qu'il le connaît bien.

– Qui l'appelle ainsi ? Qui le connaît ?

– Le Quelqu'un dont j'ai parlé, un très grand personnage. Vous devrez tous être très polis quand je vous présenterai. Je le ferai lentement, deux par deux, je pense ; et il vous *faudra* prendre garde à ne pas l'ennuyer, ou Dieu sait ce qui se passera. Il peut être effroyable quand il est en colère, bien qu'il se montre assez bienveillant quand on ne le contrarie point. Mais, je vous en préviens, il se courrouce facilement. »

Les nains se rapprochèrent tous quand ils entendirent le magicien parler ainsi à Bilbo : « Est-ce là la personne auprès de laquelle vous nous amenez à présent ? demandèrent-ils. Ne pourriez-vous trouver quelqu'un d'humeur plus facile ? Ne feriez-vous pas mieux de tout expliquer un peu plus clairement ? » — et ainsi de suite.

« Oui, certes ! Non, je ne le pourrais pas ! Et j'expliquais très clairement, répliqua le magicien avec mauvaise humeur. S'il faut que vous en sachiez davantage, il s'appelle Beorn. Il est très fort, et c'est un changeur de peau.

– Quoi ! un pelletier, un homme qui donne des noms fantaisistes au lapin, quand il ne fait pas de sa peau de l'écureuil ? demanda Bilbo.

– Seigneur ! mon Dieu ! non, non, NON, NON ! s'écria Gandalf. Ne soyez pas stupide, monsieur Baggins, si vous pouvez l'éviter ; et par tous les prodiges, ne prononcez pas de nouveau le mot de pelletier tant que vous vous trouverez à moins de cent milles de sa maison, non plus que ceux de couverture, d'étole, de manchon, ou tout autre mot malheureux de ce genre ! C'est un changeur de peau. Il change sa peau : parfois c'est un énorme ours noir, parfois un homme fort et de grande taille avec d'immenses bras et une longue barbe. Je ne puis pas vous dire grand-chose de plus ; cela doit d'ailleurs vous suffire. D'aucuns disent que c'est un ours descendant des grands et anciens ours des montagnes qui vivaient là avant l'arrivée des géants. D'autres que c'est un homme descendant des premiers hommes qui vivaient avant que Smaug ou les autres dragons ne vinssent dans cette partie du monde et avant que les gobelins n'arrivassent du nord dans les montagnes. Je n'en sais rien, mais je pencherais assez pour la seconde version. Il n'est pas de ceux à qui l'on peut poser des questions.

« En tout cas, il n'est soumis à aucun autre enchantement que le sien propre. Il habite dans une chênaie, où il a une grande maison de bois ; et, comme homme, il entretient du bétail et des chevaux presque aussi étonnants que lui-même. Ils travaillent pour lui et lui parlent. Il ne les mange pas ; non plus qu'il ne chasse ni ne mange les bêtes sauvages. Il a un grand nombre de ruches d'abeilles féroces, et il vit principalement de crème et de miel. Comme ours, il vagabonde de tous côtés. Je l'ai vu une fois assis tout seul, la nuit, au sommet du Carrock, observant la lune qui descendait vers les Monts Brumeux, et je l'ai entendu grogner dans le langage des ours : « Le jour viendra où ils périront et où je retournerai là-bas ! » C'est ce qui me donne à croire qu'il était lui-même venu autrefois des montagnes. »

Bilbo et les nains avaient à présent ample matière à réflexion et ils ne posèrent plus de questions. Ils avaient encore une longue route à parcourir. Par monts et par vaux, ils poursuivirent leur chemin. Il commençait à faire très chaud. Parfois ils se reposaient sous les arbres, et alors Bilbo ressentait une telle faim qu'il aurait mangé des glands, s'ils avaient été assez mûrs pour tomber à terre.

Vers le milieu de l'après-midi, ils remarquèrent que de grandes plaques de fleurs avaient commencé de surgir, toutes de mêmes espèces, poussant ensemble comme si elles avaient été plantées. Il y avait en particulier du trèfle, de grands carrés ondulants de sainfoin, de trèfle incarnat, et de larges bandes de mélilot blanc à odeur de miel. Il y avait dans l'air un bourdonnement, un bruissement, un vrombissement. Des abeilles s'affairaient partout. Et quelles abeilles ! Bilbo n'avait jamais rien vu de semblable.

« Si l'une d'elles me piquait, pensa-t-il, j'enflerais jusqu'au double de ma taille. »

Elles étaient plus grosses que des frelons. Les faux bourdons étaient plus grands que le pouce, sensiblement, et les bandes jaunes sur leurs corps d'un noir profond brillaient comme de l'or ardent.

« Nous approchons, dit Gandalf. Nous voici à la lisière de ses pâturages à abeilles. »

Au bout d'un moment, ils arrivèrent à une ceinture de grands et très anciens chênes, puis, à une haute haie d'épineux à travers laquelle on ne pouvait ni voir ni se glisser.

« Vous feriez mieux d'attendre ici, dit le magicien aux nains ; et quand j'appellerai ou sifflerai, commencez à me suivre — vous verrez le chemin que je prendrai — mais seulement par paires, notez-le, à cinq minutes d'intervalle. Bombur, qui est le plus gros, comptera pour deux ; mieux vaut qu'il vienne seul et en dernier. Venez, monsieur Baggins ! Il y a une porte quelque part par ici. »

Sur ces mots, il partit le long de la haie, emmenant avec lui le hobbit effrayé.

Ils arrivèrent bientôt à une porte de bois, haute et large, au-delà de laquelle ils purent voir des jardins et un groupe de bâtiments bas, en bois, dont certains étaient couverts de chaume et faits de troncs non façonnés ; des granges, des écuries, des étables et une longue et basse maison de bois. À l'intérieur de la haie, exposées au midi, se trouvaient de nombreuses rangées de ruches au toit de paille en forme de cloche. L'air retentissait du bruit des abeilles géantes qui allaient et venaient, entraient et sortaient.

Le magicien et le hobbit poussèrent la porte lourde et grinçante et suivirent une large piste en direction de la maison. Des chevaux, très luisants et bien pansés, traversèrent le pré en trottant et les observèrent attentivement de leurs têtes intelligentes ; après quoi, ils partirent au galop vers les bâtiments.

« Ils sont allés le prévenir de l'arrivée d'étrangers », dit Gandalf.

Ils atteignirent bientôt une cour dont la maison de bois et ses deux longues ailes formaient trois côtés. Au centre, était couché un grand tronc de chêne environné de nombreuses branches coupées. Debout à côté était un homme énorme, qui avait une chevelure et une barbe noires et épaisses, de grands bras nus et des jambes aux muscles noueux. Il était vêtu d'une tunique de laine qui lui descendait jusqu'aux genoux, et il s'appuyait sur une grande hache. Les chevaux se tenaient à côté de lui, le museau contre son épaule.

« Peuh ! les voici ! dit-il aux chevaux. Ils ne paraissent pas bien dangereux. Vous pouvez partir ! »

Il eut un grand rire sonore, posa sa hache et s'avança.

« Qui êtes-vous et que désirez-vous ? » demanda-t-il d'un ton bourru, debout devant eux et dominant de haut la stature de Gandalf.

Quant à Bilbo, il aurait aisément pu trotter entre ses jambes sans même rentrer la tête pour éviter la frange de la tunique brune.

« Je suis Gandalf, dit le magicien.

– Je n'ai jamais entendu parler de lui, grogna l'homme. Et qu'est-ce que ce petit homme ? ajouta-t-il, se baissant pour froncer ses sourcils noirs et broussailleux sur le hobbit.

– C'est M. Baggins, un hobbit de bonne famille et de réputation inattaquable », dit Gandalf.

Bilbo s'inclina. Il n'avait pas de chapeau à retirer et le sentiment de l'absence d'un grand nombre de ses boutons s'imposa péniblement à lui.

« Je suis un magicien, poursuivit Gandalf. J'ai entendu parler de vous, si vous, vous n'avez pas entendu parler de moi ; mais, peut-être connaissez-vous mon bon cousin Radagast, qui habite aux lisières sud de Mirkwood ?

– Oui ; il n'est pas mal pour un magicien, il me semble. Je le voyais autrefois de temps à autre, dit Beorn. Eh bien, maintenant que je sais qui vous êtes ou ce que vous dites être, que voulez-vous ?

– Pour être franc, nous avons perdu notre bagage et quelque peu notre chemin ; nous avons aussi besoin d'aide ou tout au moins de conseils. Je dois dire que nous avons passé un mauvais quart d'heure avec les gobelins dans les montagnes.

– Les gobelins ? dit l'homme de haute stature d'un ton moins rébarbatif. Ho, ho, ainsi vous avez eu des difficultés avec *ceux-là,* hein ? Pourquoi les aviez-vous approchés ?

– Telle n'était pas notre intention. Ils nous ont surpris la nuit dans un col que nous devions passer ; nous venions des Terres de l'Ouest dans ces régions — c'est une longue histoire.

– Eh bien, vous feriez mieux d'entrer et de me la raconter en partie, si cela ne doit pas prendre toute la journée », dit l'homme, le précédant par une porte sombre qui menait de la cour dans la maison.

L'ayant suivi, ils se trouvèrent dans une grande salle, au centre de laquelle il y avait un foyer. Bien que ce fût l'été, il y brûlait un feu de bois, et la fumée s'élevait jusqu'aux chevrons noircis à la recherche de l'issue offerte par une ouverture dans le toit. Ils traversèrent cette salle obscure, uniquement éclairée par le feu et par le trou qui le surmontait, et ils arrivèrent par une autre porte plus petite dans une sorte de véranda soutenue par des poteaux faits de simples troncs d'arbres. Elle était exposée au midi ; il y faisait encore chaud et elle était emplie de la lumière du soleil qui, se dirigeant vers l'ouest, y tombait de biais et se répandait aussi sur le jardin plein de fleurs qui montait jusqu'aux marches.

Ils s'assirent là sur des bancs de bois, et Gandalf entama son récit, tandis que Bilbo balançait ses jambes et contemplait les fleurs du jardin, se demandant quel pouvait en être le nom, car il n'en avait jamais vu de pareilles jusque-là.

« Je traversais les montagnes avec un ou deux amis…, dit le magicien.

– Ou deux ? Je n'en vois qu'un, et un petit, pour autant, dit Beorn.

– Eh bien, à vrai dire, je ne voulais pas vous encombrer d'un grand nombre de personnes avant d'avoir vu si vous n'étiez pas occupé. Je vais appeler, si vous le permettez.

– Allez-y, appelez ! »

Gandalf lança donc un long et strident sifflement, et bientôt Thorïn et Dori, montés par l'allée du jardin, contournèrent la maison et vinrent faire de profondes courbettes devant eux.

« Un ou trois, vous voulez dire, à ce que je vois ! dit Beorn. Mais ceux-ci ne sont pas des hobbits, mais des nains !

– Thorïn Oakenshield, pour vous servir ! Dori, pour vous servir ! dirent les deux nains, s'inclinant de nouveau.

– Je n'ai pas besoin de vos services, merci, dit Beorn ; mais sans doute avez-vous besoin des miens. Je n'aime pas trop les nains ; mais s'il est vrai que vous êtes Thorïn (fils de Thraïn, fils de Thror, je pense), que votre compagnon soit honorable, que vous soyez ennemis des gobelins et que vous ne vous proposiez de commettre aucun méfait sur mes terres… Quelles sont vos intentions, au fait ?

– Ils sont en chemin pour aller visiter le pays de leurs pères, là-bas dans l'Est, au-delà de Mirkwood, dit Gandalf, intervenant, et c'est tout à fait par accident que nous nous trouvons actuellement sur vos terres.

Nous passions par le Haut Col, lequel aurait dû nous amener à la route qui se trouve au sud de votre pays, quand nous avons été attaqués par les mauvais gobelins, comme j'allais vous le dire.

– Eh bien, continuez à raconter, alors ! dit Beorn, qui n'était jamais très poli.

– Il y a eu un orage terrible ; les géants de pierre étaient sortis et projetaient des rochers ; à l'entrée du col, le hobbit, moi et quelques-uns de nos compagnons, nous nous sommes réfugiés dans une grotte…

– Appelez-vous donc deux quelques-uns ?

– Euh, non. En fait, nous étions plus que deux.

– Où sont-ils ? Tués, mangés, rentrés chez eux ?

– Eh bien, non. Il semble qu'ils ne soient pas tous venus quand j'ai sifflé. Par timidité, sans doute. Nous craignons beaucoup de former un groupe un peu nombreux à recevoir, vous comprenez.

– Allez-y, sifflez encore ! Je suis bon pour une partie, à ce qu'il paraît ; un ou deux de plus ne feront pas grande différence », grogna Beorn.

Gandalf lança un nouveau sifflement ; mais Nori et Ori furent là presque avant qu'il ne s'arrêtât, car il leur avait prescrit de venir par paire toutes les cinq minutes, rappelez-vous.

« Salut ! dit Beorn. Vous êtes venus assez vite ; où vous cachiez-vous donc ? Allons, mes diables à ressort !

– Nori, pour vous servir ; Ori, pour… », commençaient-ils de dire ; mais Beorn les interrompit : « Merci ! Quand je voudrai votre assistance, je vous la demanderai. Asseyez-vous, et continuons avec votre récit, sans quoi l'heure du souper arrivera avant qu'il ne soit achevé.

– Aussitôt que nous fûmes endormis, reprit Gandalf, une crevasse dans le fond de la grotte s'ouvrit ; des gobelins en sortirent, qui se saisirent du hobbit, des nains et de notre troupe de poneys…

– Une troupe de poneys ? Qu'étiez-vous donc ? Un cirque ambulant ? Ou transportiez-vous une quantité de marchandises ? Ou bien appelez-vous toujours six une troupe ?

– Oh ! non. En vérité, il y avait plus de six poneys, car nous étions plus de six — et euh !…. en voici deux autres ! »

À ce moment, parurent Balïn et Dwalïn, qui s'inclinèrent si bas que leur barbe balaya le sol dallé. Le grand homme commença par froncer les sourcils, mais ils s'évertuèrent à être terriblement polis, et ils continuèrent si bien à hocher la tête, à se courber, à saluer et à agiter leurs capuchons devant leurs genoux (selon toutes les convenances en cours chez les nains) qu'il finit par abandonner son renfrognement pour laisser échapper un rire convulsif, tant ils étaient comiques.

« Troupe était le mot exact, dit-il. Et belle troupe comique. Entrez, joyeux drilles, et comment vous appelez-vous, vous ? Je n'ai pas besoin de vos services pour l'instant, je ne veux connaître que vos noms ; après quoi, cessez de vous balancer et asseyez-vous !

– Balïn et Dwalïn », dirent-ils, n'osant s'offusquer.

Et ils s'assirent d'un coup à terre, l'air assez surpris.

« Alors, reprenez votre récit ! dit Beorn au magicien.

– Où en étais-je ? Ah ! oui — moi, je ne fus pas saisi. Je tuai un ou deux gobelins d'un éclair…

– Bien ! grogna Beorn. Il sert donc à quelque chose d'être magicien.

– … et je me glissai dans la crevasse avant qu'elle ne se refermât. J'allai jusque dans la grande salle, qui était pleine de gobelins. Le Grand Gobelin se trouvait là avec trente ou quarante gardes en armes. Je pensai : « Même s'ils n'étaient pas enchaînés tous ensemble, que pourraient-ils faire à une douzaine contre un tel nombre ! »

– Une douzaine ! C'est la première fois que j'entends appeler huit une douzaine. Ou bien avez-vous encore quelques diables qui ne soient pas encore sortis de leur boîte ?

– Eh bien, oui, il semble qu'en voilà justement une paire — Fili et Kili, je crois, dit Gandalf, tandis que ces deux apparaissaient et se tenaient là, souriant et saluant.

– C'est assez ! dit Beorn. Asseyez-vous et taisez-vous ! Continuez, Gandalf ! »

Gandalf poursuivit donc son récit et il en arriva au combat dans l'obscurité, à la découverte de la porte d'en bas et à leur horreur en constatant l'absence de M. Baggins : « Nous comptant, nous vîmes qu'il n'y avait pas de hobbit. Nous n'étions plus que quatorze !

– Quatorze ! C'est la première fois que j'entends dire que dix moins un égale quatorze. Vous voulez dire neuf, ou bien vous ne m'avez pas encore nommé tous les membres de votre groupe.

– Oh ! bien sûr, vous n'avez pas encore vu Oïn et Gloïn. Ah ! tiens, les voici ! J'espère que vous leur pardonnerez leur importunité.

– Oh ! qu'ils viennent tous ! Venez, vous deux ; dépêchez-vous de vous asseoir ! Mais, dites-moi, Gandalf, encore maintenant nous n'avons ici que vous, dix nains et le hobbit que vous aviez perdu. Cela ne fait que onze (plus un égaré) et non quatorze, à moins que les magiciens n'aient une façon particulière de compter. Mais, je vous en prie, continuez votre narration. »

Beorn ne le montrait pas plus qu'il ne pouvait l'éviter, mais en réalité il avait commencé d'être fort intéressé. Dans l'ancien temps, il avait connu la partie même des montagnes que Gandalf décrivait, vous comprenez. Il hocha la tête en grognant au récit de la réapparition du hobbit, de leur dégringolade dans l'éboulis et du cercle de loups dans la forêt.

Quand Gandalf en arriva à leur grimpée aux arbres avec les loups assemblés en dessous, il se leva et se mit à arpenter la pièce en murmurant : « J'aurais bien voulu être là ! Je leur aurais donné mieux que des feux d'artifice !

– Enfin j'ai fait de mon mieux, dit Gandalf, enchanté de voir que son récit produisait une bonne impression. Nous étions là avec les loups pris de folie en dessous de nous et la forêt qui commençait à s'embraser, quand les gobelins descendirent des montagnes et nous découvrirent. Ils poussèrent des hurlements de joie et chantèrent des chansons dans lesquelles ils se moquaient de nous. *Quinze oiseaux dans cinq sapins…*

– Seigneur ! grogna Beorn. N'allez pas prétendre que les gobelins ne savent pas compter. Ils le peuvent fort bien. Douze ne font pas quinze, et ils le savent.

– C'est juste. Il y avait aussi Bifur et Bofur. Je ne me suis pas risqué à les présenter plus tôt, mais les voici. »

Entrèrent Bifur et Bofur.

« Et moi ! » fit Bombur, qui, tout essoufflé, se rengorgeait par-derrière.

Il était gros, et irrité aussi d'avoir été laissé pour la fin. Refusant d'attendre cinq minutes de plus, il suivait immédiatement sur les talons des deux autres.

« Eh bien, maintenant vous êtes en effet quinze ; et puisque les gobelins savent compter, je suppose que c'est là tous ceux qui se trouvaient dans les arbres. Alors peut-être pourrons-nous achever l'histoire sans autre interruption. »

M. Baggins vit alors toute l'habileté de Gandalf. Les interruptions avaient vraiment accru l'intérêt de Beorn pour l'histoire, et l'histoire l'avait empêché de renvoyer aussitôt les nains comme des mendiants suspects. Il n'invitait jamais personne à entrer chez lui quand il pouvait l'éviter. Il avait très peu d'amis et ceux-ci habitaient assez loin ; et il n'en invitait jamais plus de deux à la fois. À présent, il avait quinze étrangers assis sous son toit !

Quand le magicien eut fini son récit et raconté leur sauvetage par les aigles, ainsi que la façon dont ils avaient été transportés jusqu'au Carrock, le soleil s'était couché derrière les cimes des Monts Brumeux et, dans le jardin de Beorn, les ombres s'étaient allongées.

« Une très bonne histoire ! dit-il. La meilleure que j'aie entendue depuis longtemps. Si tous les mendiants pouvaient en raconter une aussi bonne, peut-être rencontreraient-ils chez moi plus d'amabilité. Il se peut que vous l'ayez entièrement forgée, bien sûr, mais vous n'en méritez pas moins un souper. Mangeons donc un morceau !

– Oh ! oui, s'il vous plaît ! dirent-ils tous à la fois. Merci beaucoup. »

Dans la salle, il faisait maintenant tout à fait noir. Beorn claqua des mains, et entrèrent en trottant quatre magnifiques poneys blancs et plusieurs grands chiens gris au corps allongé. Beorn leur dit quelque chose dans un curieux langage, semblable à des bruits d'animaux transformés en paroles. Ils ressortirent et revinrent bientôt portant dans leur gueule des torches qu'ils allumèrent au feu et plantèrent dans les supports bas, accolés aux colonnes de la salle autour de l'âtre central. Les chiens pouvaient se tenir, quand ils le voulaient, sur leurs pattes de derrière et porter des objets avec celles de devant. Ils sortirent rapidement des murs latéraux des planches et des tréteaux, qu'ils dressèrent près du feu.

Et puis, on entendit « bê, bê, bê ! » et entrèrent des moutons d'une blancheur de neige, menés par un grand bélier noir comme jais. L'un d'entre eux portait une nappe blanche, brodée sur les bords de motifs d'animaux ; d'autres portaient sur leurs larges dos des plateaux contenant des bols, des écuelles, des couteaux et des cuillers de bois, que les chiens prirent et disposèrent vivement sur les tréteaux. Ceux-ci étaient très bas, assez bas pour que même Bilbo pût y être assis confortablement. Des deux côtés, un poney poussa deux bancs peu élevés à large dessus paillé et petits pieds courts et épais pour Gandalf et Thorïn, tandis qu'à l'autre bout il plaçait le grand fauteuil noir de Beorn (dans lequel il s'asseyait, ses grandes jambes étendues loin sous la table). C'étaient là tous les sièges qu'il avait dans sa salle, et sans doute les avait-il voulus bas comme la table pour la commodité des étonnants animaux qui le servaient. Sur quoi devaient s'asseoir les autres ? On ne les oublia point. Les autres poneys arrivèrent, faisant rouler de grands tronçons d'arbres en forme de tambours, lisses et cirés, assez bas même pour Bilbo ; ainsi furent-ils bientôt tous assis autour de la table de Beorn, et la salle n'avait pas vu pareille réunion depuis bien des années.

Là, ils eurent un souper, ou un dîner, tel qu'ils n'en avaient pas goûté depuis leur départ de la Dernière Maison Simple dans l'Ouest et leurs adieux à Elrond. Les torches et le feu projetaient autour d'eux leur lueur vacillante et sur la table se trouvaient deux hautes bougies de cire d'abeille rouge. Pendant tout le temps qu'ils mangeaient, Beorn raconta de sa voix profonde et grasseyante des histoires relatives aux terres sauvages de ce côté des montagnes et particulièrement à la forêt sombre et dangereuse qui s'étendait loin vers le nord et vers le sud, à un jour de chevauchée, leur barrant la route de l'est : la terrible forêt de Mirkwood.

Les nains écoutèrent en agitant leurs barbes, car ils savaient qu'il leur faudrait bientôt s'aventurer dans cette forêt et qu'après les montagnes, c'était le pire des dangers qu'ils avaient encore à affronter avant d'arriver à la forteresse du dragon. Le dîner achevé, ils se mirent à conter des histoires à eux, mais Beorn donna des signes de somnolence et ne leur prêta pas grande attention. Ils parlaient surtout d'or, d'argent, de joyaux et de la fabrication d'objets forgés, et Beorn ne semblait pas s'intéresser à ce genre de choses : on ne voyait aucun objet d'or ou d'argent dans sa salle, et il n'y avait guère que les couteaux qui fussent faits de métal.

Ils restèrent longtemps à table, avec leurs bols de bois remplis d'hydromel. La nuit tomba au-dehors. On ranima avec des bûches neuves les feux au centre de la salle, et les torches furent éteintes ; et ils demeurèrent assis là dans la lueur des flammes dansantes entre les piliers de la maison qui se dressaient haut derrière eux, sombres à leur sommet comme les arbres de la forêt. Que ce fût par enchantement ou non, Bilbo crut entendre remuer dans les chevrons un son semblable à celui du vent dans les branches et au ululement de hiboux. Bientôt, il commença d'être pris de somnolence et les voix lui semblaient se faire très lointaines, quand soudain il se réveilla en sursaut.

La grande porte avait grincé et claqué. Beorn était parti. Les nains étaient accroupis, jambes croisées, autour du feu, et bientôt ils commencèrent à chanter. Voici un exemple de leurs vers, mais il y en eut beaucoup d'autres, et leur chant se poursuivit longtemps :

Le vent soufflait sur la lande desséchée,
mais dans la forêt pas une feuille ne remuait ;
là, les ombres règnent la nuit et le jour,
et de noires choses rampaient silencieusement dessous.

Le vent descendait, froid, des montagnes
et, comme une marée, mugissait et roulait ;
les branches gémissaient, la forêt lamentait,
et les feuilles étaient répandues sur l'humus.

Le vent passa de l'ouest à l'est ;
tout mouvement dans la forêt cessa,
mais, sur les marais, aigres et stridents,
furent lâchés ses tons sifflants.

Les herbes bruissaient, la tête courbée
les roseaux vibraient — il passa,
par-dessus la mare ridée sous les cieux froids,
où les nuages rapides étaient déchirés.

Il franchit la Montagne solitaire et nue
et battit la surface de l'antre du dragon :
là, noires et sombres, gisaient des pierres rigides,
et dans l'air flottait une fumée.

Il quitta le monde et prit son vol
au-dessus de l'océan de la nuit.
La lune mit à la voile sur la bonne brise
et les étoiles furent emportées devant la lumière jaillissante.

Bilbo retomba dans sa somnolence. Soudain, Gandalf se dressa : « Il est temps de dormir, dit-il — pour nous, mais pas pour Beorn, je pense. Dans cette salle, nous pouvons nous reposer à fond et en toute sécurité, mais je vous mets tous en garde d'oublier ce que Beorn a dit avant de nous quitter : vous ne devez pas vous égarer au-dehors, sinon à vos risques et périls, avant le lever du soleil. »

Bilbo vit que les lits étaient déjà faits, sur une sorte de bat-flanc qui s'étendait entre les piliers et les murs extérieurs. Pour lui, il y avait un petit matelas de paille et des couvertures de laine. Il s'y blottit avec grand plaisir, bien que ce fût l'été. Le feu baissait et il sombra dans le sommeil. Il se réveilla toutefois au milieu de la nuit : le feu s'était alors réduit à quelques braises ; les nains et Gandalf dormaient tous, à en juger par leur respiration ; une éclaboussure blanche tombait à la verticale de la lune sur le parquet par l'ouverture ménagée dans le toit pour la fumée.

Il y eut à l'extérieur une sorte de grognement et un son semblable à celui de quelque grosse bête en train de piétiner derrière la porte. Bilbo se demanda de quoi il s'agissait, si ce n'était pas Beorn sous sa forme enchantée et s'il n'allait pas venir, comme ours, les tuer. Il plongea sous ses couvertures, se cacha la tête et retomba finalement dans le sommeil en dépit de toutes ses craintes.

Le jour était tout à fait levé quand il se réveilla. Un des nains avait basculé par-dessus lui dans l'ombre où il se trouvait, et il avait roulé en un choc sourd du bat-flanc sur le parquet. C'était Bofur, et il ronchonnait à ce sujet quand Bilbo ouvrit les yeux.

« Debout, flemmard, dit-il, sans quoi il ne vous restera plus de petit déjeuner. »

Bilbo sauta à terre : « Le petit déjeuner ! s'écria-t-il. Où est le petit déjeuner ?

– Pour la plus grande part dans nos estomacs, répondirent les autres nains, qui allaient et venaient dans la salle ; mais ce qu'il en reste est dans la véranda. Depuis le lever du soleil, nous cherchons partout Beorn ; mais nous ne voyons trace de lui nulle part, bien que nous ayons trouvé le petit déjeuner servi, dès que nous avons mis les pieds dehors.

– Où est Gandalf ? demanda Bilbo, tout en se dirigeant aussi vite que possible vers l'endroit où il pouvait trouver quelque chose à manger.

– Oh ! quelque part par là », répondit-on.

Mais, de toute la journée, il ne trouva le magicien. Juste avant le coucher du soleil, Gandalf fit son entrée dans la salle, où le hobbit et les nains soupaient, servis par les étonnants animaux de Beorn, comme ils l'avaient été tout au long de la journée. Beorn, ils ne l'avaient pas vu, ils n'en avaient eu aucune nouvelle depuis la veille au soir, ce qui commençait à les inquiéter.

« Où est notre hôte et où avez-vous été vous-même durant toute cette journée ? s'écrièrent-ils tous ensemble.

– Une question à la fois, et pas avant la fin du souper ! Je n'ai pas mangé le plus petit morceau depuis le petit déjeuner. »

Enfin, Gandalf repoussa son assiette et son pichet — il avait mangé deux miches entières (avec des masses de beurre, de miel et de crème caillebottée) et bu pour le moins un litre d'hydromel — et il tira sa pipe : « Je vais d'abord répondre à la seconde question, dit-il… Mais, tiens, tiens, tiens ! voici un endroit merveilleux pour les ronds de fumée ! »

De fait, ils ne purent plus rien tirer de lui pendant un bon moment, tant il était occupé à envoyer des ronds tourner autour des piliers de la salle, leur faisant prendre toutes sortes de formes et de couleurs, pour les envoyer à la chasse l'un de l'autre par le trou du toit. Ils devaient paraître bien curieux, de l'extérieur, s'élançant l'un après l'autre dans l'air, verts, bleus, rouges, gris argent, jaunes, blancs ; certains grands, certains petits, ceux-ci se faufilant au travers de ceux-là pour se rejoindre en forme de huit et s'en aller au loin comme une volée d'oiseaux.

« J'ai relevé des traces d'ours, dit-il enfin. Il a dû y avoir un vrai rassemblement d'ours ici dehors, la nuit dernière. J'ai vite vu qu'elles ne pouvaient pas être toutes de Beorn : il y en avait beaucoup trop, et aussi elles étaient de diverses tailles. Je dirais qu'il y avait de petits ours, de grands ours, des ours ordinaires et des ours de taille gigantesque, et qu'ils ont tous dansé dehors de la tombée de la nuit presque jusqu'au lever du jour. Ils sont venus des montagnes de toutes les directions, sauf de l'ouest, où il y a la rivière à franchir. Dans cette direction-là ne menait qu'une seule série de pas — aucun ne venait par ici, tous en partaient. J'ai suivi ces traces jusqu'au Carrock. Là, elles disparaissaient dans la rivière ; mais l'eau était trop profonde et le courant trop fort au-delà du rocher pour me permettre de traverser. Il est assez facile, vous vous en souvenez, de passer de cette rive-ci au Carrock par le gué ; mais, de l'autre côté, il y a une falaise qui sort tout droit d'un chenal plein de remous. Il m'a fallu parcourir des milles à pied pour trouver un endroit où la rivière fût assez large et assez peu profonde pour me permettre de marcher à gué et de nager ; après quoi, j'ai dû parcourir encore des milles en sens inverse pour retrouver les traces. À ce moment, il était trop tard pour pouvoir les suivre sur une longue distance. Elles partaient tout droit vers les forêts de pins qui se trouvent sur le versant oriental des Monts Brumeux, là où nous avons eu notre agréable réunion avec les Wargs, l'avant-dernière nuit. Et maintenant, je crois avoir répondu également à votre première question », conclut Gandalf.

Et il demeura un long moment silencieux.

Bilbo pensa comprendre la pensée du magicien :

« Qu'allons-nous faire, s'écria-t-il, s'il amène ici tous les Wargs et les gobelins ? Nous serons tous pris et tués ! Vous nous aviez dit, je croyais, qu'il n'était pas de leurs amis.

– C'est exact. Et ne soyez pas stupide ! Vous feriez mieux d'aller vous coucher ; vous avez l'esprit fatigué. »

Le hobbit se sentit tout écrasé ; comme il n'y avait rien d'autre à faire, il alla se coucher ; et, tandis que les nains continuaient leurs chants, il sombra dans le sommeil non sans continuer à creuser sa petite tête au sujet de Beorn, de sorte qu'il rêva de cent ours noirs en train de danser en rond de lourdes et lentes danses au clair de lune dans la cour. Puis il se réveilla alors que tout le monde dormait, et il entendit les mêmes grattements, traînages de pieds, reniflements et grognements qu'auparavant.

Le lendemain matin, Beorn les réveilla tous lui-même :

« Ainsi vous êtes encore tous là ! » dit-il.

Il ramassa le hobbit et rit : « Vous n'avez pas encore été dévoré par les Wargs, les gobelins ou les méchants ours, à ce que je vois (et il piqua son index dans le gilet de M. Baggins de façon fort irrespectueuse). Jeannot Lapin redevient gras et appétissant, à force de pain et de miel, ajouta-t-il en gloussant. Venez donc en prendre encore un peu ! »

Ils allèrent donc tous déjeuner avec lui. Beorn se montra fort gai pour changer ; en vérité, il semblait d'excellente humeur et il les fit tous rire avec ses histoires drôles ; ils n'eurent pas à se demander longtemps où il avait été ou pourquoi il se montrait si gentil à leur égard, car il le leur dit de lui-même. Il avait traversé la rivière et il était monté jusque dans les montagnes — ce qui vous donne à comprendre qu'il pouvait voyager à vive allure, en tout cas sous sa forme d'ours. En voyant la clairière aux loups brûlée, il avait vite constaté la véracité de cette partie de leur histoire ; mais il en avait découvert davantage : il avait attrapé un Warg et un gobelin qui erraient dans la forêt. Par ceux-ci, il avait eu des nouvelles : les patrouilles gobelines cherchaient toujours les nains avec l'aide des Wargs ; ils étaient dans la colère la plus féroce à cause de la mort du Grand Gobelin et aussi parce que le chef loup avait eu le museau brûlé et que nombre de ses principaux serviteurs étaient morts par le feu du magicien. Cela, ils le lui dirent quand il les y força, mais il avait deviné qu'il y avait plus de méfaits en préparation et qu'il pourrait bientôt se faire une grande descente de toute l'armée gobeline avec ses alliés loups dans les terres qui s'étendaient à l'ombre des montagnes, afin de découvrir les nains ou de se venger des hommes et des créatures qui vivaient là et qui devaient, pensaient-ils, les abriter.

« Votre histoire était bonne, dit Beorn, mais je l'aime encore mieux maintenant que je suis assuré de sa véracité. Il faut me pardonner de ne pas vous avoir crus sur parole. Si vous viviez à l'orée de Mirkwood, vous ne vous fieriez à la parole de personne que vous ne connaissiez aussi bien que votre frère, et encore. Dans la situation actuelle, tout ce que je puis dire, c'est que je me suis dépêché de revenir le plus vite possible pour assurer votre sécurité et pour vous offrir toute l'aide que je pourrai vous fournir. J'aurai dorénavant meilleure opinion des nains. Tué le Grand Gobelin, tué le Grand Gobelin ! se dit-il avec un petit rire féroce.

– Qu'avez-vous fait du gobelin et du Warg ? demanda brusquement Bilbo.

– Venez voir ! » dit Beorn.

Et ils firent avec lui le tour de la maison. Une tête de gobelin était plantée à l'extérieur de la porte et une peau de Warg était clouée à un arbre juste derrière. Beorn était un ennemi féroce. Mais à présent il était leur ami, et Gandalf jugea sage de lui raconter toute leur histoire et de lui donner la raison de leur voyage, de façon à obtenir le maximum d'aide de sa part.

Voici ce qu'il promit de faire en leur faveur : il fournirait un poney pour chacun d'eux et à Gandalf un cheval pour le trajet jusqu'à la forêt ; il les chargerait de vivres, pour plusieurs semaines si on les ménageait, emballés de façon qu'ils soient faciles à porter — noix, farine, récipients scellés de fruits secs, pots de terre rouge contenant du miel, et biscuits de longue conservation, dont une petite quantité leur permettrait une longue marche. La fabrication de ces biscuits était un de ses secrets ; mais il y avait dedans du miel, comme dans la plupart de ses aliments, et le goût en était agréable, encore qu'ils donnassent soif. L'eau, leur dit-il, il n'était pas nécessaire d'en porter de ce côté de la forêt, car il y avait des ruisseaux et des sources le long du chemin : « Mais votre trajet au travers de Mirkwood est sombre, dangereux et difficile, dit-il. Il n'est pas aisé d'y trouver de l'eau, non plus que de la nourriture. La saison des noix n'est pas encore venue (bien qu'elle puisse, certes, arriver et passer avant que vous ne soyez de l'autre côté) ; or, les noix sont à peu près tout ce qui pousse là de mangeable ; dans ces forêts, les choses sont noirâtres, étranges et sauvages. Je vous pourvoirai d'outres pour transporter l'eau, et je vous donnerai des arcs et des flèches. Mais je doute beaucoup que vous trouviez rien de sain à manger ou à boire dans Mirkwood. Il y a là, je le sais, une rivière noire et forte qui croise le chemin. Il ne faudra surtout pas y boire, ni vous y baigner ; car j'ai entendu dire qu'elle porte un charme et transmet une grande somnolence et l'oubli. D'autre part, dans les ombres indistinctes de ces lieux, je pense que vous ne tirerez rien de sain ou de malsain sans vous écarter du chemin. Et cela, il ne le faut POUR RIEN AU MONDE.

« Voilà tous les conseils que je peux vous donner. Au-delà de l'orée de la forêt, je ne puis plus guère vous aider ; vous devrez compter sur votre chance, sur votre courage et sur la nourriture que j'envoie avec vous. À l'entrée de la forêt, je dois vous demander de me renvoyer mon cheval et mes poneys. Mais je vous souhaite bonne chance et ma maison vous est ouverte, si jamais vous revenez par ici. »

Ils le remercièrent, naturellement, avec maintes courbettes, maints grands mouvements de capuchons et maints « à votre service ô Maître des vastes salles de bois ! ». Mais ces graves paroles avaient abattu leur ardeur. Ils sentaient tous que l'aventure était beaucoup plus dangereuse qu'ils ne l'avaient pensé et ils n'oubliaient pas que, même s'ils surmontaient tous les dangers de la route, le dragon les attendait à la fin.

Toute cette matinée, ils s'affairèrent aux préparatifs. Peu après midi, ils prirent leur dernier déjeuner avec Beorn et, le repas terminé, ils montèrent les coursiers qu'il leur offrait et, après maints adieux, ils passèrent sa porte à bonne allure.

Aussitôt après avoir quitté les hautes haies qui bordaient ses terres closes, ils se tournèrent vers le nord, puis mirent le cap sur le nord-ouest. Suivant le conseil de Beorn, ils ne cherchaient plus la grande route forestière au sud de son domaine. S'ils étaient passés par le col, le chemin les descendait des montagnes le long d'un ruisseau qui rejoignait la grande rivière à plusieurs milles au sud du Carrock. À cet endroit, il y avait un gué profond qu'ils auraient pu franchir s'ils avaient toujours eu leurs poneys, et au-delà une piste menait à l'orée des bois et à l'entrée de l'ancienne route de la vieille forêt. Mais Beorn les avait avertis qu'à présent les gobelins empruntaient souvent cette voie, alors que la route forestière elle-même, à ce qu'il avait entendu dire, était recouverte de végétation, abandonnée à l'extrémité orientale et ne menait plus qu'à des marais infranchissables, où les sentiers étaient depuis longtemps perdus. Son débouché à l'est avait toujours été, aussi, loin de la Montagne Solitaire et les aurait laissés, quand ils seraient arrivés de l'autre côté, devant une marche longue et difficile en direction du nord. Au nord du Carrock, l'orée de Mirkwood se rapprochait des bords de la Grande Rivière et, bien qu'à cet endroit les Montagnes descendissent plus près, Beorn leur avait conseillé de prendre ce chemin ; car, à quelques jours de chevauchée en plein nord du Carrock, se trouvait l'entrée d'un sentier peu connu qui traversait Mirkwood et menait presque en droite ligne vers la Montagne Solitaire.

« Les gobelins, avait dit Beorn, n'oseront pas traverser la Grande Rivière à moins de cent milles au nord du Carrock, non plus que s'approcher de ma maison — elle est bien protégée la nuit ! — mais, à votre place, je ferais vite ; car, s'ils font leur expédition bientôt, ils passeront la rivière au sud et battront toute l'orée de la forêt de façon à vous barrer la route, et les Wargs courent plus vite que les poneys. Il est toutefois plus sûr pour vous d'aller vers le nord, même si vous croyez retourner plus près de leur place forte ; car c'est ce à quoi ils s'attendent le moins et la chevauchée sera plus longue pour vous attraper. Partez, maintenant, aussi vite que vous le pourrez ! »

C'est pourquoi ils chevauchaient maintenant en silence, galopant chaque fois que le terrain était herbeux et uni, avec les montagnes sombres à leur gauche et au loin la ligne de la rivière bordée d'arbres qui se rapprochait toujours davantage. Lors de leur départ, le soleil venait de passer à l'ouest et, jusqu'au soir, il plana, doré, sur les terres qui les entouraient. Il était difficile de penser à des gobelins pourchasseurs et, quand ils eurent mis bien des milles entre eux et la maison de Beorn, ils commencèrent à parler et à chanter de nouveau, oubliant le sombre sentier de forêt qu'ils avaient encore devant eux. Mais au soir, quand le crépuscule tomba et que les cimes des montagnes prirent leur mine farouche dans le soleil couchant, ils établirent un campement, postèrent des sentinelles, et ne dormirent que d'un sommeil inquiet, traversé de rêves où résonnaient des hurlements de loups chasseurs et des cris de gobelins.

Le lendemain matin se leva toutefois, de nouveau clair et beau. Il y avait comme une brume blanche d'automne sur le sol et l'air était frais, mais bientôt le soleil s'éleva tout rouge à l'est ; les brouillards s'évanouirent, et ils avaient disparu alors que les ombres étaient encore allongées. Nos amis chevauchèrent donc deux ou trois jours, sans rien voir d'autre que de l'herbe, des fleurs, des oiseaux, des arbres épars et, de temps à autre, de petites hardes de cerfs, broutant ou couchés le soir à l'ombre. Bilbo voyait parfois pointer hors de l'herbe haute les bois, qu'il prit au début pour des branches mortes. Ce troisième soir, ils étaient si désireux de gagner du terrain, Beorn leur ayant dit qu'ils atteindraient l'orée de la forêt de bonne heure le quatrième jour, qu'ils continuèrent de chevaucher après le crépuscule, sous le clair de lune. Comme la lumière s'évanouissait, le hobbit crut voir, tantôt vers la gauche et tantôt vers la droite, l'ombre vague d'un grand ours qui rôdait, suivant la même direction qu'eux. Mais s'il se risquait à en parler à Gandalf, le magicien se contentait de répondre : « Chut ! N'y faites pas attention ! »

Le lendemain, ils se mirent en route avant l'aube, malgré la brièveté de leur nuit. Dès qu'il fit jour, ils purent voir la forêt approcher comme si elle venait à leur rencontre, ou les attendre comme un mur noir et menaçant. Le sol s'élevait graduellement, et il sembla au hobbit qu'un silence commençait à les entourer. Les oiseaux chantaient moins. Il n'y avait plus de cerfs ; on ne voyait même plus de lapins. Au début de l'après-midi, ils avaient atteint les avancées de Mirkwood, et ils se reposaient presque sous les grandes branches surplombantes des premiers arbres. Les troncs en étaient énormes et rugueux, les branches tordues, les feuilles longues et sombres. Du lierre les enserrait et rampait sur la terre.

« Eh bien, nous voici à Mirkwood ! dit Gandalf. La plus grande des forêts du monde nordique. J'espère que vous en aimez l'aspect. Maintenant, il faut renvoyer ces excellents poneys que vous avez empruntés. »

Les nains étaient portés à murmurer là-contre, mais le magicien leur dit qu'ils n'étaient que des fous : « Beorn n'est pas aussi loin que vous semblez l'imaginer et vous feriez mieux de tenir vos promesses de toute façon, car c'est un ennemi redoutable. Les yeux de M. Baggins sont plus perçants que les vôtres, si vous n'avez pas vu tous les soirs, la nuit tombée, un grand ours qui nous suivait ou qui, assis au loin sous la lune, observait nos campements. Non pas seulement pour vous garder et vous guider, mais aussi pour avoir l'œil sur les poneys. Beorn est peut-être votre ami, mais il aime ses animaux comme il aimerait ses propres enfants. Vous ne pouvez savoir quelle bienveillance il vous a témoignée en laissant des nains les monter si loin et à un tel train, ni ce qui vous arriverait si vous essayiez de les emmener dans la forêt.

– Et le cheval, alors ? dit Thorïn. Vous ne parlez pas de le renvoyer, lui.

– Je n'en parle pas parce que je ne le renvoie pas.

– Et votre promesse à vous, alors ?

– J'y veillerai. Je ne renvoie pas le cheval, je le monte ! »

Ils surent alors que Gandalf allait les quitter à l'orée même de Mirkwood et ils en furent au désespoir. Mais rien de ce qu'ils trouvèrent à dire ne put modifier sa décision.

« Allons, nous nous sommes déjà entièrement expliqués là-dessus à notre arrivée sur le Carrock, dit-il. Il ne sert à rien de discuter. J'ai, je vous l'ai dit, des affaires urgentes à régler dans le Sud ; et je suis déjà en retard pour m'être occupé de vous autres. Peut-être nous reverrons-nous avant que tout ne soit terminé, et peut-être que non, bien sûr. Cela dépendra de votre chance, de votre courage et de votre raison ; et je vous fais accompagner par M. Baggins. Je vous l'ai déjà dit, il y a beaucoup plus en lui que vous ne le pensez et vous vous en apercevrez avant peu. Alors, courage, Bilbo, et n'ayez pas l'air si renfrogné. Courage, Thorïn et Cie ! C'est votre expédition, après tout. Pensez au trésor qui est au bout et oubliez la forêt et le dragon, tout au moins jusqu'à demain matin ! »

Le lendemain venu, il n'avait pas changé d'idée. Il n'y avait donc plus rien à faire que remplir les outres à une source claire qu'ils trouvèrent tout près de l'entrée de la forêt et à décharger les poneys. Ils distribuèrent les colis le plus équitablement possible, encore que Bilbo eût l'impression que son lot était d'une fâcheuse lourdeur et qu'il n'aimât pas du tout l'idée de cheminer pendant des milles et des milles avec tout cela sur le dos.

« Ne vous en faites donc pas ! dit Thorïn. Le chargement ne s'allégera que trop vite. Nous ne tarderons guère à regretter tous que nos paquets ne soient pas plus lourds, quand les vivres commenceront à se faire rares. »

Enfin, ils firent leurs adieux aux poneys et les dirigèrent vers la maison. Les bêtes s'en furent d'un petit trot allègre, paraissant fort heureuses de tourner la queue vers les ombres de Mirkwood. Comme il s'éloignait, Bilbo aurait pu jurer que quelque chose comme un ours quittait l'obscurité des arbres et s'en allait d'un pas lourd mais rapide derrière eux.

Après cela, Gandalf lui aussi leur souhaita bonne chance. Bilbo s'assit à terre, très malheureux et regrettant de ne pas être à côté du magicien sur son grand cheval. Il avait juste pénétré dans la grande forêt après le petit déjeuner (un petit déjeuner bien médiocre), et l'endroit lui avait paru le matin aussi sombre que la nuit et très mystérieux : « Le sentiment d'une sorte d'observation et d'attente », s'était-il dit.

« Au revoir ! dit Gandalf à Thorïn. Et au revoir à vous tous, au revoir ! Tout droit au travers de la forêt, voilà votre chemin maintenant. Ne vous écartez pas de la piste ! Autrement, il y a neuf cent quatre-vingt-dix-neuf chances sur mille que vous ne la retrouviez point et que vous ne sortiez jamais de Mirkwood ; et alors, je suppose que ni moi ni personne ne vous reverra plus.

– Faut-il vraiment que nous passions par là ? gémit le hobbit.

– Oui, certes ! dit le magicien, pour peu que vous vouliez arriver de l'autre côté. Ou vous devez traverser Mirkwood, ou vous devez renoncer à votre quête. Et je ne vais pas vous laisser vous dérober maintenant, monsieur Baggins. J'ai honte pour vous d'y penser seulement. Vous devez veiller sur tous ces nains pour moi, dit-il, riant.

– Non ! non ! dit Bilbo. Ce n'est pas ce que je voulais dire : n'y a-t-il pas un chemin qui contourne la forêt ?

– Si, pour peu que vous vouliez vous détourner de deux cents milles environ de votre route vers le nord, et du double vers le sud. Mais, même alors, vous n'auriez pas un chemin sûr. Il n'en est aucun en cette partie du monde. Rappelez-vous que vous vous trouvez au-delà de l'Orée du Désert à présent, et que vous voilà partis pour toutes sortes de distractions, où que vous alliez. Avant d'avoir pu contourner Mirkwood par le nord, vous vous trouveriez en plein sur les pentes des Montagnes grises, et elles sont tout simplement truffées de gobelins, de farfadets et d'orques de la pire sorte.

Avant de l'avoir contourné par le sud, vous seriez sur les terres du Nécromancien ; et même à vous, Bilbo, il n'est pas nécessaire de raconter des histoires sur ce sorcier noir. Je ne vous conseille pas du tout d'approcher des lieux que domine sa sombre tour ! Tenez-vous-en à la piste forestière, ne vous laissez pas abattre, ne désespérez pas et, avec beaucoup de chance, il se peut que vous en sortiez un jour et que vous voyiez devant vous les Longs Marais et, les dominant, loin à l'est, la Montagne Solitaire où vit le cher vieux Smaug — encore souhaité-je qu'il ne vous attende pas.

– Voilà qui est très réconfortant, pour sûr, grogna Thorïn. Adieu ! Si vous ne voulez pas venir avec nous, mieux vaudrait partir sans autre commentaire

– Eh bien, adieu, adieu pour de vrai », dit Gandalf.

Il tourna son cheval et partit vers l'ouest. Mais il ne put résister à la tentation d'avoir le dernier mot. Avant d'être tout à fait hors de portée de la voix, il se retourna et, les mains en porte-voix, il cria dans leur direction : « Adieu ! Soyez sages, prenez bien soin de vous-mêmes, et NE QUITTEZ PAS LE SENTIER ! »

Après quoi, il s'en fut au galop, et ils le perdirent bientôt de vue.

« Oh ! adieu et fichez le camp ! » grognèrent les nains, d'autant plus irrités qu'ils étaient tout désemparés de l'avoir perdu.

Alors commença la partie la plus dangereuse du voyage. Chacun se chargea du lourd colis et de l'outre qui lui revenaient ; ils se détournèrent de la lumière qui s'étendait sur les terres extérieures, et ils plongèrent dans la forêt.

8

Mouches et araignées

Ils marchaient en file indienne. L'entrée du chemin était comme une sorte d'arche menant dans un sombre tunnel, arche qui était formée par deux grands arbres appuyés l'un contre l'autre et trop vieux, trop étouffés par le lierre et enrobés de lichen pour porter plus de quelques feuilles noircies. Le sentier lui-même était étroit et serpentait parmi les troncs. Bientôt la lumière de l'entrée ne fut plus qu'un petit trou brillant loin derrière eux, et le silence était si profond que leurs pieds leur semblaient frapper le sol à grands coups sourds tandis que tous les arbres se penchaient sur eux pour écouter.

À mesure que leurs yeux commençaient à s'accoutumer à l'obscurité, ils purent discerner un petit sentier de part et d'autre dans une sorte de lueur d'un vert sombre. De temps en temps, un maigre rayon de soleil, qui avait eu la chance de pouvoir se glisser par quelque ouverture dans les feuilles loin au-dessus et la chance plus grande encore de ne pas disparaître dans le lacis de branches et de ramilles entremêlées par en dessous, perçait, mince et brillant, devant eux. Mais c'était rare, et cela ne tarda pas à cesser entièrement.

Il y avait dans la forêt des écureuils noirs. Comme les yeux perçants et inquisiteurs de Bilbo s'habituaient à voir les choses, il en avait aperçu qui s'écartaient vivement du sentier pour se réfugier derrière les troncs d'arbres. On entendait aussi des bruits étranges, des grognements, des bousculades et des courses dans les broussailles et parmi l'entassement épais des feuilles qui tapissaient en permanence par endroits le sol de la forêt ; mais ce qui produisait ces bruits, il ne pouvait le voir. Les plus vilaines choses qu'il discernait étaient les toiles d'araignée : des toiles d'araignée sombres et denses aux fils d'une épaisseur extraordinaire, qui s'étendaient souvent d'un arbre à l'autre ou s'enchevêtraient de part et d'autre dans les basses branches. Il n'y en avait pas au travers du sentier, mais, que ce fût parce que quelque sortilège le gardait libre ou pour toute autre raison, il ne pouvait le savoir.

Il ne leur fallut pas longtemps pour haïr la forêt aussi cordialement qu'ils avaient détesté les tunnels des gobelins, et elle paraissait offrir encore moins d'espoir de sortie. Mais ils devaient poursuivre toujours plus loin bien après qu'ils furent en proie à la nostalgie d'une échappée sur le soleil ou le ciel et qu'ils soupiraient après la sensation du vent sur leur visage. Il n'y avait pas le moindre mouvement de l'air sous la voûte de la forêt et rien ne venait rompre le silence, l'obscurité et l'impression d'étouffement. Même les nains la ressentaient, eux qui étaient pourtant accoutumés aux tunnels et à une existence dépourvue de soleil pendant de longues périodes ; mais le hobbit, qui aimait les trous pour en faire une maison, et non pour y passer les journées estivales, se sentait étouffer peu à peu.

Le pire était les nuits. Il régnait alors un noir de poix — à peine au figuré, un noir vraiment opaque : il faisait si noir que l'on n'y distinguait réellement rien. Bilbo essayait d'agiter la main juste devant son nez, mais il ne la voyait pas du tout. Peut-être n'est-il pas exact de dire qu'ils ne voyaient rien : ils pouvaient voir des yeux. Ils dormaient tous serrés les uns contre les autres et veillaient à tour de rôle ; et quand venait le tour de Bilbo, il voyait alentour dans l'obscurité des lueurs ; et parfois des paires d'yeux jaunes, rouges ou verts le regardaient fixement d'une petite distance, puis s'évanouissaient lentement et disparaissaient pour reparaître petit à petit, luisants, à un autre endroit. Parfois aussi, ils luisaient dans les branches juste au-dessus de lui, ce qui était fort terrifiant. Mais les yeux qu'il détestait le plus étaient une sorte d'horribles yeux pâles et globuleux : « Des yeux d'insectes, pensait-il, non pas des yeux d'animaux, sauf qu'ils sont beaucoup trop grands. »

Bien qu'il ne fît pas encore très froid, ils essayèrent d'allumer la nuit des feux de bivouac, mais ils y renoncèrent bientôt. Cela semblait attirer tout autour d'eux des centaines et des centaines d'yeux, bien que les créatures, quelles qu'elles fussent, prissent bien soin de ne jamais laisser voir leur corps dans le petit tremblotement des flammes. Pis encore, cela attirait des milliers de phalènes gris foncé ou noires, dont certaines étaient aussi grosses que la main, et qui venaient bruire autour de leurs oreilles. Ils ne purent le supporter, non plus que les énormes chauves-souris, d'un noir de chapeau haut de forme ; ils renoncèrent donc aux feux et restèrent la nuit à somnoler dans ces immenses et inquiétantes ténèbres.

Cela se poursuivit pendant un temps qui parut des siècles au hobbit ; et il avait toujours faim, car on faisait extrêmement attention aux provisions. Même ainsi, comme les jours succédaient aux jours et que la forêt paraissait rester toujours la même, l'inquiétude s'éveilla en eux. Les vivres ne dureraient pas éternellement : ils commençaient, en fait, à se raréfier. Les nains essayèrent de tirer les écureuils, et ils perdirent beaucoup de flèches avant d'en abattre un seul. Mais, rôti, il se révéla d'un goût horrible, et ils n'en tirèrent plus.

Ils avaient soif, aussi, car ils n'avaient pas trop d'eau et, de tout ce temps, ils n'avaient rencontré ni source, ni ruisseau. Tel était leur état quand, un jour, ils trouvèrent leur chemin bouché par de l'eau courante. Elle coulait, rapide et abondante, mais non très large à l'endroit du sentier, et elle était noire ou le paraissait dans l'obscurité. Il était heureux que Beorn les eût prévenus contre elle, sans quoi ils eussent bu en dépit de sa couleur et eussent rempli à ses rives quelques-unes de leurs outres vides. Mais, les choses étant ce qu'elles étaient, ils ne pensèrent qu'à la manière de traverser sans se mouiller. Il avait existé un pont de bois, mais, pourri, il s'était écroulé et il ne restait plus que les piles brisées près de la rive.

Agenouillé au bord pour scruter la rivière, Bilbo s'écria :

« Il y a une barque de l'autre côté ! Ah ! si elle avait pu être par ici !

– À quelle distance croyez-vous qu'elle se trouve ? demanda Thorïn, car ils savaient à présent que, de tous, c'était Bilbo qui avait les yeux les plus perçants.

– Elle n'est pas loin du tout. Pas à plus de douze mètres, je pense.

– Douze mètres ! J'aurais cru que cela faisait au moins trente, mais mes yeux n'y voient plus aussi bien qu'il y a une centaine d'années. Quoi qu'il en soit, douze mètres, ça ne vaut pas mieux qu'un mille. On ne peut pas les franchir d'un bond, et nous n'osons pas essayer de passer à gué ou de nager.

– L'un de vous peut-il lancer une corde ?

– À quoi bon ? La barque est certainement attachée, même si nous pouvions l'accrocher, ce dont je doute.

– Je ne crois pas qu'elle le soit, dit Bilbo, quoique, évidemment, je ne puisse en être sûr à cette lumière ; mais il me semble qu'elle vient d'être remontée sur la rive, qui est basse juste à cet endroit, où le sentier descend jusque dans l'eau.

– Dori est le plus fort, mais Fili est le plus jeune et c'est encore lui qui a la meilleure vue, dit Thorïn. Viens ici, Fili, et vois donc si tu peux attraper la barque dont parle M. Baggins. »

Fili pensa le pouvoir ; et, quand il eut regardé longuement pour se faire une idée de la direction, les autres lui apportèrent une corde. Ils en avaient plusieurs, et à l'extrémité de la plus longue ils fixèrent un des grands crochets de fer qui leur avaient servi à accrocher leurs paquets aux courroies passées sur leurs épaules. Fili le prit dans sa main, le balança un moment, puis le lança par-dessus la rivière. Plouf ! il tomba dans l'eau !

« Pas assez loin ! dit Bilbo qui scrutait plus en avant. Deux pieds de plus et vous auriez eu le bateau. Essayez de nouveau. Je ne pense pas que le charme soit assez fort pour vous faire du mal si vous ne touchez qu'un petit bout de corde mouillée. »

Fili ramassa le crochet quand il l'eut ramené mais non sans quelque difficulté quand même. Cette fois il le lança avec plus de vigueur.

« Du calme ! s'écria Bilbo ; vous l'avez lancé jusque dans le bois de l'autre côté, maintenant. Tirez-le doucement. » Fili tira doucement sur la corde, et peu après, Bilbo dit : « Attention ! Il est sur la barque ; espérons que le crochet va mordre. »

Il mordit. La corde se tendit et Fili tira en vain. Kili vint à son aide, puis Oïn et Gloïn. Ils tirèrent, tirèrent, et soudain tombèrent tous sur le dos. Bilbo était aux aguets toutefois ; il attrapa la corde et, avec un bâton, il tint à distance la petite barque noire qui arrivait impétueusement : « À l'aide ! » cria-t-il.

Et Balïn arriva juste à temps pour saisir l'embarcation avant qu'elle ne partît, entraînée par le courant.

« Elle était attachée, après tout, fit-il observer en regardant l'amarre qui se balançait encore. Ç'a été une bonne traction que vous avez faite, mes gars ; et il est heureux que notre corde ait été la plus solide.

– Qui va passer le premier ? demanda Bilbo.

– Moi, dit Thorïn, et vous viendrez avec moi, ainsi que Fili et Balïn. C'est tout ce que la barque peut contenir en une fournée. Après, ce sera Kili, Oïn, Gloïn et Dorïn ; ensuite, Ori et Nori, Bifur et Bofur ; et enfin Dwalïn et Bombur.

– C'est toujours moi le dernier, et je n'aime pas ça, dit Bombur. Que ce soit à quelqu'un d'autre, aujourd'hui !

– Tu ne devrais pas être aussi gros. Tel que tu es, il faut que tu sois le dernier et le plus léger chargement. Ne commence pas à récriminer contre les ordres, sans quoi il t'arrivera quelque chose de désagréable.

– Il n'y a pas de rames. Comment va-t-on renvoyer la barque de l'autre côté ? demanda le hobbit.

– Donnez-moi une autre longueur de corde et un autre crochet », dit Fili.

Et, quand on les lui eut préparés, il les lança dans les ténèbres devant lui, aussi haut qu'il le pouvait. Le crochet n'étant pas retombé, ils virent qu'il avait dû s'accrocher dans les branches.

« Attrapez-le, maintenant, dit Fili, et que l'un de vous tire sur la corde qui est accrochée à un arbre de l'autre côté. Il faut qu'un des autres ne lâche pas le premier crochet dont nous nous sommes servis et, quand nous serons bien arrivés sur l'autre bord, il n'aura qu'à le fixer et vous pourrez ramener la barque en la halant. »

Par ce moyen, ils se trouvèrent bientôt tous sains et saufs de l'autre côté de la rivière enchantée. Dwalïn venait d'escalader le bord et de se laisser glisser à terre, le rouleau de corde au bras, quand il se produisit quelque chose de fâcheux. Le bruit de sabots rapides se fit entendre dans le sentier qui se trouvait devant eux. De l'obscurité déboucha soudain la forme d'un cerf en pleine course. Il chargea droit sur les nains et les renversa comme des quilles, puis prit son élan pour un saut. Il s'éleva haut et franchit la rivière d'un seul bond puissant. Mais il n'atteignit pas sauf l'autre bord. Thorïn était le seul à avoir conservé son équilibre et sa présence d'esprit. Dès qu'ils avaient abordé, il avait bandé son arc et y avait placé une flèche pour le cas où serait apparu quelque gardien caché du bateau. Il décocha alors un coup sûr et rapide sur la bête bondissante. En arrivant sur l'autre rive, elle trébucha. Les ombres l'engloutirent, mais on entendit le bruit des sabots vaciller rapidement, puis cesser.

Avant toutefois qu'ils n'eussent eu le temps de pousser un cri de louange pour la sûreté du coup, un horrible gémissement de Bilbo écarta toute pensée de venaison « Bombur est tombé à l'eau ! Bombur se noie ! » criait-il.

Ce n'était que trop vrai. Bombur n'avait posé qu'un pied à terre quand la bête avait fondu sur lui et avait bondi. Il avait chancelé, rejetant la barque de la rive, puis il avait basculé dans l'eau noire et les racines limoneuses du bord avaient glissé entre ses doigts, tandis que la barque partait en pivotant lentement et disparaissait.

En accourant sur la rive, ils virent encore le capuchon au-dessus de l'eau. Ils lancèrent vivement dans sa direction une corde munie d'un crochet. Sa main s'en saisit, et ils le tirèrent à terre. Il était trempé des cheveux aux bottes, bien sûr, mais ce n'était pas le pire. Quand ils l'étendirent sur le sol, il était déjà plongé dans un profond sommeil, avec une main si fortement serrée sur la corde qu'ils ne purent lui faire lâcher prise ; et il demeura dans cet état en dépit de tous leurs efforts.

Ils étaient encore penchés sur lui, maudissant leur malchance et la maladresse de Bombur et pleurant la perte de l'embarcation qui les mettait dans l'impossibilité d'aller chercher le cerf, quand ils perçurent le faible bruit de cors et de chiens qui aboyaient au loin dans la forêt. Ils furent alors tous frappés de mutisme ; et, comme ils restaient là silencieux, il leur sembla entendre la rumeur d'une grande chasse qui passait au nord du sentier, bien qu'ils n'en vissent aucun signe.

Ils demeurèrent un long moment sans oser bouger. Bombur dormait, un sourire sur sa large face, comme s'il ne se souciait plus aucunement de toutes les anxiétés qui les assaillaient. Soudain, parurent sur le sentier en face d'eux des cervidés blancs, une biche et des faons aussi blancs que le cerf précédent était noir. Ils luisaient dans l'obscurité. Avant que Thorïn n'eût eu le temps de crier, trois des nains s'étaient dressés et avaient tiré des flèches. Aucune ne parut avoir atteint son but. Les cerfs firent volte-face et disparurent parmi les arbres aussi silencieusement qu'ils étaient venus, et ce fut en vain que les nains les poursuivirent de leurs flèches.

« Arrêtez ! Arrêtez ! » cria Thorïn.

Mais il était trop tard ; les nains excités avaient tiré leurs dernières flèches et maintenant les arcs fournis par Beorn n'étaient plus bons à rien.

Leur groupe fut assez sombre ce soir-là ; et cet assombrissement ne fit que s'accentuer au cours des jours suivants. Ils avaient passé la rivière enchantée ; mais au-delà, le sentier paraissait se poursuivre tout comme avant, et ils ne voyaient aucun changement dans la forêt. Pourtant, s'ils en avaient su plus long à ce sujet et s'ils avaient considéré la signification de la chasse et des cerfs blancs, ils auraient su qu'ils approchaient enfin de l'orée orientale et ils n'auraient pas tardé à arriver, pour peu qu'ils eussent pu maintenir leur courage et leurs espoirs, à des arbres plus clairsemés et à des lieux où le soleil perçait de nouveau.

Mais cela, ils l'ignoraient, et ils étaient chargés du lourd corps de Bombur, qu'ils étaient obligés de porter de leur mieux, assumant cette tâche ingrate par quatre à tour de rôle, tandis que les autres se partageaient leurs paquets. Si ces derniers n'étaient devenus que trop légers au cours des quelques derniers jours, les nains n'auraient jamais pu s'en tirer ; mais un Bombur endormi et souriant n'était qu'une piètre compensation de colis pleins de vivres, quelque lourds qu'ils fussent. Après peu de jours, vint le moment où il n'y eut pratiquement plus rien à manger ni à boire. Ils ne voyaient pousser dans la forêt aucune nourriture saine ; il n'y avait là que des champignons vénéneux et des herbes aux feuilles pâles et à l'odeur nauséabonde.

À environ quatre jours de la rivière enchantée, ils arrivèrent à une partie de la forêt dont la plupart des arbres étaient des hêtres. Ils furent tout d'abord enclins à se réjouir du changement, car il n'y avait pas de broussailles et l'ombre n'était plus aussi épaisse. Une lumière verte s'étendait autour d'eux et par endroits ils pouvaient voir à quelque distance de part et d'autre du sentier. La lumière ne leur révélait toutefois que des rangées sans fin de troncs gris et droits, tels les piliers de quelque immense salle crépusculaire. Il y avait un souffle d'air et un susurrement de vent, mais le son en était triste. Quelques feuilles descendirent en bruissant pour leur rappeler qu'au-dehors l'automne approchait. Leurs pieds agitaient les feuilles mortes d'innombrables automnes passés, lesquelles descendaient des profonds tapis rouges de la forêt le long des bords du sentier.

Bombur dormait toujours, et ils étaient très las. Par moments, ils entendaient un rire inquiétant. Parfois il y avait aussi un chant au loin. Le rire était celui de voix agréables, non pas de gobelins, et le chant était beau, mais il avait un son étrange et surnaturel ; ils n'en étaient pas réconfortés et mettaient toute la force qui leur restait à presser le pas pour sortir de ces endroits-là.

Deux jours plus tard, ils virent que leur chemin descendait et avant peu ils se trouvèrent dans une vallée presque entièrement occupée par un grand bois de chênes.

« Cette maudite forêt n'aura-t-elle donc jamais de fin ? s'écria Thorïn. Il faut que quelqu'un grimpe à un arbre et voie s'il peut passer la tête au-dessus des cimes pour regarder alentour. La seule solution est de choisir le plus élevé des arbres qui surplombent le chemin. »

« Quelqu'un » signifiait Bilbo, naturellement. Ils le choisirent du fait que, pour être de la moindre utilité, le grimpeur devait pouvoir passer la tête par-dessus les feuilles les plus élevées ; il lui fallait donc être assez léger pour que les branches les plus hautes et les plus ténues le supportassent. Le pauvre M. Baggins n'avait jamais beaucoup pratiqué l'escalade des arbres ; mais ils le hissèrent dans les basses branches d'un énorme chêne qui s'élevait juste au-dessus du chemin, et il dut continuer à grimper de son mieux. Il se fraya un chemin au travers des ramilles emmêlées, non sans recevoir maints coups dans les yeux ; il était tout verdi et sali par la vieille écorce des plus grandes branches ; plus d'une fois il glissa et ne se rattrapa que de justesse ; mais enfin, après un terrible effort dans un passage difficile où il semblait n'y avoir aucune branche accessible du tout, il arriva près du sommet. Durant toute l'ascension, il se demandait s'il y avait dans l'arbre des araignées et comment il allait pouvoir redescendre (autrement que par la chute).

Finalement, il passa la tête au-dessus de la voûte des feuilles, et alors il trouva bien des araignées. Mais ce n'étaient que de petites araignées, d'une taille ordinaire, et elles s'occupaient des papillons. Bilbo fut presque aveuglé par la lumière. Il entendit les nains l'appeler de très loin en dessous, mais il était incapable de répondre ; il ne pouvait que tenir bon et cligner des yeux. Le soleil brillait avec éclat, et il lui fallut un bon moment pour le supporter. Quand il parvint à rouvrir les yeux, il vit tout autour de lui comme une mer vert sombre, ondulant de-ci, de-là sous la brise ; et il y avait partout des centaines de papillons. Je suppose que c'était une sorte de « mars pourpre », ce papillon qui recherche les cimes des forêts de chênes, mais ceux-ci n'étaient pas pourpres du tout ; ils étaient d'un noir profond et velouté sans aucun dessin visible.

Bilbo observa longuement les « mars pourpres » et il jouit de la sensation de la brise dans ses cheveux et sur son visage ; mais les cris des nains qui, tout en bas, trépignaient tout simplement d'impatience le rappelèrent à sa véritable affaire. Il n'en fut pas plus avancé : il eut beau scruter de tous côtés, il ne vit aucune fin aux arbres et aux feuilles en quelque direction que ce fût. Son cœur, qui avait été tout réjoui par la vue du soleil et par la sensation du vent, se serra : il n'y avait, en bas, aucune nourriture vers laquelle se diriger.

En fait, je vous l'ai dit, ils n'étaient plus très éloignés de l'orée de la forêt ; et, si Bilbo avait eu le bon sens de le voir, l'arbre auquel il avait grimpé, bien que très haut en soi, se dressait près du fond d'une large vallée, de sorte que, de son faîte, les arbres paraissaient s'élever tout autour comme les bords d'une vaste cuvette, et il ne pouvait espérer voir jusqu'où s'étendait la forêt. Mais cela, il ne s'en rendit pas compte et il redescendit, empli de désespoir. Il arriva enfin au bas, tout égratigné, en nage, malheureux et incapable de rien voir dans l'obscurité. Son compte rendu laissa les autres aussi malheureux que lui-même.

« La forêt continue sans fin, sans fin, sans fin dans toutes les directions ! Au nom du Ciel, qu'allons-nous faire ? Et à quoi bon envoyer un hobbit ? » s'écrièrent-ils, comme si c'était sa faute.

Ils se moquaient pas mal des papillons, et ils ne furent que plus irrités quand il leur parla de la délicieuse brise que leur lourdeur les empêchait d'aller goûter là-haut.

Ce soir-là, ils mangèrent leurs dernières bribes et miettes et le lendemain matin, au réveil, la première chose qu'ils remarquèrent, ce fut qu'ils avaient encore une faim tenaillante ; la seconde fut qu'il pleuvait et que, par endroits, les gouttes tombaient lourdement sur le sol de la forêt. Cela ne fit que leur rappeler qu'ils avaient aussi une soif dévorante sans leur apporter aucun soulagement : on ne peut étancher une soif affreuse en se tenant sous les chênes géants pour attendre qu'une goutte vous tombe par chance sur la langue. La seule lueur de réconfort leur vint de manière tout inattendue de Bombur.

Il se réveilla soudain et se redressa, tout en se grattant la tête. Il n'arrivait pas à comprendre où il était, ni pourquoi il avait si faim ; car il avait oublié tout ce qui s'était passé depuis le matin de mai si éloigné où ils étaient partis pour leur voyage. La dernière chose dont il eût souvenance était la soirée chez le hobbit, et ils eurent grand-peine à lui faire accepter leur récit des nombreuses aventures qui leur étaient arrivées depuis lors.

À la nouvelle qu'il n'y avait rien à manger, il s'assit et se mit à pleurer, car il se sentait très faible avec les jambes flageolantes.

« Pourquoi me suis-je réveillé ? s'écria-t-il. Je faisais de si beaux rêves ! Je rêvais que je marchais dans une forêt assez semblable à celle-ci, mais éclairée par des torches apposées aux arbres, des lampes qui se balançaient aux branches et des feux qui brûlaient sur le sol ; et il s'y déroulait en permanence un grand festin. Un roi sylvestre était là, couronné de feuilles ; des chants joyeux résonnaient de toutes parts, et je ne saurais ni compter ni décrire tout ce qu'il y avait à manger et à boire.

– Ce n'est pas la peine d'essayer, dit Thorïn. En fait, si tu ne peux parler d'autre chose, tu ferais mieux de te taire. Nous sommes déjà assez encombrés de toi comme cela. Si tu ne t'étais pas réveillé, nous t'aurions abandonné à tes rêves idiots dans la forêt ; tu n'es pas drôle à porter même après des semaines de maigre pitance. »

Il n'y avait plus d'autre solution maintenant que de se serrer la ceinture sur leur ventre creux, de rendosser les sacs et les paquets vides et de reprendre péniblement la piste sans grand espoir de parvenir à son extrémité avant de s'étendre pour mourir d'inanition. Ils cheminèrent donc toute cette journée, d'un pas très lent et très las ; tandis que Bombur ne cessait de gémir que ses jambes ne voulaient plus le porter et qu'il souhaitait s'étendre et dormir.

« Non ! dirent les autres. Que tes jambes en aient leur part ; nous t'avons porté assez longtemps. »

Malgré tout, il refusa soudain de faire un pas de plus, et il se jeta à terre.

« Continuez, s'il le faut, dit-il. Moi, je vais rester couché ici pour dormir et rêver de nourriture, si je ne puis en obtenir d'aucune autre manière. J'espère ne plus jamais me réveiller. »

À ce moment même, Balïn, qui se trouvait un peu en avant, cria : « Qu'était-ce que cela ? Il m'a semblé voir une lumière scintiller dans la forêt. »

Tous regardèrent, et, à une grande distance, ils crurent distinguer un clignotement rouge dans les ténèbres ; puis un autre, et un autre encore surgirent à côté. Même Bombur se leva, et ils se portèrent en avant sans craindre que ce fussent des trolls ou des gobelins. La lumière était devant eux, à gauche du sentier ; et quand ils furent enfin arrivés à sa hauteur, ils constatèrent que des torches et des feux étaient allumés sous les arbres, mais à assez grande distance de leur piste.

« On dirait que mes rêves se réalisent », dit Bombur, haletant derrière eux.

Il voulait se précipiter tout droit dans la forêt vers les lumières. Mais les autres ne se rappelaient que trop bien les avertissements du magicien et de Beorn.

« Un festin ne servirait à rien, si nous ne devions jamais en revenir vivants, dit Thorïn.

– Mais sans festin, nous ne resterons pas longtemps vivants, de toute façon », dit Bombur, et Bilbo acquiesça du fond du cœur.

Ils discutèrent longuement du pour et du contre, jusqu'au moment où ils finirent par décider d'envoyer deux espions, qui s'approcheraient furtivement des lumières pour en savoir plus long. Mais alors ils ne purent s'accorder sur le choix de ceux qui iraient : aucun ne semblait prêt à courir le risque de se perdre et de ne jamais retrouver ses amis. Finalement, en dépit des avertissements, la faim les décida, parce que Bombur ne cessait de décrire toutes les bonnes choses que l'on mangeait, d'après son rêve, dans le festin sylvestre ; ils quittèrent donc tous le sentier et plongèrent d'un commun accord dans la forêt.

Après un bon moment de rampement ils risquèrent un coup d'œil de derrière les arbres et virent une clairière dans laquelle quelques arbres avaient été abattus et où le sol avait été nivelé. Il y avait là beaucoup de gens ressemblant à des elfes, tous vêtus en vert et brun, assis en un grand cercle sur des tronçons d'arbres abattus. Il y avait un feu au centre, et des torches étaient fixées à certains arbres alentour. Mais le plus beau du spectacle était qu'ils mangeaient et buvaient en riant joyeusement.

L'odeur des viandes rôties était si enchanteresse que, sans prendre le temps de se consulter, tous se levèrent et se précipitèrent vers le cercle avec la seule idée de mendier un peu de nourriture. À peine le premier avait-il posé le pied dans la clairière, que toutes les lumières s'éteignirent comme par magie. Quelqu'un donna un coup de pied dans le feu, qui s'éleva en fusées d'étincelles scintillantes et s'évanouit. Ils se trouvèrent perdus dans une obscurité totale et ils ne purent se retrouver mutuellement, pendant un long moment en tout cas. Après force tâtonnements frénétiques dans les ténèbres, chutes sur des tronçons de bois, heurts fracassants contre les arbres, cris et appels à réveiller toute la forêt à des milles à la ronde, ils parvinrent à se rassembler en un seul paquet et à se compter au toucher. À ce moment, ils avaient naturellement perdu toute idée de la direction dans laquelle se trouvait le sentier, et ils étaient tous perdus sans espoir, au moins jusqu'au matin.

Ils n'avaient plus qu'à s'installer pour la nuit là où ils étaient ; ils n'osèrent même pas chercher à terre des bribes de nourriture de crainte d'être de nouveau séparés. Mais ils n'étaient pas étendus depuis bien longtemps et Bilbo commençait juste à s'assoupir, quand Dori, qui était le premier à monter la garde, murmura assez fort :

« Les lumières ressortent là-bas, et il y en a plus que jamais. »

Ils bondirent tous. Et là, pas très loin, se voyaient quantité de lumières clignotantes ; ils entendaient aussi très nettement les voix et les rires. Ils se glissèrent lentement dans cette direction, à la queue leu leu, chacun touchant le dos de celui qui le précédait.

Quand ils furent près, Thorïn dit : « Il ne faut pas se précipiter en avant, cette fois ! Personne ne doit cesser de se cacher avant que je ne le dise. Je vais envoyer en premier M. Baggins seul pour leur parler. Ils n'auront pas peur de lui — (« Mais moi d'eux ? » pensa Bilbo) — et, en tout cas, j'espère qu'ils ne lui feront pas de mal. »

Arrivés au bord du cercle de lumières, ils poussèrent soudain Bilbo par-derrière. Avant qu'il n'eût eu le temps de passer son anneau à son doigt, il trébucha en avant dans tout le flamboiement du feu et des torches. Inutile ! Les lumières s'éteignirent toutes de nouveau, et l'obscurité complète retomba.

S'il leur avait été difficile de se rassembler précédemment, ce fut bien pis cette fois-ci. Et ils ne purent tout simplement pas retrouver le hobbit. Chaque fois qu'ils se comptaient, cela ne faisait jamais que treize. Ils appelèrent, ils crièrent : « Bilbo Baggins ! Hobbit ! Sacré hobbit ! Holà ! Que le diable vous emporte, où êtes-vous ? » et autres choses de ce genre ; mais il n'y eut aucune réponse.

Ils allaient abandonner tout espoir, quand Dori buta sur lui par pure chance. Dans les ténèbres, il tomba par-dessus quelque chose qu'il prit pour une grosse bûche, et il découvrit que c'était le hobbit ramassé sur lui-même et dormant profondément. Il fallut beaucoup le secouer pour le réveiller et, quand il le fut, il n'était pas du tout content.

« Je faisais un si beau rêve, grogna-t-il ; c'était tout sur le plus somptueux des dîners.

– Juste Ciel ! le voilà devenu comme Bombur, dirent-ils. Ne nous parlez pas de rêves. Les dîners en rêve, ça ne sert à rien et on ne peut pas les partager.

– Ce sont les meilleurs que j'aurai sans doute dans ce sale endroit », murmura-t-il, tandis qu'il s'étendait à côté des nains et essayait de se rendormir pour retrouver son rêve.

Mais ce n'en était pas fini des lumières dans la forêt. Plus tard, quand la nuit fut très avancée, Kili, qui était de garde, vint les réveiller tous de nouveau, disant :

« Il y a un véritable flamboiement de lumière qui a commencé non loin — des centaines de torches et de nombreux feux ont dû être allumés soudain par magie. Et écoutez le chant et les harpes ! »

Après être restés un moment couchés à écouter, ils s'aperçurent qu'ils ne pouvaient résister au désir d'approcher et de tenter une fois encore d'obtenir de l'aide. Les voilà donc debout ; et cette fois, le résultat fut désastreux. Le festin qu'ils virent alors était plus grand et plus magnifique qu'auparavant ; et à la tête d'une longue rangée de convives siégeait un roi sylvestre, qui portait une couronne de feuilles sur sa chevelure dorée et ressemblait fort au personnage que Bombur avait décrit d'après son rêve. Les elfes se passaient des coupes de main en main et par-dessus les feux ; certains jouaient de la harpe, et beaucoup chantaient. Leur chevelure miroitante était entrelacée de fleurs ; des gemmes vertes et blanches étincelaient sur leurs cols et leurs ceintures ; et leurs visages comme leurs chants étaient remplis de gaieté. Sonores, clairs et beaux étaient ces chants, et Thorïn s'avança parmi les banqueteurs.

Un silence de mort tomba au milieu d'un mot. Toute lumière s'éteignit. Les feux s'élevèrent en fumées noires. Des cendres retombèrent dans les yeux des nains, et la forêt retentit de nouveau de leur clameur et de leurs cris.

Bilbo se trouva en train de courir en rond (à ce qu'il pensa) et d'appeler sans relâche : « Dori, Nori, Ori, Oïn, Gloïn, Fili, Kili, Bombur, Bifur, Bofur, Dwalïn, Balïn Thorïn Oakenshield », tandis que des gens qu'il ne pouvait ni voir ni toucher faisaient de même tout autour de lui (avec de temps à autre un « Bilbo ! » additionnel). Mais les cris des autres se firent graduellement plus lointains et plus faibles et, bien qu'après un moment ils lui semblassent se muer en hurlements et en appels au secours à très grande distance, tout bruit finit par s'évanouir complètement, et il resta seul au milieu d'un silence complet dans les ténèbres totales.

Ce fut un des moments les plus affreux de sa vie. Mais il décida bientôt qu'il ne servait à rien de tenter quoi que ce fût avant que l'aube n'apportât un peu de lumière, et qu'il était parfaitement inutile de tourner à l'aveuglette jusqu'à l'épuisement sans aucun espoir de petit déjeuner pour se ranimer. Il s'assit donc, le dos contre un tronc d'arbre, et se mit à penser — ce ne serait pas la dernière fois — à son lointain trou de hobbit aux merveilleuses réserves. Il était plongé dans des pensées d'œufs au lard et de rôties beurrées, quand il sentit un contact. Il avait contre la main gauche une sorte de ficelle, forte et gluante, et quand il essaya de bouger, il s'aperçut que ses jambes étaient déjà enveloppées de la même matière, de telle sorte que, se levant, il bascula.

Alors, la grande araignée qui l'avait lié pendant son assoupissement s'avança de derrière et se jeta sur lui. Il ne voyait que les yeux de l'animal, mais il sentait ses pattes velues, comme l'araignée se démenait pour l'entortiller dans ses abominables fils. Il avait par chance repris conscience à temps. Un peu plus, et il aurait été dans l'incapacité de faire le moindre mouvement. Même ainsi, il dut lutter désespérément pour se libérer. Il repoussa avec ses mains l'animal qui tentait de l'empoisonner pour le faire tenir tranquille, comme les petites araignées font avec les mouches, jusqu'au moment où, se souvenant de l'épée, il la tira. L'araignée fit alors un bond en arrière et il eut le temps de libérer ses jambes en tranchant les fils. Après quoi, ce fut son tour d'attaquer. L'araignée n'était pas habituée, de toute évidence, à des choses qui portaient au côté de tels dards, sans quoi elle eût mis plus de hâte à s'enfuir. Bilbo l'attaqua avant qu'elle n'eût eu le temps de disparaître et il la perça de son épée en plein dans les yeux. L'animal devint alors fou ; il sauta en l'air, trépigna et jeta ses pattes de droite et de gauche en d'horribles bonds, jusqu'au moment où Bilbo le tua d'un nouveau coup d'épée ; après quoi, il tomba et perdit conscience pendant un long moment.

Quand il revint à lui, il y avait alentour l'habituelle lumière grise et terne du jour forestier. L'araignée gisait morte à son côté et la lame de son épée était tachée de noir. Le fait d'avoir tué l'araignée géante, tout seul dans les ténèbres sans l'aide du magicien, des nains ni de personne, modifia grandement les choses pour M. Baggins. Essuyant son épée dans l'herbe avant de la remettre au fourreau, il se sentit un personnage différent, beaucoup plus féroce et plus hardi en dépit de son estomac vide.

« Je vais te donner un nom, lui dit-il. Tu t'appelleras *Dard.* »

Après cela, il se lança dans l'exploration. La forêt était menaçante et silencieuse ; mais manifestement la première chose à faire était de chercher ses amis, qui ne pouvaient être bien loin, à moins d'avoir été faits prisonniers par les elfes (ou des êtres pires). Bilbo sentait le danger qu'il y avait à crier, et il resta un bon moment à se demander dans quelle direction se trouvait le sentier où il devait d'abord aller à la recherche des nains.

« Ah ! que ne nous sommes-nous souvenus des conseils de Beorn et de Gandalf ! gémit-il. Dans quel pétrin nous voilà maintenant ! Nous ! Je voudrais bien que ce fût *nous* : il est horrible d'être seul. »

Finalement, il hasarda la meilleure conjecture qu'il pouvait sur la direction d'où étaient venus les appels au secours dans la nuit — et la chance (il était né sous une bonne étoile) voulut qu'il devinât plus ou moins juste, comme on le verra. Sa décision prise, il partit en catimini avec toute l'adresse qu'il pouvait déployer. Les hobbits sont particulièrement doués pour le silence, surtout dans les bois, comme je vous l'ai déjà dit ; et Bilbo avait enfilé son anneau avant de partir. C'est pourquoi les araignées ne l'entendirent ni ne le virent venir.

Il avait parcouru une certaine distance avec précaution et à pas de loup, quand il remarqua devant lui un endroit où s'étendait une ombre dense et noire, noire même pour cette forêt ; c'était comme un morceau de nuit qui n'eût jamais disparu. En s'approchant, il vit que l'ombre était faite de toiles d'araignée, l'une derrière l'autre, superposées et tout emmêlées. Il vit aussi qu'il y avait, installées dans les branches au-dessus de lui, des araignées énormes et horribles ; et en dépit de son anneau, il trembla de la peur d'être découvert. Debout derrière un arbre, il observa pendant quelque temps un groupe de ces bêtes, et puis, dans le silence et l'immobilité de la forêt, il s'aperçut que ces créatures repoussantes se parlaient entre elles. Leur voix était une sorte de grincement et de chuintement ténu, mais il put distinguer nombre des mots qu'elles prononçaient. Elles parlaient des nains !

« La lutte a été chaude, mais elle en valait la peine, dit l'une. Quelle vilaine peau épaisse ils ont, vrai ! mais je gage qu'il y a du bon jus à l'intérieur.

– Oui, ils feront un excellent mets après quelque temps de mortification, dit une autre.

– Ne les laissez pas faisander trop longtemps, dit une troisième. Ils ne sont pas aussi gras qu'ils le devraient. Ils n'ont pas dû être trop bien nourris ces derniers temps.

– Il faut les tuer, moi je dis, siffla une quatrième ; tuez-les tout de suite, et suspendez-les morts pendant quelque temps.

– Ils doivent être morts maintenant, je parie, dit la première.

– Pour ça non. J'en ai vu un se débattre il y a un instant. Il reprenait ses esprits, je pense, après un merveilleux sommeil. Je vais vous faire voir. »

Sur quoi, l'une des grosses araignées courut le long d'une corde jusqu'à ce qu'elle fût arrivée auprès d'une douzaine de paquets suspendus en rang à une haute branche. Bilbo fut horrifié, maintenant qu'il les remarquait pour la première fois oscillant dans les ombres, de voir un pied de nain sortir du fond de certains des paquets ou par-ci, par-là le bout d'un nez, une touffe de barbe et un pan de capuchon.

L'araignée se dirigea vers le plus gros de ces paquets — « C'est ce pauvre Bombur, je parie », pensa Bilbo — et elle pinça fortement le nez qui dépassait. Il y eut dans le paquet un glapissement étouffé, un pied jaillit et frappa en plein et durement l'araignée. Bombur était toujours bien vivant. Il y eut un bruit semblable à celui d'un coup de pied dans un ballon flasque, et l'araignée furieuse tomba de la branche et ne se rattrapa que de justesse grâce à son propre fil.

Les autres rirent : « Vous ne vous trompiez pas, dirent-elles, la viande est vivante et elle rue !

– Je vais sans tarder mettre un terme à cet état de choses », siffla l'araignée en colère, tout en regrimpant sur la branche.

Bilbo vit que le moment était venu de faire quelque chose. Il ne pouvait atteindre les brutes, et il n'avait pas de quoi tirer sur elles ; mais en regardant alentour, il vit qu'en cet endroit il y avait beaucoup de pierres qui gisaient dans ce qui semblait le lit d'un petit cours d'eau maintenant asséché. Il était assez bon tireur à la pierre, et il ne lui fallut pas longtemps pour en trouver une bien lisse, en forme d'œuf, qui convenait bien à sa main. Enfant, il avait accoutumé de s'exercer à lancer des pierres sur les choses, au point que les lapins, les écureuils et même les oiseaux déguerpissaient comme l'éclair dès qu'ils le voyaient se baisser ; et, même adulte, il avait encore passé une certaine partie de son temps à jouer au palet, aux fléchettes, au tir à la baguette, aux boules, aux quilles et autres jeux tranquilles qui consistent à viser et à lancer — en fait, il savait faire une foule d'autres choses que souffler des ronds de fumée, poser des devinettes et faire la cuisine, bien que je n'aie pas eu le loisir de vous en parler. Je n'en ai pas le temps à présent. Pendant qu'il ramassait des pierres, l'araignée était arrivée auprès de Bombur et celui-ci n'aurait pas tardé à être un nain mort, si Bilbo n'avait lancé une pierre. Le projectile frappa l'araignée en pleine tête, et elle chut avec un bruit sourd, inanimée et les pattes recroquevillées, sur le sol.

La pierre suivante partit en sifflant à travers une grande toile, en déchirant les fils et, vlan ! emportant, morte, l'araignée qui siégeait au centre. Après cela, la plus grande confusion régna dans la colonie arachnéenne, et elles oublièrent quelque peu les nains, je vous le jure. Elles ne pouvaient voir Bilbo, mais il leur était aisé de deviner d'où venaient les pierres. Comme l'éclair, elles accoururent vers le hobbit en se balançant et en jetant de tous côtés leurs longs fils, de telle sorte que l'air parut bientôt rempli de filets ondoyants.

Bilbo, toutefois, se glissa bientôt à un autre endroit. L'idée lui vint d'entraîner, s'il le pouvait, les araignées furieuses de plus en plus loin des nains ; d'aiguiser leur curiosité, de les exciter et de les irriter tout à la fois. Quand une cinquantaine d'entre elles furent allées à l'endroit où il se trouvait précédemment, il leur lança encore des pierres, ainsi qu'à d'autres qui s'étaient arrêtées par-derrière ; puis, dansant parmi les arbres, il se mit à chanter une chanson destinée à les rendre furieuses et à les attirer toutes à lui, en même temps qu'à permettre aux nains d'entendre sa voix.

Voici ce qu'il chanta :

La vieille grosse araignée file dans un arbre !
La vieille grosse araignée ne me voit pas !
Attercop ! Attercop * !
Ne veux-tu pas arrêter,

* Terme désuet signifiant araignée, mais principalement venimeuse.

Arrêter ton filage pour me chercher ?
La Vieille Nigaude, toute grosse,
La Vieille Nigaude ne peut m'apercevoir !
  Attercop ! Attercop !
  Laisse-toi tomber !
Jamais tu ne m'attraperas là-haut dans ton arbre !

Ce n'était peut-être pas une bien bonne chanson, mais il faut se rappeler qu'il l'avait improvisée lui-même, sous l'inspiration d'un moment très fâcheux. Elle eut le résultat désiré, en tout cas. Tout en chantant, il lança encore des pierres et frappa du pied. Pratiquement toutes les araignées qui se trouvaient là vinrent après lui : les unes tombèrent à terre, d'autres coururent le long des branches, se balancèrent d'arbre en arbre ou lancèrent de nouvelles cordes en travers des espaces obscurs. Elles se portèrent vers ses bruits beaucoup plus vite qu'il ne s'y attendait. Elles étaient terriblement en colère. En dehors de toute question de pierres, aucune araignée n'aime s'entendre appeler Attercop, et Nigaude est insultant pour n'importe qui, bien sûr.

Bilbo fila à un nouvel endroit, mais plusieurs des araignées avaient alors couru à différents points de la clairière où elles vivaient, et elles s'affairaient à tendre des toiles en travers de tous les espaces entre les troncs. Très vite, le hobbit serait pris dans l'épaisse barrière qui l'entourerait de toutes parts — tout au moins était-ce leur idée. Debout au milieu des insectes chasseurs et fileurs, Bilbo rassembla son courage et entama une nouvelle chanson :

Lob la molle et Cob la folle
tissent des toiles pour m'entortiller.
Je suis bien plus frais que tout autre mets,
mais elles ne peuvent tout de même pas me trouver !

Je suis ici, méchante petite mouche ;
vous êtes grosses et molles.
Vous ne pouvez me piéger, malgré vos efforts
dans vos stupides toiles.

Là-dessus, il se retourna et vit que le dernier espace entre deux hauts arbres avait été barré par une toile — mais heureusement pas une toile adéquate : ce n'étaient que de grands torons de cordes d'araignées de double épaisseur, tendues d'un tronc à l'autre en un mouvement hâtif de navette. Il tira sa petite épée. Il en taillada les fils et s'en fut en chantant.

Les araignées virent l'épée, sans savoir ce que c'était, je suppose ; et aussitôt toute leur cohorte se précipita, sur le sol et le long des branches, à la poursuite du hobbit, agitant leurs pattes velues, claquant pinces et filières, yeux exorbités, écumantes et pleines de rage. Elles le suivirent dans la forêt jusqu'à ce qu'il fût allé aussi loin qu'il l'osait. Alors, plus silencieux qu'une souris, il revint en tapinois sur ses pas.

Il ne disposait que d'un temps très restreint, il le savait, avant que les araignées, dégoûtées, ne revinssent à leurs arbres, où les nains étaient suspendus. Il lui fallait les délivrer dans ce court intervalle. Le plus difficile de l'affaire fut de grimper jusqu'à la longue branche où se balançaient les paquets. Je ne pense pas qu'il y serait parvenu, si une araignée n'avait heureusement laissé pendre de là une corde ; grâce à cette aide, bien qu'elle lui collât à la main et lui cuisît, il monta tant bien que mal — pour se trouver nez à nez avec une méchante vieille araignée, grosse et lente, qui était restée sur place pour garder les prisonniers, et qui avait passé son temps à les pincer pour voir lequel serait le plus juteux à manger. Elle avait pensé commencer le festin en l'absence des autres, mais Baggins était pressé et avant que l'araignée ne sût ce qui se passait, elle ressentit son dard et tomba de la branche, morte.

La tâche suivante fut de libérer un nain. Que devait faire Bilbo ? S'il tranchait la corde qui le tenait suspendu, le malheureux nain choirait brutalement à terre, assez loin en dessous. Se faufilant le long de la branche (ce qui fit danser et bringuebaler tous les pauvres nains comme des fruits mûrs), il atteignit le premier paquet.

« C'est Fili ou Kili, pensa-t-il à la vue de la pointe d'un capuchon bleu qui dépassait au sommet. Plus probablement Fili », se dit-il d'après le bout d'un long nez qui pointait à travers les fils entortillés.

Il parvint, en se penchant, à couper la plupart des gros fils gluants qui liaient le nain comme un saucisson, et alors, avec un coup de pied et quelque effort, surgit effectivement Fili. Je dois dire que Bilbo ne put se retenir de rire à la vue du nain secouant par saccades ses bras et ses jambes engourdis tandis qu'il dansait sur le fil de l'araignée passé sous ses aisselles, tout comme un de ces jouets comiques qui s'agitent sur un fil de fer.

De façon ou d'autre, Fili fut remonté sur la branche, et alors il fit tout son possible pour aider le hobbit, bien qu'il se sentît très malade et nauséeux de par le poison de l'araignée et du fait d'être resté pendu la plus grande partie de la nuit et le lendemain, tout entortillé, le nez seul pointant au-dehors pour lui permettre de respirer. Il lui fallut une éternité pour se débarrasser les yeux et les sourcils de l'infecte substance ; quant à sa barbe, il dut en couper la plus grande partie. Enfin... À eux deux, ils se mirent en devoir de hisser les nains l'un après l'autre et de les libérer en taillant dans leur cocon. Aucun n'était en meilleur état que Fili ; certains étaient même plus mal en point. Les uns avaient à peine pu respirer (les longs nez ont leur utilité, on le voit), et d'autres avaient été plus empoisonnés.

Ils délivrèrent ainsi Kili, Bifur, Bofur, Dori et Nori. Le pauvre vieux Bombur était tellement épuisé — c'était le plus gras, et on l'avait sans cesse pincé et piqué du doigt — qu'il roula tout simplement de la branche et tomba, floc ! sur le sol, mais heureusement sur un lit de feuilles, où il resta étendu. Il restait cependant cinq nains suspendus au bout de la branche, quand les araignées commencèrent de revenir, plus enragées que jamais.

Bilbo alla aussitôt à l'extrémité de la branche la plus proche du tronc et arrêta celles qui montaient. Il avait retiré son anneau quand il avait libéré Fili et il avait oublié de le remettre, de sorte que les araignées commencèrent toutes à chuinter en postillonnant : « Ah ! on te voit maintenant, sale petite créature ! On te mangera, et après on laissera tes os et ta peau suspendus à un arbre. Il a un dard ? Bah ! ça ne nous empêchera pas de l'attraper, et alors on le suspendra la tête en bas pendant un jour ou deux. »

Cependant, les autres nains s'occupaient du reste des captifs et coupaient les fils avec leurs couteaux. Bientôt ils seraient tous libres, encore qu'on ne sût trop ce qui allait se passer après cela. Les araignées n'avaient pas eu grand-peine à les prendre la nuit précédente, mais cela, c'était à l'improviste et dans les ténèbres. Cette fois-ci, il semblait qu'il dût y avoir une horrible bataille.

Soudain, Bilbo s'aperçut que quelques araignées s'étaient assemblées autour de Bombur étendu à terre ; elles l'avaient de nouveau ligoté et elles s'employaient à l'entraîner. Il poussa un cri et donna de grands coups d'épée dans les araignées qu'il avait devant lui. Elles cédèrent vite ; il s'avança à quatre pattes sur la branche et tomba au beau milieu de celles qui étaient en bas. Sa petite épée représentait pour elles une expérience nouvelle en matière de piqûre. Avec quelle vivacité elle allait et venait ! Quand il perçait ses ennemies, elle luisait de plaisir. Il en avait déjà tué une demi-douzaine avant que les autres ne se retirassent, laissant Bombur entre ses mains.

« Descendez ! descendez ! cria-t-il aux nains qui étaient dans les branches. Ne restez pas là-haut pour vous faire prendre au filet. »

Il voyait en effet des araignées grimper à tous les arbres environnants et ramper le long des branches au-dessus de la tête des nains.

Ceux-ci descendirent en jouant des pieds et des mains, sautant ou dégringolant, à onze en un tas, la plupart fort chancelants et de peu d'efficacité sur leurs jambes. Mais ils étaient finalement là tous les douze en comptant le pauvre vieux Bombur, soutenu de part et d'autre par son cousin Bifur et son frère Bofur ; Bilbo, lui, dansait de tous côtés en brandissant son dard, et des centaines d'araignées en colère le regardaient en roulant des yeux, tout alentour et au-dessus. La situation semblait assez désespérée.

Alors commença la bataille. Certains des nains avaient des couteaux, d'autres des bâtons et tous des pierres à leur disposition ; quant à Bilbo, il avait son poignard d'elfe. Maintes et maintes fois les araignées furent repoussées, et beaucoup furent tuées. Mais cela ne pouvait durer longtemps. Bilbo était presque épuisé : quatre des nains seulement étaient capables de tenir fermement sur leurs jambes et ils n'allaient pas tarder à être tous maîtrisés comme des mouches fatiguées. Déjà les araignées recommençaient à tisser leurs toiles d'un arbre à l'autre tout autour d'eux.

Finalement, Bilbo ne put trouver d'autre plan que de livrer aux nains le secret de l'anneau. Il en était un peu marri, mais il n'y avait pas moyen de faire autrement.

« Je vais disparaître, dit-il. Je vais attirer les araignées d'un autre côté, si je le puis ; pour vous, vous devez rester ensemble et partir dans la direction opposée. Par là, vers la gauche, c'est plus ou moins le chemin de l'endroit où nous avons vu en dernier les feux des elfes. »

Bilbo eut de la peine à se faire comprendre, avec leurs têtes qui tournaient, les cris, le bruit des coups de bâton et le choc des pierres ; mais enfin il sentit qu'il ne pouvait plus différer — les araignées resserraient de plus en plus leur cercle. Il glissa soudain l'anneau à son doigt et, au grand étonnement des nains, il disparut.

Tout à coup résonnèrent parmi les arbres sur la droite les « Lob la Molle » et les « Attercop ». Les araignées en furent fort bouleversées. Elles cessèrent d'avancer, et quelques-unes partirent en direction de la voix. « Attercop » les rendait si furieuses qu'elles en perdaient l'esprit. Balïn, qui avait saisi mieux que les autres le plan de Bilbo, mena alors une attaque. Les nains se ramassèrent en un groupe compact ; lançant une pluie de pierres, ils marchèrent contre les araignées sur la gauche et percèrent leur cercle. Loin derrière eux, à présent, les cris et les chants cessèrent soudain.

Espérant éperdument que Bilbo n'avait pas été pris, les nains poursuivirent leur marche. Pas assez vite, toutefois. Ils étaient malades et fatigués, et ils ne pouvaient guère aller qu'en clopinant et en chancelant, bien qu'un grand nombre des araignées fussent sur leurs talons. Par moments, ils devaient se retourner pour combattre les créatures qui les rattrapaient ; et déjà il y avait dans les arbres au-dessus de leurs têtes des araignées qui jetaient vers le sol leurs longs fils collants.

La situation paraissait de nouveau assez mauvaise, quand soudain Bilbo reparut et, à l'improviste, chargea de flanc les araignées surprises.

« Continuez ! Continuez ! cria-t-il. Je me charge des piqûres ! »

Ce qu'il fit. Il allait et venait comme l'éclair, tailladant les fils des araignées, leur hachant les pattes et transperçant leurs gros corps si elles approchaient trop. Les araignées, gonflées de colère, lançaient leur salive, écumaient et sifflaient d'horribles malédictions ; mais elles avaient une peur mortelle de Dard et elles n'osaient venir très près maintenant qu'elle avait reparu. Aussi, elles pouvaient bien jurer tout leur soûl, leur proie s'éloignait lentement, mais constamment. Ce fut une terrible affaire, qui parut durer des heures. Mais enfin, au moment où Bilbo se sentait incapable de lever le bras pour porter un seul coup de plus, les araignées, renonçant soudain, cessèrent de le suivre et regagnèrent, déçues, leur sombre colonie.

Les nains remarquèrent alors qu'ils étaient arrivés au bord d'un cercle où il y avait eu des feux d'elfes. Que ce fût un de ceux qu'ils avaient vus la veille, ils ne pouvaient le déterminer. Mais il restait sans doute en pareils endroits quelque bon enchantement que les araignées n'aimaient guère. En tout cas, la lumière y était plus verte, les branches moins épaisses et moins menaçantes, et ils eurent la possibilité de se reposer et de reprendre haleine.

Ils restèrent là quelque temps à souffler et à haleter. Mais, très bientôt, ils se mirent à poser des questions. Ils tinrent à se faire expliquer très clairement toute l'affaire de la disparition, et la découverte de l'anneau les intéressa au point de leur faire oublier un moment leurs propres difficultés. Balïn, en particulier, insista pour se faire répéter de bout en bout l'histoire de Gollum avec les devinettes et tous les détails, l'anneau en juste place. Mais, après un moment, la lumière commença de manquer, et alors d'autres questions se présentèrent. Où se trouvait-on, où était le chemin, où y avait-il de la nourriture et qu'allait-on faire ensuite ? Ces questions, ils se les posèrent maintes et maintes fois et c'était du petit Bilbo qu'ils semblaient attendre les réponses. Comme quoi, vous pouvez voir qu'ils avaient tout à fait changé d'opinion sur M. Baggins et qu'ils commençaient d'éprouver un grand respect à son égard (comme Gandalf l'avait prédit). En vérité, ils comptaient réellement qu'il trouverait quelque plan merveilleux pour les aider, et ils ne faisaient pas que grogner. Ils savaient fort bien que sans le hobbit ils n'eussent pas tardé à être tous morts ; et ils l'en remercièrent bien des fois. Certains allèrent jusqu'à se lever et à se courber jusqu'à terre devant lui ; encore basculèrent-ils dans leur effort et ne purent-ils tout de suite se remettre sur leurs jambes. La connaissance de la vérité sur la disparition de Bilbo ne diminuait en rien l'opinion qu'ils avaient de lui ; car ils voyaient qu'il était doué de ressources, en même temps que de chance et d'un anneau magique. En fait, ils le plaçaient si haut que Bilbo commença de sentir qu'il y avait réellement en lui, après tout, l'étoffe d'un hardi aventurier ; mais il se fût senti encore beaucoup plus hardi s'il y avait eu quelque chose à manger.

Or il n'y avait rien, rien de rien ; et aucun d'entre eux n'était en état d'aller en quête de quoi que ce fût, non plus que de rechercher le sentier perdu. Le sentier perdu ! La tête fatiguée de Bilbo ne pouvait concevoir d'autre idée. Il restait là, les yeux fixés sur les arbres sans fin qu'il avait devant lui ; et après un moment tous retombèrent dans le mutisme. Tous sauf Balïn. Bien après que les autres eurent cessé de parler et fermé les yeux, il continua de marmonner et de pousser pour lui-même des petits rires étouffés.

« Gollum ! Par exemple ! C'est donc comme ça qu'il est passé en catimini près de moi ! Maintenant, je sais. Vous vous êtes simplement faufilé, hein, monsieur Baggins ? Des boutons partout sur le seuil ! Ce bon vieux Bilbo… Bilbo… bo… bo… bo. »

Là-dessus, il s'assoupit, et un silence complet régna pendant un long moment.

Tout à coup, Dwalïn ouvrit un œil et regarda alentour.

« Où est Thorïn ? » demanda-t-il.

Ce fut un coup terrible. Naturellement ils n'étaient que treize : douze nains et le hobbit. Oui, vraiment, où était Thorïn ? Ils se demandaient quel sort funeste lui était advenu : sortilège ou monstres sombres ? et ils frissonnèrent, perdus qu'ils étaient dans la forêt. Là, ils tombèrent l'un après l'autre dans un sommeil inquiet, rempli de cauchemars horribles, tandis que le soir se muait en nuit noire ; et c'est ainsi que nous devons les laisser pour le moment, trop malades et trop fatigués pour poster des sentinelles ou prendre la garde à tour de rôle.

Thorïn avait été pris beaucoup plus rapidement qu'eux. Vous vous souvenez que Bilbo s'était endormi comme une bûche en pénétrant dans un cercle de lumière ? Après lui, ce fut Thorïn qui s'avança, et, comme les lumières s'éteignaient, il tomba comme une pierre, sous le charme. Tout le bruit que faisaient les nains perdus dans la nuit, leurs cris quand les araignées les saisissaient et les ligotaient, et tous les bruits de la bataille du lendemain, tout cela était passé sur lui sans qu'il en entendît rien. Alors, les Elfes de la Forêt étaient venus à lui ; ils l'avaient lié et emporté.

Les banqueteurs étaient des Elfes de la Forêt, naturellement. Ces elfes ne sont pas méchants. S'ils ont un défaut, c'est la méfiance envers les étrangers. Malgré la puissance de leurs sortilèges, ils étaient, même à cette époque, circonspects. Ils différaient des Grands Elfes de l'Ouest, et ils étaient en même temps plus dangereux et moins sages. Car, pour la plupart (ainsi que leurs parents dispersés dans les collines et les montagnes), ils descendaient des anciennes tribus qui n'allèrent jamais en Féerie de l'Ouest. Là, se rendirent et vécurent durant des siècles les Elfes Légers, les Elfes Profonds et les Elfes Marins ; ils y acquirent davantage de beauté, de sagesse et de savoir, et c'est là qu'ils inventèrent leur magie et leur art dans la fabrication de choses belles et merveilleuses avant que certains ne revinssent dans le Vaste Monde. Dans le Vaste Monde, les Elfes des Forêts traînaient dans le crépuscule de notre Soleil et de notre Lune, mais ce qu'ils préféraient, c'étaient les étoiles ; et ils vagabondaient dans les grandes forêts qui s'élevaient bien haut sur des terres aujourd'hui perdues. Ils résidaient le plus souvent à l'orée des bois, d'où ils pouvaient s'échapper parfois pour chasser, ou chevaucher et courir en terrain découvert au clair de lune ou à la lumière des étoiles ; et, après l'arrivée des Hommes, ils prirent toujours davantage goût au crépuscule et à l'obscurité. C'étaient toutefois et ils demeurent des elfes, c'est-à-dire des Êtres Fées.

Dans une grande caverne à quelques milles à l'intérieur de Mirkwood sur le côté Est vivait à cette époque leur plus grand roi. Devant ses énormes portes de pierre coulait une rivière qui descendait des hauteurs de la forêt pour se perdre dans les marais au pied des plateaux boisés. Cette grande caverne, d'où rayonnaient d'innombrables grottes plus petites, serpentait très loin sous terre et elle comportait maints passages et vastes salles ; mais elle était plus claire et plus saine qu'aucune demeure de gobelin ; elle était aussi moins profonde et moins dangereuse. En fait, les sujets du roi vivaient et chassaient principalement en plein air dans les bois, et ils avaient des maisons ou des huttes sur la terre ou dans les branches. Leurs arbres favoris étaient les hêtres. La caverne du roi était son palais, la chambre forte de son trésor et la forteresse de son peuple en cas d'attaque de ses ennemis.

Elle servait aussi de cachot pour ses prisonniers. Ce fut donc à la caverne qu'ils traînèrent Thorïn — sans grande douceur, car ils n'aimaient pas les nains et ils le prenaient pour un ennemi. Dans les temps anciens, ils avaient été en guerre avec certains des nains, qu'ils accusaient de voler leur trésor. La version des nains était différente, il n'est que juste de le signaler : ils disaient qu'ils ne faisaient que prendre leur dû, car le Roi des Elfes avait négocié avec eux le façonnage de son or et de son argent bruts, et il avait refusé ensuite de leur payer leur salaire. S'il avait une faiblesse, c'était d'amasser des trésors, surtout en argent et en gemmes blanches ; et, malgré la richesse de son magot, il était toujours avide de l'accroître, son trésor n'égalant pas encore celui d'autres seigneurs des elfes de l'ancien temps. Ses sujets n'extrayaient ni ne travaillaient les métaux ou les joyaux, et ils ne se souciaient guère de commerce ou de labourage. Ces choses étaient bien connues de tous les nains, bien que la famille de Thorïn n'eût rien eu à voir dans l'ancienne querelle dont j'ai parlé. Aussi celui-ci fut-il fort irrité du traitement qu'on lui infligeait quand, le charme qui pesait sur lui ayant été retiré, il reprit ses sens ; et aussi, il était déterminé à ne se laisser arracher le moindre mot au sujet d'or ou de joyaux.

Quand Thorïn fut amené devant lui, le roi le considéra d'un œil sévère et il lui posa maintes questions. Mais tout ce que le nain consentit à répondre, ce fut qu'il était affamé.

« Pourquoi vous et les vôtres avez-vous essayé par trois fois d'attaquer mes gens au cours de leurs réjouissances ? demanda le roi.

– Nous ne les avons pas attaqués, répondit Thorïn ; nous étions venus mendier, parce que nous étions affamés.

– Où sont vos amis à présent, et que font-ils ?

– Je n'en sais rien, mais je pense qu'ils crèvent de faim dans la forêt.

– Que faisiez-vous dans la forêt ?

– Nous cherchions de quoi boire et manger parce que nous étions affamés.

– Mais qu'est-ce qui vous avait amenés là, de toute façon ? » demanda le roi avec colère.

À cette question, Thorïn serra les lèvres, refusant d'ajouter un mot.

« Bon ! dit le roi Emmenez-le et gardez-le étroitement jusqu'à ce qu'il se sente disposé à dire la vérité, dût-il attendre cent ans. »

Les elfes l'assujettirent alors de courroies et l'enfermèrent dans une des cavernes les plus reculées, garnie de puissantes portes de bois, où ils le laissèrent seul. On lui avait mis là de quoi manger et boire, en bonne quantité sinon en bonne qualité ; car les Elfes de la Forêt n'étaient pas des gobelins ils se conduisaient raisonnablement bien envers leurs pires ennemis, même quand ils les faisaient prisonniers. Les araignées géantes étaient les seules créatures vivantes envers lesquelles ils se montraient sans merci.

Là, dans le cachot du roi, resta Thorïn ; et, quand il en eut fini de sa reconnaissance pour le pain, la viande et l'eau, il se mit à se demander ce qu'il était advenu de ses malheureux amis. Il ne fallut pas longtemps pour qu'il le découvrît ; mais cela relève d'un autre chapitre et du début d'une nouvelle aventure, dans laquelle le hobbit prouva encore une fois son utilité.

9

Tonneaux en liberté

Le lendemain de la bataille contre les araignées, Bilbo et les nains firent un effort désespéré pour trouver une issue avant de mourir de faim et de soif. Ils se levèrent et partirent d'un pas chancelant dans la direction que huit sur les treize estimèrent être celle du sentier ; mais ils ne devaient jamais savoir s'ils avaient raison. Le peu de jour qui existait dans la forêt disparaissait une fois de plus dans les ténèbres de la nuit quand soudain surgit tout autour d'eux la lumière de nombreuses torches, semblables à des centaines d'étoffes rouges. Des Elfes de la Forêt bondirent, armés d'arcs et de javelots, et crièrent aux nains de faire halte.

Personne ne pensa à se battre. Quand bien même les nains ne se seraient pas trouvés positivement satisfaits d'être capturés, leurs petits couteaux, seules armes en leur possession, n'auraient été d'aucune utilité devant les flèches des elfes qui pouvaient atteindre un œil d'oiseau dans les ténèbres. Ils s'arrêtèrent donc pile et s'assirent pour attendre — tous, hormis Bilbo, qui enfila son anneau et s'écarta vivement. C'est pourquoi, lorsque les elfes lièrent les nains en une longue file à la queue leu leu, ils ne trouvèrent ni ne comptèrent jamais le hobbit.

Ils ne l'entendirent ni ne le sentirent trotter à bonne distance derrière la lueur de leurs torches, tandis qu'ils emmenaient les prisonniers dans la forêt. Les nains avaient tous les yeux bandés, mais cela ne faisait guère de différence, car même Bilbo qui avait l'usage de ses yeux ne pouvait voir où ils allaient, et, de toute façon, ni lui ni les autres ne savaient d'où ils étaient partis. Bilbo avait beaucoup de mal à suivre l'allure des torches, car les elfes faisaient marcher les nains aussi vite qu'ils le pouvaient, tout malades et las qu'ils étaient. Le roi leur avait ordonné de faire diligence. Soudain, les torches s'arrêtèrent et le hobbit eut juste le temps de les rattraper avant que les elfes ne commencent à traverser le pont. C'était le pont qui franchissait la rivière pour mener chez le roi. En dessous, l'eau coulait en un flot rapide et noir ; et à l'autre bout, des portes fermaient l'entrée d'une énorme caverne qui s'enfonçait dans le flanc d'une pente escarpée, couverte d'arbres. Là, les grands hêtres descendaient jusqu'à la rive au point que leur pied plongeait dans l'eau.

Les elfes poussèrent leurs prisonniers sur ce pont, mais Bilbo hésita par-derrière. Il n'aimait pas du tout l'entrée de la caverne, et il ne se décida à ne pas abandonner ses amis que juste à temps pour se précipiter sur les talons des derniers elfes avant que les grandes portes du roi ne se refermassent derrière eux avec un bruit retentissant.

À l'intérieur, les passages étaient éclairés par des torches rouges, et les gardes elfes chantèrent en suivant les chemins sinueux et croisés, remplis d'échos. Ces chemins ne ressemblaient pas à ceux des villes des gobelins ils étaient plus petits, moins profondément enterrés, et l'air y était plus pur. Dans une grande salle aux piliers taillés dans la pierre vive trônait le Roi des Elfes sur un siège de bois sculpté. Sur sa tête était posée une couronne de baies et de feuilles rouges, car l'automne était revenu. Au printemps, il portait une couronne de fleurs sylvestres. À la main, il tenait un bâton de chêne sculpté.

Les prisonniers furent amenés devant lui ; et, malgré ses regards féroces, il dit à ses hommes de les délier, car ils étaient las et abattus.

« D'ailleurs, point n'est besoin de cordes ici, dit-il. Il n'y a aucun moyen de s'évader de mes portes magiques pour qui a été amené à l'intérieur. »

Il interrogea longuement et minutieusement les nains sur leurs faits et gestes ; il leur demanda où ils allaient et d'où ils venaient ; mais il ne tira d'eux guère plus d'informations qu'il n'en avait obtenu de Thorïn. Ils se montrèrent hargneux et irrités, et ne firent même pas semblant d'être polis.

« Qu'avons-nous fait, ô Roi ? dit Balïn, qui était le plus âgé de ceux qui restaient. Est-ce un crime d'être perdus dans la forêt, d'avoir faim et soif, d'être pris au piège par des araignées ? Les araignées sont-elles pour vous des animaux apprivoisés, des animaux choyés, pour que vous vous irritiez de leur mise à mort ? »

Une telle question courrouça naturellement le roi encore davantage, et il répondit : « C'est un crime de vagabonder dans mon royaume sans autorisation. Oubliez-vous que vous étiez dans mon royaume et que vous utilisiez la route faite par mes sujets ? N'avez-vous point par trois fois poursuivi et troublé mes sujets dans la forêt et agité les araignées par votre tumulte et vos clameurs ? Après toute la perturbation que vous avez apportée, j'ai le droit de savoir ce qui vous amène ici, et si vous ne voulez pas me le dire maintenant, je vous garderai tous en prison jusqu'à ce que vous ayez appris la raison et les bonnes manières ! »

Il ordonna alors de placer les nains chacun dans une cellule séparée et de leur donner à manger et à boire, mais de ne pas les laisser passer la porte de leurs petites prisons tant que l'un au moins d'entre eux ne serait pas disposé à lui dire ce qu'il voulait savoir. Mais il ne leur fit pas connaître que Thorïn était aussi son prisonnier. Ce fut Bilbo qui découvrit la chose.

Le pauvre M. Baggins ! Ce fut pour lui un temps affreusement long que celui qu'il passa tout seul dans cet endroit, toujours en train de se cacher sans jamais se risquer à retirer son anneau, osant à peine dormir, même retiré dans les coins les plus sombres et les plus écartés qu'il pouvait trouver. Pour s'occuper, il se prit à errer dans le palais du Roi des Elfes. Les portes se fermaient par magie, mais il pouvait parfois sortir, s'il était rapide. Des compagnies d'Elfes de la Forêt, avec quelquefois le roi à leur tête, sortaient de temps à autre à cheval pour chasser ou pour quelque autre affaire dans les bois et les terres de l'Est. Alors, en étant très preste, Bilbo pouvait se glisser derrière eux, bien que ce fût chose dangereuse. À plus d'une reprise, il se trouva presque pris dans les portes comme elles se refermaient brutalement après le passage du dernier elfe ; il n'osait toutefois pas marcher au milieu d'eux à cause de son ombre (toute mince et tremblante qu'elle était à la lueur des torches) ou par crainte de heurts qui l'auraient fait découvrir. Et quand il lui arrivait de sortir (c'était assez rare) cela ne lui servait à rien. Il ne voulait pas délaisser les nains et, en fait, il ne savait absolument pas où aller sans eux. Il ne pouvait suivre le train des elfes chasseurs tout le temps qu'ils étaient dehors ; aussi ne découvrit-il jamais les chemins qui sortaient de la forêt, et il restait à errer misérablement dans les bois, en proie à la terreur de se perdre, jusqu'à ce que se présentât une occasion de retour. Et puis, dehors, il avait faim, car il n'était nullement chasseur ; tandis que dans les cavernes il pouvait trouver à manger en volant de la nourriture dans les réserves ou sur les tables quand il n'y avait personne à proximité.

« Je suis comme un cambrioleur qui ne pourrait s'en aller et devrait continuer lamentablement à cambrioler jour après jour la même maison, se disait-il. C'est la partie la plus triste et la plus déprimante de toute cette maudite, fatigante et désagréable aventure ! Comme je voudrais être de nouveau dans mon trou de hobbit auprès de mon propre foyer bien chaud, sous la lumière de ma lampe ! »

Il aurait bien voulu aussi envoyer un message au magicien pour lui demander secours, mais c'était tout à fait impossible, naturellement ; et il ne tarda pas à se rendre compte que, s'il y avait quelque chose à faire, ce quelque chose devait être fait par M. Baggins, seul et sans aide.

Après une semaine ou deux de cette sorte de vie furtive, à force d'épier et de suivre les gardes, saisissant toutes les occasions possibles, il finit par découvrir où chacun des nains était enfermé. Il décela leurs douze cellules dans différentes parties du palais et, au bout de quelque temps, il arriva à savoir très bien se diriger. Quelle ne fut pas sa surprise, un jour qu'il entendait parler quelques gardes, d'apprendre qu'il y avait aussi un autre nain en prison, dans un lieu particulièrement sombre. Il devina aussitôt qu'il s'agissait de Thorïn, bien sûr ; et il sut bientôt que son hypothèse était exacte. Enfin, après bien des difficultés, il parvint à trouver l'endroit où il était emprisonné et à dire un mot au chef des nains alors qu'il n'y avait personne alentour.

Thorïn était trop malheureux pour ruminer encore la colère due à ses mésaventures, et il commençait même à penser révéler au roi tout ce qui concernait son trésor et sa quête (ce qui montre à quel point d'abattement il était parvenu), quand il entendit la voix de Bilbo par le trou de la serrure. Il eut peine à en croire ses oreilles, mais bientôt il décida qu'il ne pouvait se tromper ; il s'approcha de la porte et eut un long entretien à voix basse avec le hobbit qui se trouvait de l'autre côté.

Ce fut ainsi que Bilbo put apporter secrètement le message de Thorïn à chacun des autres nains incarcérés, leur disant que leur chef était aussi en prison à proximité et qu'aucun d'eux ne devait révéler leur but au roi pour le moment, ni avant que Thorïn ne leur en eût donné l'ordre. Car celui-ci avait repris courage en apprenant comment le hobbit avait délivré ses compagnons des araignées, et il était de nouveau décidé à ne pas acheter sa liberté en promettant au roi une part du trésor, avant que tout espoir d'un autre moyen d'évasion n'eût disparu ; avant, en fait, que le remarquable M. Baggins l'Invisible (dont il commençait à avoir très haute opinion) n'eût totalement renoncé à inventer quelque stratagème ingénieux.

À la réception de ce message, les autres nains furent tout à fait d'accord. Ils pensaient tous que leur propre part du trésor (qu'ils considéraient tout à fait comme leur bien, en dépit de leur situation et du dragon encore invaincu) pâtirait sérieusement si les Elfes de la Forêt en revendiquaient une partie, et ils faisaient tous confiance à Bilbo. Il devait arriver exactement ce qu'avait prédit Gandalf, vous comprenez. Peut-être était-ce en partie pourquoi il les avait quittés.

Mais Bilbo, lui, n'éprouvait pas du tout la même confiance qu'eux. Il n'aimait pas que tous comptent sur lui, et il aurait bien voulu avoir le magicien sous la main. Ce souhait était vain, toutefois : sans doute étaient-ils séparés par toute la sombre étendue de Mirkwood. Il s'assit pour réfléchir ; il réfléchit jusqu'à ce que sa tête fût près d'éclater, mais aucune idée lumineuse ne se présenta. Un anneau invisible, c'était bien beau ; mais cela ne pouvait servir à grand-chose pour quatorze personnes. Cependant, il n'en devait pas moins en fin de compte sauver ses amis, et voici comment la chose se passa.

Un jour qu'il furetait à l'aventure, Bilbo découvrit un fait très intéressant ; les grandes portes n'étaient pas la seule entrée des cavernes. Une rivière coulait sous une partie des régions les plus profondes du palais et rejoignait la Rivière de la Forêt à quelque distance vers l'est, au-delà de la pente escarpée dans laquelle s'ouvrait l'orifice principal. À l'endroit où ce cours d'eau souterrain sortait de la colline, il y avait une porte d'eau. Le plafond rocheux descendait tout près de la surface et une herse pouvait en être abaissée jusqu'au lit de la rivière pour empêcher quiconque d'entrer ou de sortir par là. Mais cette herse était souvent levée, car il y avait beaucoup de va-et-vient par cette ouverture. Entrant de cette façon, on se serait trouvé dans un tunnel sombre et raboteux qui menait profondément au cœur de la montagne ; mais en un certain point où il passait sous les cavernes, la voûte avait été entaillée pour faire place à de grandes trappes de chêne. Celles-ci ouvraient vers le haut dans les caves du roi. Là étaient entassés des tonneaux en grande quantité ; car les Elfes de la Forêt, et surtout leur roi, appréciaient beaucoup le vin, bien qu'il n'y eût pas de vigne dans cette région. On apportait le vin et d'autres marchandises de très loin, de chez les parents du Sud ou des vignes des Hommes dans les terres lointaines.

Caché derrière l'un des plus grands tonneaux, Bilbo découvrit les trappes et leur usage, et, restant tapi là à écouter la conversation des serviteurs du roi, il apprit comment le vin et les autres marchandises arrivaient en remontant la rivière ou par terre jusqu'au Long Lac. Il semblait qu'il se trouvât encore là une ville des Hommes, prospère, édifiée sur des ponts qui s'avançaient loin dans l'eau comme protection contre les ennemis de toute sorte et spécialement contre le dragon de la Montagne. De la Ville du Lac, on amenait les tonneaux en remontant la Rivière de la Forêt. Souvent, ils étaient simplement attachés ensemble comme de grands radeaux et conduits à la perche ou à la rame ; parfois on les chargeait sur des bateaux plats.

Quand les tonneaux étaient vides, les elfes les jetaient par les trappes, ouvraient la grille, et les tonneaux s'en allaient flotter en dansant sur la rivière jusqu'à ce qu'ils fussent entraînés par le courant à un endroit situé très loin en aval, où la rive formait une saillie, à l'orée même de Mirkwood vers l'est. Là, on les rassemblait, on les attachait ensemble et on les faisait flotter jusqu'à la Ville du Lac, qui se trouvait tout près de l'endroit où la Rivière de la Forêt se jetait dans le Long Lac.

Bilbo resta quelque temps assis là à réfléchir sur cette porte d'eau, se demandant si elle était utilisable pour l'évasion de ses amis, et, enfin, lui vinrent les éléments d'un plan désespéré.

Le repas du soir avait été apporté aux prisonniers. Les gardes s'en allaient d'un pas lourd dans les passages, emportant avec eux les torches et laissant tout dans les ténèbres. Bilbo entendit alors l'échanson du roi dire bonsoir au chef des gardes.

« Venez donc avec moi goûter le nouveau vin qui vient de rentrer, dit-il. Je vais avoir fort à faire ce soir pour retirer les fûts vides des caves ; aussi, prenons d'abord un verre pour faciliter le travail.

– Très bien, dit le chef des gardes, riant. Je vais goûter le vin avec vous pour voir s'il convient à la table du roi. Il y a festin ce soir et il ne faudrait pas y envoyer de la bibine ! »

En entendant cela, Bilbo fut tout en émoi, car il voyait que la chance était avec lui et qu'il avait une occasion immédiate d'essayer son plan désespéré. Il suivit les deux elfes jusqu'à leur entrée dans une petite cave, où ils s'assirent à une table sur laquelle se trouvaient deux grands pots. Ils se mirent bientôt à boire et à rire joyeusement. Une chance peu ordinaire servit alors Bilbo. Il fallait un vin bien fort pour donner sommeil à un Elfe de la Forêt ; mais ce vin-là était, semble-t-il, du cru capiteux des grands jardins de Dorwinion, qui n'était pas destiné aux soldats et aux serviteurs, mais réservé aux seuls festins du roi ; il était généralement servi dans des coupes plus petites que les grands pots de l'échanson.

Le chef des gardes ne tarda pas à dodeliner de la tête ; puis il la posa sur la table et tomba dans un profond sommeil. L'échanson continua un moment à parler et à rire tout seul sans paraître s'en apercevoir ; mais bientôt sa tête aussi s'inclina sur la table, et il s'endormit en ronflant à côté de son ami. Le hobbit entra alors en catimini. Le chef des gardes fut bien vite soulagé de ses clefs, et Bilbo trotta aussi vite qu'il le put le long des passages menant aux cellules. Le grand trousseau lui paraissait très lourd et il avait souvent une peur bleue en dépit de son anneau, car il ne pouvait empêcher les clefs de faire à chaque instant un grand cliquetis qui le jetait dans les transes.

Il ouvrit d'abord la porte de Balïn et il la referma avec soin à clef aussitôt que le nain fut dehors. Balïn fut extrêmement surpris, comme vous pouvez l'imaginer ; mais tout heureux qu'il était de sortir de son ingrate petite chambre de pierre, il voulait s'arrêter pour poser des questions, savoir ce que Bilbo comptait faire, et tout.

« On n'a pas le temps maintenant ! dit le hobbit. Suivez-moi simplement ! Nous devons rester tous ensemble et ne pas courir le risque d'être séparés. Il faut nous évader tous ou pas un seul, et c'est notre dernière chance. Si on découvre ceci, Dieu sait où le roi vous fourrera ensuite, chaînes aux mains et aux pieds aussi, je pense. Ne discutez pas, vous serez gentil ! »

Puis il alla de porte en porte, jusqu'à ce que sa suite fût au nombre de douze — dont aucun n'était très alerte, vu les ténèbres et leur long emprisonnement. Le cœur de Bilbo battait la chamade chaque fois que l'un d'entre eux se cognait à son voisin, grognait ou murmurait dans l'obscurité : « La peste soit de ce vacarme de nains ! » se disait-il.

Mais tout alla bien, et ils ne rencontrèrent pas de gardes. En fait, il y avait ce soir-là dans la forêt et dans les salles d'en dessus un grand festin d'automne.

Presque tous les gens du roi étaient en pleines réjouissances.

Enfin, après beaucoup de tâtonnements, ils arrivèrent à la cellule de Thorïn, située en un endroit très profond et, par bonheur, proche des caves.

« Ma parole ! dit Thorïn, quand Bilbo lui murmura de sortir pour rejoindre ses amis, Gandalf a dit vrai comme à son ordinaire ! Vous faites, le moment venu, un bien bon cambrioleur à ce qu'il paraît. Assurément, nous sommes tous à jamais à votre service, quoi qu'il advienne désormais. Mais qu'est-ce qui va se passer maintenant ? »

Bilbo vit qu'il était temps d'exposer son idée, dans la mesure où il le pouvait ; mais il n'était pas du tout assuré de ce qu'en penseraient les nains. Ses craintes étaient parfaitement justifiées, car ils ne l'apprécièrent pas le moins du monde et commencèrent à grommeler à voix haute en dépit du danger qui les menaçait.

« On va être tout meurtris et mis en compote, ou même noyés, c'est sûr ! grognaient-ils. Nous pensions que vous aviez une idée raisonnable, quand vous avez trouvé moyen de vous emparer des clefs. Ceci est fou !

– Bon, bon ! répliqua Bilbo, très découragé et aussi assez ennuyé. Regagnez donc vos agréables cellules, et je vous enfermerai tous de nouveau ; vous pourrez alors vous y installer confortablement pour réfléchir à un meilleur plan — mais je ne pense pas pouvoir jamais remettre la main sur les clefs, me sentirais-je même l'envie d'essayer. »

C'en était trop pour eux et ils se calmèrent. En fin de compte, ils durent naturellement faire exactement ce que suggérait Bilbo, puisqu'il leur était de toute évidence impossible de tenter de trouver le chemin des salles supérieures ou de se frayer en combattant une sortie par des portes qui se fermaient par magie ; et il était vain de grogner dans les passages avant d'être repris. Aussi se glissèrent-ils à la suite du hobbit dans les caves les plus profondes. Ils passèrent devant une porte par laquelle on pouvait voir le garde et l'échanson ronflant tout leur soûl, un sourire sur la figure. Le vin de Dorwinion suscite des rêves profonds et agréables. Le visage du chef des gardes aurait une expression différente le lendemain, en dépit de l'attention de Bilbo, qui, avant de poursuivre son chemin, se glissa dans la cave et remit les clefs à la ceinture du dormeur.

« Cela lui épargnera un peu d'ennuis, se dit M. Baggins. Il n'était pas mauvais bougre et il traitait bien les prisonniers. Ils n'y comprendront rien, non plus. Ils vont penser que nous possédions un charme très puissant pour passer par toutes ces portes fermées à clef et disparaître. Disparaître ! Il faut que nous nous activions sans tarder, si cela doit se faire ! »

Balïn fut désigné pour surveiller le garde et l'échanson et donner l'alerte s'ils bougeaient. Les autres se rendirent dans la cave voisine, où se trouvaient les trappes. Il n'y avait pas de temps à perdre. Des elfes avaient reçu l'ordre, Bilbo le savait, de descendre avant peu pour aider l'échanson à faire passer les tonneaux vides par les abattants dans la rivière. Ces tonneaux étaient en fait déjà alignés au centre de la cave, attendant d'être poussés. Une partie était des fûts à vin, guère utilisables, vu la difficulté d'en ouvrir le fond sans faire grand bruit ; et il n'était pas aisé non plus de les réassujettir. Mais il y en avait plusieurs autres qui avaient servi à apporter au palais du roi d'autres marchandises : beurre, pommes et toutes sortes de choses.

Ils en eurent bientôt trouvé treize assez grands pour contenir chacun un nain. Certains étaient même trop spacieux et, en y grimpant, les nains pensèrent avec inquiétude aux secousses et aux heurts qu'ils recevraient à l'intérieur, bien que Bilbo fît de son mieux pour trouver de la paille et d'autres matériaux pour les emballer aussi confortablement qu'il se pouvait en aussi peu de temps. Finalement, douze nains furent installés — Thorïn avait donné beaucoup de souci ; il se tournait et se tortillait dans son tonneau, grognant comme un gros chien dans une petite niche ; tandis que Balïn, dernier venu, faisait beaucoup d'histoires à propos de ses prises d'air et prétendait étouffer avant même que son couvercle ne fût assujetti. Bilbo avait fait tout ce qu'il pouvait pour calfater les trous existant dans les côtés des tonneaux et pour fixer les couvercles aussi sûrement que possible, et maintenant il restait de nouveau tout seul à courir de tous côtés pour mettre la dernière main à l'emballage, espérant contre toute espérance la réussite de son plan.

Il était grand temps. Une ou deux minutes à peine après que le couvercle de Balïn avait été fixé, vinrent un bruit de voix et la lueur tremblante de torches. Plusieurs elfes entrèrent dans les caves, riant, bavardant et chantant des bribes de chansons. Ils avaient quitté un joyeux festin dans une des salles et ils étaient bien décidés à y retourner aussitôt que possible.

« Où est ce vieux Galion, l'échanson ? dit l'un. Je ne l'ai pas vu aux tables ce soir. Il devrait être ici à présent pour nous montrer ce qu'il y a à faire.

– Je vais me fâcher si le vieux lambin est en retard, dit un autre. Je n'ai aucune envie de perdre du temps ici en bas tandis que les chansons vont bon train là-haut !

– Ha, ha ! cria quelqu'un. Voici le vieux coquin, la tête sur une cruche ! Il a fait sa petite bombance à part avec son ami le capitaine.

– Secoue-le ! Réveille-le ! » s'écrièrent les autres avec impatience.

Galion ne goûta aucunement d'être secoué ou réveillé et encore bien moins d'être moqué.

« Vous êtes tous en retard, grommela-t-il. Je suis là à vous attendre depuis je ne sais combien de temps, tandis que vous autres vous buvez et vous vous égayez, oubliant votre tâche. Il n'y a rien d'étonnant à ce que je m'endorme de lassitude !

– Rien d'étonnant, quand l'explication se trouve à portée dans un pot ! firent-ils. Allons, faites-nous goûter votre soporifique avant que nous ne nous mettions au travail ! Inutile de réveiller le porte-clefs, là-bas. Il a eu sa part, à le voir. »

Ils burent alors une tournée et devinrent tout d'un coup fort gais. Mais ils ne perdirent pas tout à fait la tête.

« Dieu nous garde, Galion ! s'écrièrent certains. Vous avez fait bombance bien tôt et vous vous êtes brouillé l'esprit ! Vous avez mis ici des tonneaux pleins au lieu des vides, si on peut se fier aux poids.

– Faites donc votre travail ! gronda l'échanson. La sensation de poids ne signifie rien dans les bras d'un ivrogne paresseux. Ce sont ces tonneaux-là qui doivent partir et nuls autres. Faites ce que je vous dis !

– Bon, bon, répondirent-ils, tout en faisant rouler les tonneaux vers l'ouverture. Que cela retombe sur vous si les tonneaux pleins de beurre du roi et de son meilleur vin sont jetés à la rivière pour que les Hommes du Lac s'en régalent gratis ! »

Roulez — roulez — roulez,
roulez roulez — tout roulants par le trou !
Oh hisse ! Plouf et floc !
Les voilà en bas, les voilà qui rebondissent !

Ainsi chantèrent-ils tandis que, l'un après l'autre, les tonneaux s'ébranlaient vers la noire ouverture et étaient poussés dans l'eau froide à quelques pieds en dessous. Certains fûts étaient réellement vides ; d'autres contenaient chacun un nain soigneusement empaqueté ; mais ils descendirent tous de même, un à un, avec maints chocs et heurts, résonnant sur ceux qui étaient déjà en bas, claquant dans l'eau, rebondissant sur les parois du tunnel, se cognant les uns les autres, avant de partir en dansant dans le courant.

Ce fut juste à ce moment que Bilbo découvrit soudain le point faible de son plan. Vous l'avez très probablement vu depuis quelque temps déjà et vous avez dû vous rire de lui ; mais je ne pense pas que vous auriez fait à moitié aussi bien à sa place. Evidemment, il ne se trouvait pas lui-même dans un tonneau et il n'y avait personne pour l'y emballer, même si l'occasion s'en était présentée ! Selon toute apparence, il allait cette fois perdre ses amis (ils avaient déjà presque tous disparu par la sombre trappe) et rester terriblement seul, obligé de se tenir à jamais caché, cambrioleur permanent, dans les cavernes des elfes. Car, eût-il même pu s'échapper tout de suite par les portes d'en haut, il aurait eu bien peu de chances de jamais retrouver les nains. Il ne connaissait pas le chemin par terre du lieu de rassemblement des tonneaux. Il se demandait ce qui allait bien pouvoir arriver aux nains sans lui ; car il n'avait pas eu le temps de leur dire tout ce qu'il avait appris, ni ce qu'il avait l'intention de faire une fois qu'ils seraient sortis de la forêt.

Tandis que ces pensées lui passaient par la tête, les elfes, très gais, commencèrent à chanter une chanson près de la porte d'eau. Certains avaient déjà été haler les cordes qui relevaient la herse, de façon à laisser passer les tonneaux aussitôt qu'ils seraient tous à flot en dessous.

Au long de la rivière noire et rapide,
Retournez aux terres que vous connûtes un jour !
Quittez les salles et les cavernes profondes,
Quittez les monts escarpés du Nord,
Où la forêt vaste et obscure
Descend dans l'ombre grise et lugubre !
  Flottez au-delà du monde des arbres
Dans la brise murmurante,
  Par-delà les joncs, par-delà les roseaux,
  Par-delà les herbes ondoyantes du marais,

Au travers de la brume qui s'élève blanche
Du lac et de l'étang la nuit !
Suivez, suivez les étoiles qui montent
Dans les cieux froids et escarpés ;
Tournez-vous, quand l'aurore s'étendra sur la terre,
  Sur les rapides, sur les sables,
Vers le sud ! et vers le sud !
Cherchez le soleil et le jour
De nouveau vers les pâturages, de nouveau vers les prairies
Où se nourrissent les vaches et les bœufs !
De nouveau vers les jardins sur les collines,
Où les baies se gonflent et s'emplissent
Sous le soleil, sous le jour !
Vers le sud ! et vers le sud !
Au long de la rivière noire et rapide
Retournez aux terres que vous connûtes un jour !

Et maintenant on roulait le dernier tonneau vers la trappe ! En désespoir de cause et ne sachant que faire d'autre, Bilbo s'y accrocha et il fut poussé avec lui par-dessus bord. Il tomba, floc ! dans l'eau, l'eau froide et noire, le tonneau par-dessus lui.

Il revint à la surface, crachant, agrippé au bois comme un rat ; mais, malgré tous ses efforts, il ne put grimper sur le tonneau. À toutes ses tentatives, celui-ci roulait sur lui-même et le replongeait sous lui. Il était réellement vide et flottait, léger comme un bouchon. Bien que ses oreilles fussent remplies d'eau, le hobbit entendait les elfes chanter dans la cave au-dessus de lui. Puis, tout à coup, les abattants retombèrent avec un bruit retentissant, et les voix s'évanouirent. Il était dans le tunnel noir, flottant dans une eau glaciale, tout seul

— car on ne saurait tenir compte d'amis enfournés dans des tonneaux.

Très bientôt, une tache grise se dessina devant lui dans les ténèbres. Il entendit le grincement de la herse qu'on levait, et il se trouva au milieu d'une masse dansante de barils et de tonneaux qui s'entrechoquaient en se serrant pour passer sous l'arche et gagner la rivière libre. Il eut fort à faire pour éviter d'être écrasé et mis en pièces ; mais enfin la masse bousculante commença de se disperser et de partir tonneau par tonneau en oscillant sous la voûte de pierre. Il vit alors qu'il eût été vain, même s'il l'avait pu, de grimper sur son tonneau, car il n'y avait pas d'espace libre, fût-ce pour un hobbit, entre le sommet et la voûte qui s'abaissait soudain à l'endroit de la porte.

Les voilà donc sortis sous les branches surplombantes des arbres de l'une et l'autre rive. Bilbo se demandait ce que les nains pouvaient penser et s'il pénétrait beaucoup d'eau dans leurs tonneaux. Quelques-uns de ceux qui dansaient à côté de lui dans l'obscurité lui paraissaient flotter assez bas et il devina que c'étaient ceux qui contenaient des nains.

« Ah ! que j'espère avoir assujetti les couvercles assez serré ! » se dit-il.

Mais très vite il eut trop à se préoccuper de lui-même pour penser aux nains. Il s'arrangeait pour tenir la tête hors de l'eau, mais il frissonnait de froid ; il se demanda s'il allait en mourir avant que la fortune ne tournât, combien de temps il serait capable de se cramponner et s'il devait courir la chance de lâcher prise pour essayer de gagner la rive à la nage.

La fortune ne tarda toutefois pas à changer, en effet : le courant tournoyant amena en un certain point plusieurs tonneaux tout contre le bord, et ils restèrent immobilisés là par quelque racine cachée. Bilbo profita alors de ce que son tonneau était maintenu par un autre pour y grimper. Il l'escalada comme un rat noyé et se tint étalé sur le dessus pour conserver tant bien que mal l'équilibre. Le vent était froid, mais meilleur tout de même que l'eau, et il espéra ne pas retomber en roulant quand les tonneaux s'en iraient de nouveau.

Bientôt les tonneaux se dégagèrent et partirent en tournoyant dans la rivière jusqu'au courant principal. Il eut alors toute la difficulté qu'il avait crainte à se tenir accroché ; mais il y parvint de façon ou d'autre, bien que sa position fût affreusement inconfortable. Il était heureusement très léger, le tonneau était un bon gros tonneau et, comme il n'était pas tout à fait étanche, il avait pris une petite quantité d'eau. Ce n'en était pas moins comme d'essayer de monter sans bride ni étriers un poney ventru qui n'aurait pensé qu'à se rouler dans l'herbe.

M. Baggins finit par atteindre ainsi un endroit où les arbres se faisaient de part et d'autre moins drus. Il pouvait voir au travers le ciel plus pâle. La noire rivière s'ouvrit soudain largement et là, elle rejoignait le flot principal de la Rivière de la Forêt qui descendait en un cours rapide des grandes portes du roi. Il y eut une nappe d'eau sombre qui n'était plus obscurcie par les branches et à sa surface mouvante dansaient les reflets irréguliers de nuages et d'étoiles. Puis les eaux rapides de la Rivière de la Forêt emportèrent toute la troupe de tonneaux et de barils vers la rive nord, dans laquelle elles avaient creusé une large baie. Celle-ci avait une plage de galets sous des berges en encorbellement et elle était bordée à l'est par un petit cap de roc dur. La plupart des tonneaux s'échouèrent sur la plage, bien que quelques-uns allassent heurter l'avancée rocheuse.

Il y avait des gens aux aguets sur la rive. Ils rassemblèrent rapidement tous les tonneaux en les poussant avec des perches sur les hauts fonds ; après les avoir comptés, ils les lièrent ensemble et les laissèrent là jusqu'au matin. Les pauvres nains ! Bilbo n'était pas en trop mauvaise posture à présent. Il glissa à bas de son tonneau et pataugea jusqu'à la terre ferme ; puis il s'avança furtivement vers les huttes qu'il voyait au bord de l'eau. Il n'y regardait plus à deux fois avant de profiter sans invitation d'un souper quand il se présentait, tant il y était maintenant habitué, et il savait trop ce que c'était que d'avoir vraiment faim et non pas de s'intéresser par pure politesse aux friandises d'un garde-manger bien garni. Il avait aussi aperçu un feu parmi les arbres, et cela lui convenait assez avec ses vêtements trempés et dépenaillés qui froids et gluants, lui collaient au corps.

Il serait superflu de nous étendre sur ses aventures de cette nuit-là, car nous touchons maintenant à la fin du voyage vers l'est pour arriver à la dernière et plus grande aventure, et nous devons nous hâter de poursuivre notre récit. Naturellement, avec l'aide de son anneau magique, il se débrouilla très bien au début, mais il fut trahi en fin de compte par ses pas humides et par la traînée de gouttes qu'il laissait partout où il allait et où il s'asseyait ; sans compter qu'il commençait de s'enrhumer et, que chaque fois qu'il essayait de se cacher, il était découvert par les terribles explosions de ses éternuements réprimés. Il y eut bientôt un bel émoi dans le village voisin de la rive ; mais Bilbo s'échappa dans les bois, emportant une miche, une outre de vin et un pâté qui ne lui appartenaient pas. Il dut passer le restant de la nuit tout mouillé, loin de tout feu ; mais l'outre l'aida à passer ce dur moment et il s'assoupit même un peu sur des feuilles sèches, bien que l'année fût assez avancée et l'air froid.

Il se réveilla sur un éternuement particulièrement bruyant. C'était déjà l'aube et il y avait un joyeux tapage près de la rivière. On confectionnait un radeau de tonneaux, que les elfes nautoniers conduiraient bientôt par la rivière jusqu'à Lacville. Bilbo éternua de nouveau. Il ne dégouttait plus, mais il avait froid partout. Il descendit aussi vite que ses jambes engourdies voulaient bien le porter et il trouva moyen de monter juste à temps sur la masse de tonneaux sans se faire remarquer dans l'affairement général. Il n'y avait heureusement pas de soleil à ce moment pour projeter une ombre malencontreuse et par bonheur il n'éternua plus pendant un bon moment.

Il y eut un puissant maniement de perches. Les elfes qui se tenaient dans l'eau du haut-fond soulevèrent et repoussèrent le radeau. Les tonneaux, maintenant tous réunis, s'agitèrent en grinçant.

« C'est un lourd chargement ! grognèrent certains. Ils enfoncent trop ; il y en a qui ne sont certainement pas vides. S'ils s'étaient échoués de jour, on aurait pu jeter un coup d'œil à l'intérieur, ajoutèrent-ils.

– Pas le temps maintenant ! cria le conducteur du radeau. Poussez ! »

Et ils finirent par partir, lentement d'abord, jusqu'à ce qu'ils eussent dépassé la pointe du rocher où d'autres elfes étaient postés pour les repousser avec des perches, puis de plus en plus vite à mesure qu'ils attrapaient le courant principal, et ils s'en allèrent, naviguant vers le Lac.

Ils s'étaient évadés des geôles du roi et ils avaient traversé la forêt, mais étaient-ils vivants ou morts, voilà qui reste à voir.

10

Un chaleureux accueil

À mesure qu'ils descendaient au fil de l'eau, le jour se faisait plus clair et plus chaud. Après un moment, la rivière contourna un haut contrefort qui descendait sur leur gauche. Le courant le plus profond avait en bouillonnant battu et taillé le pied rocheux, créant une falaise intérieure. Soudain l'à-pic s'affaissa. Les bords s'enfoncèrent. Les arbres disparurent. Bilbo se trouva alors devant un étonnant spectacle.

Les terres s'ouvraient tout autour de lui, emplies des eaux de la rivière, qui se divisaient pour serpenter en cent cours vagabonds ou s'arrêter dans des marais et des étangs pointillés d'îles de tous côtés ; mais un fort courant continuait cependant de couler au milieu. Et, dans le lointain, son sommet sombre pointant à travers un nuage déchiré, se dessinait la Montagne ! Ses voisines les plus proches vers le nord-est et l'étendue bouleversée qui la reliait à elles étaient invisibles. Elle se dressait seule et regardait la forêt par-dessus les marais. La Montagne Solitaire ! Bilbo était venu de loin et il était passé par bien des aventures pour la voir et, maintenant qu'il la voyait, il n'en aimait pas du tout l'aspect.

En écoutant les propos des conducteurs et en rassemblant les bribes d'information qu'ils laissaient tomber, il se rendit bientôt compte qu'il avait eu beaucoup de chance de pouvoir seulement la voir, même de cette distance. Si morne qu'eût été son emprisonnement et si désagréable que fût encore sa position (pour ne rien dire des pauvres nains qui se trouvaient sous lui), il avait été plus heureux qu'il ne le pensait. La conversation roulait entièrement sur le trafic qui allait et venait sur le cours d'eau et sur l'accroissement de la circulation sur la rivière, à mesure que les routes de l'est à Mirkwood disparaissaient ou étaient à l'abandon ; et sur les querelles entre les Hommes du Lac et les Elfes de la Forêt au sujet de l'entretien de la Rivière et de la Forêt et des soins à apporter aux berges. Ces régions avaient beaucoup changé dans les années récentes et depuis les dernières nouvelles qu'en avait eues Gandalf. De grandes crues et des pluies diluviennes avaient gonflé les eaux qui coulaient vers l'est ; il y avait eu aussi un ou deux tremblements de terre (que d'aucuns attribuèrent au dragon — accompagnant leur évocation d'une malédiction et d'un sinistre signe de tête en direction de la Montagne). Les marais et les fondrières s'étaient étendus de plus en plus largement de part et d'autre. Les sentiers avaient disparu, de même que maints cavaliers et voyageurs qui avaient tenté de retrouver les chemins pour traverser. La route des elfes à travers la forêt, que les nains avaient suivie sur les conseils de Beorn, arrivait maintenant à une fin incertaine et peu fréquentée à l'orée orientale de la forêt ; seule la rivière offrait encore un moyen sûr pour se rendre au nord, des lisières de Mirkwood aux plaines dominées par la Montagne qui s'étendaient au-delà, et la rivière était gardée par le roi des Elfes de la Forêt.

On voit donc que Bilbo était finalement arrivé par la seule voie possible. C'eût peut-être été un réconfort pour M. Baggins, frissonnant sur les tonneaux, de savoir que des informations à ce sujet étaient parvenues jusqu'à Gandalf, lui causant une grande inquiétude, et qu'en fait il terminait une autre affaire (qui n'entre pas dans le cadre de ce récit) avant de se mettre à la recherche de Thorïn et Cie. Mais Bilbo l'ignorait.

Tout ce qu'il savait, c'était que la rivière paraissait poursuivre son chemin jusqu'à l'infini, qu'il avait faim, qu'il avait un vilain rhume dans le nez et qu'il n'aimait pas la façon dont la Montagne semblait lui faire grise mine et le menacer à mesure qu'elle approchait. Après un moment, toutefois, la rivière se dirigea plus au sud, la Montagne s'éloigna de nouveau et enfin, tard dans la journée, les rives devinrent rocheuses, la rivière rassembla toutes ses eaux vagabondes en un seul cours profond et rapide, et ils avancèrent à vive allure.

Le soleil s'était couché quand, effectuant un nouveau virage vers l'est, la Rivière de la Forêt se précipita dans le Long Lac. Là, elle avait une large embouchure, bornée de part et d'autre par des rochers escarpés, au pied desquels s'amoncelaient des galets. Le Long Lac ! Bilbo n'aurait jamais imaginé qu'une étendue d'eau autre que la mer pût paraître aussi vaste. Elle était si ample que les rives opposées semblaient toutes petites et lointaines, mais si longue que l'on ne pouvait aucunement voir son extrémité nord, tournée vers la Montagne. Bilbo savait, seulement d'après la carte, que tout là-haut, où scintillaient déjà les étoiles de la Grande Ourse, la Rivière Courante descendait de Dale dans le lac et, jointe à la Rivière de la Forêt, emplissait d'eaux abondantes ce qui avait dû être jadis une grande et profonde vallée rocheuse. À l'extrémité sud, les eaux doublées se déversaient de nouveau en hautes cataractes pour fuir précipitamment vers des terres inconnues. Dans le silence du soir, le bruit des chutes résonnait comme un lointain grondement.

Non loin de l'embouchure de la Rivière de la Forêt se trouvait l'étrange ville dont il avait entendu les elfes parler dans les caves du roi. Elle n'était pas bâtie sur la rive, bien qu'il y eût là quelques huttes et constructions, mais en plein lac, où elle était protégée des remous de la rivière affluente par un promontoire de rocher qui formait une baie calme. Un grand pont de bois s'avançait vers l'endroit où, sur des pilotis faits d'arbres de la forêt, était construite une active ville de bois ; non pas une ville d'elfes, mais d'Hommes qui osaient encore habiter là dans l'ombre de la lointaine montagne du dragon. Ils vivaient toujours du commerce qui se faisait en remontant la grande rivière du Sud jusqu'aux chutes, où le transport jusqu'à leur ville était effectué par le roulage ; mais à la grande époque de jadis, quand Dale, dans le Nord, était riche et prospère, ils avaient été opulents et puissants ; leurs eaux étaient peuplées de flottes de bateaux, dont certains étaient emplis d'or et d'autres de guerriers en armures ; et il y avait des guerres et des hauts faits qui n'étaient plus à présent que légendes. Quand les eaux baissaient en période de sécheresse, on pouvait encore voir le long des rives les piliers pourrissants d'une ville naguère plus grande.

Mais les hommes se souvenaient peu de tout cela, bien que certains chantent encore de vieilles chansons sur les rois-nains de la Montagne, Thror et Thraïn de la race de Durïn, sur la venue du Dragon et sur la chute des seigneurs de Dale. D'autres chantaient aussi que Thror et Thraïn reviendraient un jour, que l'or coulerait dans les rivières par les portes de la Montagne et que tout ce pays retentirait de nouveaux chants et de nouveaux rires. Mais cette aimable légende n'affectait guère leur vie de tous les jours.

Aussitôt que le radeau de barriques fut en vue, des embarcations se détachèrent des pilotis de la ville, et des voix hélèrent les conducteurs. Puis des cordes furent jetées, des rames tirées, et bientôt le radeau fut sorti du courant de la Rivière de la Forêt et remorqué de l'autre côté du haut promontoire dans la petite baie de Lacville. Là, on l'amarra non loin de l'extrémité du grand pont la plus proche de la rive. Des hommes viendraient bientôt du sud pour emporter quelques-uns des tonneaux, tandis qu'ils rempliraient les autres de marchandises destinées à être rapportées par la rivière à la demeure des Elfes de la Forêt. En attendant, les tonneaux furent laissés à flot, pendant que les elfes du radeau et les bateliers allaient faire bombance à Lacville.

Ceux-ci auraient été bien étonnés s'ils avaient pu voir ce qui se passa près de la rive après leur départ, quand tombèrent les ombres de la nuit. Tout d'abord, Bilbo coupa les cordes qui retenaient l'un des tonneaux, qu'il poussa sur le bord et ouvrit. Des gémissements s'élevèrent de l'intérieur, et en sortit un nain extrêmement chagrin. Sa barbe crottée était parsemée de paille humide ; il était tellement endolori et ankylosé, tellement meurtri et contusionné qu'il pouvait à peine tenir debout ou avancer en trébuchant dans l'eau peu profonde pour s'étendre en gémissant sur la rive. Il avait l'aspect sauvage et affamé d'un chien que l'on aurait oublié à la chaîne une semaine entière dans un chenil. C'était Thorïn, mais on ne le reconnaissait qu'à sa chaîne d'or et à la couleur de son capuchon bleu ciel, maintenant sale et en lambeaux, avec son gland d'argent. Il lui fallut quelque temps pour marquer la moindre politesse envers le hobbit.

« Alors, êtes-vous vivant ou mort ? demanda Bilbo d'un ton tout à fait fâché. (Peut-être avait-il oublié qu'il avait eu au moins un bon repas de plus que les nains et aussi l'usage de ses bras et jambes, sans parler d'une plus large ration d'air.) Êtes-vous toujours en prison ou libre ? Si vous voulez de la nourriture et si vous voulez poursuivre cette stupide aventure — c'est la vôtre, après tout, et non la mienne —, vous feriez mieux de vous claquer les bras et de vous masser les jambes pour m'aider à délivrer les autres pendant que c'est encore possible ! »

Thorïn vit la justesse de cette observation, bien sûr ; aussi, après avoir poussé encore quelques gémissements, il se leva et aida le hobbit de son mieux. Dans l'obscurité, barbotant dans l'eau froide, ce leur fut une tâche difficile et très ingrate que de trouver quels étaient les bons tonneaux. Les coups à l'extérieur et les appels ne révélèrent que six nains en état de répondre. Ceux-ci furent déballés et ils les aidèrent à gagner la terre, où ils s'assirent ou restèrent étendus, marmonnant et gémissant ; ils étaient tellement trempés, meurtris et ankylosés qu'ils se rendirent à peine compte de leur délivrance et qu'ils n'en manifestèrent pas la reconnaissance qui se devait.

Dwalïn et Balïn étaient parmi les plus malheureux, et il était vain de leur demander de l'aide. Bifur et Bofur avaient été moins bousculés et ils étaient plus secs, mais ils restèrent couchés sans vouloir rien faire. Fili et Kili, toutefois, qui étaient jeunes (pour des nains) et qui avaient été mieux emballés avec une abondance de paille dans des barils plus petits, en sortirent plus ou moins souriants avec seulement une ou deux contusions et une raideur qui ne tarda pas à disparaître.

« J'espère ne plus jamais sentir l'odeur des pommes ! dit Fili. Mon tonneau en était saturé. Sentir sans cesse les pommes quand on peut à peine bouger, qu'on a froid et qu'on est affamé, il y a de quoi vous rendre fou. Je pourrais à présent manger pendant des heures d'affilée n'importe quoi de ce qui se mange dans le vaste monde — mais certainement pas une pomme ! »

Avec l'aide empressée de Fili et de Kili, Thorïn et Bilbo finirent par découvrir et libérer le reste de la compagnie. Le pauvre gros Bombur était endormi ou inanimé ; Dori, Nori, Ori, Oïn, et Gloïn étaient tout imbibés d'eau et ne paraissaient qu'à demi vivants ; il fallut les porter tous un à un et les étendre impuissants sur la rive.

« Eh bien, nous voici donc ici ! dit Thorïn. Et nous devons en rendre grâce à nos étoiles et à M. Baggins, je suppose. Il y a bien droit, encore que j'eusse préféré un voyage plus confortable. Enfin... Nous sommes tous tout à votre service, une fois de plus, monsieur Baggins. Nul doute que nous n'éprouvions la reconnaissance qui convient, dès que nous serons nourris et remis. En attendant, qu'allons-nous faire maintenant ?

– Je propose Lacville, dit Bilbo. Quelle autre solution y a-t-il ? »

On ne put rien suggérer d'autre, naturellement ; aussi, laissant le reste de la compagnie, Thorïn, Fili, Kili et le hobbit allèrent le long de la rive jusqu'au grand pont. Des factionnaires étaient postés à l'entrée, mais ils ne montaient pas une garde très attentive, tant il y avait longtemps qu'aucun besoin réel ne s'en était manifesté. À part quelques altercations de temps à autre au sujet de péages pour le passage de la rivière, ils étaient amis avec les Elfes de la Forêt. Les autres gens étaient très éloignés ; d'autre part, certains des jeunes habitants de la ville doutaient ouvertement de l'existence d'un dragon dans la montagne, et ils se moquaient des vieilles barbes et des bonnes femmes qui disaient l'avoir vu voler dans le ciel du temps de leur jeunesse. Dans ces conditions, il n'est point surprenant que les gardes fussent en train de boire et de s'égayer près du feu dans leur cabane et qu'ils n'eussent pas entendu le bruit du déballage des nains ni les pas des quatre éclaireurs. Leur étonnement fut énorme quand Thorïn Oakenshield parut sur le pas de la porte.

« Qui êtes-vous et que voulez-vous ? crièrent-ils, se dressant brusquement et cherchant à tâtons leurs armes.

– Thorïn, fils de Thraïn, fils de Thror, Roi sous la Montagne ! » dit le nain d'une voix forte — et il paraissait bien Roi, en dépit de ses vêtements déchirés et de son capuchon crotté. L'or étincelait à son cou et sur sa poitrine ; ses yeux étaient sombres et profonds : « Je suis revenu. Je désire voir le maître de votre ville ! »

Il y eut alors une formidable agitation. Quelques-uns parmi les plus sots sortirent précipitamment de la hutte comme s'ils s'attendaient que la Montagne se changeât en or dans la nuit et que toutes les eaux du lac devinssent jaunes tout d'un coup. Le capitaine des gardes s'avança.

« Et qui sont ceux-ci ? demanda-t-il, désignant Fili, Kili et Bilbo.

– Les fils de la fille de mon père, répondit Thorïn, Fili et Kili de la race de Durïn, et M. Baggins, qui nous a accompagnés dans notre voyage à partir de l'ouest.

– Si vous venez avec des intentions pacifiques, déposez vos armes ! dit le capitaine.

– Nous n'en avons point, dit Thorïn (et c'était bien vrai : les Elfes de la forêt leur avaient pris leurs couteaux, et aussi la grande épée Orcrist. Bilbo avait sa courte épée, cachée comme à l'ordinaire, mais il n'en dit rien). Nous n'avons pas besoin d'armes, nous qui retournons enfin vers nos possessions, comme il a été annoncé jadis. Nous ne pourrions d'ailleurs nous battre contre un si grand nombre. Conduisez-nous à votre maître !

– Il festoie, dit le capitaine.

– Raison de plus pour nous conduire à lui, s'écria Fili, qui commençait à s'impatienter de ces salamalecs. Nous sommes las et affamés après notre longue route, et certains de nos camarades sont malades. Dépêchez-vous donc sans plus tergiverser, ou votre maître aura peut-être quelque chose à vous dire.

– Eh bien, suivez-moi », dit le capitaine.

Et, accompagné de six hommes, il les conduisit par le pont et les portes jusqu'à la place du marché de la ville. C'était un grand cercle d'eau calme, entouré de hauts piliers sur lesquels s'élevaient les plus importantes maisons et de longs quais de bois, qui comportaient de nombreux degrés et échelles descendant jusqu'à la surface du lac. D'une grande salle venaient le rayonnement d'une quantité de lumières et le bruit de nombreuses voix. Les arrivants franchirent les portes de l'édifice et se trouvèrent, les paupières battantes dans la lumière, devant de longues tables remplies de monde.

« Je suis Thorïn, fils de Thraïn, fils de Thror, Roi sous la Montagne ! Je reviens ! » cria Thorïn d'une voix forte, de la porte, avant que le capitaine n'eût rien pu dire.

Tous se levèrent d'un seul élan. Le Maître de la ville se dressa de son grand fauteuil. Mais personne ne bondit avec plus de surprise que les mariniers des elfes, qui étaient assis au bas bout de la salle. S'avançant en groupe jusqu'à la table du Maître, ils s'écrièrent :

« Ce sont des prisonniers de notre roi, qui se sont évadés, des vagabonds de nains errants, incapables de justifier leur présence, alors qu'ils s'étaient introduits furtivement dans notre forêt et importunaient les nôtres !

– Est-ce vrai ? demanda le Maître (en fait, il trouvait cela infiniment plus probable que le retour du Roi sous la Montagne, si tant était que pareil personnage eût jamais existé).

– Il est exact que nous avons été injustement arrêtés par le Roi des Elfes et incarcérés sans raison comme nous rentrions dans notre pays, répondit Thorïn. Mais ni les serrures ni les barres ne peuvent entraver le retour au foyer prédit jadis. Et cette ville-ci ne fait pas partie du royaume des Elfes de la Forêt. Je m'adresse au Maître de la ville des Hommes du lac, et non aux mariniers du roi. »

Le Maître hésita alors, regardant les uns et les autres tour à tour. Le Roi des Elfes était très puissant dans ces régions et le Maître ne désirait aucune inimitié entre eux ; il n'attachait guère d'importance non plus aux vieilles chansons, consacrant toute son attention au commerce et aux péages, aux cargaisons et à l'or, habitude à laquelle il devait sa position. D'autres, cependant, étaient d'un avis différent, et la question fut rapidement réglée sans lui. La nouvelle s'était répandue comme une traînée de poudre des portes de la salle dans toute la ville. Des cris retentissaient à l'intérieur comme à l'extérieur. Les gens affluaient en hâte sur les quais. Certains commencèrent à chanter les fragments de vieilles chansons concernant le retour du Roi sous la Montagne ; que ce fût le petit-fils de Thror et non Thror lui-même ne les gênait pas le moins du monde. D'autres se joignirent au chant, qui roula, puissant et haut, sur le lac.

Le Roi sous les montagnes,
Le Roi de la pierre taillée,
Le Seigneur des fontaines d'argent
  Rentrera dans ses possessions !

Sa couronne sera relevée,
Sa harpe remontée,
Ses salles retentiront de l'écho doré
  Des chants de jadis rechantés.

Les forêts onduleront sur les montagnes
Et l'herbe sous le soleil !
Ses richesses couleront dans les sources
  Et les rivières courront dorées.

Les ruisseaux couleront dans l'allégresse,
Les lacs scintilleront et brûleront,
  Tout chagrin, toute tristesse passeront
  Au retour du Roi de la Montagne !

Tel fut, à peu de chose près, leur chant ; mais c'était loin d'être tout : il s'y mêlait beaucoup de cris, ainsi qu'une musique de harpes et de violons. En fait, on n'avait pas connu pareille excitation en ville de mémoire du plus vieil aïeul. Les Elfes de la Forêt eux-mêmes commencèrent à s'interroger et même à prendre peur. Ils ignoraient évidemment comment Thorïn s'était évadé, et ils se dirent que leur roi pourrait bien avoir commis une sérieuse erreur. Quant au Maître, il vit qu'il n'y avait rien d'autre à faire qu'à obéir à la clameur générale, pour le moment du moins, et à feindre de prendre Thorïn pour ce qu'il se prétendait. Il lui céda donc son propre grand fauteuil et installa Fili et Kili à ses côtés aux places d'honneur. Même Bilbo reçut un siège à la grande table et, dans le remue-ménage général, aucune explication ne lui fut demandée sur ce qu'il avait à voir dans l'histoire — bien qu'aucune chanson ne fît allusion à lui, fût-ce de la façon la plus obscure.

Peu après, les autres nains furent amenés dans la ville au milieu de manifestations d'un extraordinaire enthousiasme. On les soigna, on les nourrit, on les logea, on les choya de la manière la plus délicieuse et la plus satisfaisante. Une grande maison fut consacrée à Thorïn et à sa compagnie, des embarcations et des rameurs furent mis à leur service ; et des foules de gens restèrent devant la porte à chanter des chansons toute la journée, et elles poussaient des vivats chaque fois qu'un nain montrait seulement le bout de son nez.

Une partie des chansons étaient anciennes ; mais certaines étaient toutes nouvelles et parlaient avec assurance de la mort subite du dragon et de cargaisons de riches présents descendant par la rivière jusqu'à Lacville. Celles-ci étaient inspirées en grande partie par le maître, et elles ne plaisaient pas particulièrement aux nains ; mais en attendant, ils étaient bien contents, et ils ne tardèrent pas à redevenir gras et forts. En fait, au bout d'une semaine, ils étaient tout à fait remis, vêtus de beau drap à leurs couleurs personnelles, avec des barbes bien peignées et bien taillées, et le port fier. À son aspect et à sa démarche, Thorïn paraissait avoir déjà recouvré son royaume, après avoir haché Smaug tout menu.

Alors, comme il l'avait dit, les bons sentiments des nains envers le petit hobbit prirent de jour en jour plus de force. Il n'y avait plus ni gémissements ni murmures. Ils buvaient à sa santé, ils lui tapaient dans le dos et faisaient grand cas de lui ; ce qui n'était pas superflu, car il ne se sentait pas particulièrement heureux. Il n'avait pas oublié l'aspect de la Montagne, ni le dragon, et il avait en outre un rhume affreux. De trois jours, il n'arrêta pas d'éternuer et de tousser et ne put sortir ; et même après cela, ses allocutions aux banquets se bornaient à un « Berci beaucoup ».

Cependant, les Elfes de la forêt étaient repartis sur la Rivière de la Forêt avec leur cargaison, et une grande agitation régnait dans le palais du roi. Je n'ai jamais su ce qui était advenu au chef des gardes et à l'échanson. Rien ne transpira évidemment au sujet des clefs et des tonneaux tant que les nains demeurèrent à Lacville, et Bilbo prit bien soin de ne jamais devenir invisible. Il est probable toutefois qu'on en devina plus qu'on n'en savait, bien que sans nul doute M. Baggins demeurât quelque peu un mystère. En tout cas, le roi connaissait ou croyait connaître maintenant le but des nains, et il se disait : « C'est bon ! On verra ! Aucun trésor ne repassera par Mirkwood sans que j'aie mon mot à dire. Mais je pense qu'ils finiront tous mal, et ils l'auront bien mérité ! »

Lui en tout cas ne croyait pas à la possibilité d'un combat entre des nains et des dragons tels que Smaug, encore moins à celle de la mise à mort de celui-ci, et il soupçonnait fortement une tentative de cambriolage ou quelque chose de cet ordre — ce qui montre que c'était un elfe sagace, plus sagace que les hommes de la ville, bien qu'il n'eût pas tout à fait raison, comme on le verra à la fin. Il envoya ses espions sur les rives du lac et aussi loin au nord, en direction de la Montagne, qu'ils voulaient bien aller — et attendit.

Au bout d'une quinzaine de jours, Thorïn commença à penser au départ. Il y avait lieu de profiter de ce que l'enthousiasme durait encore dans la ville pour obtenir de l'aide. Il ne fallait pas laisser tout se refroidir avec le temps. Il parla donc au maître et à ses conseillers et leur dit que bientôt lui et sa compagnie devraient poursuivre leur route vers la Montagne.

Alors pour la première fois le Maître fut surpris et quelque peu effrayé ; et il se demanda si, après tout, Thorïn n'était pas réellement un descendant des anciens rois. Il n'avait jamais pensé que les nains oseraient vraiment approcher Smaug, les prenant pour des imposteurs qui seraient tôt ou tard découverts et jetés dehors. Il se trompait. Thorïn était bien, évidemment, le petit-fils du Roi sous la Montagne, et nul ne saurait dire ce qu'un nain peut oser et accomplir quand il s'agit de se venger ou de recouvrer ses biens.

Mais le Maître ne regretta nullement de les laisser aller. Leur entretien était coûteux, et leur arrivée avait tout transformé en longues vacances, pendant lesquelles les affaires étaient au point mort.

« Qu'ils s'en aillent turlupiner Smaug, et on verra comment il les accueillera ! » pensait-il.

Mais il dit : « Assurément ô Thorïn, fils de Thraïn, fils de Thror, vous devez revendiquer ce qui vous appartient ! Le moment est venu, comme il a été prédit jadis. Ce que nous pourrons vous donner comme aide vous est acquis, et nous nous fions à votre reconnaissance quand vous aurez recouvré votre royaume. »

Un jour donc, bien que l'automne fût maintenant bien avancé, que les vents fussent froids et que les feuilles tombassent rapidement, trois grandes embarcations quittèrent Lacville, chargées de rameurs, de nains, de M. Baggins et de nombreuses provisions. Des chevaux et des poneys avaient été envoyés par des chemins détournés pour les rejoindre au lieu fixé pour leur débarquement. Le Maître et ses conseillers leur firent leurs adieux au grand escalier de l'hôtel de ville, qui descendait jusqu'au lac. La population chantait sur les quais et aux fenêtres. Les rames blanches plongèrent et firent rejaillir l'eau — et les voilà partis sur le lac en direction du nord pour la dernière étape de leur long voyage. La seule personne vraiment malheureuse était Bilbo.

11

Au seuil de la porte

En deux jours de voyage, ils avaient remonté à la rame tout le Long Lac et passé dans la Rivière Courante, et maintenant ils pouvaient tous voir la Montagne Solitaire, dressée haute et menaçante devant eux. Le courant était fort, et leur allure lente. À la fin du troisième jour, à quelques milles en amont, ils se rapprochèrent de la rive gauche ou ouest et débarquèrent. Ils furent rejoints là par les chevaux, portant d'autres provisions et articles nécessaires, et les poneys destinés à leur usage personnel, que l'on avait envoyés à leur rencontre. Ils chargèrent ce qu'ils purent sur les poneys et mirent le reste en réserve sous une tente ; mais aucun des hommes de la ville ne voulut demeurer avec eux, fût-ce pour une nuit, aussi près de l'ombre de la Montagne.

« En tout cas, pas avant que les chansons ne soient devenues réalité ! » dirent-ils.

En ces régions sauvages, il était plus facile de croire au dragon que de croire Thorïn. En vérité, il n'était besoin d'aucune garde pour leurs réserves, car tout le pays était désolé et vide. Leur escorte les quitta donc et décampa vivement par la rivière et les sentiers menant à la rive, bien que l'obscurité commençât déjà à tomber.

Ils passèrent une nuit froide et solitaire, et leur ardeur s'évanouit. Le lendemain, ils se remirent en route. Balïn et Bilbo chevauchaient en queue, chacun menant à côté de lui un second poney lourdement chargé ; les autres étaient à quelque distance en avant, choisissant un chemin lent, car il n'existait pas de sentiers. Ils se dirigèrent vers le nord-ouest, en oblique à partir de la Rivière Courante, pour s'approcher toujours davantage d'un grand éperon de la Montagne qui se projetait vers eux en direction du sud.

C'était un voyage fastidieux, qu'ils effectuaient furtivement et en silence. Il n'y avait pas de rires, pas de chansons, pas de sons de harpes ; la superbe et les espoirs qui avaient animé leurs cœurs au chant des vieilles chansons près du lac s'étaient mués en un pesant pessimisme. Ils savaient qu'ils approchaient de la fin de leur voyage et que cette fin pourrait être horrible. La contrée se faisait autour d'eux stérile et déserte, bien qu'autrefois elle eût été belle et verdoyante au dire de Thorïn, et bientôt on ne vit plus un arbre ni un buisson, mais seulement des souches brisées et noircies pour rappeler ceux qui avaient depuis longtemps disparu. Ils étaient arrivés à la Désolation du Dragon, et ce au déclin de l'année.

Ils atteignirent néanmoins le pied de la Montagne sans rencontrer aucun danger ni d'autre signe du dragon que le désert qu'il avait établi autour de son antre. La Montagne se tenait, sombre et silencieuse, devant eux, les dominant de plus haut que jamais. Ils établirent leur premier campement sur le versant à l'ouest du grand éperon Sud, qui se terminait par une éminence nommée Ravenhill, le Mont aux Corbeaux. Il y avait eu là un ancien poste de garde ; mais ils n'osèrent la gravir pour le moment car elle était trop exposée.

Avant de se lancer dans l'inspection des éperons Ouest de la Montagne à la recherche de la porte secrète sur laquelle se fondaient tous leurs espoirs, Thorïn envoya des éclaireurs examiner les terres au sud, où se trouvait la Grande Porte. Il choisit pour cela Balïn, Fili et Kili, et avec eux partit Bilbo. Ils marchèrent sous les escarpements gris et silencieux, jusqu'au pied de Ravenhill. À cet endroit, la rivière, après avoir décrit une vaste boucle autour de la vallée de Dale, se détournait de la Montagne pour se diriger vers le lac en un cours rapide et bruyant. La rive était nue et rocheuse, haute et escarpée ; et, regardant de là par-dessus la rivière étroite qui écumait et éclaboussait parmi de nombreux rochers, ils purent voir dans la large vallée ombragée par les bras de la Montagne les ruines grises d'anciennes maisons, tours et murailles.

« Voilà tout ce qui reste de Dale, dit Balïn. Les flancs de la Montagne étaient verts de forêts et toute la vallée abritée était riche et agréable, au temps où les cloches sonnaient dans cette ville. »

Il avait un air en même temps triste et sévère en prononçant ces mots : il était au nombre des compagnons de Thorïn le jour où le dragon était venu.

Ils n'osèrent suivre la rivière beaucoup plus loin en direction de la Porte ; mais ils dépassèrent l'extrémité de l'éperon sud pour pouvoir observer, de derrière un rocher, la sombre et caverneuse ouverture dans une grande paroi à pic entre les bras de la Montagne. Par là jaillissaient les eaux de la Rivière Courante ; et par là sortaient aussi une vapeur et une fumée sombre. Rien ne bougeait sur l'étendue déserte, hormis la vapeur et l'eau et, de temps à autre, quelque noir et sinistre corbeau. Le seul son était celui de l'eau sur les pierres et par moments le croassement strident d'un oiseau. Balïn frissonna.

« Retournons ! dit-il. Nous ne pouvons rien faire de bon ici ! Et je n'aime pas ces oiseaux noirs : ils ont l'air d'espions au service du mal.

– Le dragon est toujours vivant et il est dans les salles sous la Montagne — en tout cas, je l'imagine d'après la fumée, dit le hobbit.

– Ce n'est pas une preuve, dit Balïn, encore que je ne doute pas que vous ayez raison. Mais il pourrait être parti pour quelque temps, ou être couché sur le versant de la Montagne, en observation, ce qui n'empêcherait pas, je pense, que des fumées et des vapeurs ne s'échappent des portes : toutes les salles à l'intérieur doivent être remplies de sa fumante puanteur. »

Sur ces sombres pensées, toujours poursuivis par les corbeaux croassant au-dessus de leur tête, ils revinrent d'un pas las vers le campement. En juin encore, ils avaient été les hôtes de la belle maison d'Elrond et, bien que l'automne glissât maintenant vers l'hiver, il semblait que des années se fussent écoulées depuis cet aimable temps. Ils étaient seuls dans le dangereux désert sans désormais aucune aide à espérer. Ils étaient parvenus au terme de leur voyage, mais aussi loin que jamais, selon toute apparence, du terme de leur quête. Aucun ne conservait beaucoup de courage.

Or, si étrange que cela puisse paraître, M. Baggins en avait beaucoup plus que les autres. Il empruntait souvent la carte de Thorïn et il la consultait longuement, méditant sur les runes et sur le message des lettres lunaires qu'Elrond avait déchiffré. Ce fut lui qui poussa les nains à la périlleuse recherche de la porte secrète sur les pentes à l'ouest. Ils déplacèrent alors leur campement pour l'établir dans une longue vallée au sud, où se trouvaient les Portes de la rivière et que bornaient des éperons inférieurs de la Montagne. Deux de ces éperons se détachaient vers l'ouest de la masse principale en longues arêtes dont l'escarpement tombait à pic vers la plaine. De ce côté occidental, on voyait moins de traces du dragon en maraude, et il y avait de l'herbe pour les poneys. De ce campement à l'ouest, ombragé toute la journée par l'escarpement et le mur jusqu'à ce que le soleil commence à descendre vers la forêt, jour après jour, ils s'acharnèrent à rechercher des sentiers montant au flanc de la montagne. Si la carte était exacte, quelque part, loin au-dessus de l'escarpement à la tête de la vallée, devait se trouver la porte secrète. Jour après jour, ils revenaient au campement sans avoir rien trouvé.

Mais enfin ils découvrirent à l'improviste ce qu'ils cherchaient. Fili, Kili et le hobbit étaient redescendus un jour par la vallée, et ils jouaient des pieds et des mains parmi les rochers éboulés au coin sud. Vers midi, en se glissant derrière une grosse pierre qui se dressait seule comme un pilier, Bilbo tomba sur des marches grossières qui montaient. Les suivant, tout excités, les nains découvrirent les traces d'une piste étroite, qui se perdait souvent pour se retrouver un peu plus loin ; elle serpentait jusqu'au haut de la crête sud pour mener en fin de compte à une corniche encore plus étroite ; celle-ci tournait vers le nord en travers de la face de la Montagne. Regardant en bas, ils virent qu'ils se trouvaient au sommet de l'escarpement qui bornait la vallée et qu'ils surplombaient leur campement. Silencieusement, s'agrippant à droite à la paroi rocheuse, ils avancèrent en file indienne le long de la corniche jusqu'au moment où la paroi s'ouvrit et où ils tournèrent dans un petit renfoncement aux murs raides, au sol herbeux, où régnaient le silence et la tranquillité. L'entrée qu'ils avaient découverte était invisible d'en bas à cause du surplomb de l'escarpement, et de plus loin aussi car elle était si petite qu'elle ne paraissait qu'une fissure noire, sans plus. Ce n'était pas une caverne : le renfoncement était à ciel ouvert ; mais à son extrémité intérieure s'élevait un mur aussi lisse et droit que l'ouvrage d'un maçon, mais sans aucun joint ni fente.

On n'y voyait aucun signe de montant, de linteau ni de seuil, non plus que de barre, de verrou ou de serrure ; ils ne doutèrent point cependant qu'ils avaient enfin découvert la porte.

Ils lui donnèrent des coups, ils la poussèrent, ils la supplièrent de remuer, ils prononcèrent des fragments de formules magiques pour qu'elle s'ouvrît, mais rien ne bougea. Enfin, épuisés, ils se reposèrent sur l'herbe au pied de la porte, et puis, le soir venu, ils commencèrent leur longue descente.

Il y eut grande excitation au campement cette nuit-là. Le lendemain matin, ils s'apprêtèrent à déménager une fois de plus. Seuls Bofur et Bombur furent laissés derrière pour garder les poneys et les provisions qu'ils avaient apportées de la rivière. Les autres descendirent la vallée, remontèrent par le sentier nouvellement découvert, et arrivèrent ainsi à l'étroite corniche. Le long de celle-ci, ils ne pouvaient emporter ni ballots ni paquets tant elle était étroite et vertigineuse avec son à-pic de cent cinquante pieds sur les rochers aigus d'en bas ; mais chacun avait un bon rouleau de corde serré autour de la poitrine, et ainsi, ils finirent par atteindre sans accident le petit renfoncement herbeux.

Ils établirent là leur troisième campement, hissant à l'aide de leurs cordes ce dont ils avaient besoin. Ils purent aussi à l'occasion descendre par la même voie un des nains les plus actifs, tel Kili, pour échanger des nouvelles s'il y en avait ou pour prendre part à la garde d'en bas, tandis que Bofur était hissé jusqu'au campement supérieur. Bombur refusa de monter, tant par la corde que par le sentier.

« Je suis trop gros pour pareils chemins de mouches, dit-il, la tête me tournerait, je me prendrais les pieds dans ma barbe et vous seriez de nouveau treize. Et les cordes à nœuds sont trop minces pour mon poids. »

Heureusement pour lui, cet argument était faux, comme on le verra.

Cependant, certains, explorant le renfoncement au-delà de l'ouverture, découvrirent un sentier qui menait plus haut, toujours plus haut sur la montagne ; mais ils n'osèrent se risquer très loin par là, et il n'y avait d'ailleurs pas grande utilité à le faire. Là-haut régnait un silence que ne rompait aucun oiseau ni aucun son autre que celui du vent dans les crevasses de la pierre. Ils parlaient bas et ne s'appelaient ni ne chantaient jamais, car le danger couvait dans chaque rocher. Les autres, qui s'affairaient sur le secret de la porte, n'eurent pas davantage de succès. Ils étaient trop impatients pour se soucier des runes ou des lettres lunaires, et ils s'escrimaient sans répit à découvrir à quel endroit précis de la face lisse du rocher se cachait la porte. Ils avaient apporté de Lacville des pics et des outils de toute sorte, et tout d'abord ils tentèrent de s'en servir. Mais quand ils frappèrent la pierre, les manches éclatèrent et leur heurtèrent cruellement les bras, tandis que les têtes d'acier se brisaient ou pliaient comme du plomb. La technique des mines, ils le virent clairement, était vaine devant la magie qui avait fermé cette porte ; et ils étaient terrifiés par la répercussion du bruit qu'ils faisaient.

Bilbo trouvait que c'était une occupation ennuyeuse et vaine que de rester assis sur le pas de la porte — il n'y avait pas de véritable pas de porte, bien sûr, mais ils appelaient ainsi par plaisanterie le petit espace herbeux qui s'étendait entre le mur et l'ouverture, en souvenir des paroles de Bilbo il y avait bien longtemps, lors de la partie impromptue dans son trou de hobbit, quand il avait dit qu'ils pouvaient rester assis sur le pas de la porte jusqu'à ce qu'ils aient trouvé une idée. Pour rester assis à réfléchir, ils n'y manquèrent point, quand ils n'erraient pas sans but alentour, et ils devinrent de plus en plus maussades.

La découverte du sentier avait un peu ranimé leur courage, mais à présent leur moral était au plus bas ; et pourtant ils ne voulaient pas renoncer ni s'en aller. Le hobbit ne valait plus guère mieux que les nains. Il ne faisait que rester assis, le dos contre la paroi du rocher, à regarder au loin vers l'ouest par l'ouverture, par-dessus l'escarpement, par-dessus l'étendue des terres, vers le mur noir de Mirkwood et les espaces dans lesquels il croyait parfois entrevoir les Monts Brumeux, tout petits et lointains. Quand les nains lui demandaient ce qu'il faisait, il répondait :

« Vous avez dit que ma tâche serait de rester assis sur le pas de la porte et de réfléchir, sans parler de passer à l'intérieur — alors, je suis assis et je réfléchis. »

Mais je crains bien que sa méditation ne portât pas beaucoup sur sa tâche, mais plutôt sur ce qui se trouvait au-delà du lointain bleu, sur la tranquille Terre de l'Ouest, sur la Colline et sur son trou de hobbit en dessous.

Il y avait au centre de l'herbe une grande pierre grise, et il la contemplait maussadement ou bien il observait les gros escargots qui semblaient aimer le petit renfoncement clos avec ses murs de roc frais, et qui rampaient en grand nombre, lentement et visqueusement, le long des parois.

« Ce sera demain le début de la dernière semaine d'automne, dit un jour Thorïn.

– Et l'hiver suit l'automne, dit Bifur.

– Et l'année prochaine viendra après cela, dit Dwalïn, et nos arbres pousseront assez pour pendre le long de l'escarpement jusqu'à la vallée avant que rien ne se passe ici. Que fait pour nous notre cambrioleur ? Puisqu'il possède un anneau invisible et qu'il devrait à présent savoir parfaitement s'en servir je commence à trouver qu'il pourrait passer par la Grande Porte et aller examiner un peu les choses ! »

Bilbo entendit cette remarque (les nains étaient sur les rochers juste au-dessus de l'enclos où il était assis).

« Seigneur ! pensa-t-il, voilà donc ce qu'ils commencent à penser ! Il faut toujours que ce soit ma pauvre personne qui les sorte de leurs difficultés, du moins depuis le départ du magicien. Que vais-je donc faire ? J'aurais dû penser que quelque chose d'affreux m'arriverait en fin de compte. Je crois que je ne supporterais pas de revoir la malheureuse vallée de Dale ; quant à la porte fumante… ! »

Cette nuit-là, il fut très malheureux et il dormit à peine. Le lendemain, les nains partirent tous à l'aventure en différentes directions ; certains faisaient prendre de l'exercice aux poneys en bas, tandis que d'autres erraient au flanc de la montagne. Toute la journée, Bilbo resta assis mélancoliquement dans le renfoncement herbeux, le regard fixé sur la pierre ou sur l'ouest par l'étroite ouverture. Il éprouvait un curieux sentiment d'attente : « Peut-être le magicien va-t-il soudain revenir aujourd'hui », pensa-t-il.

Quand il levait la tête, il apercevait la forêt au loin. À mesure que le soleil tournait à l'ouest, il y eut un rayonnement jaune sur le faîte lointain, comme si la lumière s'accrochait aux dernières feuilles pâles. Bientôt, il vit la boule orange du soleil descendre devant ses yeux. Il alla à l'ouverture et là, pâle et à peine visible, une mince lune nouvelle dominait l'horizon de la Terre.

À ce moment même, il entendit un brusque craquement derrière lui. Là, sur la pierre grise au milieu de l'herbe, était une énorme grive, d'un noir presque de jais, la poitrine jaune pâle tachetée de points sombres. Crac ! Elle avait saisi un escargot, qu'elle cognait sur la pierre. Crac ! crac !

Tout à coup, Bilbo comprit. Oubliant tout danger, il se tint sur la corniche, d'où il appela les nains à grands cris et gestes de bras. Ceux qui étaient le plus près arrivèrent, culbutant sur les rochers et aussi vite que possible le long de la corniche, se demandant ce qui pouvait bien s'être passé ; les autres crièrent pour demander à être hissés par les cordes (sauf Bombur, naturellement : il dormait).

Bilbo s'expliqua rapidement. Tous gardèrent le silence : le hobbit debout sur la pierre grise et les nains observant avec impatience, la barbe agitée. Leurs espoirs s'évanouirent à mesure que le soleil descendait. Il sombra dans une ceinture de nuages rougis et disparut. Les nains gémirent, mais Bilbo restait toujours là, presque immobile. La petite lune descendait vers l'horizon. Le soir venait. Et soudain, alors que leur espoir était au plus bas, un rayon rouge du soleil perça tel un doigt, par une déchirure du nuage. Une traînée de lumière, pénétrant tout droit par l'ouverture dans le renfoncement, tomba sur la paroi lisse du roc. La vieille grive qui, haut perchée et tête dressée, avait observé de ses yeux en vrille, lança subitement un trille. Il y eut un craquement retentissant. Un éclat de roche se détacha du mur et tomba. Un trou apparut tout à coup à environ trois pieds du sol.

Vite, tremblant de laisser échapper la chance, les nains se précipitèrent vers le rocher et poussèrent — en vain.

« La clef ! La clef ! cria Bilbo. Où est Thorïn ? »

Thorïn s'avança en hâte.

« La clef ! hurla Bilbo. La clef qui accompagnait la carte ! Essayez-la tout de suite pendant qu'il est encore temps ! »

Thorïn s'approcha alors et retira de son cou la clef au bout de sa chaîne. Il la mit dans la serrure. Elle s'y adaptait, et elle tourna ! Clic ! La lueur s'éteignit, le soleil disparut, la lune était partie, et le soir envahit tout le ciel.

Tous alors poussèrent ensemble, et lentement un pan de rocher céda. De longues fentes droites apparurent, qui allèrent s'élargissant. Une porte de cinq pieds de haut et de trois pieds de large se dessina ; et lentement, sans aucun bruit, elle s'ouvrit vers l'intérieur. On eût dit que l'obscurité s'échappait comme une vapeur du trou dans le flanc de la montagne, et d'épaisses ténèbres, dans lesquelles plus rien n'était discernable, s'étendirent devant leurs yeux : une bouche s'ouvrait béante menant vers les profondeurs.

12

Information secrète

Longtemps, les nains restèrent à débattre dans le noir devant la porte, jusqu'à ce que Thorïn parlât :

« Maintenant est venu le moment d'intervenir pour notre estimé M. Baggins, qui s'est révélé un bon compagnon au cours de notre long voyage, un hobbit plein de courage et de ressources qui excèdent de beaucoup sa taille et, s'il m'est permis de le dire, doué d'une chance qui excède de beaucoup la part habituelle — maintenant est venu pour lui le temps d'accomplir le service pour lequel il a été inclus dans notre Compagnie ; maintenant est venu pour lui le temps de gagner sa Récompense. »

Vous êtes familiarisé avec le style de Thorïn dans les circonstances importantes ; je ne vous en donnerai donc pas un plus ample échantillon, bien que son discours se fût poursuivi. C'était certes une circonstance importante, mais Bilbo ressentit quelque impatience. Lui aussi était tout à fait familiarisé avec Thorïn, et il savait à quoi l'autre voulait en venir.

« Si ce que vous entendez, c'est qu'il me revient de pénétrer le premier dans le passage secret, ô Thorïn, fils de Thraïn, Oakenshield, que votre barbe pousse toujours plus longue, fit-il avec humeur, dites-le tout de suite et qu'on en finisse ! Je pourrais refuser. Je vous ai déjà tiré deux fois d'un pétrin qui ne relevait guère de nos conventions originales, de sorte que quelque récompense m'est déjà due, je pense. Mais « la troisième fois rapporte pour toutes », comme disait mon père, et, je ne sais pourquoi, je pense que je ne refuserai pas. Peut-être ai-je commencé à me fier davantage à ma chance que je ne le faisais autrefois (il entendait par là le printemps précédent, avant son départ de chez lui, mais cela lui paraissait être des siècles auparavant) ; en tout cas, je crois que je vais aller jeter un coup d'œil tout de suite pour en finir. Alors, qui vient avec moi ? »

Il ne s'attendait pas à un chœur de volontaires ; aussi ne fut-il pas déçu. Fili et Kili se tenaient sur une jambe, l'air gêné, mais les autres ne firent aucun semblant d'offre, sauf le vieux Balïn, l'homme de guet, qui avait une certaine sympathie pour le hobbit. Il dit qu'il pénétrerait tout au moins à l'intérieur et qu'il y ferait même peut-être un bout de chemin, prêt à appeler à l'aide si c'était nécessaire.

Tout ce qu'on peut dire en faveur des nains, c'est qu'ils avaient l'intention de payer Bilbo de ses services avec une vraie largesse ; ils l'avaient amené à faire pour eux un sale travail, et il leur était égal que le pauvre petit bonhomme le fît s'il le voulait bien ; mais ils se seraient tous mis en quatre pour le tirer d'affaire pour peu qu'il fût en difficulté, comme ils l'avaient fait dans le cas des trolls au début de leurs aventures, avant qu'ils n'eussent aucune raison particulière de lui être reconnaissants. C'est ainsi : les nains ne sont pas des héros, mais des calculateurs qui ont une haute idée de la valeur de l'argent ; certains, astucieux et déloyaux, sont d'assez mauvais drôles ; d'autres sont au contraire d'assez braves gens, tels Thorïn et Cie, si l'on n'attend pas trop d'eux.

Les étoiles sortaient derrière lui dans un ciel pâle, barré de noir, quand le hobbit se glissa dans la porte enchantée et pénétra en catimini dans la Montagne. La chose fut beaucoup plus aisée qu'il ne s'y attendait. Il ne trouvait pas là une entrée de gobelins ou une grossière caverne d'Elfes de la Forêt. C'était un passage creusé par les nains à l'apogée de leur richesse et de leur art : droit comme une règle, au sol lisse et aux parois douces, il descendait directement par une pente toujours égale vers quelque but éloigné dans les ténèbres d'en bas.

Au bout d'un moment, Balïn souhaita « Bonne chance ! » à Bilbo et s'arrêta là où il pouvait encore voir le faible contour de la porte et, par un jeu des échos dans le tunnel, entendre le bruissement des voix des autres qui chuchotaient juste au-dehors. Le hobbit passa alors l'anneau à son doigt et, averti par les échos d'avoir à prendre le maximum de précautions pour ne faire aucun bruit, il descendit, descendit, descendit silencieusement dans le noir. Il tremblait de peur, mais son petit visage était rigide et sévère. C'était déjà un hobbit très différent de celui qui était parti en courant, oubliant son mouchoir, de Bag End, voilà bien longtemps. Il y avait des siècles qu'il n'avait plus de mouchoir. Il dégagea son poignard de son fourreau, serra sa ceinture et poursuivit son chemin.

« À présent, tu n'y coupes plus, Bilbo Baggins, se dit-il. Tu es allé fourrer la main là-dedans ce fameux soir de la partie, et maintenant il te faut payer pour la ressortir ! Mon Dieu, quel âne ai-je été et suis-je encore ! s'écria son côté le moins Took. Je n'ai que faire de trésors gardés par des dragons, et tout le magot pourrait bien rester ici à tout jamais si seulement je pouvais me réveiller et découvrir que ce sacré tunnel n'était que mon propre vestibule, à la maison ! »

Il ne se réveilla pas, évidemment, mais continua d'avancer toujours, jusqu'à ce que tout signe de la porte eût disparu derrière lui. Il était entièrement seul. Bientôt, il éprouva une sensation de chaleur.

« Est-ce une sorte de lueur rouge qu'il me semble voir approcher juste devant moi, là-bas ? » pensa-t-il.

C'en était une. Elle augmenta au fur et à mesure qu'il avançait, et il n'y eut bientôt plus aucun doute à ce sujet. C'était une lumière rouge dont l'intensité augmentait régulièrement. Et il faisait indubitablement chaud à présent dans le tunnel. Des traînées de vapeur flottaient dans l'air et passaient autour de lui, et il se mit à transpirer. Un son commença aussi à vrombir à ses oreilles, une sorte de bouillonnement semblable au bruit d'une grande marmite sur le feu, mêlé d'un grondement qui faisait penser au ronronnement de quelque gigantesque matou. En croissant, ce son révéla l'indubitable gargouillement d'un énorme animal, ronflant dans son sommeil, là en bas au milieu de la lueur rouge que le hobbit avait devant lui.

À ce point, Bilbo s'arrêta. Poursuivre son chemin fut l'acte le plus courageux qu'il devait jamais oser. Les événements formidables qui se produisirent ensuite n'étaient rien en comparaison. Il mena le vrai combat seul dans le tunnel, avant d'avoir vu le vaste danger qui l'attendait. Quoi qu'il en soit, après une courte halte, il reprit sa progression ; et vous pouvez vous le représenter arrivant à l'extrémité du tunnel, c'est-à-dire à une ouverture de la même dimension et de la même forme que la porte d'en haut. La petite tête du hobbit jette un regard furtif au travers. Devant lui s'étend la grande cave la plus profonde, le cul-de-basse-fosse, des anciens nains, au cœur même de la Montagne. Il y règne une obscurité presque totale, de sorte que l'on n'en peut deviner que de façon imprécise toute l'étendue, mais une grande lueur s'élève de la partie la plus proche du sol rocheux. Le rougeoiement de Smaug !

Il était étendu là, le grand dragon rouge doré, profondément endormi ; un bruit monotone venait de ses mâchoires et de ses naseaux, ainsi que des rubans de fumée, mais dans son sommeil ses feux étaient bas. Sous lui, sous tous ses membres et son immense queue et de tous côtés autour de lui, s'étendant partout sur le sol invisible, était entassée une masse de choses précieuses, or travaillé et or brut, pierres et joyaux, et argent, teintés de pourpre dans la lumière rougeoyante.

Smaug était allongé, les ailes repliées, comme une immense chauve-souris, à demi tourné sur le côté, de sorte que le hobbit pouvait voir son long ventre pâle, qu'un long repos sur sa couche somptueuse avait tout incrusté de gemmes et de parcelles d'or. Derrière lui, là où les murs étaient le plus proches, on apercevait vaguement des cottes de mailles, des heaumes et des haches, des épées et des lances suspendus ; et là étaient alignés de grandes jarres et des récipients remplis de richesses incalculables.

Dire que Bilbo en eut le souffle coupé ne signifie rien. Il n'est plus de mots pour exprimer son éblouissement depuis que les Hommes ont changé le langage qu'ils avaient appris des elfes à l'époque où le monde entier était merveilleux. Bilbo avait déjà entendu parler dans les récits et les chants des réserves des dragons, mais il n'aurait jamais imaginé la splendeur et l'éclat d'un pareil trésor. Il eut le cœur empli de ravissement ainsi que du désir des nains ; et il contemplait sans mouvement, oubliant presque le terrible gardien, l'or sans prix ni mesure.

Il le contempla pendant un temps qui semblait un siècle ; mais enfin, attiré presque malgré lui, il se glissa hors de l'ombre de la porte et franchit l'espace qui le séparait du bord le plus proche des monceaux du trésor. Au-dessus de lui était étendu le dragon, affreuse menace, même dans son sommeil. Bilbo saisit une coupe à deux anses, aussi lourde qu'il pouvait la porter, et leva un regard craintif. Smaug remua une aile et ouvrit une griffe ; son ronflement changea de ton.

Bilbo s'enfuit. Mais le dragon ne se réveilla pas — pas encore — et il passa à de nouveaux rêves d'avidité et de violence, couché là dans sa salle cambriolée, tandis que le petit hobbit remontait laborieusement le long tunnel. Il avait le cœur battant et ses jambes tremblaient plus fiévreusement qu'à sa descente ; mais il étreignait toujours la coupe, et sa principale pensée était : « Je l'ai fait ! Ceci le leur prouvera. "Davantage l'air d'un épicier que d'un cambrioleur", vraiment ! Eh bien, on n'entendra plus de choses de ce genre. »

Il ne devait plus en entendre, en effet. Balïn fut transporté de joie de revoir le hobbit et sa surprise ne le cédait en rien à son ravissement. Il souleva Bilbo et le porta à l'air libre. Il était minuit et les nuages cachaient les étoiles, mais Bilbo resta étendu, les yeux fermés, haletant et prenant plaisir à la sensation retrouvée de l'air frais ; et il remarqua à peine l'excitation des nains ou la façon dont ils le louaient, lui donnaient des tapes dans le dos et se mettaient eux-mêmes et leur famille à son service pour des générations à venir.

Les nains se passaient toujours la coupe de main en main, parlant avec joie de la récupération de leur trésor, quand tout à coup un puissant grondement s'éleva dans la Montagne comme d'un ancien volcan qui se déciderait à reprendre ses éruptions. La porte se referma presque derrière eux et elle n'en fut empêchée que par une pierre ; mais par le long tunnel montèrent, en provenance des lointaines profondeurs, les horribles échos d'un mugissement et d'un piétinement qui faisaient trembler la terre sous leurs pieds.

Les nains oublièrent alors leur joie et leurs confiantes vanteries d'un moment auparavant et, de peur, ils se firent tout petits. Il fallait encore compter avec Smaug. Il n'est pas prudent d'écarter de ses calculs un dragon vivant, quand on est près de lui. Il se peut que les dragons n'aient guère d'emploi réel pour leurs richesses, mais ils les connaissent, en règle générale, à une once près, surtout quand ils les possèdent depuis longtemps ; et Smaug ne faisait pas exception. Il avait passé d'un rêve inquiétant (dans lequel figurait de façon très déplaisante un guerrier, tout à fait insignifiant par la taille, mais pourvu d'une épée implacable et d'un grand courage) à la somnolence, et de la somnolence au réveil complet. Il y avait une bouffée d'air étrange dans sa caverne. Pouvait-il venir un courant d'air de ce petit trou ? Il n'avait jamais beaucoup aimé le voir là, si petit fût-il, et maintenant il lui jeta un regard noir et soupçonneux, se demandant pourquoi il ne l'avait jamais obturé. Récemment, il avait presque cru surprendre les échos affaiblis de coups frappés dans les lointaines régions supérieures, venus par là jusqu'à son antre. Il remua et tendit le cou pour renifler. Alors, il vit que la coupe manquait.

Au voleur ! Au feu ! Au meurtre ! Pareille chose ne s'était jamais produite depuis sa venue même à la Montagne ! Sa rage passe toute description — c'était le genre de rage des gens riches qui, possédant bien plus que ce dont ils peuvent jouir, perdent soudain ce qu'ils avaient depuis longtemps sans jamais s'en servir ou sans en avoir jamais eu besoin. Il vomit son feu, la salle fuma, il secoua le cœur de la Montagne. Il appliqua en vain sa tête au petit trou, puis développant toute sa longueur, rugissant comme le tonnerre sous la terre, il sortit vivement de son antre, passa dans les énormes couloirs du palais de la Montagne et monta vers la Grande Porte.

Son unique pensée était de parcourir toute la Montagne jusqu'à ce qu'il eût attrapé le voleur pour le déchirer et le piétiner. Il sortit de la Porte, les eaux s'élevèrent en furieuses et sifflantes vapeurs, et il prit son vol, flamboyant, pour se poser sur le sommet de la Montagne dans un jaillissement de flammes vertes et écarlates. Les nains entendirent l'affreuse rumeur de son vol ; ils se blottirent contre les parois de la terrasse herbeuse et se tapirent sous les blocs de pierre, espérant échapper d'une façon ou d'une autre aux yeux effrayants du dragon chasseur.

À ce moment, ils auraient tous été tués sans l'intervention, une fois de plus, de Bilbo : « Vite ! vite ! cria-t-il, haletant. La porte ! Le tunnel ! Ça ne vaut rien, ici. »

Aiguillonnés par ces mots, ils allaient se glisser dans le tunnel, quand Bifur poussa un cri : « Mes cousins ! Bombur et Bofur : on les a oubliés ; ils sont en bas dans la vallée !

– Ils vont être massacrés et tous nos poneys aussi, et nos provisions seront perdues, gémirent les autres. On ne peut rien faire.

– Ne dites pas de bêtises ! s'écria Thorïn, recouvrant sa dignité. Nous ne pouvons pas les abandonner. Passez à l'intérieur, monsieur Baggins et Balïn, et vous deux, Fifi et Kili — le dragon ne nous aura pas tous. Et maintenant, vous autres, où sont les cordes ? Vite ! »

Ce furent peut-être les pires de tous les moments qu'ils avaient vécus. Les échos horribles de la colère de Smaug retentissaient dans les creux des rochers loin au-dessus d'eux ; et il pouvait à tout moment descendre dans son flamboiement ou tourner en rond pour les trouver là, au bord du dangereux précipice, halant éperdument leurs cordes. Bifur arriva, et tout allait encore. Bombur monta, suant et soufflant, tandis que les cordes grinçaient, et tout allait encore. Vinrent ensuite des outils et des paquets et alors le danger fut sur eux.

Un vrombissement se fit entendre. Une lueur rouge toucha les pointes des rochers dressés. Le dragon arrivait.

Ils avaient eu tout juste le temps de regagner le tunnel, tirant et traînant à l'intérieur leurs colis, quand Smaug fondit du nord, léchant de flammes les flancs de la montagne et battant de ses grandes ailes avec un bruit de vent furieux. Son haleine brûlante dessécha l'herbe devant la porte et, pénétrant par la fente qu'ils avaient laissée, les rôtit légèrement dans leur cachette. Des flammes vacillantes s'élevèrent et des ombres noires de rochers se mirent à danser alentour. Puis l'obscurité retomba comme il s'éloignait de nouveau. Les poneys hennirent de terreur, rompirent leurs attaches et s'enfuirent en un galop affolé. Le dragon vira et, piquant à leur poursuite, disparut.

« Voilà qui sera la fin de nos pauvres bêtes ! dit Thorïn. Rien ne peut échapper à Smaug une fois qu'il l'a vu. Ici nous sommes et ici il nous faudra rester, à moins qu'il ne prenne fantaisie à quelqu'un de parcourir à découvert les longs milles qui nous séparent de la rivière, avec Smaug aux aguets ! »

L'idée n'était pas plaisante ! Ils se tapirent plus loin dans le tunnel et restèrent là, frissonnant malgré la chaleur et le renfermé, jusqu'à l'apparition de l'aube pâle dans l'entrebâillement de la porte. De temps à autre, ils pouvaient entendre dans la nuit croître, puis passer et s'évanouir le grondement du dragon en vol, tandis qu'il tournoyait dans sa chasse autour de la montagne.

Il avait deviné à la présence des poneys et aux traces des campements que des hommes étaient venus de la rivière et du lac, et il avait fouillé le flanc de la montagne à partir de la vallée où étaient les poneys ; mais la porte avait échappé à son regard scrutateur, et les hautes parois du petit renfoncement l'avaient tenue à l'abri de ses flammes les plus ardentes. Longtemps il avait chassé sans résultat, quand l'aube refroidit sa colère, et il regagna sa couche dorée pour dormir — et pour reprendre de nouvelles forces. Il se refusait à oublier ou à pardonner le vol, dussent mille ans le changer en pierre brûlante, mais il pouvait se permettre d'attendre. Avec lenteur et en silence, il rampa jusqu'à son antre et ferma à demi les yeux.

Quand vint le matin, la terreur des nains se fit moins grande. Ils se rendaient compte que les dangers de cette sorte étaient inévitables lorsqu'on avait affaire à pareil gardien, et qu'il eût été absurde d'abandonner leur quête à ce point. Ils ne pouvaient d'ailleurs s'échapper pour le moment, comme Thorïn l'avait signalé. Leurs poneys étaient perdus ou avaient été tués, et il leur faudrait attendre que Smaug relâchât suffisamment sa surveillance pour se risquer au long parcours à pied. Par bonheur, ils avaient sauvé suffisamment de provisions pour subsister quelque temps.

Ils débattirent longuement de la conduite à tenir, mais ils ne trouvèrent aucun moyen de se débarrasser de Smaug — ce qui avait toujours été le point faible de leurs plans, comme Bilbo eut envie de le faire remarquer. Puis, comme il est habituel aux gens mécontents, ils commencèrent à récriminer contre le hobbit, le blâmant de ce qui, au début, leur avait fait tant de plaisir : d'avoir rapporté une coupe et d'avoir éveillé si tôt la colère de Smaug.

« Que pensez-vous que doive faire un cambrioleur ? demanda Bilbo avec irritation. Je n'ai pas été engagé pour tuer des dragons, ce qui est la tâche d'un guerrier, mais pour voler un trésor. J'ai commencé du mieux que j'ai pu. Espériez-vous donc me voir revenir en trottant avec tout l'amas de richesses de Thror sur le dos ? Si quelqu'un a le droit de grogner, c'est plutôt moi. Vous auriez dû amener cinq cents cambrioleurs et non un seul. Assurément cela fait grand crédit à votre aïeul, mais vous ne pouvez pas prétendre m'avoir jamais éclairé sur la vaste étendue de ses biens. Il me faudrait des centaines d'années pour remonter tout cela, quand bien même je serais cinquante fois plus grand et Smaug serait-il aussi doux qu'un lapin. »

Après cette sortie, évidemment, les nains lui demandèrent pardon.

« Que proposez-vous de faire, alors, monsieur Baggins ? demanda poliment Thorïn.

– Je n'en ai aucune idée pour le moment — si vous voulez parler de l'enlèvement du trésor. Cela dépend évidemment tout à fait de quelque retournement de la chance et d'une occasion de se débarrasser de Smaug.

Se débarrasser de dragons n'est pas du tout mon rayon, mais j'y penserai de mon mieux. Personnellement, je n'ai aucun espoir, et je voudrais bien être de nouveau en sécurité chez moi.

– Ne vous inquiétez pas de cela pour l'instant ! Que devons-nous faire maintenant, aujourd'hui ?

– Eh bien, si vous désirez vraiment mon avis, je dirai que nous n'avons rien d'autre à faire que rester où nous sommes. De jour, nous pouvons sans doute nous glisser dehors sans trop de danger pour prendre un peu l'air. Peut-être avant peu pourrons-nous choisir un ou deux d'entre nous pour aller nous réapprovisionner à la réserve près de la rivière. Mais entre-temps tout le monde devrait être bien à l'intérieur du tunnel à la nuit.

« Je vais toutefois vous faire une proposition. J'ai mon anneau, et je descendrai ce midi même — c'est alors ou jamais que Smaug devrait faire un somme — pour voir ce qu'il manigance. Peut-être se présentera-t-il quelque chose. « Tout ver a son point faible », comme disait mon père, bien que ce ne fût pas d'après son expérience personnelle, j'en suis sûr. »

Les nains acceptèrent naturellement cette offre avec empressement. Ils en étaient déjà venus à respecter le petit Bilbo. Il était devenu maintenant le chef réel de leur aventure. Il avait commencé d'avoir des idées et des plans à lui. Midi venu, il s'apprêta à descendre pour une nouvelle expédition à l'intérieur de la Montagne. Il n'aimait pas cela, bien sûr ; mais c'était moins terrible maintenant qu'il savait plus ou moins ce qui l'attendait. S'il en avait su plus long sur les dragons et sur leurs ruses, il aurait peut-être été davantage effrayé et il aurait eu moins d'espoir de trouver celui-ci en train de sommeiller.

Le soleil brillait lors de son départ, mais, dans le tunnel, il faisait aussi noir que la nuit. La lumière venue de la porte, presque fermée, ne tarda pas à s'évanouir à mesure qu'il descendait. Son avance était si silencieuse qu'une fumée portée par une douce brise l'aurait à peine été davantage, et il était enclin à une certaine fierté de lui-même, quand il approcha de la porte inférieure. On ne voyait qu'une lueur extrêmement faible.

« Le vieux Smaug est fatigué et il dort, pensa-t-il. Il ne peut me voir et il ne m'entendra pas. Courage, Bilbo ! »

Il avait oublié ou avait toujours ignoré le sens olfactif des dragons. C'est aussi un fait curieux qu'ils peuvent garder un œil à demi ouvert pour surveiller les alentours pendant leur sommeil, s'ils ont quelque soupçon.

Smaug paraissait certainement plongé dans un profond sommeil ; il semblait mort et sombre, et il y avait à peine un ronflement en plus d'une bouffée de vapeur invisible quand Bilbo jeta une nouvelle fois un regard de l'entrée. Il allait pénétrer sur le sol de la cave, quand il aperçut soudain un rayon rouge, mince et perçant, qui sortait de sous la paupière abaissée de l'œil gauche de Smaug. Il ne faisait que semblant de dormir ! Il surveillait l'entrée du tunnel ! Bilbo recula précipitamment, bénissant la chance qu'il avait de posséder son anneau.

Alors, Smaug parla.

« Eh bien, voleur ! Je te sens et je sens ton air. Je t'entends respirer. Approche donc ! Sers-toi de nouveau, il y a de quoi et plus qu'il n'en faut ! »

Mais Bilbo n'était pas tout à fait ignare en la connaissance des dragons et, si Smaug espérait le faire approcher aussi aisément que cela, il fut déçu : « Non, merci, ô Smaug le Terrible ! répondit-il. Je ne suis pas venu chercher des cadeaux. Je voulais seulement vous regarder pour voir si vous étiez vraiment aussi grand que le disent les récits. Je ne le croyais pas.

– Et maintenant ? dit le dragon, un peu flatté, même s'il se méfiait beaucoup.

– Pour être franc, les chants et les contes sont très en dessous de la réalité, ô Smaug, Première et Principale des Calamités, répliqua Bilbo.

– Tu as de bonnes manières pour un voleur et un menteur, dit le dragon. Mon nom semble t'être tout à fait familier, mais je ne me souviens pas de t'avoir déjà senti. Qui es-tu et d'où viens-tu, s'il m'est permis de te le demander ?

– Certainement ! Je viens de sous la colline et mon chemin menait sous la colline et par-dessus les collines. Et par les airs. Je suis celui qui marche invisible.

– Je veux bien le croire, dit Smaug, mais ce n'est guère là ton nom usuel.

– Je suis le découvreur de clefs, le coupeur de toiles, la mouche piquante. J'ai été choisi pour le bon numéro.

– Voilà de beaux titres ! fit le dragon d'un ton sarcastique. Mais les bons numéros ne sortent pas toujours.

– Je suis celui qui enterre ses amis vivants, les noie et les retire de nouveau vivants de l'eau. Je suis venu du fond d'un sac, mais aucun sac ne m'a recouvert *.

– Ces titres-là ne me paraissent pas aussi honorables, dit Smaug, railleur.

– Je suis l'ami des ours et l'hôte des aigles. Je suis Gagnantdanneau et Porteurdechance ; je suis Monteurdetonneaux, poursuivit Bilbo, qui commençait de se plaire à ses énigmes.

– Voilà qui est mieux ! dit Smaug. Mais ne te laisse pas emporter par ton imagination. »

C'est ainsi, naturellement, qu'il convient de parler aux dragons lorsqu'on ne veut pas révéler son vrai nom (ce qui est sage) et qu'on ne veut pas non plus les rendre furieux en leur opposant un refus catégorique (ce qui est tout aussi sage). Aucun dragon ne peut résister à la fascination de propos énigmatiques et ne peut se retenir de perdre son temps à essayer de les comprendre. Il y avait quantité de choses dans ceux-ci que Smaug ne comprenait pas du tout (bien que vous, vous les compreniez, je suppose, puisque vous connaissez toutes les aventures auxquelles Bilbo faisait allusion), mais il croyait en comprendre suffisamment et il riait en son vilain for intérieur.

« C'est bien ce que je pensais hier soir, se dit-il en souriant. Des gens du lac, quelque sale plan de ces misérables gens du lac qui font le trafic des tonneaux, ou je ne suis qu'un lézard. Je ne suis pas descendu de ce côté depuis des siècles ; mais je ne vais pas tarder à y mettre bon ordre ! »

* L'endroit où habitait le hobbit s'appelait *Bag-End* : Fond du Sac.

« Très bien, ô Monteur de Tonneaux ! dit-il à voix haute. Peut-être Tonneaux était-ce le nom de ton poney ; mais peut-être que non, bien qu'il fût assez gros. Tu peux marcher invisible, mais tu n'as pas fait tout le chemin à pied. Permets-moi de te dire que j'ai mangé hier soir six poneys et que j'attraperai et mangerai tous les autres avant peu. En remerciement de cet excellent repas, je vais te donner pour ton bien un bon conseil : n'aie pas trop affaire avec les nains, si tu peux l'éviter !

– Les nains ! dit Bilbo avec une feinte surprise.

– Ne me raconte pas d'histoires ! dit Smaug. Je connais l'odeur (et le goût) des nains — personne ne les connaît mieux que moi. Ne viens pas me dire que je pourrais manger un poney qui a été monté par des nains, sans le savoir ! Tu finiras mal, si tu fréquentes de pareils amis, Voleur Monteur de Tonneaux. Tu peux aller le leur dire de ma part. »

Mais il n'avoua pas à Bilbo qu'il y avait une odeur qu'il n'arrivait pas à identifier : l'odeur de hobbit ; elle lui était inconnue, ce qui l'embarrassait grandement.

« Je suppose que tu as tiré un bon prix de cette coupe, hier soir ? poursuivit-il. Est-ce vrai, allons ? Rien du tout ! Voilà qui est bien d'eux. Et je suppose qu'ils se dérobent à l'ouvrage là-dehors : c'est à toi qu'il appartient de faire tout le travail dangereux et d'attraper ce que tu peux pendant que je ne regarde pas — et cela pour eux ? Et tu recevras une honnête part ? N'en crois rien ! Tu auras bien de la chance si tu en sors vivant. »

Bilbo commençait à se sentir vraiment mal à l'aise. Il tremblait chaque fois que l'éclair de l'œil errant de Smaug, qui le cherchait dans l'ombre, passait sur lui, et il était saisi d'un désir inexplicable de se précipiter en avant, de se montrer et de dire la vérité au dragon. En fait, il était en grand danger de tomber sous le charme des dragons. Mais, rassemblant son courage, il éleva de nouveau la voix :

« Vous ne savez pas tout, ô Smaug le Puissant, dit-il. Ce n'est pas seulement l'or qui nous a amenés ici.

– Ha, ha ! Tu admets le "nous", s'écria sardoniquement Smaug. Pourquoi ne pas dire "nous quatorze" pour en terminer, monsieur le Bon Numéro ? Je suis heureux d'apprendre que vous aviez dans ces régions un autre but en dehors de mon or. Dans ce cas, peut-être ne perdrez-vous pas entièrement votre temps.

« Je ne sais pas s'il vous est venu à l'idée que, même si vous pouviez voler l'or bribe par bribe — ce qui serait l'affaire d'une centaine d'années —, vous ne pourriez l'emporter bien loin ? Il ne servirait pas à grand-chose au flanc de la montagne. Ni dans la forêt. Vous n'avez donc jamais songé à cet attrape-nigaud, Dieu me bénisse ! Une part d'un quatorzième ou quelque chose d'approchant, je gage ; c'étaient là vos conventions, hein ? Mais la livraison ? Et le transport ? Et les gardes armés et les péages ? »

Là-dessus, Smaug partit d'un grand rire. Il avait le cœur méchant et roublard, et il savait que ses hypothèses étaient proches de la vérité ; il soupçonnait toutefois que les Hommes du Lac étaient à la base du plan et que la plus grosse part du butin était censée s'arrêter dans la ville située sur la rive et nommée à l'origine Esgaroth.

Vous aurez peine à le croire, mais le pauvre Bilbo fut vraiment déconcerté. Jusqu'alors, il avait consacré toute sa pensée et toute son énergie à parvenir jusqu'à la Montagne et à en découvrir l'entrée. Il ne s'était jamais soucié de la façon d'enlever le trésor et encore moins de savoir comment rapporter aussi loin que Bag-End Sous La Colline la part qui pourrait lui échoir.

Alors un vilain soupçon commença de s'élever dans son esprit : les nains avaient-ils, eux aussi, négligé ce point important ou s'étaient-ils tout de long moqués de lui sous cape ? C'est là l'effet de la parole d'un dragon sur les gens qui manquent d'expérience. Bilbo aurait dû être sur ses gardes, bien sûr : mais Smaug avait une personnalité assez irrésistible.

« Je vous le répète, dit le hobbit, s'efforçant de demeurer loyal envers ses amis et de tenir bon, l'or n'a été pour nous qu'une pensée après coup. Nous sommes venus par-dessus et sous les collines, contre vents et marées, pour prendre notre *Revanche.* Vous devez bien vous rendre compte, ô Smaug aux richesses incommensurables, que votre succès vous a fait des ennemis acharnés. »

Smaug partit alors d'un rire véritable — ce fut un bruit dévastateur qui projeta Bilbo sur le sol, tandis que là-haut dans le tunnel, les nains se blottissaient les uns contre les autres, imaginant que le hobbit avait soudain rencontré une fin fatale.

« Une revanche ! s'écria-t-il avec un grand reniflement — et la lueur de ses yeux éclaira brusquement la salle du sol à la voûte comme un éclair écarlate. Une revanche ! Le Roi sous la Montagne est mort et où donc sont ses parents qui oseraient aspirer à la revanche ? Girion, Seigneur de Dale, est mort, et j'ai mangé ses gens comme un loup parmi les moutons, et où sont les fils de ses fils qui oseraient m'approcher ? Je tue partout où je veux et nul n'ose me résister. J'ai abattu les guerriers de jadis, et ils n'ont pas de pareils au monde aujourd'hui. Je n'étais alors que tout jeune et tendre. Maintenant je suis vieux et fort, fort, fort, Voleur dans les Ombres ! s'écria-t-il d'un air triomphant. Mon armure vaut dix boucliers, mes crocs sont des épées, mes griffes des lances, le choc de ma queue est semblable à la foudre, mes ailes à un ouragan et mon souffle est mortel !

– J'ai toujours entendu dire, fit Bilbo sur un petit ton aigu d'effroi, que les dragons étaient plus mous par en dessous, surtout dans la région de… euh, euh… du poitrail ; mais sans doute quelqu'un d'aussi bien fortifié y a-t-il songé. »

Le dragon s'arrêta net dans ses vantardises : « Tes renseignements sont périmés, jeta-t-il d'un ton sec. Je suis cuirassé, sur le dessous comme sur le dessus, d'écailles de fer et de gemmes dures. Aucune lame ne peut me percer.

– J'aurais pu le deviner, dit Bilbo. En vérité, on ne pourrait trouver nulle part l'égal du Seigneur Smaug l'Impénétrable. Quelle splendeur de posséder un gilet de magnifiques diamants !

– Oui, c'est assurément rare et merveilleux », dit Smaug, se rengorgeant.

Il ignorait que le hobbit avait entrevu son revêtement de dessous lors d'une précédente visite et qu'il grillait de l'envie de voir la chose de plus près pour des raisons personnelles. Le dragon se retourna sur le dos : « Regarde, dit-il. Que penses-tu de cela ?

« Merveilleux ! Éblouissant ! Parfait ! Sans défaut ! Renversant ! » s'exclama Bilbo, mais il pensait intérieurement : « Vieux fou ! Il y a un grand morceau dans le creux du sein gauche qui est aussi dénudé qu'un escargot sorti de sa coquille ! »

Après avoir vu cela, la seule idée de M. Baggins fut de se sauver : « Eh bien, je ne dois vraiment pas retenir plus longtemps Votre Magnificence, dit-il, ou l'empêcher de prendre un repos dont elle doit avoir grand besoin. Il faut beaucoup se dépenser, je pense, pour attraper les poneys quand ils ont une bonne avance. De même pour les cambrioleurs », ajouta-t-il en flèche du Parthe, filant comme un dard dans le tunnel.

La remarque était malheureuse, car le dragon lança derrière lui des flammes terrifiantes, et, en dépit de la rapidité avec laquelle il remontait la pente, il n'était pas arrivé du tout assez loin pour être à l'aise quand l'horrible tête de Smaug s'appliqua contre l'ouverture. Heureusement pour lui, toute la tête et la mâchoire du dragon ne pouvaient se forcer un passage, mais les naseaux lancèrent du feu et de la vapeur à sa poursuite ; il fut presque atteint et il continua de s'enfuir à l'aveuglette, trébuchant, en proie à une grande souffrance et à une peur affreuse. Il avait été assez satisfait de l'habileté avec laquelle il avait mené la conversation avec Smaug, mais son erreur finale le ramena brutalement à plus de raison.

« Il ne faut jamais se moquer des dragons vivants, Bilbo, pauvre idiot ! se dit-il (il devait si souvent le répéter par la suite que cela passa en adage). Tu es loin d'être sorti de cette aventure », ajouta-t-il (ce qui était également assez vrai).

L'après-midi tournait au soir quand il ressortit, vacilla et tomba sans connaissance « sur le pas de la porte ». Les nains le ramenèrent à lui et soignèrent ses blessures de leur mieux ; mais il fallut longtemps pour que les cheveux de derrière sa tête et les poils de ses talons repoussassent convenablement : ils avaient tous été roussis et grillés jusqu'à la peau. Entre-temps, ses amis firent tout leur possible pour le remonter ; et ils se montrèrent avides d'entendre son histoire, désirant surtout savoir pourquoi le dragon avait fait un bruit si effrayant et comment Bilbo s'était échappé.

Mais le hobbit était soucieux et mal à son aise, et ils eurent de la peine à tirer quelque chose de lui. En repensant à ce qui s'était passé, il regrettait à présent certaines des choses qu'il avait dites au dragon, et il ne tenait pas à les répéter. La vieille grive était perchée sur un rocher voisin, et elle écoutait tout ce qu'il disait. Un fait montrera la mauvaise humeur de Bilbo : il ramassa un caillou et le lança contre l'oiseau, qui se contenta de s'écarter en voletant et revint aussitôt.

« Au diable cet animal ! s'écria Bilbo avec irritation. J'ai l'impression qu'il écoute, et je n'aime pas son air.

– Laissez-le donc ! dit Thorïn. Les grives sont de bons et gentils oiseaux — celle-ci est très vieille assurément et c'est peut-être la dernière représentante de l'ancienne race qui vivait par ici, apprivoisée des mains de mon père et de mon grand-père. C'était une race très ancienne et magique, et cette grive-ci pourrait même être de celles qui vivaient à cette époque, il y a deux cents ans ou plus. Les Hommes de Dale comprenaient autrefois leur langage, et ils les utilisaient comme messagères des Hommes du Lac et ailleurs.

– Eh bien, nous aurons bien des nouvelles à porter à Lacville, si c'est cela qu'elle attend, dit Bilbo : mais je suppose qu'il n'y reste plus personne qui se soucie du langage des grives.

– Mais que s'est-il passé ? s'écrièrent les nains. Continuez votre récit, de grâce ! »

Bilbo leur raconta donc tout ce qu'il pouvait se rappeler, et il avoua avoir eu le sentiment désagréable que le dragon avait deviné trop de choses d'après ses énigmes, ajoutées aux campements et aux poneys.

« Je suis sûr qu'il sait que nous venons de Lacville et que nous y avons trouvé de l'aide ; et j'ai l'horrible sentiment que sa prochaine expédition pourra être dans cette direction. Si seulement je n'avais pas parlé de Monteur de Tonneaux ! Cette allusion dans cette région ferait penser aux hommes du Lac même à un lapin aveugle.

– Bah ! On n'y peut rien, et il est difficile de ne laisser échapper aucune étourderie quand on parle à un dragon ; tout au moins est-ce ce que j'ai toujours entendu dire, fit Balïn, désireux de le réconforter. Je trouve que vous vous êtes très bien débrouillé, si vous voulez mon avis — vous avez découvert une chose très utile en tout cas, et vous êtes revenu vivant ; la plupart de ceux qui se sont entretenus avec les semblables de Smaug ne sauraient en dire autant. Ce peut être une grâce et une bénédiction de connaître l'endroit dénudé dans le gilet de diamant du vieux Ver. »

Cette réflexion détourna la conversation, et tous se mirent à discuter des tueries de dragons, historiques, douteuses ou mythiques, des diverses sortes de poignardages, coups de pointe et coups de bas en haut, et des différents artifices, moyens et stratagèmes qui avaient permis de les mener à bien. L'opinion générale fut qu'attraper un dragon pendant son sommeil n'était pas aussi aisé qu'il le paraissait et qu'à tenter d'en percer un endormi on risquait davantage d'entraîner un désastre qu'en l'attaquant hardiment de front. Tout le temps qu'ils parlaient, la grive écoutait, jusqu'au moment où, les étoiles commençant enfin à se montrer, elle ouvrit silencieusement ses ailes et s'envola. Et tout le temps qu'ils parlaient et que les ombres s'allongeaient, Bilbo devenait de plus en plus soucieux, tandis que ses pressentiments se confirmaient.

Il finit par interrompre la conversation : « Je suis sûr que nous sommes très exposés, dit-il, et je ne vois pas à quoi il sert de rester ici. Le dragon a desséché toute l'agréable verdure et, de toute façon, la nuit est venue et il fait froid. Mais j'ai le pressentiment que cet endroit va subir une nouvelle attaque. Smaug sait à présent comment je suis descendu jusqu'à la salle, et vous pouvez vous fier à lui pour découvrir où se trouve l'autre bout du tunnel. Il réduira en miettes tout ce côté de la Montagne, si c'est nécessaire, pour bloquer notre entrée, et si nous sommes écrasés en même temps, il n'en sera que plus content.

– Vous êtes bien sombre, monsieur Baggins ! dit Thorïn. Pourquoi Smaug n'a-t-il pas bouché l'extrémité inférieure alors, s'il tient tant à nous faire rester au-dehors ? Il ne l'a pas fait, ou nous l'aurions entendu.

– Je n'en sais rien, je n'en sais rien — parce qu'au début il voulait essayer de m'attirer de nouveau à l'intérieur, je suppose, et peut-être maintenant attend-il la fin de sa chasse de ce soir, ou encore peut-être ne veut-il pas abîmer sa chambre à coucher s'il peut l'éviter — mais je voudrais bien que vous cessiez de discuter. Smaug va sortir d'une minute à l'autre maintenant, et notre seul espoir est de nous enfoncer loin dans le tunnel après avoir fermé la porte. »

Il parlait avec une telle conviction que les nains se décidèrent à faire ce qu'il disait, malgré quelque hésitation à fermer la porte — le plan semblait désespéré, car nul ne savait si et comment on pourrait la rouvrir de l'intérieur, et la pensée d'être enfermés en un endroit d'où la seule issue passait par l'autre du dragon ne leur souriait pas le moins du monde. Et puis tout paraissait parfaitement calme, tant au-dehors que dans le tunnel. Aussi restèrent-ils pendant un long moment à parler, assis à l'intérieur, pas trop loin de la porte entrebâillée.

La conversation tomba sur les méchants commentaires du dragon au sujet des nains. Bilbo aurait voulu ne les avoir jamais entendus ou au moins aurait-il souhaité être tout à fait assuré de la sincérité des nains quand ils déclaraient à présent n'avoir jamais pensé à ce qui arriverait quand le trésor serait acquis.

« Nous savions que ce serait une aventure désespérée, dit Thorïn, et nous le savons encore ; mais je continue à penser qu'il sera temps de réfléchir à ce que nous en ferons, quand nous le tiendrons. Quant à votre part, monsieur Baggins, je vous assure que nous vous sommes plus que reconnaissants et vous choisirez votre quatorzième comme vous l'entendrez, aussitôt que nous aurons quelque chose à partager. Je suis navré que vous vous tourmentiez pour le transport et j'admets que les difficultés sont grandes — les terres ne sont certes pas devenues moins sauvages avec le temps, bien au contraire —, mais nous ferons tout ce que nous pourrons pour vous aider et nous prendrons notre part des frais, le moment venu. Croyez-moi ou ne me croyez pas, selon qu'il vous plaira ! »

De là, l'entretien passa au grand trésor et au souvenir qu'en avaient Thorïn et Balïn. Ils se demandaient si tout l'amas se trouvait toujours, intact, dans la salle d'en bas : les lances, fabriquées pour les armées du grand roi Bladorthïn (depuis longtemps mort), dont chacune avait un fer par trois fois forgé et un bois finement incrusté d'or, mais qui n'avaient jamais été payées ni livrées : les boucliers faits pour des guerriers depuis longtemps disparus la grande coupe de Thror, à deux anses, martelée et ciselée d'oiseaux et de fleurs aux yeux et aux pétales de joyaux ; les cottes de mailles dorées ou argentées et impénétrables ; le collier de Girion, Seigneur de Dale, fait de cinq cents émeraudes vertes comme l'herbe, qu'il avait donné quand son fils aîné avait revêtu cotte de mailles assemblée par les nains, telle qu'on n'en avait jamais fait de pareille, car, forgée dans l'argent pur, elle avait la force et la puissance de l'acier triple. Mais ce qu'il y avait de plus beau, c'était la grande pierre blanche que les nains avaient trouvée sous la base de la Montagne, l'Arkenstone de Thraïn.

« L'Arkenstone ! l'Arkenstone ! murmura Thorïn dans l'obscurité, rêvant à demi, le menton sur les genoux. C'était comme un globe à mille facettes ; elle brillait comme l'argent à la lumière du feu, comme l'eau dans le soleil, comme la neige sous les étoiles, comme la pluie sur la lune ! »

Mais le désir enchanté du trésor avait quitté Bilbo. Durant tout l'entretien des nains, il ne les avait écoutés que d'une oreille distraite. Il était assis le plus près de la porte, une oreille tendue pour entendre le moindre bruit au-dehors et l'autre guettant les échos au-delà du murmure de ses amis, guettant tout bruissement en provenance d'en bas.

L'obscurité se fit plus profonde et il devint de plus en plus soucieux.

« Fermez la porte ! les conjura-t-il. Je crains ce dragon jusqu'à la moelle de mes os. Je déteste encore bien plus ce silence que tout le vacarme d'hier soir. Fermez la porte avant qu'il ne soit trop tard ! »

Quelque chose dans le son de sa voix éveilla chez les nains une certaine inquiétude. Thorïn, se dégageant de ses rêves, se leva et repoussa du pied la pierre qui calait la porte. Ils s'arc-boutèrent, et le battant se referma avec un bruit sec et métallique. Il ne restait à l'intérieur aucune trace de serrure. Ils étaient enfermés dans la Montagne !

Et il était temps. À peine s'étaient-ils un peu éloignés dans le tunnel qu'un grand coup frappa le flanc de la Montagne, semblable au fracas de béliers faits de chênes de la forêt et maniés par des géants. Le rocher retentit, les parois craquèrent et des pierres tombèrent de la voûte sur leurs têtes. Que serait-il advenu si la porte avait encore été ouverte, je préfère ne pas y penser. Ils s'enfuirent plus loin dans le tunnel, heureux d'être toujours en vie, tandis que derrière eux, au-dehors, ils entendaient les rugissements et les grondements de la fureur de Smaug. Il brisait les rochers en morceaux, écrasant parois et escarpements des coups de son énorme queue, jusqu'à ce que leur petit terrain de campement là-haut, l'herbe roussie, la pierre de la grive, les murs couverts d'escargots, l'étroite corniche et tout disparussent dans un pêle-mêle de fragments, et une avalanche d'éclats de pierre dégringola par-dessus l'escarpement dans la vallée d'en bas.

Smaug avait quitté son antre en tapinois et avait pris silencieusement son vol ; puis il avait plané avec une lourde lenteur dans l'obscurité, tel un monstrueux corbeau, se laissant porter par le vent vers l'ouest de la Montagne, dans l'espoir d'attraper à l'improviste quelque chose ou quelqu'un et de repérer la sortie du passage qu'avait emprunté le voleur. Le fracas était l'éclatement de sa colère quand il n'avait rien pu trouver ni voir, même à l'endroit où il avait deviné que devait se trouver la sortie.

Après avoir ainsi donné libre cours à sa rage, il se sentit mieux et se dit en lui-même qu'il ne serait plus inquiété de ce côté. Mais il avait une plus ample vengeance à tirer : « Monteur de Tonneaux ! grogna-t-il. Tes pieds venaient du bord de l'eau et c'est en remontant la rivière que tu es arrivé, il n'y a aucun doute. Je ne connais pas ton odeur, mais, si tu n'es pas un de ces hommes du Lac, tu as reçu leur aide. Ils vont me voir, et ils se rappelleront quel est le véritable Roi sous la Montagne ! »

Il s'éleva, flamboyant, et partit vers le sud, vers la Rivière Courante.

13

Sortis

Cependant, les nains étaient assis dans les ténèbres, et le silence s'établit autour d'eux. Ils mangèrent peu et parlèrent peu. Ils ne pouvaient évaluer l'écoulement du temps ; et ils osaient à peine bouger, car le murmure de leurs voix se répercutait dans le tunnel. S'ils s'assoupissaient, ils s'éveillaient toujours dans l'obscurité et dans un silence continu. Enfin, après des jours et des jours d'attente, à ce qu'il leur semblait, commençant à étouffer et à être étourdis par le manque d'air, ils ne purent plus supporter leur situation. Ils auraient presque accueilli avec joie le bruit du retour du dragon en bas. Dans le silence, ils redoutaient quelque ruse diabolique de sa part, mais ils ne pouvaient rester là éternellement.

Thorïn parla : « Essayons la porte ! dit-il. Il faut que je sente bientôt le vent sur ma figure, sans quoi je vais mourir. Je crois que j'aimerais encore mieux être réduit en miettes par Smaug en plein air que de continuer à suffoquer ici ! »

Quelques-uns des nains se levèrent donc et se dirigèrent à tâtons vers la porte. Mais ils s'aperçurent que l'extrémité supérieure du tunnel avait été ébranlée et obstruée par des rochers brisés. Nulle clef ni la magie à laquelle elle obéissait autrefois ne rouvriraient plus cette porte.

« Nous sommes pris au piège ! gémirent-ils. C'est la fin. Nous allons mourir ici. »

Mais curieusement, au moment même où les nains désespéraient le plus, Bilbo sentit son cœur s'alléger, comme si un poids pesant avait disparu de sous son gilet.

« Allons, allons ! dit-il. Tant qu'il y a de la vie, il y a de l'espoir ! comme disait mon père, et "troisième fois rapporte pour toutes". Je vais *descendre* encore dans le tunnel. J'ai été à deux reprises par là, sachant qu'il y avait un dragon à l'autre bout ; je vais donc risquer une troisième visite, alors que je n'en suis plus sûr. De toute façon, la seule issue est par en bas. Et je crois que, cette fois-ci, vous feriez mieux de venir tous avec moi. »

En désespoir de cause, ils acquiescèrent, et Thorïn fut le premier à aller de l'avant au côté de Bilbo.

« Maintenant, faites bien attention ! murmura le hobbit, et soyez aussi silencieux que vous le pouvez ! Il se peut qu'il n'y ait pas de Smaug au fond, mais il se peut aussi qu'il y soit. Ne prenons pas de risques inutiles ! »

Ils descendirent, descendirent. Les nains ne pouvaient rivaliser avec le hobbit pour ce qui était de la marche silencieuse, bien sûr : ils haletaient et traînaient passablement les pieds, et l'écho amplifiait dangereusement ces bruits ; mais bien que, dans sa crainte,

Bilbo s'arrêtât de temps à autre pour prêter l'oreille, pas un mouvement ne se faisait entendre en bas. Près de l'extrémité du tunnel, pour autant qu'il pouvait en juger, Bilbo enfila son anneau et partit en avant. Mais cette précaution n'était pas nécessaire : les ténèbres étaient complètes et ils étaient tous invisibles avec ou sans anneau. En fait, il faisait si noir que le hobbit arriva à l'ouverture à l'improviste, posa la main dans le vide, trébucha en avant et roula tête première dans la salle !

Il resta là étendu le visage contre terre, n'osant se relever ni même presque respirer. Mais rien ne bougea. Il n'y eut pas un rayon de lumière — si ce n'est, lui sembla-t-il, quand enfin il leva lentement la tête, une pâle lueur blanche au-dessus de lui et très loin dans l'obscurité. Mais ce n'était certainement pas une étincelle de feu de dragon, encore que l'odeur de ver fût lourde en cet endroit et qu'il eût sur la langue le goût de la vapeur.

Finalement, M. Baggins ne put le supporter plus longtemps :

« Que le diable t'emporte, Smaug, espèce de ver ! rugit-il tout haut. Cesse de jouer à cache-cache ! Donne-moi de la lumière et puis mange-moi, si tu peux m'attraper ! »

De faibles échos coururent autour de la salle invisible, mais il n'y eut pas de réponse.

Bilbo se releva et s'aperçut qu'il ne savait pas dans quelle direction se tourner.

« Je me demande quel diable de jeu joue Smaug, se dit-il. Il n'est pas chez lui aujourd'hui (ou ce soir, pour ce que j'en sais), je le crois. Si Oïn et Gloïn n'ont pas perdu leurs briquets, peut-être pourrons-nous avoir un peu de lumière et examiner les lieux avant que la chance ne tourne. »

« De la lumière ! cria-t-il. Quelqu'un ne peut-il faire de la lumière ? »

Les nains avaient été naturellement très effrayés quand Bilbo avait trébuché sur la marche et était tombé avec un coup sourd dans la salle, et ils étaient restés serrés les uns contre les autres là même où il les avait laissés au bout du tunnel.

« Ssst ! Ssst ! » sifflèrent-ils en entendant sa voix — et, bien que cela aidât le hobbit à découvrir où ils étaient, il resta un moment sans obtenir d'autre secours. Mais enfin, quand Bilbo se mit à trépigner en criant « De la lumière ! » de sa voix la plus aiguë, Thorïn céda et envoya Oïn et Gloïn chercher leurs briquets en haut du tunnel.

Après quelque temps, une lueur clignotante annonça leur retour ; Oïn tenait une petite torche de pin et Gloïn portait sous le bras un briquet de réserve. Bilbo trotta vivement jusqu'à la porte et prit la torche ; mais il ne put persuader les nains d'allumer les autres, non plus que de venir encore le rejoindre. Comme Thorïn l'expliqua soigneusement, M. Baggins était toujours officiellement leur cambrioleur et investigateur expert. S'il lui plaisait de risquer une lumière, c'était son affaire. Ils attendraient son rapport dans le tunnel. Ils s'assirent donc près de la porte et observèrent.

Ils virent la petite forme sombre du hobbit traverser la salle, tenant bien haut sa minuscule lumière. De temps à autre, tant qu'il fut encore assez près, ils percevaient un reflet et un tintement comme s'il trébuchait sur quelque objet d'or. La lumière diminua comme il s'éloignait dans la vaste salle ; puis elle commença de s'élever en dansant dans l'air. Bilbo escaladait le grand monceau du trésor. Il fut bientôt debout sur le sommet, et il poursuivit son chemin. Ils le virent alors s'arrêter et se baisser un moment, mais ils en ignoraient la raison.

C'était l'Arkenstone, le Cœur de la Montagne. Bilbo le devina d'après la description de Thorïn ; mais, en vérité, il ne pouvait exister deux joyaux pareils, même dans un entassement aussi prodigieux, même dans le monde entier. Tout le temps qu'il grimpait, la même lueur blanche avait brillé devant lui, guidant ses pas. Lentement, elle se mua en un petit globe de lumière blafarde. Et maintenant, comme il approchait, ce globe se teintait à la surface d'un scintillement multicolore, réfléchi de la lumière vacillante de sa torche. Enfin, il abaissa son regard sur la pierre et il eut le souffle coupé. Le grand joyau brillait à ses pieds de sa propre lumière interne et pourtant, taillé et façonné par les nains qui l'avaient sorti du cœur de la Montagne il y avait bien longtemps, il saisissait toute lumière qui tombait sur lui et la transformait en des milliers d'étincelles au rayonnement blanc, irisé de tous les reflets de l'arc-en-ciel.

Soudain, le bras de Bilbo s'avança, attiré par l'enchantement de la pierre. Sa petite main ne pouvait se refermer dessus, car c'était une grande et lourde gemme ; mais il la souleva, ferma les yeux et la mit dans sa poche la plus profonde.

« Maintenant, je suis un cambrioleur pour de vrai ! pensa-t-il. Mais je suppose qu'il va me falloir en parler aux nains — un jour ou l'autre. Ils ont bien dit que je pourrais choisir ma propre part ; et je crois que je choisirai ceci, dussent-ils même prendre tout le reste ! »

Il avait tout de même le désagréable sentiment que le choix qui lui avait été reconnu ne s'étendait pas à cette pierre merveilleuse et qu'il en découlerait un jour quelques difficultés.

Il repartit. Il redescendit de l'autre côté de l'amoncellement, et l'étincelle de sa torche disparut de la vue des nains qui l'observaient. Mais bientôt ils la virent de nouveau au loin. Bilbo s'éloignait sur le sol de la salle.

Il poursuivit son chemin jusqu'aux grandes portes qui se trouvaient de l'autre côté, et là, un courant d'air le rafraîchit, mais faillit en même temps éteindre sa lumière. Jetant un coup d'œil timide, il aperçut de vastes couloirs et le pied indistinct d'un grand escalier qui montait dans l'obscurité. Mais il n'y avait toujours aucun signe ni aucun son de Smaug. Bilbo allait se retourner et revenir quand une forme noire fonça sur lui et frôla son visage. Il sursauta en poussant un cri aigu, trébucha en arrière et dégringola. Sa torche tomba, la tête en bas, et s'éteignit !

« Ce n'est qu'une chauve-souris, je suppose et j'espère ! dit-il d'un ton lamentable. Mais que vais-je faire à présent ? Où sont l'est, le sud, le nord et l'ouest ?

« Thorïn ! Balïn ! Oïn ! Gloïn ! Fili ! Kili ! cria-t-il de toute la force de ses poumons — mais cela ne fit l'effet que d'un tout petit son dans les vastes ténèbres. La lumière s'est éteinte ! Que quelqu'un vienne m'aider ! »

Pour l'instant, son courage s'était totalement évanoui.

Les nains perçurent faiblement ses petits cris, mais tout ce qu'ils purent en discerner fut : « aider ».

« Que diable a-t-il pu arriver ? dit Thorïn. Ce n'est certainement pas le dragon, sans quoi il ne continuerait pas à crier. »

Ils attendirent une minute ou deux, mais il n'y eut toujours pas de bruits de dragon ; on n'entendait rien, en fait, que la voix lointaine de Bilbo.

« Allons, que l'un de vous prenne une autre lumière, ou plutôt deux ! ordonna Thorïn. Il semble qu'il nous faille aller à l'aide de notre cambrioleur.

– C'est bien à notre tour de l'aider, dit Balïn, et je suis tout à fait disposé à y aller. Je pense d'ailleurs qu'il n'y a pas de danger pour l'instant. »

Gloïn alluma plusieurs autres torches ; ils sortirent ensuite tous, un à un, et longèrent la paroi avec toute la hâte qu'ils pouvaient y mettre. Bientôt, ils rencontrèrent Bilbo, qui revenait lui-même vers eux. Il avait rapidement repris ses esprits dès qu'il avait vu le scintillement de leurs torches.

« Ce n'était qu'une chauve-souris et une torche lâchée, rien de plus ! » dit-il en réponse à leurs questions.

Malgré leur grand soulagement, ils eurent tendance à bougonner pour leur peur inutile ; mais je me demande ce qu'ils auraient dit s'il leur avait parlé à ce moment-là de l'Arkenstone. Les simples aperçus fugitifs qu'ils avaient eus, au passage, du trésor avaient ranimé la flamme de leurs cœurs de nains ; et quand le cœur d'un nain, fût-il le plus respectable, est éveillé par l'or et les bijoux, ce nain-là devient soudain hardi, sinon même féroce.

En fait, les nains n'avaient plus aucun besoin d'être poussés. Tous étaient maintenant avides d'explorer la salle pendant qu'ils en avaient la chance et tout disposés à croire que, pour le moment, Smaug était absent de chez lui. Chacun saisit alors une torche allumée ; et, tandis qu'ils regardaient de tous leurs yeux d'abord d'un côté, puis de l'autre, ils oublièrent toute crainte et même toute prudence. Ils parlaient à voix haute et s'interpellaient bruyamment, en prenant les vieux trésors amoncelés ou pendus au mur pour les tenir à la lumière, les caresser et les palper.

Fili et Kili étaient d'humeur presque joyeuse et, trouvant pendues là de nombreuses harpes dorées, ils les saisirent et pincèrent les cordes d'argent ; comme elles étaient magiques (et aussi que le dragon, s'intéressant peu à la musique, n'y avait pas touché), elles étaient toujours accordées. La sombre salle, restée si longtemps silencieuse, s'emplit de musique. Mais la plupart des nains furent plus positifs : ils rassemblèrent des joyaux et en bourrèrent leurs poches, ne laissant retomber entre leurs doigts avec un soupir que ce qu'ils ne pouvaient emporter. Thorïn ne fut pas le dernier, mais il ne cessait de chercher de tous côtés quelque chose qu'il ne pouvait trouver. C'était l'Arkenstone ; mais il n'en parlait à personne.

Les nains décrochèrent ensuite des murs les cottes de mailles et les armes, et ils s'armèrent. Thorïn avait un aspect vraiment royal, revêtu d'une cotte de mailles dorées et portant, glissée dans une ceinture incrustée de pierres écarlates, une hache au manche d'argent.

« Monsieur Baggins ! cria-t-il. Voici le premier acompte sur votre récompense ! Débarrassez-vous de votre vieil habit et enfilez ceci ! »

Sur ces mots, il mit sur Bilbo une petite cotte de mailles, fabriquée il y avait bien longtemps pour quelque jeune prince elfe. Elle était faite d'acier d'argent, que les elfes appellent *mithril*, et elle s'accompagnait d'une ceinture de perles et de cristaux. Un heaume de cuir ouvragé, renforcé par en dessous d'une armature d'acier et garni au bord de gemmes blanches, fut posé sur la tête du hobbit.

« Je me sens magnifique, se dit-il ; mais je dois aussi avoir un air assez absurde. Comme ils riraient de moi, là-bas sur la Colline ! Tout de même, j'aimerais bien avoir un miroir sous la main ! »

M. Baggins gardait toutefois la tête plus libre que les nains de l'ensorcellement du trésor. Bien avant que ceux-ci ne se lassent d'examiner les trésors, lui en eut assez ; il s'assit par terre et commença de se demander avec quelque nervosité comment tout cela allait se terminer.

« Je donnerais bon nombre de ces précieuses coupes, pensa-t-il, pour boire simplement quelque chose de réconfortant dans un des bols en bois de Beorn !

« Thorïn ! appela-t-il à voix haute. Et maintenant ? Nous sommes armés, mais à quoi a jamais servi une armure contre Smaug le Terrible ? Nous n'avons pas encore regagné ce trésor. Nous n'en sommes pas encore à chercher de l'or, mais un moyen de nous échapper ; et nous avons déjà trop longtemps tenté la chance !

– Vous dites vrai ! répondit Thorïn, reprenant ses esprits. Partons ! Je vais vous guider. De mille ans, je ne saurais oublier les chemins de ce palais. »

Il appela alors les autres, et ils se rassemblèrent ; puis, élevant leurs torches au-dessus de leurs têtes, ils franchirent les portes béantes, non sans jeter en arrière plus d'un regard de regret.

Ils avaient recouvert leurs étincelantes cottes de mailles de leurs vieilles capes et leurs heaumes brillants de leurs capuchons dépenaillés ; ils marchaient ainsi à la queue leu leu derrière Thorïn et formaient dans l'obscurité une file de petites lumières, guettant de nouveau dans la crainte toute rumeur annonciatrice de la venue du dragon.

Bien que toutes les anciennes décorations fussent depuis longtemps tombées en poussière ou détruites et que tout eût été souillé et brisé par les allées et venues du monstre, Thorïn reconnaissait chaque couloir, chaque tournant. Ils montèrent un long escalier, tournèrent, suivirent de larges chemins retentissants d'échos, tournèrent de nouveau, montèrent un autre escalier, et un autre encore. Ce dernier était uni, taillé large et beau dans le roc vif ; et les nains de monter toujours, sans rencontrer signe du moindre être vivant, hormis des ombres furtives qui s'enfuyaient à l'approche de leurs torches, vacillant dans les courants d'air.

Les marches n'étaient pas faites pour des jambes de hobbit toutefois, et Bilbo commençait à sentir qu'il ne pouvait aller plus loin quand soudain la voûte s'éleva haut, bien au-delà de l'atteinte de leurs lumières. On pouvait voir une lueur blanche descendant de quelque ouverture très loin au-dessus, et l'atmosphère avait une odeur plus douce. Devant eux, une lueur venait faiblement par de grandes portes, tordues sur leurs gonds et à demi brûlées.

« C'est ici la grande salle de Thror, dit Thorïn ; la salle de banquet et du conseil. La Grande Porte n'est plus bien loin. »

Ils traversèrent la salle en ruine. Des tables y pourrissaient ; des chaises et des bancs gisaient sens dessus dessous, carbonisés et délabrés. Des crânes et des ossements étaient épars sur le sol au milieu de pots à vin, de bols, de cornes à boire et de poussière. Comme ils passaient encore d'autres portes à l'extrémité opposée, un bruit d'eau atteignit leurs oreilles, et la lumière grise prit soudain plus de consistance.

« Voilà la source de la Rivière Courante, dit Thorïn. D'ici, elle se précipite vers la Porte. Suivons-la ! »

D'une ouverture sombre dans une paroi de rocher sortait une eau bouillonnante, qui s'écoulait en tourbillonnant par un lit étroit : l'art de mains anciennes l'avait taillé de façon à le rendre rectiligne et profond, et il était bordé d'une voie pavée de pierre, assez large pour plusieurs hommes de front. Ils suivirent vivement celle-ci, et voilà qu'après un large tournant ils se trouvèrent devant la pleine lumière du jour. En face d'eux s'élevait une haute arche, qui montrait encore par en dessous des fragments de vieux bois sculpté, tout usé, brisé en éclats et noirci. Un soleil embrumé projetait sa pâle lumière entre les bras de la Montagne et des rayons d'or tombaient sur le pavement du seuil.

Des chauves-souris, tirées de leur sommeil par les torches fumantes, tournoyèrent en émoi au-dessus de leurs têtes ; et comme ils s'élançaient à l'extérieur, leurs pieds glissèrent sur des pierres émoussées et usées par le passage du dragon. Devant eux, à présent, l'eau tombait avec bruit et descendait en écumant vers la vallée. Ils jetèrent à terre leur pâles torches et contemplèrent le spectacle de leurs yeux éblouis. Ils étaient parvenus à la Grande Porte, et ils surplombaient Dale.

« Eh bien, s'écria Bilbo, je ne me serais jamais attendu à regarder de cette porte *vers l'extérieur.* Et je n'aurais jamais cru non plus être si heureux de revoir le soleil et de sentir le vent sur ma figure. Mais, brrr ! que le vent est froid ! »

Il l'était, ce vent aigre qui soufflait de l'est comme une menace de l'hiver approchant. Il tournoyait au-dessus et autour des bras de la Montagne pour descendre jusque dans la vallée en soupirant parmi les rochers. Après le long temps passé dans les profondeurs étouffantes des cavernes hantées par le dragon, ils frissonnaient au soleil.

Bilbo s'aperçut tout à coup qu'il n'était pas seulement fatigué, mais qu'il avait aussi très, très faim.

« Il semble que la matinée soit très avancée, dit-il ; il doit donc être plus ou moins l'heure du petit déjeuner — s'il y a une possibilité de petit déjeuner. Mais je ne pense pas que le seuil de la Grande Porte de Smaug soit l'endroit le plus sûr pour un repas. Allons donc quelque part où nous pourrons nous installer tranquillement pour un moment !

– Vous avez tout à fait raison ! dit Balïn. Et je crois savoir de quel côté aller : nous devrions nous diriger vers le vieux poste de guet à la corne sud-ouest de la Montagne.

– À quelle distance est-ce ? demanda le hobbit.

– À cinq heures de marche, je pense. Le trajet sera rude. La route qui part de la Porte le long de la rive gauche de la rivière paraît toute démolie. Mais regardez là en bas ! La rivière décrit tout d'un coup une courbe vers l'est à travers Dale, en face des ruines de la ville. Il y avait autrefois à cet endroit un pont menant à un escalier, lequel gravissait de façon abrupte la rive droite pour mener à une route qui allait vers Ravenhill. Un sentier part (ou en tout cas partait) de la route et grimpe jusqu'au poste. C'est une dure escalade, même si le vieil escalier est encore là.

– Seigneur ! grogna le hobbit. Encore de la marche et encore des escalades sans rien dans le ventre ! Je me demande combien de petits déjeuners, et d'autres repas, nous avons sautés dans ce sale trou sans pendule, sans heure ? »

En fait, deux nuits et le jour intermédiaire s'étaient écoulés (et pas tout à fait sans nourriture) depuis que le dragon avait écrasé la porte magique, mais Bilbo avait perdu toute notion du temps, et c'eût aussi bien pu être une nuit qu'une semaine de nuits, pour autant qu'il en pût juger.

« Allons, allons ! dit Thorïn, riant (il commençait à retrouver son entrain et agitait les pierres précieuses dans sa poche), ne qualifiez pas mon palais de sale trou ! Attendez de le voir nettoyé et redécoré !

– Ce ne sera pas avant que Smaug ne soit mort, répliqua Bilbo d'un ton maussade. Où est-il, en attendant ? Je donnerais bien un bon petit déjeuner pour le savoir. J'espère qu'il ne se trouve pas là-haut sur la Montagne à nous regarder ! »

Cette idée troubla fortement les nains, et ils décidèrent en toute hâte que Bilbo et Balïn avaient raison.

« Il faut partir d'ici, dit Dori. J'ai l'impression que ses yeux sont fixés sur mon dos.

– C'est un lieu froid et solitaire, dit Bombur. Il y a peut-être à boire, mais je ne vois pas trace de nourriture. Un dragon doit toujours avoir faim dans des régions pareilles.

– Venez ! Venez ! crièrent les autres. Suivons le sentier de Balïn ! »

Sous la paroi rocheuse vers la droite, il n'y avait aucun sentier ; ils partirent donc péniblement parmi les pierrailles sur la rive gauche de la rivière, et le vide et la désolation ne tardèrent pas à dégriser même Thorïn. Le pont dont avait parlé Balïn était depuis longtemps écroulé et la plupart des pierres n'étaient plus que de gros galets dans le cours tumultueux et peu profond de la rivière ; ils passèrent toutefois à gué sans trop de difficulté, trouvèrent l'ancien escalier et gravirent la rive escarpée. À une petite distance, ils tombèrent sur l'ancienne route et, bientôt, ils arrivèrent à un profond vallon, niché dans les rochers ; ils se reposèrent là un moment et mangèrent ce qu'ils purent comme petit déjeuner, c'est-à-dire principalement du *cram* et de l'eau. (Si vous voulez savoir ce qu'est le *cram*, je puis seulement vous dire que je n'en connais pas la recette ; mais il s'agit d'un genre de biscuit, qui se conserve indéfiniment, qui est censé bien soutenir, mais qui n'est pas agréable, ne présentant d'intérêt que comme exercice de mastication. Les Hommes du Lac le confectionnaient pour les longs voyages.)

Après cela, ils repartirent ; la route, quittant le bord de la rivière, se dirigea alors vers l'ouest, et le grand épaulement de l'éperon sud de la Montagne se rapprocha de plus en plus. Ils atteignirent enfin le sentier qui montait en pente raide, et ils cheminèrent lourdement l'un derrière l'autre jusqu'au moment où ils arrivèrent finalement, tard dans l'après-midi, au haut de la crête, d'où ils virent le soleil hivernal descendre vers l'ouest.

Ils trouvèrent là un endroit plat entouré de trois côtés par un mur, mais borné au nord par une paroi rocheuse où il y avait une ouverture semblable à une porte. De cette porte, la vue s'étendait vers l'est, le sud et l'ouest.

« Ici, dans l'ancien temps, dit Balïn, nous maintenions toujours des guetteurs, et cette porte, là derrière, mène à une pièce creusée dans le roc pour faire un corps de garde. Il y avait plusieurs installations semblables autour de la Montagne. Mais la surveillance n'était guère nécessaire du temps de notre prospérité et peut-être donna-t-on un peu trop de confort à nos gardes, sans quoi nous aurions été avertis plus tôt de la venue du dragon, et les choses auraient pu tourner différemment. Quoi qu'il en soit, nous pouvons maintenant rester cachés et à l'abri pour quelque temps ici, d'où l'on voit beaucoup sans être vu.

– C'est assez inutile si on nous a vus monter, dit Dori, qui levait toujours les yeux vers le sommet de la Montagne comme s'il s'attendait à y voir Smaug, perché tel un oiseau sur la flèche d'un clocher.

– Il faut bien en courir la chance, dit Thorïn. Nous ne pouvons aller plus loin aujourd'hui.

– Bravo, bravo ! » s'écria Bilbo, qui se laissa tomber sur le sol.

Dans la salle du rocher, il y aurait eu place pour cent nains, et il se trouvait encore au-delà une petite pièce, plus à l'abri du froid extérieur. Elle était parfaitement déserte ; il semblait même qu'aucun animal sauvage n'en eût usé de tout le temps de la domination de Smaug. Ils déposèrent là leurs fardeaux, et quelques-uns se jetèrent aussitôt à terre pour dormir ; mais les autres s'assirent près de la porte extérieure et discutèrent de leurs plans. Dans tous leurs propos, ils revenaient perpétuellement à une question : où était Smaug ? Ils regardèrent à l'ouest et il n'y avait rien ; à l'est, il n'y avait rien, et au sud pas la moindre trace du dragon, mais un nombreux rassemblement d'oiseaux. Ils contemplèrent ce spectacle en s'interrogeant ; mais ils n'étaient pas plus près d'avoir trouvé une explication, quand les premières étoiles froides parurent.

14

Feu et eau

Or donc, si, comme les nains, vous désirez avoir des nouvelles de Smaug, il vous faut revenir en arrière au soir où il avait écrasé la porte et où il s'était envolé, fou de rage, deux jours auparavant.

Les hommes d'Esgaroth, la ville du lac, étaient pour la plupart à la maison, car le vent venait de l'est et il était froid ; mais quelques-uns se promenaient sur les quais, regardant briller, comme ils aimaient à le faire, le reflet des étoiles à la surface unie du lac, lorsqu'elles apparaissaient dans le ciel. De leur ville, la Montagne Solitaire était presque entièrement cachée par les collines au bout du lac. On n'en pouvait voir, et par temps clair, que la haute cime à travers une trouée par laquelle la Rivière Courante descendait du nord, et ils la regardaient rarement, car elle était lugubre et menaçante même à la lumière du matin. Pour le moment, elle avait disparu, perdue dans l'obscurité.

Soudain elle reparut, le temps d'un clignotement ; une brève lueur la toucha et s'évanouit.

« Regardez ! dit quelqu'un. Encore les lumières ! la nuit dernière, les veilleurs les ont vues s'allumer et disparaître de minuit jusqu'à l'aube. Il se passe quelque chose là-haut.

– Peut-être le Roi sous la Montagne est-il en train de forger de l'or, répondit un autre. Il y a longtemps qu'il est allé vers le nord. Il est temps que les chansons commencent à se réaliser de nouveau.

– Quel roi ? demanda un troisième d'un ton sardonique. C'est bien probablement le feu maraudeur du Dragon, le seul Roi sous la Montagne que nous ayons jamais connu.

– Vous êtes toujours à augurer des choses lugubres, répliquèrent les autres. Depuis les inondations jusqu'à l'empoisonnement des poissons. Pensez donc à quelque chose de gai, pour une fois ! »

Soudain une grande lumière apparut dans la trouée des collines, et l'extrémité nord du lac devint toute dorée.

« Le Roi sous la Montagne ! crièrent-ils. Sa richesse est comme le Soleil, son argent comme une source, ses rivières coulent dorées ! La Rivière charrie de l'or de la Montagne ! » clamèrent-ils.

Et de toutes parts les fenêtres s'ouvraient et les pieds couraient. Une fois de plus, l'excitation et l'enthousiasme étaient à leur comble. Mais l'homme à la voix sinistre courut en toute hâte vers le Maître : « Le dragon arrive, ou je ne suis qu'un imbécile ! s'écria-t-il. Coupez les ponts ! Aux armes ! Aux armes ! »

Alors les trompettes d'alarme résonnèrent soudain et leur écho se répercuta le long des rives rocheuses.

Les acclamations s'arrêtèrent et la joie se mua en terreur. Ce fut ainsi que le dragon ne les prit pas totalement au dépourvu.

Bientôt, sa vitesse fut telle qu'ils le virent fondre sur eux comme une flamme, de plus en plus énorme, de plus en plus brillante, et les plus fous eux-mêmes ne doutèrent plus que les prophéties s'étaient plutôt trompées. Mais ils avaient encore un peu de temps devant eux. Tous les récipients de la ville furent remplis d'eau, tous les guerriers furent armés, flèches et javelots furent tenus prêts et le pont reliant la ville à la terre fut jeté bas et détruit, avant que le grondement de la terrible approche de Smaug ne devînt retentissant et que le lac ne se couvrît de rides d'un rouge de feu sous l'affreux battement de ses ailes.

Parmi les cris, les lamentations et les clameurs des hommes, il arriva sur eux, se dirigea droit sur les ponts et se vit déjoué ! Le pont avait disparu, et ses ennemis se trouvaient dans une île plantée en eau profonde — trop profonde, trop sombre et trop fraîche pour son goût. S'il y plongeait, une vapeur s'élèverait, suffisante pour couvrir tout le pays de brouillard pendant plusieurs jours ; mais le lac était plus puissant que lui et l'éteindrait avant qu'il n'ait pu atteindre l'autre bord.

Il repassa rugissant sur la ville. Une grêle de flèches noires s'éleva ; elles claquèrent et cliquetèrent sur ses écailles et ses joyaux, et leurs bois, enflammés par son souffle, retombèrent en sifflant dans le lac. Vous ne sauriez imaginer un feu d'artifice aussi beau que le spectacle de cette nuit-là. À la vibration des arcs et aux stridences des trompettes, le courroux du dragon s'enflamma au point de le rendre aveugle et fou de rage. Personne n'avait osé depuis des siècles lui livrer bataille ; et ils ne l'auraient certes pas osé maintenant encore sans l'homme aux sinistres accents (il s'appelait Barde), qui courait de tous côtés, encourageant les archers et incitant le Maître à leur ordonner de se battre jusqu'à la dernière flèche.

La mâchoire du dragon lançait des flammes. Il tournoya un moment dans les airs, haut au-dessus d'eux, illuminant tout le lac ; les arbres proches de la rive luisaient comme du cuivre et du sang avec, au pied, des ombres dansantes d'un noir opaque. Puis il fonça droit au travers de la tempête de flèches ; insoucieux dans sa rage et uniquement préoccupé d'incendier leur ville, il ne prenait aucun soin de tourner vers ses ennemis ses côtés écailleux.

Le feu jaillit des toits de chaume et des poutres tandis qu'il dévalait, passait et revenait, bien qu'on eût pris la précaution de tout asperger d'eau avant son arrivée. De nouveau, cent mains jetèrent de l'eau partout où apparaissait une étincelle. Le dragon repassa en tourbillonnant. Un coup de sa queue défonça et fit écrouler le toit de la Grand-Chambre. Des flammes inextinguibles s'élancèrent dans la nuit. Une nouvelle descente, une autre encore, et une autre maison, puis une autre s'enflammèrent et tombèrent en cendres ; mais nulle flèche n'arrêtait encore Smaug ni ne lui faisait plus de mal qu'une mouche de marais.

Déjà des hommes sautaient de tous côtés dans l'eau. Les femmes et les enfants étaient entassés dans les embarcations chargées dans le bassin du marché. Les armes étaient jetées à terre. Les cris de désolation et les lamentations s'élevaient là où naguère encore les anciennes chansons au sujet des nains célébraient la joie à venir. Maintenant, les hommes maudissaient leur nom. Le Maître lui-même se tourna vers son grand bateau doré, dans l'espoir de s'éloigner à la rame dans la confusion et de se sauver ainsi. Bientôt, toute la ville serait abandonnée et réduite en cendres, jusqu'au niveau du lac.

C'était là le désir du dragon. Ils pouvaient bien se réfugier tous à bord des embarcations, peu lui importait. Il aurait alors du bon temps à les chasser, ou ils resteraient là à attendre la mort par inanition. Qu'ils essaient seulement de gagner la terre ferme et il serait prêt à les accueillir. Il aurait bientôt fait d'incendier toutes les forêts de la rive et de dessécher les champs et les pâturages. Pour le moment, le harcèlement de la ville lui donnait davantage de plaisir qu'aucune autre distraction depuis des années.

Mais il y avait encore une compagnie d'archers qui tenait bon au milieu des maisons en flammes. Le capitaine en était Barde, à la voix et au visage sévères, que ses amis avaient accusé de prophétiser les inondations et l'empoisonnement des poissons, bien qu'ils connussent sa valeur et son courage. Il descendait en longue lignée de Girion, Seigneur de Dale, dont la femme et l'enfant avaient échappé à la ruine il y avait bien longtemps, par la Rivière Courante. À présent, il tira avec un grand arc d'if jusqu'à ce qu'il ne lui restât plus qu'une ultime flèche. Les flammes étaient toutes proches de lui. Ses compagnons l'abandonnaient. Il banda son arc pour la dernière fois.

Soudain, des ténèbres quelque chose vint en voletant à son épaule. Il sursauta — mais ce n'était qu'une vieille grive. Sans crainte, elle se percha près de son oreille et elle lui apporta des nouvelles. Il s'aperçut, tout émerveillé, qu'il comprenait son langage, car il était de la race de Dale.

« Attendez ! Attendez ! lui dit-elle. La lune se lève. Guettez le creux de gauche de son poitrail quand il tournera au-dessus de vous ! »

Et comme Barde s'arrêtait, étonné, elle lui raconta ce qui s'était passé là-haut dans la Montagne et tout ce qu'elle avait entendu.

Barde amena alors la corde de son arc à son oreille. Le dragon revenait en tournoyant à faible hauteur et, comme il arrivait, la lune se leva au-dessus de la rive orientale, argentant ses grandes ailes.

« Flèche ! dit l'archer. Flèche noire ! Je t'ai gardée jusqu'au dernier moment. Tu ne m'as jamais trahi et je t'ai toujours recouvrée. Je te tiens de mon père, comme il te tenait de ceux de jadis. Si jamais tu es sortie des forges du véritable Roi sous la Montagne, va et touche au but ! »

Le dragon fonça une fois encore, plus bas que jamais, et comme il se tournait pour plonger, son ventre étincela tout blanc avec les mille feux de gemmes brillant sous la lune — sauf en un endroit. Le grand arc vibra. La flèche partit droit de la corde, tout droit vers le creux gauche du poitrail où la patte de devant était largement écartée. Là s'enfoncèrent et disparurent barbelure, bois et plume, tant le vol était impétueux. Avec un cri qui assourdit les hommes, jeta bas les arbres et fendit la pierre, Smaug bondit en l'air, lançant un jet de vapeur, se retourna et s'abattit du haut du ciel.

Il tomba en plein sur la ville. Les affres de son agonie firent jaillir étincelles et braises. Le lac se précipita en rugissant. Une grande vapeur s'éleva, blanche dans l'obscurité qui s'était soudain étendue sous la lune. Il y eut un sifflement, un tourbillon bouillonnant, puis le silence. Telle fut la fin de Smaug et d'Esgaroth, mais non celle de Barde.

Le croissant de la lune s'éleva de plus en plus haut, et le vent se fit sonore et froid. Il tordit le brouillard blanc en colonnes courbes et en nuages rapides, qu'il poussa vers l'ouest pour en disperser les lambeaux sur les marais devant Mirkwood. Alors devinrent visibles les nombreuses embarcations qui piquetaient de noir la surface du lac, et l'on put entendre, portées par le vent, les voix des habitants d'Esgaroth qui se lamentaient sur la perte de leur ville, de leurs marchandises et de leurs maisons en ruine. Or, ils avaient en réalité grande matière à reconnaissance s'ils y avaient seulement réfléchi, mais on ne pouvait s'y attendre sur le moment : pour les trois quarts au moins, la population s'en était tirée saine et sauve ; ses forêts, ses champs, ses pâturages, son bétail et la plupart de ses bateaux étaient intacts ; et le dragon était mort. Mais les rescapés ne s'étaient pas encore rendu compte de l'importance du fait.

Ils s'assemblèrent en une foule désolée, frissonnante dans le froid, et leurs premiers griefs comme leur colère se tournèrent contre le Maître qui avait quitté la ville si tôt, alors que certains étaient encore disposés à la défendre.

« Peut-être s'entend-il aux affaires — surtout les siennes —, murmurait-on, mais il est nul quand survient quelque chose de sérieux ! »

Et ils louaient le courage de Barde et sa dernière flèche si efficace.

« Si seulement il n'avait pas été tué, dirent-ils tous, nous en aurions fait un roi. Barde le tueur de dragons, de la lignée de Girion ! Quel malheur qu'il soit perdu !

– Barde n'est pas perdu ! cria-t-il. Il a plongé d'Esgaroth, une fois l'ennemi abattu. Je suis Barde, de la lignée de Girion ; c'est moi qui ai tué le dragon !

– Le Roi Barde ! Le Roi Barde ! » crièrent-ils.

Mais le Maître fit grincer ses dents : « Girion était seigneur de Dale et non pas roi d'Esgaroth, dit-il. À la ville du Lac, on a toujours élu les Maîtres d'entre les plus anciens et les plus sages : on n'a jamais subi la domination de simples combattants. Que « le Roi Barde » retourne à son propre royaume — sa vaillance a maintenant libéré Dale et rien ne s'oppose à son retour. Et tous ceux qui le désirent peuvent aller avec lui, s'ils préfèrent les froides pierres dans l'ombre de la Montagne aux verts rivages du lac. Les sages resteront ici, avec l'espoir de reconstruire notre ville et de jouir de nouveau, le moment venu, de sa paix et de ses richesses.

– Nous voulons le Roi Barde ! crièrent en réponse les gens qui se trouvaient dans les environs immédiats. Nous en avons assez des vieillards et des comptables ! »

Et ceux qui étaient plus loin reprirent le cri : « Vive l'Archer et à bas les sacs d'écus ! » — si fort que la clameur roula le long du rivage.

« Je suis le dernier à sous-estimer Barde l'Archer, dit cauteleusement le Maître (car Barde se tenait à présent juste à côté de lui). Il s'est acquis ce soir une place éminente parmi les bienfaiteurs de notre cité ; et il est digne de figurer dans maints chants impérissables. Mais pourquoi, ô Peuple (ici, le Maître se dressa et parla d'une voix forte et nette), pourquoi tout le blâme retombe-t-il sur moi ? Pour quelle faute dois-je être déposé ? Qui a tiré le dragon de son sommeil ? pourrais-je demander. Qui a obtenu de nous de riches présents et un ample secours et nous a fait croire que de vieilles chansons pouvaient se réaliser ? Qui a joué de nos cœurs sensibles et de nos aimables fantaisies ? Quel genre d'or ont-ils envoyé par la rivière pour nous récompenser ? Du feu de dragon et la ruine ! À qui devons-nous réclamer le dédommagement de nos pertes et des secours pour nos veuves et nos orphelins ? »

Comme on le voit, le Maître n'avait pas acquis sa position pour rien. Ses paroles eurent pour résultat que les habitants oublièrent tout à fait pour le moment leur idée d'un nouveau roi et tournèrent leur mécontentement contre Thorïn et sa compagnie. De maints côtés retentirent des cris violents et acerbes ; et l'on put entendre certains de ceux qui avaient autrefois chanté le plus fort les vieilles chansons mettre autant de force à crier que les nains avaient délibérément excité le dragon contre eux !

« Insensés ! dit Barde. Pourquoi gaspiller vos paroles et votre colère à l'encontre de ces malheureux ? Ils ont certainement été les premiers à périr dans le feu avant que Smaug ne fonde sur nous. »

Au moment même où il parlait ainsi, se présenta à son cœur l'idée du trésor fabuleux de la Montagne, gisant sans garde ni propriétaire, et il resta soudain silencieux. Il pensa aux paroles du Maître, à Dale reconstruit et rempli de cloches dorées pour peu qu'il trouvât les hommes nécessaires.

Enfin, il éleva de nouveau la voix : « Ce n'est pas le moment des paroles de colère, Maître, ni celui de considérer d'importants plans de changement. Il y a une tâche à accomplir. Je continue à vous servir — même s'il se peut que je repense dans quelque temps à vos paroles et que je me rende au nord avec ceux qui voudront me suivre. »

Il s'en fut alors à grands pas pour s'occuper de l'établissement des camps et des soins à donner aux malades et aux blessés. Mais le Maître jeta un regard noir dans son dos et resta assis sur le sol. Il médita longuement, mais ne parla guère que pour demander d'une voix forte qu'on lui apportât du feu et de la nourriture.

Cependant, partout où passait Barde, il entendait les langues se donner libre cours au sujet du vaste trésor qui n'était plus gardé par personne. Les hommes parlaient du dédommagement qu'ils en retireraient bientôt pour toutes leurs peines, sans compter les richesses illimitées qui leur permettraient d'acquérir les merveilles du Sud ; et ces considérations les réconfortaient grandement dans leur situation, ce qui était heureux, car la nuit était âpre et pénible. On n'avait pu ménager d'abris que pour un petit nombre (dont le Maître) et il n'y avait pas beaucoup de vivres (le Maître lui-même fut à court). Bien des gens qui avaient échappé sains et saufs à la ruine de la ville tombèrent malades cette nuit-là par l'humidité, le froid et le chagrin et moururent par la suite ; et, au cours des jours suivants, il y eut beaucoup de souffrances et une grande faim.

Cependant, Barde prit la tête ; il ordonnait tout comme il l'entendait, quoique toujours au nom du Maître, et il eut fort à faire pour gouverner les gens et diriger tous les préparatifs en vue de leur protection et de leur logement. Sans doute la plupart auraient-ils péri au cours de l'hiver qui suivit sans transition l'automne, si une aide n'avait été à portée. Mais cette aide vint rapidement ; car Barde avait aussitôt dépêché des messagers rapides le long de la rivière jusqu'à la Forêt pour demander assistance au Roi des Elfes de la Forêt, et ces messagers avaient trouvé une troupe déjà en marche, bien qu'il ne se fût écoulé que deux jours depuis la chute de Smaug.

Le Roi des Elfes avait été informé par ses propres messagers et par les oiseaux qui aimaient son peuple et il connaissait déjà une bonne partie de ce qui s'était passé. Bien grande, assurément, avait été l'agitation causée parmi les êtres ailés qui demeuraient aux confins de la Désolation du Dragon. L'air était rempli de vols tournoyants, et leurs messagers aux ailes rapides sillonnaient le ciel. Au-dessus de l'orée de la Forêt, il y avait des sifflements, des cris et des gazouillements. Bien au-dessus de Mirkwood se répandait la nouvelle : « Smaug est mort ! » Les feuilles bruissaient et les oreilles effrayées se dressaient. Avant que le Roi des Elfes ne sortît à cheval, la nouvelle avait passé à l'ouest jusqu'aux forêts de pins des Monts Brumeux ; Beorn l'avait apprise dans sa maison de bois et les gobelins tenaient conseil dans leurs cavernes.

« Ce sera la dernière fois que nous entendrons parler de Thorïn Oakenshield, je le crains, dit le roi. Il aurait mieux fait de rester mon hôte. Mais enfin, à quelque chose malheur est bon », ajouta-t-il.

Car lui non plus n'avait pas oublié la légende des richesses de Thror. Et c'est pourquoi les messagers de Barde le rencontrèrent marchant à la tête d'un grand nombre de lanciers et d'archers ; et des nuées de corbeaux étaient rassemblées au-dessus de lui, pensant que la guerre se réveillait à nouveau, ce qui ne s'était pas produit dans ces régions depuis bien longtemps.

Mais le roi, recevant les prières de Barde, prit pitié, car il était le seigneur d'un peuple bon et bienveillant ; aussi, détournant sa marche, qui était au début dirigée droit sur la Montagne, il se hâta de suivre la rivière vers le Long Lac. Il n'avait pas de barques ou de radeaux en nombre suffisant pour sa troupe, et ils durent aller plus lentement, à pied ; mais il envoya en avant par eau un grand approvisionnement. Les elfes ont toutefois le pied léger et, bien que dans ce temps-là ils ne fussent plus très habitués aux marches ni aux terres traîtresses qui s'étendaient entre la Forêt et le Lac, leur allure fut rapide. Cinq jours seulement après la mort du dragon, ils arrivaient au rivage et contemplaient les ruines de la ville. L'accueil fut chaleureux comme on peut s'en douter, et les hommes et leur Maître étaient prêts à tout marché pour l'avenir en échange de l'aide du Roi des Elfes.

Leurs plans furent bientôt établis. Avec les femmes et les enfants, les vieillards et les invalides, le Maître resta derrière ; et avec lui il avait des artisans et de nombreux elfes expérimentés ; ils s'affairèrent à abattre des arbres et à rassembler le bois d'œuvre qui leur était envoyé de la Forêt. Puis ils élevèrent beaucoup de huttes sur le rivage en manière de protection contre l'hiver proche ; et aussi, sous la direction du Maître, ils entreprirent le tracé d'une nouvelle ville, plus belle et plus grande encore que la précédente, mais non pas située dans le même endroit. Ils la transportèrent vers le nord, plus haut sur le rivage ; car ils craignaient à tout jamais l'eau où gisait le dragon. Il ne retournerait plus à sa couche dorée, mais était étendu froid comme la pierre, tordu sur les hauts fonds. Là, pendant des siècles, on put voir, par temps calme, ses énormes ossements parmi les piliers ruinés de l'ancienne ville. Mais peu nombreux étaient ceux qui osaient traverser l'endroit maudit et personne ne se risqua jamais à plonger dans l'eau frissonnante ni à récupérer les pierres précieuses qui tombaient de sa carcasse pourrissante.

Cependant, tous les hommes d'armes qui étaient encore valides et la plupart des gens du Roi des Elfes s'apprêtèrent à marcher au nord vers la Montagne. Ce fut ainsi que, onze jours après la ruine de la ville, la tête de leur troupe passa les portes de rocher au bout du lac et pénétra dans les terres désertes.

15

Les nuages s'accumulent

Revenons maintenant à Bilbo et aux nains. Toute la nuit, l'un d'eux avait veillé, mais au matin ils n'avaient entendu ni vu aucun signe de danger. Cependant, les oiseaux s'assemblaient toujours plus nombreux. Leurs troupes arrivaient du sud, et les corneilles qui vivaient toujours dans la Montagne tournoyaient en croassant sans cesse dans les airs.

« Il se passe quelque chose d'étrange, dit Thorïn. Le temps est passé des migrations d'automne ; et ce sont là des oiseaux qui restent toujours dans le pays ; il y a des étourneaux et des bandes de pinsons ; et, très loin, on voit un grand nombre de charognards, comme s'il se préparait une bataille ! »

Soudain, Bilbo pointa l'index : « Voilà de nouveau cette vieille grive ! s'écria-t-il. Il semble qu'elle se soit échappée quand Smaug a fracassé le flanc de la montagne, mais je ne pense pas que les escargots en aient fait autant ! »

Assurément, la vieille grive était là ; comme Bilbo la désignait, elle vola vers eux et se percha sur une pierre proche. Elle se mit à chanter en agitant les ailes ; puis elle inclina sa tête sur le côté comme pour écouter ; puis de nouveau elle chanta et écouta encore.

« Je pense qu'elle essaie de nous dire quelque chose, déclara Balïn ; mais je ne puis comprendre le parler de ces oiseaux-là ; il est très rapide et difficile. Pouvez-vous le déchiffrer, vous, Baggins ?

– Pas très bien, répondit Bilbo (qui, en fait, n'en comprenait rien du tout) ; mais la vieille paraît très excitée.

– Si seulement c'était un corbeau ! dit Balïn.

– Je croyais que vous ne les aimiez pas ! Vous paraissiez vous en méfier, la dernière fois que nous étions ici.

– Ça, c'étaient des corneilles ! De sales créatures à l'air louche, et grossières avec ça. Vous avez dû entendre les vilains noms qu'elles nous criaient. Mais les corbeaux sont différents. Il existait autrefois une grande amitié entre eux et les gens de Thror ; ils nous apportaient souvent des nouvelles secrètes, et nous les en récompensions en leur donnant des objets brillants qu'ils convoitaient pour les emporter dans leurs demeures.

« Ils vivent de nombreuses années, ils ont beaucoup de mémoire et transmettent leur sagesse à leurs enfants. Je connaissais un bon nombre de corbeaux des rochers quand j'étais un jeune nain. Cette hauteur même s'appelait autrefois Ravenhill *, parce qu'un sage et fameux couple, le vieux Carc et sa femme,

* La Butte aux Corbeaux.

vivait ici au-dessus du corps de garde. Mais je pense qu'il ne reste plus ici personne de cette ancienne race. »

À peine avait-il fini de parler que la vieille grive poussa un grand cri et s'envola aussitôt.

« Si nous ne le comprenons pas, ce vieil oiseau nous a compris, j'en suis sûr, dit Balïn. Ouvrez l'œil pour voir ce qui va se passer maintenant ! »

Il y eut bientôt un battement d'ailes, et la vieille grive fut de retour ; elle était accompagnée d'un vieil oiseau extrêmement décrépit. La cécité le gagnait, il pouvait à peine voler et le dessus de sa tête était tout dégarni. C'était un très grand corbeau, d'âge fort avancé. Il se posa avec raideur sur le sol devant eux, battit lentement des ailes et salua Thorïn.

« Ô Thorïn, fils de Thraïn, et Balïn, fils de Fundïn, croassa-t-il (et Bilbo pouvait comprendre ce qu'il disait, car il employait le langage ordinaire et non le parler des oiseaux). Je suis Roäc, fils de Carc. Carc est mort, mais il vous était bien connu autrefois. Il y a cent cinquante-trois années que je suis sorti de l'œuf, mais je n'oublie pas ce que mon père m'a dit. À présent, je suis le chef des grands corbeaux de la Montagne. Nous sommes peu nombreux, mais nous nous souvenons encore du roi qui régnait jadis. La plupart de mon peuple est au loin, car il y a des grandes nouvelles dans le Sud — certaines sont des nouvelles joyeuses pour vous, et il en est d'autres que vous trouverez moins bonnes.

« Voyez ! les oiseaux reviennent en masse vers la Montagne et vers Dale du sud, de l'est et de l'ouest, car la nouvelle s'est répandue que Smaug est mort !

– Mort ! Mort ? s'écrièrent les nains. Mort ! Mais alors notre peur était vaine — et le trésor est à nous ! »

Ils se dressèrent et se mirent à gambader de joie.

« Oui, mort, dit Roäc. La grive — puissent ses plumes ne jamais tomber — l'a vu mourir, et l'on peut se fier à sa parole. Elle l'a vu tomber au cours d'un combat avec les hommes d'Esgaroth il y a trois nuits, au lever de la lune. »

Il fallut quelque temps pour que Thorïn pût amener les nains au silence afin d'entendre les nouvelles du corbeau. Enfin, après avoir achevé tout le récit de la bataille, celui-ci poursuivit :

« Voilà pour la joie, Thorïn Oakenshield. Vous pouvez regagner vos salles en sécurité ; tout le trésor est à vous — pour le moment. Mais d'autres que les oiseaux vont venir en masse par ici. La nouvelle de la mort du gardien s'est déjà répandue de tous côtés, et la légende de la richesse de Thror n'a pas perdu aux récits qui se sont transmis durant tant d'années ; bien des gens sont avides de s'assurer une part du gâteau. Déjà une troupe d'elfes est en route, et des oiseaux de proie les suivent dans l'espoir de combats et de carnage. Sur les rives du lac, les hommes murmurent que leurs malheurs sont dus aux nains, car ils sont sans toit, un grand nombre a péri et Smaug a détruit la ville. Eux aussi pensent trouver une compensation dans votre trésor, que vous soyez vivants ou morts.

« C'est votre propre sagesse qui doit dicter votre conduite ; mais treize est bien peu comme reste du grand peuple de Durïn qui vivait jadis ici et qui est maintenant dispersé au loin. Si vous voulez suivre mes conseils, vous ne vous fierez pas au Maître des Hommes du Lac, mais plutôt à celui qui a abattu le dragon avec son arc. Celui-là est Barde, de la lignée de Girion ; c'est un homme sombre, mais loyal. Nous verrions de nouveau régner la paix entre les nains, les hommes et les elfes après la longue désolation ; mais cela peut vous coûter cher en or. J'ai dit. »

Thorïn s'écria alors, tout en colère : « Tous nos remerciements, Roäc, fils de Carc. Vous et les vôtres ne serez pas oubliés. Mais les voleurs ne prendront pas, les violents n'emporteront pas une once de notre or tant que nous serons vivants. Si vous désirez gagner encore davantage notre reconnaissance, apportez-nous des nouvelles de quiconque approche. Je vous demanderai aussi, s'il en est encore parmi vous qui soient jeunes et vigoureux de l'aile, d'envoyer des messagers à nos frères des montagnes du Nord, tant à l'ouest qu'à l'est d'ici, et de leur faire connaître notre situation. Mais allez surtout chez mon cousin Daïn dans les Monts de Fer, car il a de nombreux nains bien armés, et c'est lui qui est le plus près d'ici. Priez-le de se hâter !

– Je ne saurais dire si ce dessein est bon ou mauvais, croassa Roäc ; mais je ferai ce qui sera possible. »

Puis il s'envola lentement.

« Retournons vite à la Montagne ! s'écria Thorïn. Il y a peu de temps à perdre.

– Et peu de nourriture à manger ! » ajouta Bilbo, toujours pratique en pareille matière.

De toute façon, il avait l'impression que l'aventure, à proprement parler, était terminée avec la mort du dragon — en quoi il se trompait grandement — et il aurait donné la plus grande part de ses profits pour la liquidation pacifique de ces affaires.

« À la Montagne ! » crièrent les nains, comme s'ils ne l'avaient pas entendu.

Force lui fut donc de retourner à la Montagne avec eux.

Connaissant déjà certains des événements, vous comprendrez que les nains avaient encore quelques jours devant eux. Ils explorèrent une fois de plus toutes les cavernes et ils constatèrent, comme ils s'y attendaient, que seule restait ouverte la Grande Porte ; toutes les autres issues (à l'exception, naturellement, de la petite porte secrète) avaient été depuis longtemps détruites et obstruées par Smaug, et il n'en restait plus aucune trace. Ils s'attelèrent donc vigoureusement à fortifier l'entrée principale et à tracer une nouvelle allée à partir de là. Ils disposaient d'une grande quantité d'outils qu'avaient utilisés les mineurs, les carriers et les constructeurs de jadis ; et les nains avaient conservé une grande compétence en ce genre de travaux.

Tandis qu'ils travaillaient, les corbeaux leur apportaient constamment des nouvelles. Ils apprirent ainsi que le Roi des Elfes s'était détourné vers le Lac et qu'ils avaient donc un peu de répit. Mieux encore, trois de leurs poneys avaient réchappé et vagabondaient en liberté assez loin en aval sur les rives de la Rivière Courante, près de l'endroit où ils avaient laissé le reste de leurs provisions. Aussi, tandis que les autres poursuivaient leurs travaux, Fili et Kili furent-ils dépêchés, sous la conduite d'un corbeau, afin de retrouver les poneys et de rapporter tout ce qu'ils pourraient.

Ils restèrent absents quatre jours, et entre-temps, les nains avaient appris que les armées conjointes des Hommes du Lac et des elfes se dirigeaient en hâte vers la Montagne. Mais à présent leurs espoirs s'étaient raffermis, car ils avaient des vivres pour plusieurs semaines en les ménageant — surtout du *cram*, évidemment, et ils en étaient fatigués ; mais le *cram* vaut tout de même infiniment mieux que rien — et déjà la porte était bloquée par un mur fait de pierres carrées posées à sec, mais très épais et haut, en travers de l'ouverture. Ils avaient ménagé dans ce mur des trous pour voir (ou tirer), mais il n'y avait pas de passage. Ils entraient ou sortaient au moyen d'échelles et ils hissaient les marchandises à l'aide de cordes. Pour laisser sortir la rivière, ils avaient confectionné une petite arche basse sous le nouveau mur ; mais, près de l'entrée, ils avaient modifié le lit étroit de telle sorte qu'une large mare s'étendait du mur de la montagne à la chute par laquelle la rivière s'écoulait vers Dale. On ne pouvait plus maintenant approcher de la Porte, sans nager, que le long d'une étroite corniche de l'escarpement, à droite du mur en regardant l'extérieur. Ils n'avaient amené les poneys qu'au pied de l'escalier qui partait du vieux pont, et après les avoir déchargés là, ils les avaient renvoyés sans cavaliers vers le sud, leur disant de retourner auprès de leurs maîtres.

Un beau soir, ils virent soudain un grand nombre de lumières, comme de feux et de torches, vers le sud, à Dale en face d'eux.

« Ils sont arrivés ! cria Balïn. Et leur camp est très grand. Ils ont dû arriver dans la vallée des deux côtés de la rivière sous le couvert du crépuscule. »

Les nains dormirent peu cette nuit-là. Le matin était encore pâle quand ils virent une troupe approcher. De derrière leur mur, ils les regardèrent monter vers l'entrée de la vallée, puis commencer à grimper lentement. Bientôt, ils purent voir que la troupe se composait en même temps d'Hommes du lac armés en guerre et d'archers elfes. Enfin, ceux de tête escaladèrent les rochers éboulés et parurent en haut des chutes ; et grande fut leur surprise en trouvant devant eux l'étendue d'eau et la Porte obstruée par un mur de pierre nouvellement taillée.

Comme ils se tenaient là à discuter en montrant l'endroit du doigt, Thorïn les héla : « Qui êtes-vous ? cria-t-il d'une voix forte, vous qui venez armés en guerre aux portes de Thorïn, fils de Thraïn, Roi sous la Montagne, et que désirez-vous ? »

Mais ils ne répondirent rien. Certains retournèrent vivement en arrière, et les autres, après avoir contemplé un moment la Porte et ses défenses, ne tardèrent pas à les suivre. Ce jour-là, le camp fut transféré à l'est de la rivière, juste entre les bras de la Montagne. Les rochers retentirent alors de l'écho de voix et de chants, comme ils ne l'avaient plus fait depuis bien longtemps. Il y eut aussi le son de la harpe d'elfes et d'une douce musique ; et comme il montait vers les nains, il leur sembla que le froid de l'air se réchauffait, et ils sentirent faiblement le parfum des fleurs sylvestres à la floraison du printemps.

Alors, Bilbo brûla de s'échapper de la sombre forteresse et de descendre se mêler à la joie et au festoiement autour des feux. Certains des plus jeunes nains aussi furent émus dans leur cœur, et ils murmurèrent qu'ils auraient bien voulu que les choses fussent autrement pour pouvoir accueillir pareilles gens en amis ; mais Thorïn fronça les sourcils.

Alors les nains eux aussi apportèrent des harpes et des instruments repris dans l'amas du trésor, et firent de la musique pour adoucir son humeur ; mais leur chant n'était pas comme le chant des elfes, et il ressemblait beaucoup à celui qu'ils avaient fait entendre longtemps auparavant dans le petit trou de hobbit de Bilbo.

Sous la Montagne sombre et haute
Le roi est venu dans son château

Son ennemi est mort, le Ver de la Terreur,
Et toujours ainsi tomberont ses ennemis.
L'épée est aiguë, la lance est longue.
La flèche rapide, la Porte est solide ;
Le cœur est vaillant qui surveille l'or ;
Les nains n'endureront plus de torts.

Les nains de jadis firent de puissants charmes,
Quand les marteaux tombaient comme des cloches sonnantes

Dans les lieux profonds, où dorment des choses noires,
Dans les salles creuses sous les montagnes rocheuses.

Sur des colliers d'argent ils enfilèrent
La lumière des étoiles, sur des couronnes ils suspendirent

Le feu de dragon, de fil de fer retors
Ils firent sortir la mélodie de harpes.

Le trône de la montagne une fois encore est libéré !
Ô nôtres errant, écoutez l'appel !

Venez en hâte ! Venez en hâte ! à travers la terre désolée !

Le roi des amis et de ceux de votre race a besoin de vous.

Maintenant nous crions par-dessus les montagnes froides.

« Revenez aux cavernes anciennes !
Ici aux Portes le roi vous attend,
Ses mains sont chargées de joyaux et d'or.

Le Roi est revenu dans son château
Sous la Montagne sombre et haute
Le Ver de la Terreur est abattu et mort,
Et toujours ainsi tomberont nos ennemis ! »

Ce chant sembla plaire à Thorïn : il reprit son sourire et devint joyeux ; il commença alors à supputer la distance jusqu'aux Monts de Fer et le temps qu'il faudrait à Daïn pour atteindre la Montagne Solitaire s'il s'était mis en marche dès réception du message. Mais Bilbo perdit courage en entendant le chant comme les paroles : ils avaient un son beaucoup trop guerrier pour son goût.

De bonne heure le lendemain matin, on vit une compagnie de lanciers traverser la rivière et remonter la vallée. Ces hommes portaient avec eux le grand étendard du Roi des Elfes et la bannière bleue du Lac, et ils avancèrent jusqu'au moment où ils se trouvèrent juste devant le mur de la porte.

De nouveau, Thorïn leur cria d'une voix forte :

« Qui êtes-vous, vous qui venez armés en guerre aux portes de Thorïn, fils de Thraïn, Roi sous la Montagne ? »

Cette fois, on lui répondit. Un homme de haute taille, aux cheveux noirs et au visage sévère, s'avança et cria :

« Salut, Thorïn ! Pourquoi vous retranchez-vous comme un voleur dans son repaire ? Nous ne sommes pas encore des ennemis, et nous sommes heureux que vous soyez vivant contre toute prévision. Nous sommes venus sans penser trouver ici personne de vivant ; mais puisque nous nous sommes rencontrés, il y a matière à pourparlers et à tenir conseil.

– Qui êtes-vous, et à quel sujet voudriez-vous des pourparlers ?

– Je suis Barde ; c'est par ma main que le dragon est mort et que votre trésor a été libéré. N'est-ce pas là une question qui vous intéresse ? De plus, je suis par droit de lignée l'héritier de Girion de Dale, et votre trésor contient beaucoup de richesses que Smaug avait pillées dans ses châteaux et ses villes. N'est-ce pas là une question dont nous pouvons discuter ? En outre, dans son dernier combat, Smaug a détruit les habitations des hommes d'Esgaroth, et je suis au service de leur Maître. Je voudrais vous demander en son nom si vous n'avez aucune pensée pour la douleur et la misère de son peuple. Ils vous avaient aidés dans votre détresse et en récompense vous ne leur avez apporté jusqu'ici que ruine, bien que probablement sans le vouloir. »

C'étaient là des paroles équitables et vraies, encore que prononcées sur un ton fier et menaçant ; et Bilbo pensa que Thorïn admettrait immédiatement ce qu'il y avait de juste en elles. Il ne s'attendait pas, bien sûr, que quiconque se rappelât que c'était lui qui avait découvert tout seul le point faible du dragon ; et c'était aussi bien ainsi, car personne ne s'en souvint jamais. Mais aussi il ne comptait pas avec le pouvoir qu'a l'or longtemps couvé par un dragon, ni avec des cœurs de nains. Au cours des derniers jours, Thorïn avait passé de longues heures dans son trésor, et la soif de ces richesses était fortement ancrée en lui. Bien qu'il eût principalement recherché l'Arkenstone, il n'avait pas perdu de vue bien d'autres choses merveilleuses qui reposaient là et autour desquelles tournaient maints souvenirs des labeurs et des peines de sa race.

« Vous avez réservé la dernière et principale place à votre plus mauvaise cause, répliqua Thorïn. Nul ne saurait revendiquer le trésor de mon peuple, du fait que Smaug, qui nous a volé ce trésor, l'aurait privé de la vie ou de son toit. Le trésor n'était pas à lui et ses méfaits n'ont pas à être compensés par une part de ce trésor. Le prix des marchandises et de l'assistance que nous avons reçues des Hommes du Lac, nous le paierons en toute justice — et le moment venu. Mais nous ne donnerons *rien*, pas même la valeur d'une miche de pain sous la menace de la force. Tant qu'une troupe en armes se tiendra à nos portes, nous vous considérerons comme des ennemis et des voleurs.

« Je tiens d'ailleurs à vous demander quelle part de l'héritage vous auriez versée à notre famille si vous aviez trouvé le trésor non gardé et nous massacrés.

– La question est juste, répondit Barde. Mais vous n'êtes pas morts et nous ne sommes pas des voleurs. De plus, les riches peuvent avoir pitié indépendamment du droit envers les nécessiteux qui se sont montrés leurs amis quand ils étaient dans le besoin. Et d'ailleurs mes autres réclamations restent toujours sans réponses.

– Je ne veux pas discuter, je l'ai dit, avec des gens armés à ma porte. Ni non plus avec le peuple du Roi des Elfes, dont je me souviens sans aucune bienveillance. Ils n'ont aucune place dans ce débat. Partez maintenant, avant que nos flèches ne volent ! Et si vous voulez me parler de nouveau, commencez par renvoyer la troupe des elfes à la forêt qui est la leur ; puis revenez, en déposant les armes avant d'approcher du seuil.

– Le Roi des Elfes est mon ami, et il a secouru les gens du Lac dans le besoin, bien qu'il n'y eût aucun autre titre que l'amitié, répondit Barde. Nous vous donnerons le temps de vous repentir de vos paroles. Faites appel à votre sagesse avant notre retour ! »

Après quoi, il s'en fut et regagna le camp.

Quelques heures plus tard, les porte-étendard revinrent, les trompettes s'avancèrent et firent entendre une sonnerie :

« Au nom d'Esgaroth et de la Forêt, cria l'un d'eux, nous nous adressons à Thorïn, fils de Thraïn, Oakenshield, se disant Roi sous la Montagne, et nous l'invitons à considérer d'un bon œil les revendications qui lui ont été présentées, faute de quoi il sera déclaré notre ennemi. Il remettra au moins la douzième partie du trésor à Barde, en tant que tueur du dragon et héritier de Girion. Sur cette part, Barde contribuera lui-même à aider Esgaroth ; mais si Thorïn désire l'amitié et le respect des territoires environnants, comme l'avaient ses ancêtres, il donnera aussi un peu de ses biens personnels pour le réconfort des Hommes du Lac. »

Alors, Thorïn saisit un arc de corne et décocha une flèche à l'orateur. Elle se ficha dans son bouclier, où elle resta à vibrer.

« Puisque telle est votre réponse, cria le héraut en retour, je déclare la Montagne assiégée. Vous n'en partirez plus que vous n'ayez demandé de votre côté une trêve et des pourparlers. Nous ne porterons pas les armes contre vous, mais nous vous laissons à votre or. Vous pouvez toujours manger cela, si vous voulez ! »

Là-dessus, les messagers s'en furent rapidement, laissant les nains réfléchir à leur affaire. Thorïn était devenu si inexorable que, même s'ils en avaient eu envie, les autres n'auraient pas osé trouver faute en sa conduite ; mais, en vérité, la plupart d'entre eux semblaient partager sa façon de voir — à l'exception peut-être du vieux et gros Bombur, de Fili et de Kili. Bilbo, lui, désapprouvait évidemment le tour pris par les affaires. Il en avait maintenant plus qu'assez de la Montagne et être assiégé à l'intérieur n'était aucunement à son goût.

« Tout cet endroit pue le dragon, grogna-t-il en lui-même ; j'en ai la nausée. Et le *cram* commence à me rester dans la gorge. »

16

Un voleur dans la nuit

Les jours s'écoulaient à présent, longs et fastidieux. Bon nombre des nains passaient leur temps à ordonner et mettre en tas le trésor ; c'est alors que Thorïn parla de l'Arkenstone de Thraïn, les pressant de la rechercher dans le moindre recoin.

« Car l'Arkenstone de mon père, dit-il, vaut plus par elle-même que toute une rivière d'or, et pour moi elle est sans prix. Dans tout le trésor, cette pierre-là, je me la réserve, et je me vengerais de quiconque, l'ayant trouvée, la dissimulerait. »

À ces mots, Bilbo prit peur, se demandant ce qui se passerait si on découvrait la pierre — enveloppée dans un vieux balluchon dépenaillé. Il n'en parla tout de même pas, car, à mesure que l'ennui des journées se faisait plus pesant, un plan avait commencé à germer dans sa petite tête.

Les choses se traînaient ainsi depuis quelque temps, quand les corbeaux apportèrent la nouvelle que Daïn et plus de cinq cents nains, venus à marche forcée des Monts de Fer, se trouvaient à deux jours de Dale en direction du nord-est.

« Mais ils ne peuvent atteindre la Montagne sans être observés, dit Roäc, et je crains qu'il n'y ait bataille dans la vallée. Je ne trouve pas cette décision bonne. Si acharnés qu'ils soient, il est peu probable qu'ils puissent avoir raison de l'armée qui vous assiège ; et même s'ils y parvenaient, qu'y gagneriez-vous ? L'hiver et la neige arrivent sur leurs talons. Comment vous nourrirez-vous sans l'amitié et la bonne volonté des régions d'alentour ? Le trésor signifiera vraisemblablement votre mort, bien que le dragon ne soit plus ! »

Mais Thorïn ne se laissa pas ébranler : « L'hiver et la neige mordront en même temps les hommes et les elfes, dit-il, et ils trouveront peut-être leur séjour dans le désert dur à supporter. Avec mes amis sur leurs arrières et l'hiver sur eux, peut-être seront-ils d'une disposition plus accommodante pour parlementer. »

Ce soir-là, Bilbo prit sa décision. Le ciel sans lune était noir. Aussitôt la pleine nuit tombée, il alla à un coin d'une arrière-salle juste derrière la porte, où il tira de son balluchon une corde et aussi l'Arkenstone, enveloppée dans un chiffon. Puis il grimpa jusqu'au haut du mur. Il n'y avait là que Bombur, car c'était son tour de garde et les nains ne postaient qu'une sentinelle à la fois.

« Il fait bigrement froid ! dit Bombur. Je voudrais bien avoir un feu ici, comme ils en ont là en bas dans le camp !

– Il fait assez chaud à l'intérieur, dit Bilbo.

– Sans doute ; mais je suis obligé de rester ici jusqu'à minuit, grommela le gros nain. C'est une triste affaire de bout en bout. Non pas que je me permette de critiquer Thorïn, que sa barbe pousse toujours plus longue ! mais ç'a toujours été un nain à la nuque roide.

– Pas aussi roide que mes jambes, dit Bilbo. J'en ai assez des escaliers et des passages de pierre. Je donnerais n'importe quoi pour avoir la sensation de l'herbe sous mes pieds.

– Moi, je donnerais beaucoup pour la sensation d'une boisson forte dans mon gosier et pour un lit bien doux après un bon souper !

– Je ne peux pas vous les procurer tant que le siège durera. Mais il y a longtemps que je n'ai pas pris la garde et je peux vous remplacer, si vous voulez. Je n'ai pas envie de dormir, ce soir.

– Vous êtes bien brave, monsieur Baggins, et j'accepte volontiers votre offre. S'il y avait quelque chose, réveillez-moi sans faute en premier ! Je serai couché dans l'arrière-chambre à gauche, tout à côté.

– Allez ! dit Bilbo. Je vous réveillerai à minuit, et vous pourrez réveiller à votre tour le veilleur suivant. »

Aussitôt Bombur parti, Bilbo mit son anneau, assujettit sa corde, se laissa glisser de l'autre côté du mur et s'en fut. Il avait environ cinq heures devant lui. Bombur dormirait (il pouvait dormir à tout moment et, depuis l'aventure de la forêt, il s'efforçait toujours de rattraper les rêves merveilleux qu'il avait faits alors) ; et tous les autres étaient occupés auprès de Thorïn. Il était peu probable qu'aucun d'eux, même Fili et Kili, sortît pour venir au mur avant son tour de garde.

Il faisait très noir et quand, après un moment, il quitta le sentier nouvellement tracé pour descendre vers le lit de la rivière, le chemin lui était inconnu. Il finit par arriver à la courbe où il devait traverser l'eau pour atteindre le camp, comme il le désirait. Le lit de la rivière était là peu profond, mais déjà large, et le passage à gué dans l'obscurité n'était pas une tâche aisée pour le petit hobbit. Il était presque arrivé de l'autre côté, quand, manquant son saut sur une pierre ronde, il tomba dans l'eau froide en faisant un gros floc. À peine avait-il péniblement grimpé sur l'autre bord, frissonnant et dégouttant, qu'arrivèrent dans le noir des elfes portant des lanternes, qui recherchaient la cause du bruit.

« Ce n'était pas un poisson ! dit l'un. Il y a un espion par là. Cachez vos lumières ! Elles lui serviront plus qu'à nous, si c'est cette curieuse petite créature que l'on dit être leur serviteur.

– Leur serviteur, en vérité ! fit Bilbo dans un reniflement — mais ce reniflement fut coupé par un bruyant éternuement, et les elfes s'assemblèrent aussitôt autour de ce bruit.

– Donnez de la lumière ! dit-il. Je suis ici, si vous me voulez ! »

Il retira son anneau et sortit de derrière un rocher.

Ils se saisirent vivement de lui, malgré leur surprise.

« Qui êtes-vous ? Êtes-vous le hobbit des nains ? Que faites-vous ? Comment êtes-vous parvenu si loin en arrière de nos sentinelles ? demandèrent-ils l'un après l'autre.

– Je suis M. Bilbo Baggins, compagnon de Thorïn, si vous tenez à le savoir, répondit-il. Je connais bien de vue votre roi, bien qu'il ne me reconnaisse pas en me regardant. Mais Barde se souviendra de moi, et c'est à Barde que je désire particulièrement parler.

– Vraiment ! répliquèrent-ils ; et qu'est-ce que vous avez à faire ?

– Ça me regarde, mes bons elfes. Mais si vous désirez jamais retourner de cet endroit triste et froid dans vos propres forêts, reprit-il en frissonnant, vous m'amènerez vite devant un feu, où je pourrai me sécher — après quoi, vous me laisserez parler à vos chefs aussi rapidement que possible. Je n'ai qu'une ou deux heures devant moi. »

C'est ainsi que quelque deux heures après sa fuite de la Porte, Bilbo se trouva auprès d'un bon feu qui brûlait devant une grande tente ; étaient également assis là le Roi des Elfes et Barde, qui le contemplaient avec curiosité. Un hobbit en armure d'elfe, à demi emmitouflé dans une vieille couverture, c'était pour eux un spectacle nouveau.

« Les choses sont vraiment impossibles, voyez-vous, disait Bilbo de son ton le plus sérieux. Personnellement, j'en ai assez de toute cette aventure. Je voudrais être de retour dans ma propre maison de l'Ouest, où les gens sont plus raisonnables. Mais j'ai des intérêts dans cette affaire — un quatorzième du butin, pour être précis, comme il est spécifié dans une lettre que je crois avoir heureusement conservée. »

Il tira d'une poche de sa vieille veste (qu'il portait toujours par-dessus sa cotte de mailles) la lettre, très chiffonnée et pliée tout petit, que Thorïn avait glissée sous la pendule de sa cheminée au mois de mai !

« Une part des *bénéfices*, notez-le bien. J'en ai parfaitement conscience. Personnellement, je suis tout disposé à considérer avec soin toutes vos demandes et à déduire du total ce qui est juste avant de présenter ma propre revendication. Mais vous ne connaissez pas Thorïn Oakenshield aussi bien que je le connais maintenant. Je vous assure qu'il est tout prêt à crever de faim assis sur un tas d'or, tant que vous resterez ici.

– Eh bien, libre à lui ! dit Barde. Un tel fou mérite bien de crever de faim.

– Parfaitement, dit Bilbo. Je comprends votre point de vue. Mais d'autre part l'hiver approche rapidement. Avant peu, vous aurez de la neige et que sais-je encore, et l'approvisionnement sera difficile — même pour des elfes, j'imagine. Et il y aura d'autres difficultés. Vous n'avez pas entendu parler de Daïn et des nains des Monts de Fer ?

– Si, il y a longtemps ; mais qu'ont-ils à voir avec nous ? demanda le roi.

– C'est bien ce que je pensais. Je vois que je possède des renseignements que vous n'avez pas. Daïn, je puis vous le dire, est maintenant à moins de deux jours de marche et il a avec lui au moins cinq cents nains armés — parmi lesquels un bon nombre ont l'expérience des horribles guerres entre nains et gobelins, dont vous avez sans doute entendu parler. Quand ils arriveront, ils pourront vous causer de sérieux ennuis.

– Pourquoi nous dites-vous cela ? Êtes-vous en train de trahir vos amis ou de nous menacer ? demanda sévèrement Barde.

– Mon cher Barde ! dit Bilbo. Ne soyez pas d'humeur si prompte ! Je n'ai jamais rencontré des gens aussi soupçonneux ! J'essaie seulement d'éviter des ennuis à tous les intéressés. Or, je vais vous faire une offre !

– Faites-la-nous connaître ! dirent-ils.

– Vous pouvez la voir ! répliqua-t-il. La voici ! »

Il sortit l'Arkenstone et en jeta l'enveloppe.

Le Roi des Elfes lui-même, dont les yeux étaient pourtant habitués à se poser sur les objets les plus beaux et les plus merveilleux, se dressa, confondu. Même Barde regarda la pierre, muet d'étonnement. C'était comme si un globe rempli de clair de lune était suspendu devant eux dans un filet tissé du reflet d'étoiles givrées.

– Vous voyez là l'Arkenstone de Thraïn, le Cœur de la Montagne, dit Bilbo ; et c'est aussi le cœur de Thorïn. Il en fait plus de cas que d'une rivière d'or. Je vous la donne. Elle vous aidera dans votre négociation. »

Alors, Bilbo, non sans un frisson et un regard ce regret, tendit la merveilleuse pierre à Barde, lequel la tint dans sa main, comme ébloui.

« Mais comment est-elle à vous, que vous puissiez la donner ? demanda-t-il enfin avec effort.

– Ah ! bah, répondit le hobbit un peu gêné. Elle n'est pas exactement à moi ; mais enfin..., je suis disposé à la mettre en balance avec tous mes droits, vous comprenez. Je suis peut-être un cambrioleur — ou c'est ce qu'ils disent ; personnellement je ne m'en suis jamais senti l'âme —, mais je suis un cambrioleur honnête, je l'espère, plus ou moins. En tout cas, je m'en retourne maintenant, et les nains pourront me faire ce qu'ils voudront. J'espère qu'elle vous sera utile. »

Le Roi des Elfes regarda Bilbo avec un nouvel étonnement :

« Bilbo Baggins ! dit-il. Vous êtes plus digne de porter l'armure des princes elfes que bon nombre d'autres qui semblent plus avenants. Mais je me demande si Thorïn Oakenshield considérera les choses de même façon. Je connais mieux que vous peut-être les nains en général. Je vous conseille de rester avec nous, ici vous serez honoré et trois fois bienvenu.

– Je vous en remercie beaucoup, assurément, répondit Bilbo, s'inclinant, mais je ne crois pas devoir abandonner ainsi mes amis, après tout ce par quoi nous avons passé ensemble. Et puis j'ai promis de réveiller le vieux Bombur à minuit ! Il faut vraiment que je m'en aille, et vite. »

Aucun argument ne put le retenir ; une escorte lui fut donc fournie et à son départ, le roi et Barde le saluèrent avec honneur. Comme ils traversaient le camp, un vieillard, enveloppé dans une cape sombre, qui était assis à l'entrée d'une tente, se leva et s'avança vers eux.

« Bravo, monsieur Baggins ! dit-il, donnant une tape dans le dos de Bilbo. Il y a toujours davantage en vous que les gens ne s'y attendent ! »

C'était Gandalf.

Pour la première fois depuis bien des jours, Bilbo fut vraiment ravi. Mais il n'avait pas le temps de poser toutes les questions qui lui montaient à la bouche.

« Chaque chose en son temps ! dit Gandalf. Les événements tirent à leur fin à présent, si je ne me trompe. Vous allez avoir un mauvais moment à passer ; mais gardez courage ! Il *se peut* que vous vous en tiriez bien. Il y a des nouvelles en gestation que les corbeaux eux-mêmes ne connaissent pas encore. Bonsoir ! »

Intrigué mais non réconforté, Bilbo poussa en avant. On le mena à un gué sûr, qu'on lui fit passer à pied sec ; après quoi, il dit adieu aux elfes et monta avec précaution vers la Porte. Il commençait à être pris d'une grande fatigue ; mais il était bien avant minuit quand il grimpa à la corde — qui se trouvait toujours où il l'avait laissée. Après l'avoir détachée et cachée, il s'assit sur le mur et se demanda anxieusement ce qui allait se passer après cela.

À minuit il réveilla Bombur ; puis, à son tour, il s'enroula dans un coin sans écouter les remerciements du vieux nain (qu'il sentait bien peu mérités). Il tomba bientôt dans un profond sommeil et oublia tous ses ennuis jusqu'au matin. En fait, il rêvait d'œufs au lard.

17

Les nuées éclatent

Le lendemain, les trompettes retentirent de bonne heure dans le camp. Bientôt on vit un coureur seul gravir vivement le sentier étroit. À quelque distance, il s'arrêta et héla les nains, demandant si Thorïn était disposé à écouter une nouvelle ambassade, les choses étant modifiées par de nouveaux éléments.

« Ce doit être Daïn ! dit là-dessus Thorïn. Ils auront eu vent de son approche. Je pensais bien que cela modifierait leur disposition d'esprit ! Dites-leur de se présenter en petit nombre et sans armes, et je les écouterai ! » cria-t-il au messager.

Vers midi, on vit paraître de nouveau les étendards de la Forêt et du lac. Un détachement de vingt hommes approchait. À l'entrée du sentier étroit, ils déposèrent épées et lances ; après quoi, ils avancèrent jusqu'à la Porte. Les nains virent avec surprise que parmi eux se trouvaient Barde et le Roi des Elfes, devant lesquels un vieillard, enveloppé dans une cape et un capuchon, portait une forte cassette de bois cerclée de fer.

« Salut, Thorïn ! dit Barde. Êtes-vous toujours dans les mêmes dispositions ?

– Je ne change pas d'avis avec le lever et le coucher de quelques soleils, répliqua Thorïn. Seriez-vous venu à seule fin de me poser des questions oiseuses ? L'armée des elfes n'est pas encore partie comme je l'ai prescrit ! Jusqu'à ce qu'elle s'exécute, c'est en vain que vous voudrez discuter avec moi.

– N'y a-t-il donc rien pour quoi vous céderiez un peu de votre or ?

– Rien que vous ou vos amis ayez à offrir.

– Et l'Arkenstone de Thraïn ? » dit-il.

À ce moment, le vieillard ouvrit la cassette et tint haut le joyau. La lumière jaillit de sa main, blanche et brillante dans le matin.

L'étonnement et la confusion frappèrent Thorïn de mutisme. Personne ne parla durant un long moment.

Enfin, Thorïn rompit le silence, et sa voix était lourde de colère : « Cette pierre appartenait à mon père, et elle est à moi, dit-il. Pourquoi achèterais-je ce qui est mon bien ? »

Toutefois, la curiosité le poussa à ajouter : « Mais comment êtes-vous en possession de l'héritage de ma maison — s'il est utile de poser pareille question à des voleurs ?

– Nous ne sommes pas des voleurs, répondit Barde. Votre bien, nous vous le rendrons en échange de notre bien.

– Comment l'avez-vous acquise ? hurla Thorïn, avec une rage croissante.

– C'est moi qui la leur ai donnée ! dit Bilbo, qui passait la tête par-dessus le mur et qui avait à présent une peur affreuse.

– Vous ! vous ! cria Thorïn, se retournant contre lui et le saisissant des deux mains. Misérable hobbit ! Espèce de bout de… cambrioleur ! » hurla-t-il à court de mots — et il secouait le pauvre Bilbo comme un lapin.

« Par la barbe de Durïn ! Je voudrais bien que Gandalf fût ici ! La peste soit de lui pour vous avoir choisi ! Que sa barbe se flétrisse ! Quant à vous, je vais vous précipiter sur les rochers ! cria-t-il — et il souleva Bilbo à bout de bras.

– Arrêtez ! Votre souhait est exaucé ! » dit une voix.

Le vieillard à la cassette jeta son manteau et son capuchon :

« Voici Gandalf ! Et juste à temps, à ce qu'il me semble. Vous avez beau ne pas apprécier mon Cambrioleur, ne l'endommagez pas, je vous en prie. Reposez-le, et commencez par écouter ce qu'il a à dire !

– Il paraît que vous êtes tous de connivence ! dit Thorïn, laissant tomber Bilbo sur le haut du mur. Jamais plus je n'aurai de rapports avec un magicien ou ses amis. Qu'avez-vous à dire, descendant de rats ?

– Mon Dieu ! mon Dieu ! dit Bilbo. Tout ceci est assurément très désagréable. Peut-être vous rappelez-vous m'avoir précisé que je pourrais choisir la part d'un quatorzième qui me revient ? J'ai pu prendre cela trop au pied de la lettre — j'ai entendu dire que les nains sont parfois plus polis dans leurs formules que dans leurs actes. Il y a tout de même eu un moment où vous sembliez penser que je vous avais rendu service. Descendants de rats, vraiment ! Est-ce là tout ce que vous et votre famille m'avez promis en fait de service, Thorïn ? Considérez que j'ai disposé de ma part comme je l'entendais, et qu'on soit quittes !

– Oui, dit sombrement Thorïn. Je vous laisserai partir quitte — et puissions-nous ne plus jamais nous rencontrer ! »

Puis il se retourna et parla par-dessus le mur : « Je suis trahi, dit-il. On avait bien deviné que je ne pourrais m'abstenir de racheter l'Arkenstone, trésor de ma maison. Pour cela, je donnerai la quatorzième partie de l'amas d'or et d'argent, abstraction faite des joyaux ; mais cela comptera pour la part promise à ce traître ; il partira avec cette rémunération, et vous pourrez la diviser comme vous l'entendez. Il n'en aura pas grand-chose, je n'ai aucun doute là-dessus. Prenez-le, si vous désirez qu'il vive, et aucune parcelle de mon amitié ne l'accompagnera.

« Descendez maintenant auprès de vos amis ! dit-il à Bilbo, ou bien je vous jette en bas.

– Et l'or et l'argent ? demanda Bilbo.

– Cela suivra, selon qu'on pourra l'arranger, dit-il. Ouste !

– Jusqu'alors, nous gardons la pierre, cria Bilbo.

– Vous ne faites pas bien splendide figure comme Roi sous la Montagne, dit Gandalf. Mais les choses peuvent encore changer.

– Assurément », dit Thorïn.

Et la confusion apportée par le trésor était si grande en lui qu'il se demandait déjà si, avec l'aide de Daïn, il ne pourrait pas reprendre l'Arkenstone, tout en retenant la part de la récompense.

Bilbo fut balancé par-dessus le mur et s'en alla sans rien recevoir pour toute sa peine, hormis l'armure que Thorïn lui avait déjà donnée. Plus d'un nain ressentait dans son cœur honte et pitié de son départ.

« Adieu ! leur cria-t-il. Peut-être nous rencontrerons-nous de nouveau en amis.

– Filez ! cria Thorïn. Vous portez une cotte de mailles qui fut faite par les miens et qui est trop bonne pour vous. Les flèches ne peuvent la percer ; mais si vous ne vous hâtez pas, je piquerai vos misérables pieds. Soyez prompt !

– Pas tant de hâte ! dit Barde. Nous vous donnerons jusqu'à demain. Nous reviendrons à midi pour voir si vous avez apporté du trésor la contrepartie de la pierre. Si cela est fait sans tromperie, nous partirons et l'armée des elfes regagnera la Forêt. En attendant, adieu ! »

Là-dessus, ils rentrèrent au camp ; mais Thorïn envoya par l'intermédiaire de Roäc des messagers pour instruire Daïn de ce qui s'était passé et le prier d'arriver en toute hâte, mais non sans circonspection.

Ce jour passa, puis la nuit. Le lendemain, le vent tourna à l'ouest, et l'air était sombre et morne. Il était encore tôt quand un cri s'éleva dans le camp. Des coureurs vinrent annoncer qu'une troupe de nains avait débouché de l'éperon est de la Montagne et qu'elle se hâtait à présent en direction de Dale. Daïn était arrivé. Il avait pressé la marche au cours de la nuit, et il était ainsi tombé sur eux plus tôt qu'ils ne l'attendaient. Chacun de ses gens était revêtu d'un haubert d'acier qui lui descendait jusqu'aux genoux, et ses jambes étaient recouvertes de chausses faites de mailles d'un métal fin et flexible, dont le peuple de Daïn avait le secret. Les nains sont extrêmement forts pour leur taille ; or la plupart de ceux-ci étaient forts, même pour des nains. Au combat, ils maniaient de lourds bigots à deux mains ; mais chacun avait aussi au côté une courte et large épée et, suspendu dans le dos, un bouclier rond. Leur barbe était divisée en deux tresses qu'ils glissaient dans leur ceinture. Leur bonnet était de fer, ils étaient chaussés de fer et ils avaient une expression menaçante.

Les trompettes appelèrent les hommes et les elfes aux armes. Bientôt, on vit les nains remonter la vallée à vive allure. Ils firent halte entre la rivière et l'éperon est ; mais quelques-uns poursuivirent leur chemin et, traversant la rivière, s'approchèrent du camp ; là, ils déposèrent leurs armes et levèrent les mains en signe de paix. Barde sortit à leur rencontre et Bilbo l'accompagna.

« Nous venons de la part de Daïn, fils de Naïn, répondirent-ils aux interrogations. Nous nous hâtons de rejoindre nos parents de la Montagne, puisque nous avons appris que le royaume d'autrefois revit. Mais qui êtes-vous, vous qui vous tenez dans la plaine comme des ennemis devant des murs défendus ? »

Cela, comme de bien entendu, signifiait simplement dans le langage poli et un peu désuet réservé à pareilles occasions : « Vous n'avez rien à faire ici. Nous poursuivons notre route ; aussi, écartez-vous ou nous vous combattrons ! »

Ils entendaient pousser en avant entre la Montagne et la boucle de la rivière, l'étroite bande de terrain qui était là ne semblant pas fortement gardée.

Barde refusa naturellement de laisser les nains se rendre tout droit à la Montagne. Il était déterminé à attendre que l'or et l'argent eussent été livrés en échange de l'Arkenstone ; car il ne croyait pas que cela se ferait une fois la forteresse renforcée d'une troupe aussi nombreuse et aussi guerrière. Les nouveaux arrivants avaient apporté avec eux un grand approvisionnement en vivres, les nains pouvant porter des fardeaux très pesants, et presque tous les gens de Daïn, nonobstant leur marche rapide, avaient le dos chargé d'énormes colis en plus de leurs armes. Ils pourraient supporter un siège de plusieurs semaines, permettant l'arrivée d'autres nains, et d'autres encore, car Thorïn avait de très nombreux parents. Ils seraient également en mesure de rouvrir et de garder quelque autre porte, de sorte que les assiégeants devraient encercler la montagne entière ; et ils n'étaient pas en nombre suffisant pour ce faire.

C'était, en fait, précisément leur plan (car les corbeaux messagers avaient été très actifs entre Thorïn et Daïn) ; mais pour le moment la route était barrée ; aussi, après quelques paroles violentes, les nains se retirèrent-ils en marmonnant dans leur barbe. Barde envoya aussitôt des messagers à la porte ; mais ils ne trouvèrent ni or ni paiement. Des flèches les accueillirent aussitôt qu'ils arrivèrent à portée, et, consternés, ils s'en revinrent précipitamment. Dans le camp, régnait l'agitation préalable au combat, car les nains avançaient le long de la rive Est.

« Quels fous ! s'écria Barde, riant ; venir ainsi sous le bras de la Montagne ! ils ne s'entendent pas à la guerre au-dessus de la terre, si habiles soient-ils au combat dans les mines. Il y a de nombreux archers et lanciers à nous cachés en ce moment dans les rochers sur leur flanc droit. La poste des nains peut être bien faite, mais ils n'en mèneront pas large dans un moment. Tombons-leur dessus des deux côtés, avant qu'ils ne soient pleinement reposés ! »

Mais le Roi des Elfes dit : « Je tarderai longtemps à commencer cette guerre pour l'or. Les nains ne peuvent passer nos lignes sans notre assentiment, ni rien faire que nous ne puissions repérer. Espérons encore que quelque chose apportera la réconciliation. Notre avantage numérique suffira, s'il faut en fin de compte en venir aux coups malheureux. »

Mais il comptait sans les nains. La pensée que l'Arkenstone se trouvait entre les mains des assiégeants les brûlait au vif ; ils devinaient aussi l'hésitation de Barde et de ses amis, et ils résolurent de frapper pendant que les autres discutaient.

Soudain, sans aucun signal, ils s'élancèrent silencieusement à l'attaque. Les arcs vibrèrent et les flèches sifflèrent ; la bataille était sur le point de s'engager.

Mais encore plus soudainement l'obscurité se fit avec une terrible rapidité ! Un nuage noir couvrit le ciel. Le tonnerre d'hiver porté par un vent furieux roula en grondant et se répercuta dans la Montagne ; les éclairs illuminèrent son sommet. Et sous ce tonnerre on put voir s'avancer en tournoyant une autre masse noire ; mais elle ne venait pas avec le vent : elle arrivait du nord sous l'aspect d'une vaste nuée d'oiseaux, si dense qu'aucune lumière ne passait entre leurs ailes.

« Arrêtez ! cria Gandalf, apparaissant soudain, les bras levés, entre les nains qui avançaient et les rangs qui les attendaient. Arrêtez ! cria-t-il d'une voix de tonnerre, et son bâton flamboya d'un éclat semblable à un éclair. L'épouvante est sur vous tous ! Hélas ! elle est venue plus vite que je ne l'avais prévu. Les gobelins sont sur vous ! Bolg * du Nord arrive, dont vous avez tué le père en Moria, ô Daïn ! Voyez ! les chauves-souris survolent son armée comme une nuée de sauterelles. Ils montent des loups, et les Wargs sont dans leur suite. »

L'étonnement et la confusion les assaillirent. Tandis que Gandalf parlait, l'obscurité s'était encore épaissie. Les nains s'arrêtèrent et observèrent le ciel. Les elfes poussèrent de grands cris.

« Allons ! dit Gandalf d'une voix forte. Il est encore temps de tenir conseil. Que Daïn, fils de Naïn, vienne vite à nous ! »

Ainsi commença une bataille que nul n'attendait : elle fut appelée Bataille des Cinq Armées, et elle fut terrible. D'un côté se trouvaient les gobelins et les loups sauvages, et de l'autre les elfes, les hommes et les nains. En voici l'historique. Depuis la chute du Grand Gobelin des Monts Brumeux, la haine de cette

* Fils d'Azog. Voir p. 40.

race envers les nains s'était enflammée jusqu'à la fureur. Les allées et venues de messagers n'avaient cessé entre toutes leurs villes, leurs colonies et leurs places fortes, car ils étaient résolus maintenant à remporter la domination de tout le Nord. Ils avaient rassemblé des renseignements par des moyens secrets ; et dans toutes les montagnes on forgea et on arma. Puis ils se mirent en marche et s'assemblèrent par collines et vallées, passant toujours par dcs tunnels ou sous le couvert de la nuit jusqu'à ce qu'autour et sous le mont Grindabad du Nord, où se trouvait leur capitale, fût réunie une vaste armée prête à fondre à l'improviste telle la foudre sur le Sud. Ils apprirent alors la mort de Smaug, et la joie fut dans leurs cœurs. Ils se pressèrent, nuit après nuit, par les montagnes et finirent par arriver ainsi tout d'un coup du nord sur les talons de Daïn. Les corbeaux eux-mêmes ne connurent leur venue qu'à leur débouché dans les terres accidentées qui séparent la Montagne Solitaire des collines suivantes. Ce qu'en connaissait Gandalf, nul ne saurait le dire, mais il est clair qu'il ne s'attendait pas à ce soudain assaut.

Voici le plan qu'il établit en conseil avec le Roi des Elfes, Barde et aussi Daïn, car le seigneur nain s'était à présent joint à eux : les gobelins étaient leurs ennemis à tous et, devant leur arrivée, toute autre querelle était oubliée. Leur seul espoir était d'attirer les gobelins dans la vallée située entre les bras de la Montagne, et de garnir eux-mêmes les grands éperons qui s'avançaient au sud et à l'est. Mais cela ne serait pas sans danger si les gobelins étaient en nombre suffisant pour faire des incursions dans la Montagne même et ainsi les attaquer également de derrière et d'en dessus ; il n'y avait toutefois pas le temps de dresser un autre plan ni de faire appel à aucune aide.

Bientôt le tonnerre passa, roulant vers le sud-est ; mais la nuée de chauves-souris arriva, volant plus bas, sur le contrefort de la Montagne, et tournoya au-dessus d'eux, obscurcissant la lumière et les emplissant de terreur.

« À la Montagne ! cria Barde. À la Montagne ! Prenons nos positions pendant qu'il en est temps encore ! »

Sur l'éperon sud, dans ses pentes inférieures et dans les rochers à son pied, furent établis les elfes ; sur l'éperon est, les hommes et les nains. Mais Barde grimpa avec quelques hommes et elfes choisis parmi les plus lestes au haut du contrefort est pour avoir vue sur le Nord. Bientôt, ils purent voir les terres au pied de la Montagne noires d'une multitude en mouvement rapide. Bientôt, l'avant-garde tournoya autour de l'extrémité de l'éperon et se précipita dans Dale. C'étaient les plus vifs des monteurs de loups, et déjà leurs cris et leurs hurlements déchiraient l'air au loin. Quelques braves furent disposés de place en place pour opposer un simulacre de résistance, et un grand nombre tombèrent là avant que le reste ne se repliât et ne s'enfuît de part et d'autre. Conformément aux espoirs de Gandalf, l'armée des gobelins s'était rassemblée derrière l'avant-garde qui avait rencontré de la résistance, et elle se déversa alors avec fureur dans la vallée, remontant sauvagement entre les bras de la Montagne à la recherche de l'ennemi. Leurs étendards, noir et rouge, étaient innombrables, et ils avançaient en désordre comme une marée furieuse.

La bataille fut terrible. Ce fut la plus horrible de toutes les expériences de Bilbo et celle qu'il détesta le plus sur le moment — ce qui revient à dire celle dont il fut le plus fier et qu'il aima le plus rappeler longtemps après, bien qu'il n'y eût joué qu'un rôle tout à fait effacé. En vérité, je peux dire qu'il mit son anneau dès le début de l'affaire et qu'il fut soustrait à la vue, sinon à tout danger. Un anneau magique de cette sorte ne représente pas une protection totale au milieu d'une charge de gobelins, non plus qu'il n'arrête les flèches volantes et les lances impétueuses ; mais il aide certes à s'écarter, il empêche qu'un soldat gobelin ne choisisse tout spécialement votre tête pour lui assener un large coup d'épée.

Les elfes furent les premiers à charger. Leur haine des gobelins est froide et implacable. Leurs lances et leurs épées brillaient dans l'obscurité avec une lueur de flamme glacée, tant était mortelle la fureur des mains qui les tenaient. Aussitôt que l'armée ennemie fut dense dans la vallée, ils lui décochèrent une pluie de flèches dont chacune clignotait dans son vol comme d'un feu cuisant. Derrière les flèches, un millier de leurs lanciers s'élancèrent à la charge. Les hurlements étaient assourdissants. Les rochers étaient noirs du sang des gobelins.

Au moment où les gobelins se remettaient du massacre et où la charge des elfes était arrêtée, s'éleva de l'autre côté de la vallée une clameur sortie du plus profond de mille gorges. Aux cris de « Moria ! » et de

« Daïn ! Daïn ! » les nains des Monts de Fer plongèrent de l'autre côté dans la bataille, brandissant leurs bigots ; et auprès d'eux venaient les Hommes du Lac avec leurs longues épées.

La panique s'empara des gobelins ; et, au moment où ils se retournaient pour faire face à cette nouvelle attaque, les elfes chargèrent de nouveau en nombre redoublé. Déjà de nombreux gobelins fuyaient vers la rivière pour échapper au piège ; et beaucoup de leurs propres loups se retournaient contre eux et déchiraient les morts et les blessés. La victoire semblait à portée, quand un cri retentit sur les hauteurs dominantes.

Des gobelins avaient escaladé la Montagne de l'autre côté et déjà nombre d'entre eux étaient sur les pentes au-dessus de la Porte, tandis que d'autres coulaient à flots avec la témérité insoucieuse de ceux qui tombaient en hurlant des escarpements, pour attaquer les éperons d'en dessus. Chacun de ceux-ci pouvait être atteint par des sentiers qui descendaient du centre de la masse principale de la Montagne ; et les défenseurs avaient trop peu de monde pour barrer longtemps le chemin. La victoire disparut alors du champ des espoirs. Ils n'avaient fait que contenir le premier assaut de la marée noire.

La journée s'avançait. Les gobelins se rassemblèrent à nouveau dans la vallée. Là, une troupe de Wargs vint chercher sa proie et avec eux la garde du corps de Bolg, des gobelins d'une taille gigantesque, armés de cimeterres d'acier. Bientôt, une véritable obscurité envahit un ciel d'orage, tandis que les grandes chauves-souris tournoyaient autour des têtes et des oreilles des elfes et des hommes ou se fixaient, tels des vampires, sur les blessés. À présent, Barde luttait pour défendre l'éperon est, mais il cédait lentement du terrain ; et les seigneurs elfes étaient acculés autour de leur roi sur le bras sud, près du poste de guet de Ravenhill.

Il y eut soudain une grande clameur, et de la Porte vint une sonnerie de trompette. Ils avaient oublié Thorïn ! Une partie du mur, poussée par des leviers, s'écroula avec fracas vers l'extérieur dans l'étendue d'eau. Le Roi sous la Montagne s'élança, suivi de ses compagnons. Cape et capuchon avaient disparu ; ils étaient en brillante armure et une lueur rouge jaillissait de leurs yeux. Dans l'obscurité, le grand nain rayonnait comme l'or dans un feu mourant.

Les gobelins qui se trouvaient au-dessus basculèrent du haut des rochers ; mais les nains tinrent ferme, bondirent jusqu'au bas des chutes et s'élancèrent dans la bataille. Les loups et ceux qui les montaient tombèrent ou s'enfuirent devant eux. Thorïn portait de puissants coups de hache et rien ne semblait pouvoir l'atteindre.

« À moi ! À moi ! elfes et hommes ! À moi ! Ô tous les miens ! » criait-il — et sa voix retentissait comme un cor dans la vallée.

Sans souci d'ordre, tous les nains de Daïn se ruèrent à son aide. Descendirent aussi les Hommes du Lac en grand nombre, car Barde ne put les retenir ; et de l'autre côté surgirent maintes lances des elfes. Une fois de plus, les gobelins furent massacrés dans la vallée ; et ils s'entassèrent au point que Dale fut noir du hideux amas de leurs corps. Les Wargs furent dispersés, et

Thorïn s'élança droit contre la garde du corps de Bolg. Mais il n'en put percer les rangs.

Déjà, derrière lui, au milieu des gobelins morts, gisaient bien des hommes et des nains, et maints beaux elfes qui auraient dû vivre encore de longues et joyeuses années dans la forêt. Et comme la vallée s'élargissait, son assaut se faisait de plus en plus lent. Sa troupe était trop peu nombreuse. Ses flancs n'étaient pas gardés. Bientôt les assaillants furent assaillis, et ils furent contraints de se former en un grand cercle, faisant face de tous côtés, cernés de toutes parts par des gobelins et des loups revenus à l'attaque. Les gardes du corps de Bolg arrivèrent en hurlant sur eux et s'élancèrent contre leurs rangs comme les vagues contre une dune de sable. Leurs amis ne pouvaient les secourir, car l'assaut venu de la Montagne était renouvelé avec une force redoublée, et de chaque côté les hommes et les elfes étaient lentement battus.

Tout cela, Bilbo le regardait avec tristesse. Il était placé parmi les elfes sur Ravenhill — en partie parce qu'il y avait là plus de chances de s'échapper, et en partie (de par le côté le plus tookien de son esprit) parce que, s'il devait se trouver dans la dernière position désespérée, il préférait, tout compte fait, défendre le Roi des Elfes. Gandalf était là, lui aussi, je puis le dire, assis sur le sol comme plongé dans une profonde méditation, préparant sans doute quelque dernier coup de magie avant la fin.

Celle-ci ne paraissait plus très éloignée.

« Il ne s'en faut plus de beaucoup, maintenant, pour que les gobelins n'enlèvent la Porte, pensa Bilbo ; et puis, nous serons tous massacrés ou poussés en bas et faits prisonniers. Il y a vraiment de quoi pleurer après tout ce que nous avons enduré. J'aurais préféré que tout ce misérable trésor fût laissé au vieux Smaug que de voir ces viles créatures s'en emparer et le pauvre vieux Bombur, Balïn, Fili, Kili et tous les autres trouver une fin malheureuse ; et Barde aussi, et les Hommes du Lac et les joyeux Elfes. Misère de moi ! J'ai entendu chanter bien des batailles, et j'ai toujours cru comprendre que la défaite pouvait être glorieuse. Elle semble plutôt très désagréable, pour ne pas dire angoissante. Que je voudrais me trouver loin d'ici ! »

Le vent déchira les nuages et un coucher de soleil rouge balafra l'ouest. Voyant cette lueur soudaine dans l'obscurité, Bilbo se retourna. Il poussa un grand cri ; il avait vu un spectacle qui lui fit bondir le cœur : des formes noires, petites mais cependant majestueuses, se détachaient sur le rougeoiement lointain.

« Les aigles ! les aigles ! cria-t-il. Les aigles arrivent ! »

Les yeux de Bilbo le trompaient rarement. Les aigles descendaient dans le vent, ligne après ligne, en telle quantité qu'ils avaient dû se rassembler de toutes les aires du Nord.

« Les aigles ! les aigles ! » cria Bilbo, dansant et agitant les bras.

Si les elfes ne pouvaient le voir, ils l'entendirent. Bientôt ils reprirent le cri, dont l'écho se répercuta dans la vallée. Bien des yeux interrogateurs se levèrent vers le ciel, quoiqu'on n'y pût encore rien voir d'autre que les épaulements sud de la Montagne.

« Les aigles ! » cria encore une fois Bilbo.

Mais, à ce moment, une pierre, dévalant d'en haut, frappa violemment son heaume ; il tomba avec fracas et ne sut plus rien.

18

Le voyage de retour

Quand Bilbo revint à lui, il se trouvait entièrement seul. Il était couché sur les pierres plates de Ravenhill, et il n'y avait personne alentour. Un jour sans nuages, mais froid, s'étendait largement au-dessus de lui. Il tremblait et il était glacé, mais il avait la tête brûlante.

« Je me demande ce qui a bien pu se passer, se dit-il. En tout cas, je ne suis pas encore un des héros morts au champ d'honneur ; mais je suppose qu'il y a encore le temps ! »

Il s'assit péniblement. Regardant dans la vallée, il n'aperçut pas un gobelin vivant. Au bout d'un moment, sa tête s'éclaircit un peu et il crut voir bouger des elfes dans les rochers d'en bas. Il se frotta les yeux. Assurément, il y avait encore un camp à quelque distance dans la plaine ; et il y avait des allées et venues près de la Porte. Il semblait que des nains s'occupaient à détruire le mur. Mais il régnait un silence de mort. Il n'y avait pas d'appels, pas un seul écho de chanson. La tristesse était répandue dans l'air.

« Ce doit être la victoire, après tout ! dit-il, tâtant sa tête douloureuse. Mais il semble que ce soit une bien morne affaire. »

Soudain, il s'aperçut qu'un homme grimpait vers lui.

« Oh ! cria-t-il d'une voix mal assurée. Ohé ! Quelles sont les nouvelles ?

– Quelle est donc cette voix qui s'élève parmi les pierres ? » dit l'homme, s'arrêtant et regardant autour de lui, non loin de l'endroit où Bilbo était assis.

Bilbo se rappela alors son anneau !

« Ah ! çà, se dit-il, cette invisibilité a ses inconvénients, après tout. Sans elle, j'aurais peut-être passé une nuit confortable, bien au chaud dans mon lit ! »

« C'est moi, Bilbo Baggins, compagnon de Thorïn ! cria-t-il, se hâtant de retirer son anneau.

– Il est heureux que je vous aie trouvé ! dit l'homme, s'avançant à grandes enjambées. On a besoin de vous et nous vous avons longuement cherché. On vous aurait compté parmi les morts, qui sont nombreux, si Gandalf le magicien n'avait dit que c'était ici que votre voix s'était fait entendre en dernier. J'ai été envoyé pour vous chercher ici une ultime fois. Êtes-vous grièvement blessé ?

– Un mauvais coup sur la tête, je crois, dit Bilbo. Mais j'avais un heaume et le crâne solide. Je me sens mal toutefois, et j'ai les jambes en coton.

– Je vais vous porter jusqu'au camp dans la vallée », dit l'homme, qui le souleva comme une plume.

L'homme avait le pied rapide et sûr. Bilbo fut bientôt déposé devant une tente à Dale ; et là se tenait Gandalf, un bras en écharpe. Même le magicien ne s'en était pas tiré sans blessures ; et il était peu de soldats indemnes dans toute l'armée.

À la vue de Bilbo, Gandalf fut ravi : « Baggins ! s'exclama-t-il. Eh bien ça ! Vivant après tout — ah ! que je suis content ! Je commençais à me demander si même votre chance arriverait à vous mener jusqu'au bout ! Une terrible affaire, et qui a bien failli être désastreuse. Mais les nouvelles peuvent attendre. Venez ! dit-il avec plus de gravité. On vous demande. »

Et, précédant le hobbit, il l'emmena sous une tente.

« Salut, Thorïn ! dit-il en entrant. Je vous l'amène. »

Là, en fait, était étendu Thorïn, couvert de blessures. Son armure fendue et sa hache ébréchée gisaient sur le sol. Il leva les yeux à l'approche de Bilbo.

« Adieu, bon voleur, dit-il. Je m'en vais dans les salles de l'attente m'asseoir auprès de mes ancêtres jusqu'à ce que le monde soit renouvelé. Puisque je quitte maintenant tout or et tout argent pour me rendre où ils n'ont aucune valeur, je désire vous quitter en ami et retirer les paroles et les actes qui ont été les miens à la Porte. »

Bilbo, empli de chagrin, mit un genou en terre : « Adieu, Roi sous la Montagne ! dit-il. C'est une amère aventure, si telle doit être sa fin : et une montagne d'or ne pourrait l'amender. Je suis pourtant heureux d'avoir pris part à vos périls — c'est plus que n'en mérite un Baggins.

– Non ! dit Thorïn. Il y a plus de bon en vous que vous ne le soupçonnez, fils de l'aimable Ouest. Un mélange de courage et de sagesse, en juste proportion.

Si un plus grand nombre d'entre nous préféraient la nourriture, la gaieté et les chansons aux entassements d'or, le monde serait plus rempli de joie. Mais, triste ou joyeux, il me faut maintenant le quitter. Adieu ! »

Alors Bilbo se détourna et s'en alla tout seul ; il s'assit dans un coin, enveloppé dans une couverture, et, croyez-le ou ne le croyez pas, il pleura à en avoir les yeux rouges et la voix enrouée. C'était un petit être tendre.

« Ç'a été une grâce que je me sois réveillé à ce moment, se dit-il enfin. J'aurais voulu que Thorïn vécût, mais je suis heureux que nous nous soyons quittés en bons termes. Tu es un âne, Bilbo Baggins ; tu as fait un beau gâchis dans cette affaire de la pierre et il y a eu bataille en dépit de tous tes efforts pour acheter la paix et la tranquillité ; mais, après tout, on ne saurait en rejeter le blâme sur moi, je pense. »

Tout ce qui s'était passé après qu'il eut été assommé, Bilbo l'apprit par la suite ; mais cela lui apporta plus de tristesse que de joie, et il en avait maintenant assez de son aventure. Il aspirait jusque dans la moelle de ses os à rentrer chez lui. Mais le retour fut un peu différé ; en attendant, donc, je vais vous mettre au fait des événements. Les aigles avaient longtemps soupçonné le rassemblement des gobelins ; les mouvements dans les montagnes ne pouvaient être entièrement soustraits à leur attention. Eux aussi s'étaient donc assemblés en grand nombre sous l'égide du grand Aigle des Monts Brumeux ; et enfin, sentant de loin la bataille, ils étaient venus à toute allure sur le grand vent et ils étaient arrivés juste à point. C'étaient eux qui avaient délogé les gobelins des pentes de la montagne, les jetant dans les précipices ou les poussant, tout hurlants et abasourdis, parmi leurs ennemis. Il ne leur avait pas fallu longtemps pour libérer la Montagne Solitaire, et les elfes et les hommes avaient pu enfin venir de part et d'autre de la vallée en renfort dans le combat qui se déroulait en bas.

Mais même avec les aigles, ils étaient en état d'infériorité numérique. En cette dernière heure, Beorn lui-même avait apparu — nul ne savait comment ni d'où il avait surgi. Il était venu seul, sous sa forme d'ours ; et, dans sa colère, il semblait avoir pris des proportions gigantesques. Le grondement de sa voix était semblable à celui de tambours et de canons ; et il rejetait les loups et les gobelins de son chemin comme fétus. Il tomba sur leurs arrières et perça le cercle en coup de foudre. Les nains tenaient encore bon autour de leurs chefs sur une colline basse et arrondie. Beorn se pencha alors pour soulever Thorïn, qui était tombé percé de lances, et il l'emporta hors de la mêlée.

Il revint avec une colère redoublée, de sorte que rien ne pouvait lui résister, et aucune arme ne semblait pouvoir l'atteindre. Il dispersa la garde du corps, abattit et écrasa Bolg lui-même. Alors, le désarroi s'empara des gobelins, et ils s'enfuirent en tous sens. Mais la lassitude quitta leurs ennemis avec la naissance d'un nouvel espoir ; ils les poursuivirent de près et empêchèrent la plupart d'entre eux de s'échapper tant bien que mal. Ils en poussèrent un grand nombre dans la Rivière Courante, et ceux qui s'enfuyaient vers le sud ou l'ouest, ils les pourchassèrent dans les marais des alentours de la Rivière de la Forêt ; là périrent la plupart des fugitifs, tandis que ceux qui étaient péniblement arrivés jusqu'au royaume des Elfes de la Forêt y furent massacrés ou entraînés pour mourir au plus profond de l'obscurité dans les chemins de Mirkwood. Les chants ont dit que les trois quarts des guerriers gobelins du Nord périrent ce jour-là, et la paix régna dans les montagnes pendant bien des années.

La victoire avait été assurée avant la tombée de la nuit, mais la poursuite était toujours en cours quand Bilbo revint au camp ; et il n'y avait plus guère dans la vallée que les blessés gravement atteints.

« Où sont les aigles ? demanda-t-il à Gandalf ce soir-là, tandis qu'il était étendu, enveloppé dans de multiples couvertures bien chaudes.

– Quelques-uns participent à la poursuite, dit le magicien ; mais ils ont pour la plupart regagné leurs aires. Ils n'ont pas voulu rester ici, et ils sont partis aux premières lueurs de l'aube. Daïn a couronné d'or leur chef et leur a juré une amitié éternelle.

– Je le regrette. Je veux dire que j'aurais aimé les revoir, dit Bilbo, à demi assoupi ; peut-être les verrai-je sur le chemin du retour. Je pense que je vais bientôt rentrer ?

– Dès que vous le voudrez », dit le magicien.

En fait, il fallut plusieurs jours pour que Bilbo se mît réellement en route. On enterra Thorïn dans les profondeurs de la Montagne, et Barde déposa l'Arkenstone sur sa poitrine.

« Qu'elle reste là jusqu'à ce que la Montagne s'écroule ! dit-il. Qu'elle apporte la chance à tous ceux de son peuple qui demeureront dorénavant ici ! »

Sur sa tombe, le Roi des Elfes déposa alors Orcrist, l'épée des elfes qui avait été prise à Thorïn durant sa captivité. Il est dit dans les chants qu'elle brilla toujours dans les ténèbres à l'approche d'ennemis et que la forteresse des nains ne pouvait être enlevée par surprise. Là s'établit Daïn, qui devint Roi sous la Montagne, et, avec le temps, beaucoup d'autres nains s'assemblèrent autour de son trône dans les anciennes salles. Des douze compagnons de Thorïn, il en resta dix. Fili et Kili étaient tombés en le défendant de leur bouclier et de leur corps, car il était le frère aîné de leur mère. Les autres restèrent auprès de Daïn, car Daïn répartit bien son trésor.

Il ne fut plus question, naturellement, de diviser le trésor en parts telles qu'elles avaient été décidées entre Balïn, Dwalïn, Dori, Nori, Ori, Oïn, Gloïn, Bifur, Bofur et Bombur — non plus que Bilbo. Cependant, un quatorzième de tout l'argent et tout l'or, façonné et brut, fut remis à Barde, car Daïn déclara :

« Nous honorerons l'engagement du mort, et il a maintenant l'Arkenstone en sa garde. »

Même un quatorzième représentait encore une fortune extrêmement grande, plus grande que celle de bien des rois mortels. Sur ce trésor, Barde envoya beaucoup d'or au Maître de Lacville ; et il récompensa généreusement ses suivants et ses amis. Au Roi des Elfes, il donna les émeraudes de Girion, joyaux qu'il aimait entre tous et que Daïn avait rendus.

À Bilbo, il dit :

« Ce trésor vous appartient autant qu'à moi : bien que les anciens accords ne soient plus applicables du fait que son acquisition et sa défense ont donné des droits à beaucoup d'autres. Mais, quoique vous vous soyez montré disposé à renoncer à tous les vôtres, je voudrais que les paroles de Thorïn, dont il s'est repenti — c'est-à-dire que nous ne vous donnions que peu de chose —, ne se confirment pas. J'aimerais vous récompenser plus richement que quiconque.

– C'est très aimable à vous, dit Bilbo. Mais c'est vraiment un soulagement pour moi. Comment, au nom du Ciel, aurais-je pu emporter tout ce trésor jusque chez moi sans rencontrer la guerre et le meurtre tout au long de ma route ? Et je ne sais trop ce que j'en aurais fait, une fois rentré. Je suis sûr qu'il est mieux placé entre vos mains. »

En fin de compte, il ne voulut accepter que deux petits coffres, remplis l'un d'argent et l'autre d'or, susceptibles d'être portés par un poney vigoureux : « C'est bien assez pour mes besoins », dit-il.

Vint enfin le moment de faire ses adieux à ses amis : « Adieu, Balïn ! dit-il ; adieu, Dwalïn ; et adieu, Dori, Nori, Ori, Oïn, Gloïn, Bifur, Bofur et Bombur ! Que vos barbes ne se fassent jamais rares ! »

Et, se tournant vers la Montagne, il ajouta :

« Adieu, Thorïn Oakenshield ! Adieu, Fili et Kili ! Que votre mémoire demeure éternellement ! »

Alors, les nains s'inclinèrent profondément devant leur Porte, mais les mots leur restèrent dans la gorge.

« Adieu, et bonne chance, où que vous alliez ! finit par dire Balïn. Si jamais vous revenez nous voir, la fête sera vraiment splendide !

– Si jamais vous venez du côté de chez moi, dit Bilbo, n'attendez pas pour frapper ! Le thé est à quatre heures ; mais vous serez tous les bienvenus à n'importe quel moment ! »

Et puis il s'en alla.

L'armée des elfes était en marche ; elle était cruellement amoindrie, mais beaucoup étaient contents, car à présent le monde du Nord serait pour longtemps plus heureux. Le dragon était mort et les gobclins défaits, leurs cœurs envisageaient, après l'hiver, un printemps de joie.

Gandalf et Bilbo chevauchaient derrière le Roi des Elfes ; auprès d'eux marchait à grandes enjambées Beorn, de nouveau sous sa forme humaine, qui riait et chantait à plein gosier sur la route. Ils allèrent ainsi jusqu'au moment où ils approchèrent de l'orée de Mirkwood, au nord de l'endroit par où sortait la Rivière de la Forêt. Ils firent alors halte, le magicien et Bilbo ne voulant pas pénétrer dans la forêt, malgré les instances du roi qui les invitait à séjourner quelque temps dans son palais. Ils se proposaient de suivre la bordure de la forêt et d'en contourner l'extrémité Nord dans le désert qui s'étendait entre elle et le début des Montagnes Grises. C'était une route longue et morne, mais, maintenant que les gobelins étaient défaits, elle leur paraissait plus sûre que les redoutables sentiers sous les arbres. De plus, Beorn allait également par là.

« Adieu ! ô Roi des Elfes ! dit Gandalf. Que la forêt soit joyeuse, tant que le monde est jeune ! Et que joyeux soient tous les vôtres !

– Adieu ! ô Gandalf ! dit le roi. Puissiez-vous toujours apparaître où vous êtes le plus nécessaire et le moins attendu ! Plus souvent vous paraîtrez dans mes salles, plus je serai heureux !

– Je vous prie d'accepter ce présent ! dit Bilbo, balbutiant en se tenant sur un pied — et il sortit un collier d'argent et de perles que Daïn lui avait donné lors de leur séparation.

– En quoi mérité-je pareil cadeau, ô hobbit ? demanda le roi.

– Eh bien, euh… j'ai pensé… vous savez bien…, dit Bilbo assez confus, que… euh… quelque remerciement vous était dû pour… euh… votre hospitalité. Je veux dire : même un cambrioleur a sa sensibilité. J'ai bu beaucoup de votre vin et mangé beaucoup de votre pain.

– J'accepte votre présent, ô Bilbo le Magnifique ! dit gravement le roi. Et je vous nomme ami des elfes et béni. Que votre ombre ne diminue jamais (ou le vol deviendrait trop aisé) ! Adieu ! »

Alors, les elfes se dirigèrent vers la forêt, et Bilbo partit pour un long voyage de retour.

Il passa par bien des tribulations et des aventures avant d'arriver chez lui. Les régions sauvages étaient encore sauvages, et il s'y trouvait bien d'autres choses en ce temps-là, en plus des gobelins ; mais il était bien guidé et bien gardé — il avait avec lui le magicien, et Beorn pour la plus grande partie du trajet — et il ne fut plus à aucun moment en grand danger. En tout cas, vers le milieu de l'hiver, Gandalf et Bilbo avaient fait tout le trajet, en longeant les deux bordures de la forêt, jusqu'aux portes de la maison de Beorn ; et là, ils s'arrêtèrent tous deux quelque temps. L'époque de Noël y fut chaleureuse et gaie ; des hommes vinrent de partout festoyer sur l'invitation de Beorn. Les gobelins des Monts Brumeux étaient maintenant en nombre restreint et, terrifiés, ils se cachaient dans les trous les plus profonds qu'ils pouvaient trouver ; quant aux Wargs, ils avaient disparu de la forêt, de sorte que les hommes allaient et venaient sans crainte. En fait, Beorn devint par la suite un grand chef dans ces régions, et il gouverna une vaste étendue entre les montagnes et la forêt ; et l'on dit que, durant bien des générations, les hommes de sa lignée eurent le pouvoir de prendre la forme d'un ours ; s'il en fut quelques-uns de mauvais et sinistres, la plupart ressemblèrent de cœur à Beorn, bien qu'ils fussent moins grands et moins forts. De leur temps, les derniers gobelins furent chassés des Monts Brumeux, et une nouvelle ère de paix s'établit en bordure du désert.

C'était le printemps, un beau printemps à la température douce et au clair soleil, quand Bilbo et Gandalf finirent par prendre congé de Beorn et, malgré son vif désir de retrouver sa maison, Bilbo partit avec regret, car les fleurs des jardins de Beorn n'étaient pas moins merveilleuses au printemps qu'au plein de l'été.

Ils parvinrent enfin par la longue route au col même où les gobelins les avaient capturés auparavant. Mais ils arrivèrent à ce point élevé au matin et, regardant en arrière, ils virent un soleil blanc briller sur la vaste étendue des terres. Là, derrière eux, se trouvait Mirkwood tout bleu dans le lointain et d'un vert sombre, même au printemps, à l'orée la plus proche. Là, très loin à l'horizon, s'élevait la Montagne Solitaire. Sur sa plus haute cime, la neige, non encore fondue, luisait d'une pâle lueur.

« Ainsi vient la neige après le feu, et même les dragons ont une fin ! » dit Bilbo.

Et il tourna le dos à son aventure. Son côté Took commençait d'être extrêmement las et le côté Baggins reprenait chaque jour plus de force : « Je n'aspire plus qu'à me trouver dans mon propre fauteuil ! » fit-il.

19

La dernière étape

Ce fut le 1er mai que nos deux amis arrivèrent à l'entrée de la vallée de Rivendell, où se trouvait la Dernière (ou Première) Maison Simple. C'était encore le soir, leurs poneys étaient fatigués, surtout celui qui portait le bagage ; et tous éprouvaient le besoin de se reposer. Comme ils descendaient le sentier escarpé, Bilbo entendit les elfes qui chantaient toujours dans les arbres, comme s'ils n'avaient cessé de le faire depuis son départ ; et aussitôt que les voyageurs parvinrent dans les éclaircies inférieures de la forêt, éclata un chant d'un genre assez semblable à celui de naguère. C'était à peu près ceci :

Le dragon est desséché,
Ses os sont maintenant effrités ;
Son armure est brisée,
Sa splendeur est abaissée !
Bien que l'épée doive rouiller,
Le trône et la couronne périr
Avec la force en laquelle les hommes avaient foi,
Et la richesse qu'ils chérissent,

Ici l'herbe pousse toujours,
Les feuilles se balancent encore,
La claire eau coule
Et les elfes chantent encore.
  Venez ! Tra-la-la-lally !
  Revenez à la vallée !

Les étoiles sont bien plus scintillantes
Que les joyaux sans mesure,
La lune est bien plus blanche
Que l'argent d'un trésor :
Le feu est plus brillant
Dans le foyer au crépuscule
Que l'or acquis dans les mines,
Alors, pourquoi courir le monde ?
  Oh ! Tra-la-la-lally
  Revenez à la vallée.

Oh ! Où allez-vous,
Si tard de retour ?
La rivière coule,
Les étoiles sont toutes allumées !
Oh ! Où, tant chargés,
Si tristes et si mornes ?
Ici, l'elfe et sa sœur
Accueillent maintenant ceux qui sont las
Par un tra-la-la-lally,
Revenez à la vallée,
  Tra-la-lally,
  Fa-la-la-lally,
  Fa-la !

Alors, les elfes de la vallée sortirent pour les saluer, et ils les menèrent à la maison d'Elrond, de l'autre côté de la rivière. Là, un chaleureux accueil leur fut réservé, et il y eut bien des oreilles attentives ce soir-là pour entendre le récit de leurs aventures. Ce fut Gandalf qui parla, car Bilbo était devenu somnolent et silencieux. Il connaissait la plus grande partie de l'histoire, puisqu'il y avait participé et qu'il en avait lui-même fourni de nombreux détails en cours de route ou chez Beorn ; mais de temps à autre il ouvrait un œil et écoutait quand venait un épisode qu'il ne connaissait pas encore.

C'est ainsi qu'il apprit où avait été Gandalf, car il entendit les paroles que le magicien adressait à Elrond. Il apparut que Gandalf s'était rendu à un grand conseil de magiciens blancs, maîtres en savoir et en bonne magie, et qu'ils avaient enfin chassé le Nécromancien de son sombre repaire au sud de Mirkwood.

« Avant peu maintenant, disait Gandalf, la Forêt va devenir passablement plus salubre. Le Nord sera libéré de cette horreur pour de longues années, je l'espère. Je voudrais bien, cependant, qu'il fût banni de ce monde !

– Ce serait une bonne chose, assurément, répondit Elrond ; mais je crains que cela ne se produise pas en notre siècle, ni même bien plus tard. »

Le récit de leurs voyages terminé, on raconta d'autres histoires, et encore d'autres, des histoires d'un temps lointain, des histoires de choses nouvelles, et des histoires hors du temps, jusqu'au moment où, la tête de Bilbo étant tombée sur sa poitrine, il se mit à ronfler confortablement dans un coin.

Il se réveilla pour se trouver dans un lit blanc, et la lune brillait par une fenêtre ouverte. En dessous, de nombreux elfes chantaient d'une voix forte et claire au bord de la rivière :

Chantez tous, joyeux ; allons, chantez en chœur !
Le vent souffle au faîte de l'arbre, le vent souffle dans la bruyère ;
Les étoiles sont en fleur, la lune fleurit,
Et brillantes sont les fenêtres de la Nuit dans sa tour.

Dansez tous, joyeux ; allons, dansez tous ensemble !

Douce est l'herbe, que votre pied soit de plume !
La rivière est d'argent, les ombres sont fugitives ;
Gai est le mois de mai, et gaie notre assemblée.

Chantons à présent doucement, tissons-lui des rêves !
Enveloppons-le dans le sommeil, et là, laissons-le !
Le voyageur dort. Que son oreiller lui soit doux !
Bercez ! bercez ! saules et aulnes !
Ne soupire plus, Pin, jusqu'au vent du matin !
Tombe, Lune ! Que la terre soit noire !
Chut ! Chut ! chêne, frêne et épine !
Que toute eau fasse silence jusqu'à ce que l'aube soit là !

« Eh bien, joyeuses gens ! dit Bilbo, passant la tête au-dehors. Quelle heure est-il à la lune ? Votre berceuse réveillerait un gobelin ivre ! Mais je vous en remercie.

– Et vos ronflements réveilleraient un dragon de pierre — mais on vous remercie, répliquèrent-ils en riant. L'aurore ne va pas tarder, et vous avez dormi depuis la tombée de la nuit. Demain, vous serez peut-être remis de votre fatigue.

– Un peu de sommeil vous remet de bien des choses dans la maison d'Elrond, dit-il ; mais je vais en profiter le plus possible. Je vous souhaite une seconde fois bonne nuit, mes beaux amis ! »

Sur ce, il regagna son lit et dormit jusqu'à une heure avancée de la matinée.

La lassitude l'abandonna vite dans cette maison, et il jouit de maintes facéties et séances de danse à toutes les heures de la journée et de la nuit avec les elfes de la vallée. Mais même cet endroit ne pouvait le retenir longtemps à présent, et il pensait toujours à sa propre maison. Aussi, au bout d'une semaine, il prit congé d'Elrond et, après lui avoir donné les petits cadeaux que son hôte voulut bien accepter, il repartit avec Gandalf.

Au moment où ils quittaient la vallée, le ciel s'obscurcit devant eux à l'ouest, et le vent et la pluie s'avancèrent à leur rencontre.

« Gai est le joli mois de mai ! dit Bilbo, comme la pluie lui cinglait la figure. Mais nous tournons le dos aux légendes, et nous rentrons chez nous. Cela en est sans doute l'avant-goût.

– Il y a encore un long chemin à parcourir, dit Gandalf.

– Mais c'est le dernier », répliqua Bilbo.

Ils atteignirent une rivière qui marquait le bord extrême des régions sauvages, et le gué sous la rive escarpée que vous vous rappelez peut-être. Les eaux étaient gonflées tant par la fonte des neiges à l'approche de l'été que par les pluies qui n'avaient cessé de la journée ; mais, ayant passé avec quelque difficulté, ils poussèrent de l'avant, comme le soir tombait, pour la dernière étape de leur voyage.

Elle fut assez semblable à la première, hormis que la compagnie était moins nombreuse et plus silencieuse ; et cette fois-ci il n'y avait pas de trolls. À chaque pas, Bilbo se rappelait les événements et les paroles d'un an auparavant — temps qui lui paraissait plutôt une décennie —, de sorte qu'il remarqua aussitôt l'endroit où le poney était tombé dans la rivière et où ils s'étaient détournés pour affronter leur déplaisante aventure avec Tom, Bert et Bill.

Non loin de la route, ils trouvèrent, toujours caché et intact, l'or des trolls qu'ils avaient enterré.

« J'en ai suffisamment pour jusqu'à la fin de mes jours, déclara Bilbo quand ils l'eurent déterré. Vous feriez mieux de le prendre, Gandalf. Je suis sûr que vous en trouverez l'emploi.

– Oui, certes ! répondit le magicien. Mais partageons en frères ! peut-être vous apercevrez-vous que vous avez plus de besoins que vous ne vous y attendez. »

Ils mirent donc l'or dans des sacs et les arrimèrent sur le dos des poneys, qui n'en furent pas du tout satisfaits. Leur allure en fut plus ralentie, car ils allèrent la plupart du temps à pied. Mais la région était verdoyante, et il y avait beaucoup d'herbe dans laquelle le hobbit déambulait avec contentement. Il s'essuyait le visage avec un mouchoir de soie rouge (non ! pas un seul des siens n'avait survécu : il avait emprunté celui-ci à Elrond), car juin avait amené l'été et le temps était de nouveau clair et chaud.

Toutes choses ont une fin, même cette histoire, et le jour vint enfin où ils se trouvèrent en vue du pays où

Bilbo était né et où il avait grandi, où les formes de la terre et des arbres lui étaient aussi connues que ses propres membres. Arrivé au haut d'une butte, il vit au loin sa Colline ; il s'arrêta soudain et dit :

Les routes se poursuivent encore et toujours
 Par-dessus les rochers et sous les arbres,
Par des cavernes où jamais le soleil n'a lui,
 Par des rivières qui jamais la mer ne trouvent ;
Sur la neige par l'hiver semée,
 Et par les joyeuses fleurs de juin,
Sur l'herbe et sur la pierre,
 Et sous les montagnes dans la lune.
Les routes se poursuivent encore et toujours
 Sous les nuages et sous les étoiles,
Mais les pieds qui sont partis à l'aventure
 Reviennent enfin au lointain foyer.
Les yeux qui le feu et l'épée ont vu
 Et l'horreur dans les salles de pierre,
Se posent enfin sur les verts pâturages
Et les arbres et les collines depuis longtemps connus.

Gandalf le regarda : « Mon cher Bilbo ! dit-il. Qu'est-ce qui vous arrive ? Vous n'êtes pas le hobbit que vous étiez. »

Là-dessus, ils traversèrent le pont, passèrent près du moulin au bord de la rivière et arrivèrent ainsi jusqu'à la porte même de Bilbo.

« Seigneur ! Que se passe-t-il ? » s'écria le hobbit.

Il y avait une grande agitation ; des gens de toutes sortes, des respectables et des peu respectables, se pressaient en foule autour de la porte ; un grand nombre entraient et sortaient — sans même s'essuyer les pieds sur le paillasson, remarqua Bilbo non sans contrariété.

S'il était surpris, les autres le furent encore bien davantage. Il était revenu en pleine vente aux enchères ! Une grande affiche imprimée en noir sur fond rouge était apposée à la porte ; on y pouvait lire que, le 22 juin, MM. Grubb, Grubb et Burrowes vendraient aux enchères les effets de feu Bilbo Baggins, Esq., de Bag End, Sous La Colline, à Hobbitville. La vente commencerait à dix heures précises. Il était à présent presque l'heure du déjeuner, et la plupart des objets avaient déjà été vendus à des prix divers allant de presque rien à une bouchée de pain (comme il n'est pas rare en pareil cas). Les cousins de Bilbo, les Sackville-Baggins, étaient occupés, en fait, à mesurer ses pièces pour voir si leur propre mobilier y entrerait. Bref, Bilbo était « présumé mort », et ceux qui le disaient ne regrettaient pas tous de constater que la présomption était erronée.

Le retour de M. Baggins causa beaucoup de perturbation, tant sous la Colline que sur la Colline et de l'autre côté de l'Eau ; ce fut beaucoup plus que la merveille d'un jour. Les ennuis juridiques durèrent des années. Il fallut longtemps pour faire admettre en fait que M. Baggins était de nouveau vivant. Il fallut beaucoup d'efforts pour en convaincre les gens qui avaient fait des affaires d'or à la vente ; et enfin, pour gagner du temps, Bilbo dut racheter une bonne partie de son mobilier. Un grand nombre de ses cuillers d'argent, qui avaient mystérieusement disparu, ne furent jamais retrouvées. Personnellement, il soupçonna les

Sackville-Baggins. De l'autre côté, ils n'admirent jamais que le Baggins qui était revenu fût le Baggins authentique, et ils ne furent plus jamais en bons termes avec lui. Ils avaient vraiment tant voulu habiter son gentil trou de hobbit !

En fait, Bilbo découvrit qu'il avait perdu bien autre chose que ses cuillers d'argent : il avait perdu sa réputation. Il est vrai qu'il demeura à tout jamais par la suite un ami des elfes, qu'il fut honoré par les nains, les magiciens et tous les gens de cette sorte qui passaient par là ; mais il n'était plus tout à fait respectable. Tous les hobbits du voisinage le tenaient pour « bizarre » — à l'exception de ses neveux et nièces du côté Took ; mais même ceux-là ne trouvaient guère chez leurs aînés d'encouragements à l'amitié.

Je regrette de dire qu'il ne s'en souciait guère. Il était parfaitement satisfait ; et le son de sa bouilloire sur le foyer lui parut toujours par la suite encore plus mélodieux qu'aux jours tranquilles d'avant la Soirée Inattendue. Il accrocha son épée au-dessus de la cheminée. Sa cotte de mailles fut disposée sur un support dans le vestibule (jusqu'au moment où il la prêta à un musée). Son or et son argent furent généreusement dépensés en cadeaux, aussi bien utiles qu'extravagants, ce qui explique dans une certaine mesure l'affection de ses neveux et nièces. Il garda soigneusement le secret sur son anneau magique, car il s'en servait surtout quand se présentaient des visiteurs ennuyeux.

Il se mit à écrire de la poésie et à rendre visite aux elfes ; et, en dépit de tous ceux qui hochaient la tête et se touchaient le front en disant : « Ce pauvre vieux

Baggins ! » et bien que peu de gens crussent à ses histoires, il demeura très heureux jusqu'à la fin de ses jours — qui furent de très longue durée.

Un soir d'automne, quelques années plus tard, Bilbo, assis dans son bureau, était occupé à écrire ses Mémoires — il pensait les intituler « Revenu de loin, vacances d'un hobbit » — quand retentit la sonnette de l'entrée. C'était Gandalf et un nain ; et le nain était Balïn !

« Entrez ! entrez ! » dit Bilbo.

Et ils furent bientôt installés dans des fauteuils près du feu. Si Balïn avait remarqué que le gilet de M. Baggins était plus ample (et garni de boutons en or véritable), Bilbo remarqua de son côté que la barbe du nain était plus longue de plusieurs pouces et que sa ceinture garnie de pierres précieuses était de la plus grande magnificence.

Ils se mirent à parler du temps passé ensemble, bien sûr, et Bilbo demanda comment cela allait dans la région de la Montagne. Il semblait que tout allait fort bien. Barde avait reconstruit la ville à Dale ; les hommes étaient venus à lui du Lac, du sud et de l'ouest ; toute la vallée était de nouveau cultivée et riche, et le désert était maintenant rempli d'oiseaux, de fleurs au printemps, de fruits et de festins en automne. Lacville, reconstruite, était plus prospère que jamais ; beaucoup de richesses montaient et descendaient la Rivière Courante ; et l'amitié régnait dans cette région entre les elfes, les nains et les hommes.

Le Vieux Maître avait trouvé une mauvaise fin. Barde lui avait donné beaucoup d'or pour son aide aux gens du Lac ; mais, étant de l'espèce qui est sujette à pareille maladie, il avait attrapé le mal du dragon : il avait pris pour lui la plus grande partie de l'or, s'était enfui avec et était mort d'inanition dans le Désert, abandonné de ses compagnons.

« Le nouveau Maître est plus sage, dit Balïn, et il est très populaire, car on lui attribue naturellement presque tout le mérite de la prospérité actuelle. On écrit des chants où il est dit que depuis son arrivée les rivières charrient de l'or.

– Ainsi les prédictions des anciens chants se réalisent — dans un certain sens ! dit Bilbo.

– Bien sûr ! dit Gandalf, et pourquoi ne se réaliseraient-elles pas ? Vous n'allez pas refuser créance aux prophéties pour la seule raison que vous avez contribué à leur réalisation ? Vous ne pensez tout de même pas que toutes vos aventures et vos évasions ont été le résultat d'une pure chance à votre seul bénéfice ? Vous êtes une personne très bien, monsieur Baggins, et je vous aime beaucoup ; mais vous n'êtes, après tout, qu'un minuscule individu dans le vaste monde.

– Dieu merci ! » dit Bilbo, riant.

Et il lui tendit le pot à tabac.

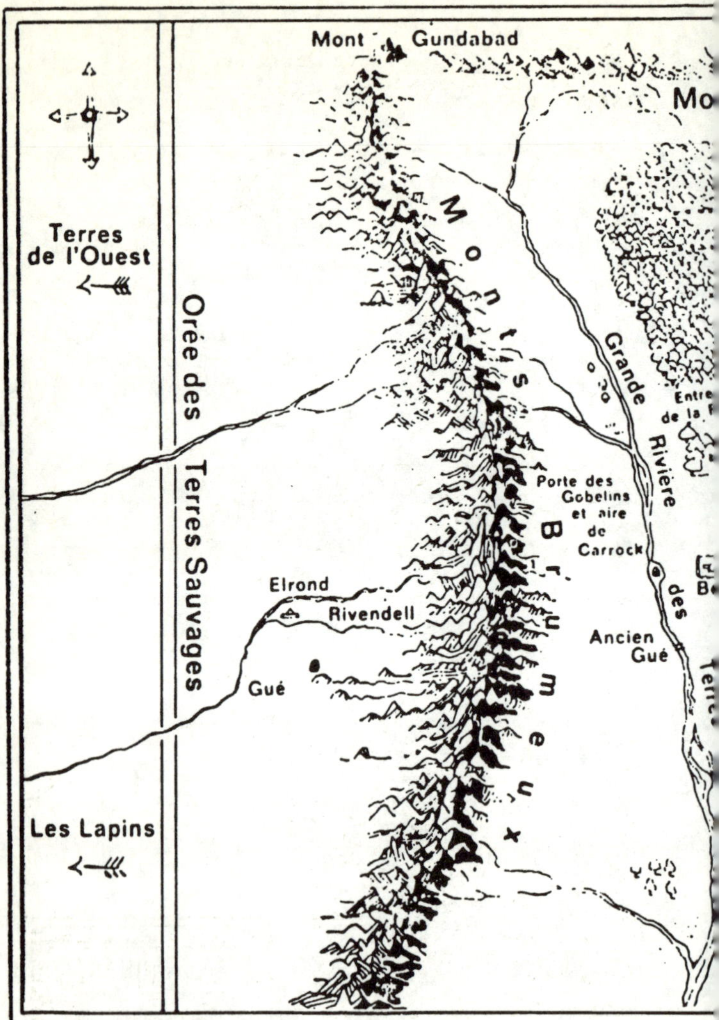

Mont Gundabad
Mo
Terres de l'Ouest
Orée des Terres Sauvages
Monts Brumeux
Grande Rivière
Entre
de la
Porte des Gobelins et aire de Carrock
Elrond
Rivendell
Gué
Ancien Gué
des
Be
Les Lapins

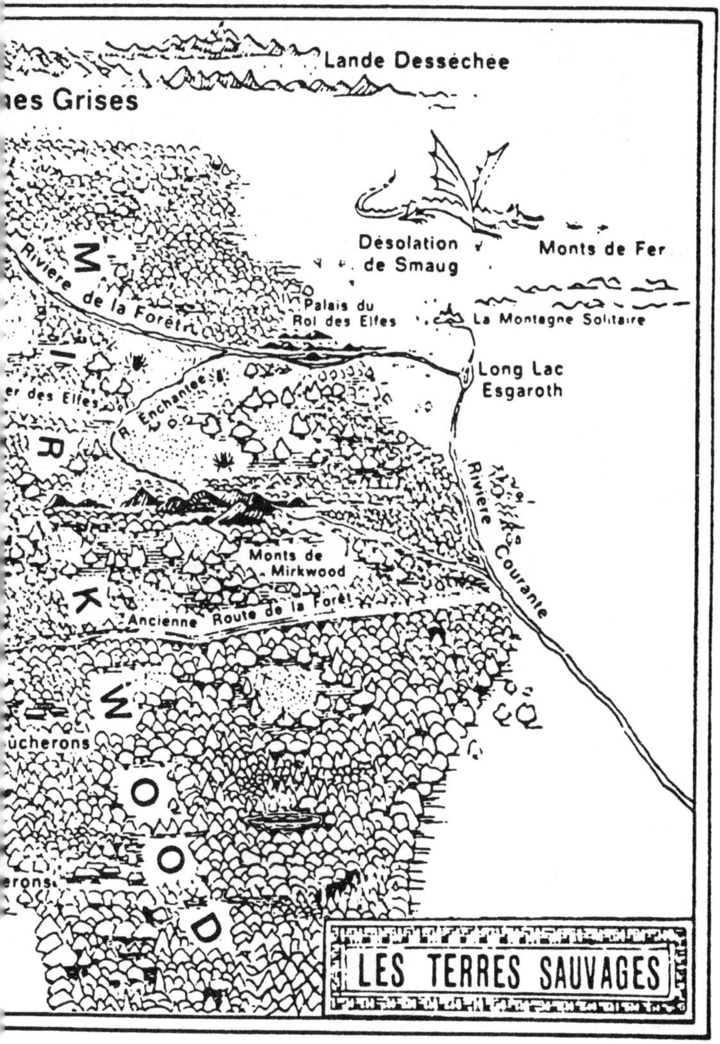

Lande Dessechée
nes Grises
Désolation de Smaug
Monts de Fer
Palais du Roi des Elfes
La Montagne Solitaire
Long Lac
Esgaroth
Rivière de la Forêt
M
I
R
K
W
O
O
D
er des Elfes
R. Enchantée
Rivière Courante
Monts de Mirkwood
Ancienne Route de la Forêt
ucherons
erons
LES TERRES SAUVAGES

Achevé d'imprimer par GGP Media GmbH, Pößneck
en août 2004
pour le compte de France Loisirs,
Paris

N° d'éditeur : 41216
Dépôt légal : septembre 2003

Imprimé en Allemagne